U0520564

阅读即行动

James Wood
[英]詹姆斯·伍德 著

Serious Noticing:
Selected Essays, 1997–2019

真看：
詹姆斯·伍德文选 1997–2019

冯晓初 等 译

北京联合出版公司
Beijing United Publishing Co.,Ltd.

图书在版编目（CIP）数据

真看：詹姆斯·伍德文选：1997—2019/（英）詹姆斯·伍德著；冯晓初等译.—北京：北京联合出版公司，2024.9.— ISBN 978-7-5596-7897-3

Ⅰ.I561.065

中国国家版本馆 CIP 数据核字第 2024L0N612 号

Serious Noticing: Selected Essays, 1997–2019
Copyright © 2019, James Wood
Chinese Simplified translation copyright © 2024
by Neo-cogito Culture Exchange Beijing Ltd
Published by arrangement
through THE WYLIE AGENCY (UK) LTD
All rights reserved

北京市版权局著作权合同登记　图字：01-2024-1384

真看：詹姆斯·伍德文选 1997—2019

作　　者：［英］詹姆斯·伍德
译　　者：冯晓初　黄远帆　李小均　蒋　怡
出 品 人：赵红仕
出版统筹：杨全强　杨芳州
责任编辑：徐　樟
特约编辑：金　林
封面设计：彭振威

北京联合出版公司出版
（北京市西城区德外大街 83 号楼 9 层 100088）
北京联合天畅文化传播公司发行
北京启航东方印刷有限公司印刷　新华书店经销
字数 333 千字　775 毫米 ×940 毫米　1/32　19.75 印张　插页 2
2024 年 9 月第 1 版　2024 年 9 月第 1 次印刷
ISBN 978-7-5596-7897-3
定价：88.00 元

版权所有，侵权必究
未经书面许可，不得以任何方式转载、复制、翻印本书部分或全部内容。
本书若有质量问题，请与本公司图书销售中心联系调换。
电话：010-64258472-800

目录

1 前言

17 私货:向基斯·穆恩致敬

41 什么是契诃夫所说的生活

62 严肃的观察

93 索尔·贝娄的喜剧风格

116 《安娜·卡列尼娜》和人物塑造

134 约瑟夫·罗特的符号帝国

157 保罗·奥斯特的浅薄

175 歇斯底里现实主义

199 博胡米尔·赫拉巴尔的喜剧世界

217 乔治·奥威尔:非常英国的革命

252 简·奥斯丁的英雄意识

270 科马克·麦卡锡的《路》

293 "被考察到疯狂的现实":
克拉斯诺霍尔卡伊·拉斯洛

311	施害者和受伤者：V.S.奈保尔
332	世俗的无家可归
363	沉默的另一面：重读W.G.塞巴尔德
390	成为他们
403	堂吉诃德的"旧约"与"新约"
417	陀思妥耶夫斯基的上帝
439	海伦·加纳野蛮的诚实
456	万全与万一：梅尔维尔的上帝和比喻
484	埃莱娜·费兰特
502	弗吉尼亚·伍尔夫的神秘主义
526	约伯存在过：普里莫·莱维
553	玛丽莲·罗宾逊
567	伊斯梅尔·卡达莱
592	燕妮·埃彭贝克
610	给岳父的图书馆打包
626	致　谢

前　言

小说和诗歌怎么读，这事儿是杰出的后结构主义批评家斯蒂芬·希斯教会我的。在我脑子里存着这么一个画面：希斯博士拿着一张纸——神圣的"文本"——紧紧贴在眼前，这种物理上的贴近某种程度上也象征着他对审视的极大热忱，此时他对着某一段或一节抛出了那个他最喜欢的问题："这段的关键（at stake）是什么？"他所指的是比这句话的日常所指更具体的东西，更专业，意涵也更窄。他是要问：这一段的意义处于何种困境？在这种我们称之为文学的表演中，维持连贯意义的表象有何关键？意义是如何摇摆不定，可能在其压抑中崩溃？希斯博士评鉴文学，好比弗洛伊德研究他的病人们一般，"你到我这儿来是为什么？"并不是在问"要获得健康或幸福对你来说关键是什么？"，其意思几乎是相反的:"保持住这份长久的不快乐对你来说是为了什么?"这样的询问是出于怀疑,但未必有什么敌意。

这种阅读方法是可以被泛泛地呼作解构主义的。简单点儿说,解构主义所秉持的出发点是这样一个假设,即文学文本就好比人一样,拥有一种常常背叛他们的无意识:嘴上说的是一件事,但意味着另一件事。它们自己的修辞格(隐喻、意象、比喻)是解锁文本的略微弯折的钥匙。批评家可以像阅读一条弗洛伊德式错误[1]一样,通过阅读来解开——解构——这个文本。意识到人们是如何无意识地捍卫和背叛自己,可以丰富我们理解他们的能力,与此相似,类似的意识也会丰富我们对文学作品的理解。对于人们的自我评价,我们不必赞同,而是学着如何以一种隐秘且反向的方式来阅读它们,逆纹理而上。在大学里,我开始明白,一首诗或者一部小说可能是自我分裂的,它的意图可能是极其清晰的,但其最深层的动机却毫无办法地相互矛盾着。事实上,解构主义倾向于专门研究——或

---

[1] 弗洛伊德式错误(Freudian slip),又称为动作倒错,是精神分析学中的一个概念,弗洛伊德认为,一个人平时不经意间出现的诸如口误、笔误、动机性遗忘、童年回忆遗忘等差错并不是无意义的,而是受到其潜意识的影响。

许是过分强调——文本自相矛盾的方式；比如说，《暴风雨》如何在立意上是反殖民主义的，在设定上又是殖民主义的；或者简·奥斯丁的小说如何既是原型女性主义的，又具有父权结构；又或者那些伟大的私通小说，《安娜·卡列尼娜》《包法利夫人》还有《艾菲·布里斯特》等等，它们是如何一边幻想女性的越轨之举，却同时对这种逾矩施以惩罚。正因为觉悟到文学是一种离解体只有一句话距离的、永远脆弱的意识形态成就，批评性智慧由此变得更加复杂和精密。我自己的文学阅读被这种全新的理解方法永久地改变了，而我文学批评的本能（尤其在教学时）至今仍然常常是解构式的。

但和希斯博士的问题并列的，还有这个问题的既松弛，也许也更宽容的用法，它也是作家们及兴趣盎然的读者们更喜欢的。当一个书评人，或创意写作工坊的参与者，或一个作家同行抱怨说"我就是看不出这本书的关键是什么"，或者"我看得出这个问题对作家很重要，但她没能让我感觉到这个问题在小说里有多关键"，这些也是对意义的不同表述。这里的共同隐含之意是，意义必须经由努力而赢得，小说或诗歌需要为其自身的重要性创造审美环境。如果一部小说被认为下的赌注太小，那么它就不能为其严肃性提供足够证明。作家们很喜欢

"赢得的赌注"和"没赢的赌注"这一组概念;一本没有赢得其效果的书不值得拥有任何成功。

我对这两种用法之间的差异感到震惊。两者都是与他们相关的批评话语的核心;两者彼此接近,但又相距甚远。在赌注1(Stakes 1)(让我们权且这么命名)中,文本的成就被疑心重重地扫描着,夹带着一种期待,也许也是希望,希望被审查的文学作品将会被证明以卓有成效的方式是不成功的。在赌注2(Stakes 2)中,人们则焦急地探寻文本的成就,认为作品的不成功不会给阅读带来什么有益作用,而只是令这本书不值一读。第一种阅读方式是非评价性的,至少在手艺或者说技术层面上是如此;第二种方式单纯地是一种评价,它把一切都押注在技术的成功上,押在手艺问题和审美成就上。赌注1的假定基于连贯性的缺乏;赌注2则以连贯性为根基。有趣的是,这两种用法都是狭隘的,而它们的狭隘相互映照。对文学不进行评价性的思考,就是不像作家那样思考——将文学从创造了它的人的本能及野心那里切割下来。但是如果思考时只从评价的角度出发,从手艺和技术出发——只把文学看作是一项尘埃落定的成就——就会只对这些范畴有益,而牺牲了许多其他种类的阅读(主要是,把文学视作永不确定的成就来进行阅读的巨大兴趣)。只做怀疑性的阅读(赌注1),那就有可能变成一个犬儒式的文字侦探;而只进行评价性的阅读(赌注2)则有可能成为一个意义的天真汉,一个局部效果的鉴赏家,他把专业行会的标准用于广阔的、非专业的意义戏剧之中。

唉,每一种阅读方式都倾向于排斥另一种。对现代文学的正式学术研究大约始于二十世纪初。但当然了,在那之前的几个世纪里,文学批评存在于学术之外,被作家们当作文学来实践。仅在英语领域中,这一传统就相当丰富,顺口一说,便有约翰逊、德·昆西、哈兹利特、柯勒律治、爱默生、阿诺德、罗斯金、伍尔夫、劳伦斯、艾略特、奥威尔、贾雷尔、哈德威克、普里切特、桑塔格。柯勒律治的非凡著作《文学传记》(正是这本书创造了"实用批评"这一术语,后来该词成为学术细读的标语)的一大动人之处在于,在疯狂的理论化、造新词、借鉴费希特的氛围中,他以最大诚挚去努力的事情,是通过一系列充满激情的细致阅读去说服他的读者——他的朋友和文学竞争对手威廉·华兹华斯是全英格兰最伟大的诗人。这就是柯勒律治认为的关键。一位作家谈论另一位作家,同时也是在与另一个作家对话。

这种作家批评的传统在学院内外都得以继续蓬

勃发展。当然,如今即使是非学术性的文学批评(我指的是为一般大众读者写的批评)也受到了正规文学研究的影响和塑造。许多作家都在大学里修过文学专业,学者和作家一起授课,一起参加会议和文学节,有时他们几乎使用着同一种语言(想一想库切的小说和学院派后殖民主义论述,唐·德里罗的小说和学院派后现代批评,托尼·莫里森的小说和学院派种族批评)。学院派文学批评的兴起及其稳步制度化意味着文学批评的悠久传统现在实际上是两个传统,即学院派的(赌注1)和文学-记者派的(赌注2),它们有时会融入对方,但更多的时候是彼此远离的。赌注1总是幻想着自己在和赌注2竞争,向后者表达不屑,又或仅仅是与后者处于不同的领域,反之亦然。

这本书集结了我于过去二十年里写的论文和评论。其中大多数是长篇幅的书评,刊登在综合性杂志或文学期刊(《新共和》《纽约客》和《伦敦书评》)上面向普通读者发表。这些作品属于学院派批评传统之前和之后的记者式或作家式批评传统;它们带着学院派传统的印记,但也试图做一些与之不同的事情。我喜欢这种试图同时做三件事的批评:像作家谈论他们的技艺一样谈论小说;像个记者那样为普通读者写批评,充满活力和感染力;再把这种批评导流回学院,希望能影响那里的写作方式,要知道学院内外的交流天然便是双向的。埃德蒙·威尔逊从福楼拜的一封信中偷得"三重思想者"这么一个短语,我也想把这个短语再从威尔逊那里窃来一用。这样的三重批评家——作家、记者、学者——理想情况下可以做三重思考;这是我过去至少二十年来的抱负,可能从1988年给《卫报》写第一篇评论那会儿就开始了。也就是说,在这本书中,你会遇到的是对"关键何在"的两种提问都感兴趣的批评;我认为"赌注1"和"赌注2"没有必要互相轻视。

理想情况中的这种三重思考是如何的样貌?哲学家斯坦利·卡维尔在他的文章《音乐分解》中说,批评家的第一个姿态是:"你必须听过它。"他又问道,为什么你必须得听呢?因为,他故意冒着同义反复的风险说,"如果我没有听过它,我就不了解它",而艺术作品是"只能够通过感觉来了解的那种客体"。接着又一次地,卡维尔冒着过度简化和同义反复的风险写道:"我看到的是'那个'(指向客体)。但是,为了使'那个'能够被传达,你也必须看到它。描述一个人的艺术体验本身就是一种艺术形式;描述它之艰难与创作它之艰难差相仿佛。"

我喜欢这样的强调。当我评论一部小说或一位作家时，我本质上是在亲身见证。我在描述一种经验，并试图激发读者产生对这种经验的体验。亨利·詹姆斯称批评家的任务是"英雄般的替身"。说实话，大多数时候那感觉都非常不英雄；但那确实是代人体验的感觉。就像是你为朋友播放一首你真心喜欢的曲子。当中会有那么一刻，你站在这人身边，心中带着希望和紧张，焦急地审视着朋友的面孔，想看看他或她是否也听到了你所听到的东西。当你获得了确认，那是多么激动人心；而要是那朋友过了一两分钟转过头说，"你可以把它关了，我对它没感觉"，又是多么轻易就让人失望了啊（尽管我们都学会了把失望藏好）。

你想办法让听众和你一样听到（或看到）同样的东西，得到同样的体验。批评就是这样一种同一性的冒险。记者式的书评文章与学院派论文的不同之处在于这种同一性的数量和质量，也在于必须完成的卡维尔式的"指向艺术品"的数量和质量。说到底，书评文章不仅仅是指向某个东西，还要在指着它的同时重新描述它。这个类比与其说是"你必须听过它"，不如说是"听着，我得在钢琴上把它给你弹一遍"。这种重述在书评里，绝大多数是以转述和引用的形式出现。它被蔑称为"情节梗概"，而且往往做得粗枝大叶，以至于根本谈不上重述。但是引用和重新描述是书评的核心，也是被卡维尔称为"创造性"经验的核心。

这种充满激情的重新描述，实际上是教学性质的。在课堂上，每当老师停下来，将那受审视的段落朗读、重述出来，就是这样的重新描述。有时我们对某位老师的记忆只存下了一个声音，这是很正常的。学院派批评对过去被称为"释义误说"（the heresy of paraphrase）的东西十分警惕。把评论或论文写成一篇生动的叙事文章在学术写作中是不受鼓励的。我们警告学生——出于完全充分的理由——必须避免仅仅复述或改述一本书的内容。我们会告诉学生们，如果你发现自己在这么干，你可能没有在进行批评，你的分析不够。但我们应该鼓励学生把这件事做得更好，因为在微妙的转述中有一种隐含的智慧，使得它本身就是一种分析行为。而且，学术界对转述的种种回避难道脱得开焦虑或者势利吗？学者们可不希望在他们应该把这本书读了一千遍的时候，被抓包其实是头一回看；上帝禁止任何人以为我们是第一次遇到这个文本！不管是《威弗莱》还是《名利场》还是《火山下》，里面那些来龙去脉、起起伏伏、迂回曲折，我们当然都记得！难道不是吗？但是，记者型的评论是一桩第一次吃螃蟹的行为；转述是敢于展现这种纯真；微妙的转述是一种明智的忘却。并且转述就是见证。

我把这种批判性的重述称为一种"通过书籍写作"的方式而不是仅仅"关于书籍的写作"。这种写作方式通常是通过使用文学作品本身所使用的隐喻和明喻的语言来实现的。这其中包含了一种认识，即文学批评之所以独一无二，是因为一个人有幸在批评时使用与其描述对象相同的媒介。当柯勒律治写到斯威夫特，写"他有拉伯雷的灵魂，但住在一个乏味的地方"，或者当亨利·詹姆斯写到巴尔扎克，说他是如此专注于自己的作品，以至于成了一个"现实界的本笃会修士"（他是这么喜欢这个短语，以至于自己剽窃了它，把它又贴到了福楼拜身上）；当普里切特感叹福特·马多克斯·福特从未陷入过那种滋生出伟大艺术作品的"决定性的恍惚"；当伍尔夫抱怨 E. M. 福斯特是一个过于焦虑的叙述者，太过急于打断他的角色，"像个睡得浅的人，总是被房间里的什么东西吵醒"——这些作家创作的意象在质量上和他们所谓的"创造性"作品中的隐喻及明喻没什么区别。他们用文学本身的语言对文学说话，其中很大一部分是隐喻性的。

于是我们如此表演。我们贴得近近的，为能够像海豚一样在滋养了自己的元素中游泳而欣喜若狂。我们的文章是我们与正在重述的艺术作品之间的纽带。艺术批评家、音乐批评家、舞蹈批评家——换个比方——必须不太自然或有点尴尬地从船头上船；而我们可以顺理成章地从侧面、从船当中上船。我们写作，怀着被阅读的期待；我们写作，就像艾略特在《燃毁的诺顿》中描述的玫瑰那样——玫瑰"有人们看过的花朵样子"。

哲学家泰德·科恩在他的《思考他人：论隐喻的才能》中，引用了另一位哲学家阿诺德·伊森伯格1949年写作的一篇论文，题为《批判性交流》。科恩认为，伊森伯格反驳了一种普遍的观念，即批评家通过对一件艺术品进行描述，提出用以支持他或她价值判断的理由。伊森伯格说，这和提出理由无关。批评家所能做的不过是，通过把注意力吸引到艺术作品的某些元素上——通过重新描述该件作品——诱导他或她的观众对该作品产生类似的看法。如此一来，用伊森伯格的话说，批评家可以在他或她的观众中实现"视觉的同一性"（即观众和批评家之间视觉的同一性）。泰德·科恩继续指出，这实际上是对隐喻之使用的一次精彩描述："当你的隐喻是'X是Y'时，你是在希望我会像你那样看待X，也就是把X看成Y，最有可能的是，尽管你的直接目的是让我以这种方式看X，但你的最终愿望是，我对X的感受会和你一样。"因此，批评行为是一种隐喻行为。对科恩来说，认同某人或某事本质上是隐喻性的。批评家实际上是在说，"我会努力让你像我一样来看这个文本"，并通过触发视觉的同一性来实现，这是一种比喻性的认同行为——因为这就好像批评家在说，"我将会让你和我一样觉得那边屋顶上的瓦片看起来就像犰狳的脊背，我会让你像我一样去看那些屋顶瓦片"（或脑海中的任何比喻）。科恩的评论之外我唯一想要补充的是，如果这种"视觉的同一性"实际上是隐喻性的，那么隐喻的语言——作者-批评家自己对隐喻的使用——必定是这一过程的具身化语言，是这一过程的展现：视觉的同一性，在某些方面，也恰是写作的同一性。

本着这种精神，我将以关于视觉同一性、写作同一性的两个例子作结。第一个例子来自弗吉尼亚·伍尔夫为艺术评论家兼策展人罗杰·弗莱撰写的传记，另一个来自我自己的经历。伍尔夫描述了在伦敦听罗杰·弗莱做公开演讲的情景——一个呆板且正式的场合，这位批评家身着晚礼服，手里拿着根长长的教鞭。

所有这些他都在自己的书里一遍又一遍地写过。但在这里有点儿不一样。正当下一张幻灯片滑上玻片时,他停住了。他重新注视着图片。然后在一瞬间,他找到了他想要的那个词;他一时兴起,把刚刚看到的东西加了进来,仿佛是第一回看到似的。这也许就是他控制观众的秘密。他们可以看到感受的迸发和形成,他可以把感知的那一瞬间袒露出来。于是,随着停顿和迸发,精神实在的世界在一张接一张的幻灯片中浮现——在普桑、夏尔丹、伦勃朗、塞尚的作品里——在这世界的高地和低地,所有一切都联系起来,所有一切都以某种方式,在女王大厅的大幕上变得统一而圆满。最后,这位演讲家在透过他的眼镜片看了良久之后,停了下来。他指着塞尚的一幅晚期作品,面露困惑。他摇了摇头,教鞭搁在讲台上。他说,这远远超出了他的分析能力。因此,他没有说"下一张幻灯片",而是鞠了一躬,观众们便拥到朗豪坊去了。

他们足足看了两个小时的画。然而他们看到了连演讲者自己都没有意识到的一幅——大幕前那个男人的轮廓,一个穿着晚礼服的苦行僧,停下来沉思了一会儿,然后举起教鞭指了指。那是一幅将与其余画作一起留在人们记忆中的作品,这幅粗略的素描,将在未来的岁月里为许多观众描绘出一个伟大评论家的肖像,一个有着深刻的感性但又非常诚实的人,当理智无法进一步深入时,他就会停下来,但他确信,并使其他人确信,他所看到的确实存在。

一切都在这里,在这段美丽的文字中:批评是充满激情的创造("仿佛是第一回");批评是谦逊,是心灵将"理解"暂时搁置("他面露困惑");批评是率直和几近沉默("他说,这远远超出了他的分析能力");批评是视觉的同一性和重新描述("他确信,并使其他人确信,他所看到的确实存在")。弗莱"找到了他想要的那个词",但伍尔夫,用与《到灯塔去》一样的叙事方式,对我们隐瞒了这个词的具体内容;慢慢地,一步一步地,"找到了他想要的那个词"让位给无言的谦逊以及强烈但未言明的信念,"他所看到的确实存在":如此一番之后,观众开始体验到弗莱看到的东西。

几年前,我在爱丁堡,和我父亲一起去听钢琴家阿尔弗雷德·布伦德尔讲解贝多芬钢琴奏鸣曲的讲座。我们迟到了,赶到音乐厅的时候上气不接下气,浑身是汗。但音乐厅里一片安静。布伦德尔坐在一张桌子旁，身后立着一架演奏会用的大三角琴。他透过厚厚的眼镜片俯视着他的演讲稿，就着稿子讲着——或说是喃喃自语着。他有很重的奥地利口音，在英国生活了几十年也全然不受影响。每隔一段时间，他就会转向钢琴，弹奏上几个小节当作示例。但在他引用乐句示范时，不寻常的事情发生了：哪怕只是弹一个很短的乐句，他也是一个演奏家，而不是一个引用者，不仅仅是一个批评家，而且是一个艺术家-批评家：从身体上来说，他必须进入一种演奏整场音乐会的恍惚状态（他习惯性的颤抖、幻觉般的咀嚼动作、闭着眼睛、眩晕又倾斜）；他无法平淡地引用音乐，就好像你读某句法语时不必努力加上"恰当"的法语口音一样。可以说，他不得不成为法国人。在这个意义上，他不能引用。他只能再创造；也就是说，他只能创造。一次又一次地听到贝多芬最美妙的三个小节，只是这完美的表演会被突然打断，取而代之的是钢琴家那听不清楚的维也纳口音的喃喃自语，着实让人沮丧。继续演奏，继续演奏，不要说话！我无声地敦促着。喃喃自语很快就变得无趣，也不重要了；我是为下一次的钢琴演奏而活，我想在美与美之间摇摆，高踞于平淡的暗流之上。他的"引用"压倒了他的评论；他正在接近瓦尔特·本雅明的构想——

写一本完全由引用组成的书。

　　也许将之与文学批评类比并不那么完美，因为文学批评家无法像音乐家表演他所引用的乐句那样进行精确的调整。但是，让布伦德尔不停歇的喃喃自语代表一种注定外在的文学批评吧，代表那种关于文本的写作而不是通过文本的写作，一种从创造的心灵中驱逐出境的乏味批评。然后让布伦德尔在钢琴上的表演，让他那种如果不再创造就没法引用的能力缺憾，去代表那种通过文本进行书写的批评吧，那种既是批评同时也是重新描述的批评：同一。

　　听着，我得在钢琴上把它给你弹一遍。

2019 年

私货：向基斯·穆恩致敬

在一个矗立着大教堂的英国乡下小镇，幼年的我领受了传统音乐教育。先是被送去一位老古董钢琴教师手里，他有严重的口臭，会拿戒尺敲打我的指关节，就好像它们是马蜂一样；几年以后我开始和一位年轻点儿而且亲切不少的老师学习小号，他告诉我让这把乐器奏响的最好方法是想象自己在学校遭了欺负，把朝人啐小纸球的劲儿拿来对准号嘴。我每天在教堂唱诗班练唱，打下了相当不错的视唱和表演基础，也仍然弹着钢琴吹着小号。

但是，作为一个小男孩儿，当年我最想干的，是打鼓，在林林总总的乐器演奏中，也只有打鼓能让我觉得自己依然还是个小男孩儿。一个小伙伴的哥哥有一套鼓，十二岁的我直勾勾地盯着它那用木头和皮革搭起的闪亮外壳，幻想自己将会怎样敲击，制造一连串噪音。这幻想太难实现了。我的父母对"所有敲敲打打的"都看不入眼，而且对我来说意义重大的宗教与古典音乐的古板世界嫌弃摇滚乐。尽管这样，我还是等待着架子鼓的主人离开家上学去的机会，溜进阁楼，它们就在那里闪闪发光，不可思议地静默着，接下来的几年里我自己摸索着学打鼓。坐在鼓后的感觉与开车的幻想（另一个美妙的少年白日梦）很接近，双脚踩上两只踏板，是低音鼓和踩钹，眼前的鼓面回望着我，好像一个空白的仪表盘……

噪音，速度，反叛：每个人私心里都想当个鼓手，因为击打和号叫一样，能将我们送回童年的纯真暴力中去。音乐鼓动我们起舞，用我们的肢体表现节奏律动。鼓手和指挥是最幸运的音乐家，因为他们最接近舞蹈。而在击鼓时，舞者与舞蹈的关系又是多孩子气地紧密啊！当你吹奏双簧管、萨克斯，或者运弓拉弦，一丝极微小的近乎无法感受的迟疑——这音波振动时的迟疑——分割了演奏和乐音；对小号手来说，一个轻声的中央 C，比之十分复杂的乐章更令人犯愁，因为这根铜管会自然变得有气无力。而当一位鼓手要让鼓发声，他只要……敲它。鼓槌或手掌落下，鼓皮便发出咆哮。托马斯·伯恩哈德的小说《失败者》里的叙述者，一个为天才梦疯狂并着迷于格伦·古尔德[1]的钢琴师，就表达过化为钢琴、与琴同心共存这不可能实现的渴望。但当你打鼓，你就是鼓。正如华莱士·史蒂文斯所说，"咚-咚，这就是我。"

我小时候，能称得上人鼓合一的鼓手，是谁人乐队（The Who）的基斯·穆恩（Keith Moon），虽然我头一次听到他的音乐时，他已经过世。他所以能和鼓画上等号，并不是由于他拥有作为一个鼓手的最高超技巧，而是因为他犹如千手观音般欢欣快活的、打旗语一样的疯癫呈现了一个被击鼓的狂欢精神附体的人物。他拥有纯真的、不负责任的、好动不安的孩子气。在谁人乐队早期的演唱会末尾，当彼得·唐申德撞碎他的吉他，穆恩踢踹他的鼓、站在其上、把它们朝舞台四下里狠狠掷去，这景象看上去不仅仅是一个基于击鼓首先是敲打东西这一前提的逻辑扩展，更是一个穆恩式的击鼓即生猛敲击的必然延伸。在乐队的早期阶段，俱乐部的经理们会向唐申德抱怨他的鼓手。他们会说，我们喜欢你们这些小伙子，但是别带那个敲鼓的疯子来了，他太吵了。而穆恩对此会简单对上一句："我不会静

---

[1] 格伦·古尔德（Glenn Gould，1932—1982），加拿大钢琴家。——译注（本书未标原注的脚注皆为译注）

悄悄地打,我是个摇滚鼓手。"

谁人乐队曾有过律动那么非凡的生命力,却随着穆恩的离世而死去,那是1978年的9月7日。在我头一次听到《四重人格》和《谁是下一个》的时候,我几乎没听过任何摇滚乐。我对音乐声量和力度的概念不可避免地被完全笼罩着我的纯粹基督教成长环境限制——威廉·沃尔顿《第一交响曲》铜管奏响的最后那些小节,贝多芬《槌子键琴奏鸣曲》[1] 辉煌的终章,亨德尔的赞美诗《牧师扎多克》开头平地惊起的唱诗班合唱,或者达勒姆座堂管风琴三十二英尺高的低音管以及它们在这座巨型建筑尽头激起的回声,这些回声甚至得用七秒钟的时间才能消散。这些也不可小觑,但它们谁也没为我做好接受谁人乐队凶猛能量的预备。他们的音乐通过歌词代言了摩德(Mod)式的反叛:"希望在老去之前我就死掉";"看看这新老板,跟旧的一个样";"打扮漂亮,为海滩之战";"你头顶有个百万富翁,/他监视你一举一动"。彼得·唐申德猛力而紧绷、

---

[1] 指贝多芬钢琴奏鸣曲第 29 号,op.106,是贝多芬晚年的重要作品,该作品副标题即"为槌子键琴所作的大奏鸣曲",后被简称为"槌子键琴(Hammerklavier)奏鸣曲"。

延宕的和弦像是在将他们周身的空气冲刷擦亮;罗杰·达尔特雷的演唱是一个青年带着挑衅的趾高气扬,是对某些犯罪活动的煽动;约翰·安特威瑟连绵不断漂移着的贝斯像是正飞奔逃离犯罪现场;而基斯·穆恩的鼓,雄心勃勃的纵容破坏,就是这场犯罪本身。

大多数摇滚鼓手,非常不错甚至独树一帜者,也不过充当着节拍器。一段乐句的末尾可以来个过门或者鼓花,但节拍才是统领全局的元首。在常见的 4/4 小节中,底鼓是第一拍,接着是小军鼓,然后底鼓敲上第三拍(常常在这个鼓点上使用两个八分音符节拍),再是小军鼓来敲这一小节的最后一拍。这带来了大多数摇滚乐鼓点里令人熟悉的"嘭-哒,嘭-嘭-嗒"之声。一个经过标准训练的鼓手,在演奏诸如披头士乐队的《肩负重任》(*Carry That Weight*)时,会将他的 4/4 拍稳定地从"小伙子,你要肩负重任,肩负重任,很长时间"一直保持到这一乐句末尾处的自然间断,即"时间"一词的地方,一个无歌词的、半小节的两拍子静候着接下来的重复副歌。在这半小节里,可能会有一个快疾的鼓花,或者一个鼓花加一个三联音,或者一些军鼓与踩钹制造的小花巧——其实就是随便什么即兴加花。这个加花是私货,可以不夸张地说，敲鼓这活儿的几乎所有乐趣，就在上一乐句的结尾与下一句开头间夹着的这两个空拍上了。林戈·斯塔尔的表演相当温和收敛，他在这两拍的空当里什么也不多做：大多时候，只是敲上八个平均的、直通通的十六分拍子（哒-哒-哒-哒/哒-哒-哒-哒）。在这首歌的一个不错的翻唱版本里，创世纪乐队的菲尔·柯林斯，这位和谦逊中庸永不搭边的极其炫技的鼓手，以羽毛般精巧的两个八分节拍起头，在回到主线节奏前，用小军鼓利落坚定地完成他这个紧凑的鼓花。不管风格上的差距有多大，中庸和炫技的鼓手都认同维持节拍的空间是要留足的，而分给旁逸斜出的则是小得多的分量，好像课堂上的休息时间。他们之间的差别仅是炫技型鼓手的课堂休息要多多了，并且总是忙于向其他同学展示自己。

基斯·穆恩把这些都撕得粉碎。在他的演奏中，没有课堂休息，因为他就没有在上课的时候。他只有私货。穆恩打鼓的首要原则即鼓手不是为了保持节拍而设。当然，他也维持节奏，并且做得相当好，但他摒弃了传统的那条路，而其他所有的方法他都用上了。打鼓是复制性的，大体上摇滚乐也是这样，穆恩显然觉得重复是灰暗的。所以他打起鼓来，和谁都不一样——甚至包括他自己。我是说，没有哪两个小节在穆恩手中被处理得一模一样过；他向一致性发起挑战，他一直在蓄意破坏重复。乐队里的其他人都在玩儿即兴，那为什么得让鼓手充当那个倒霉的节拍器？他视自己为一个和其他独奏者们一起演奏的独奏者。正因如此，鼓手可以演奏一连串的音乐，和吉他手一样运用一连串的起伏，渐强，跳跃。也因此，传统意义上锁定节奏的主力小军鼓和底鼓，也并不比架子鼓中的其他鼓更重要了；你需要更多其他鼓。非常非常多。20世纪70年代中期，穆恩的架子鼓被称为"世界第一大"——无论如何，多美妙荒唐的狂妄自大啊！——他架起了两个底鼓，至少十二个筒鼓，它们像一支聚光灯组成的纵队排列起来；而他就像一个欢快的小男孩儿，造了复杂的碉堡，只为了摧毁它们。但他需要所有这些鼓，就像长笛需要它每一根音栓，竖琴需要它所有的弦，以便让他的壮阔涌动的激流、行云流水的旅程被人听到；他在这些鼓之间环游时不至于无鼓可用。

大众的音乐演奏，像体育竞技及葡萄栽培一样——也许小说写作也算一个？——可能都在上个世纪得到了发展。现如今，越来越多钢琴演奏者能够在音乐会上出色地拿下肖邦或者拉赫玛尼诺夫的曲子，而附近鼓乐店的伙计很可能比当年基斯·穆恩的技术更精到。YouTube，在这个炫耀者们永不停歇的特殊奥运会上，到处是年轻人飞舞着手臂，将他们的高超技巧宣泄到装配得像炮兵方阵一般极度复杂的架子鼓上。不过这又算什么？他们还能从高处直体后空翻蹬进自己的牛仔裤，再跑酷横穿巴黎。穆恩不喜欢，也不进行鼓手单人表演；我唯一看过的一段独奏非常糟，简直是一种反表演的艺术——穆恩懒洋洋、无意识，显然是喝多了或嗑晕了或者两者皆有，像拍枕头一样敲着，几乎要倒在鼓上。他也许不拥有坚持一段冗长复杂的独奏的必要控制力；更有可能的是，他需要谁人乐队活力充沛的冒险活动来推动他找到自己的激情。他有句名言欣然承认了自己的这一特点："我是世界上最棒的基斯·穆恩型鼓手。"这也就是说："我是世界上最棒的谁人型鼓手。"

基斯·穆恩式的击鼓演奏是对艺术性和无艺术性的幸运结合。首先，他的鼓声总是听起来很好。他敲鼓敲得狠，并且把大筒鼓的声音调低（不是像肯尼·琼斯那种阉伶似的音色，肯尼是穆恩去世后勉强接班的谁人乐队鼓手）。他的小军鼓始终非常"干"。这不是个小事儿。你家门口酒店舞厅里天赋有限的三人组小爵士乐队——穿着晚宴正装的老派人士演奏他们的旧日金曲——他们往往都有一个所谓的鼓手，手里的两根鼓槌轻得都快碰不上鼓面了，而手下的小军鼓——潮湿、瓮声瓮气、松松垮垮——听着像一串打不完的喷嚏。一只"干"的、被恰当击打的小军鼓，是一声大喊，一阵爆裂，一份宣言。鼓手如何击打小军鼓，以及它听上去的效果，可以决定一支乐队整体的精气神。像超级旅程和老鹰这样的乐队听起来柔弱温和，很大程度上，是因为他们如此黏糊糊、轻飘飘地使用了小军鼓（而不是因为有小精灵在挤弄主唱的睾丸）。

谁人乐队有三张伟大的专辑，同时它们也是穆恩最伟大的三张：《利兹现场》（1970年），这是1970年2月14日在利兹大学的爆炸性演出留下的录音，一般也被视作摇滚史上最伟大的现场录音之一；《谁是下一个》（1971年），最著名的谁人乐队唱片；以及《四重人格》（1973年），它是对《汤米》那张专辑的某种继续，一部"摇滚"歌剧，怀揣乡愁纪念早年触发和滋养过乐队的60年代摩德文化。在这几张唱片里，有《复制品》《我这一代》《看见我，感知我／聆听你》《不再受欺骗》《巴巴欧莱利》《讨价还价》《歌已结束》《真实的我》《5.15》《海与沙》以及《爱，统治我》。现场录音和录音棚制作之间没有很大的差别——它们都充斥着即兴和有结构的无序、失误和错漏；它们都像是对仅有一次的成就的匆忙感激。这里也呈现出穆恩打鼓的第二个原则，也即是说，他从来都是在演出，而不是录音，出错不过是活力运转的一个部分而已。（在《四重人格》中美妙的歌曲《肮脏的工作》里，你可以听到穆恩在游荡于群鼓之间时意外地把鼓槌敲到了一起，三次。大多数鼓手如果被录到了如此情况怕是都要惊恐万分。）

对穆恩来说，这种活力意味着尝试去和变化着的音乐动态融合，既要听着贝斯容易被带跑偏的声线同时也要留心稳定而鲜明的主唱之音。正因如此，他不可能从谁人乐队制造的音乐中被割离出来。曾有这么个传闻，1968 年，吉米·佩吉希望拉来约翰·安特威瑟和基斯·穆恩给他的新乐队担任贝斯和鼓手；引起哗然的是，这个组合听起来应该既不像齐柏林飞艇又不像谁人。如果齐柏林飞艇的鼓手约翰·伯恩汉姆在《不再受欺骗》里替代穆恩，这首歌会丢失它一半的激情热烈的推动力，以及一半的野蛮放肆；如果穆恩替代伯恩汉姆为《好时代，坏时代》敲鼓，这支作品紧凑的稳固坚定则会瞬间蒸发。

伯恩汉姆的鼓听上去像是通篇斟酌过；他从不野心勃勃，因为他似乎完美审度过节奏的秩序与其偏离之间的关系：他华丽而严格限制使用的小军鼓起拍，他著名的底鼓疾速双击，永远都在他恒定稳固的踩钗的对照下出现，而踩钗则在每个小节中保持着统一的稳定节奏（在一个标准4/4拍小节中，踩钗是完整的四拍，或者八个半拍）。这就是"伯恩汉姆之声"，可以在他著名的超长独奏——复杂得泣鬼神的一段——《莫比·狄克》里感受到，这首歌收录于现场唱片《此歌依旧》中。所有都被预估好，被合适地安排了：秩序惊人。相比之下，穆恩的鼓法是将东西放到不该去的地方：混乱惊人。你可以准确地模仿伯恩汉姆；至于复制穆恩，有点像是要将他横溢的能量装入瓶中，实在困难多了。

穆恩的第三条重要的原则，是将尽可能多的私货塞进每个小节，这给他的表演带来了非凡的多样性。他似乎会同时对所有东西生出触及的渴望。比如说，底鼓和镲。一般而言，鼓手是以合适得体的一成不变来敲击它们。在一段鼓面滚击后跟上一记吊镲，像是个华丽手势，但同时也很无聊的，是某种对即兴部分结束的通告，你的击打必须走回正题了。穆恩对这两个乐器有他自己奇怪的一套。他惯于"驾驶"他的底鼓：像一个紧张的驾驶员总会把脚放在刹车上那样，他把脚停留在底鼓踏板上，有时一整个小节都在敲击底鼓。当他突然开始做一个筒鼓上的轮击，他会同时保持自己在底鼓面的击打,以至于产生了两个鼓手一齐演奏的效果。与此同时,他喜欢尽人类之极限频频击镲,且不顾节拍——离正确鼓点不是前就是后——正如爵士乐以及爵士大乐队鼓手干的那样。所有的镲同时被敲响的效果就好似排队等候时有个什么家伙出人意料地大声叫喊起来——是一段打着惊叹号的嚎叫。(而他以一串猛击镲继而在鼓堆里一圈劈打来进入一首歌曲的演奏习惯,就像某人突然闯进一间安静的房间大喊:"我来了!")

这种打法是如此生动和自由,人们往往忽略其复杂性而只强调其充沛活力。不过这种打法在《不再受欺骗》《讨价还价》《爱,统治我》或者《歌已结束》中还是非常之复杂的:除了乱人眼目的击镲,穆恩不断地打出小三联音(有时在筒鼓上,而有时则是双脚齐下,同时敲响两只底鼓);采用一种名为复合跳的技术,左右手轮击令两只筒鼓共鸣;做半反弹双手滚奏和双跳(这个方法从原理上说,即是用鼓槌跳击鼓面以使它们打出更快的单音),以及不规则的军鼓双击装饰音(一种使用双鼓槌敲击但二者之间有前后错列的装饰音,使得发声近于"blat"而不是"that")。新技术得以让听众分离出歌曲中单独一个演奏者的部分进行聆听,《不再受欺骗》和《蓝眼睛背面》里令人震惊的鼓手音轨就可以在 YouTube 上找到。在《不再受欺骗》中，架子鼓部分异常重要，穆恩同时做到了节奏滴水不漏和大规模即兴。在这首与《蓝眼睛背面》两首歌里，你可以听见他做了些出于本能的，但在常规摇滚击鼓中可能几乎没被尝试过的动作：为了一个即兴加花延迟过门，穆恩没能在乐句的自然结尾处收住加花，然后就带着他这段轰轰滚动的过门，跨过这一乐句直接来到了下一乐句的开头。在诗歌中，这种不在诗行结尾处停稳的做法，这种对韵律封闭性的挑战，这种对容纳更多内容的渴望，被叫作跨行连续。穆恩是写作跨行连续的鼓手。

对我来说，这样的奏法像是一种散文写作的理想范句，是一种我一直想写出来却总也不能自信写好的句法：它是一段长长的激流，形式上有所掌控而又有狂欢的凌乱，滚滚向前推动也能随性分心旁逸，盛装出席却顶一头乱发，小心周到同时无法无天，对与错共存。（你会在劳伦斯的、贝娄的文章里和这样的句子不期而遇，有时大卫·福斯特·华莱士那儿也会出现。）这样的句子像是一场越狱，一场逃离。打鼓总是向我提示着逃离之梦，彼时肉体将忘记肉体之存在，向它庞大的自我意识投降。我自学打鼓，但经年累月都勤于维持好学生的形象，以致我没有勇气去争取一套自己的架子鼓。一个人能小心翼翼地承认自己会打鼓，只能意味着他从来没有真正敲过。念书的时候，我确实参加了一个摇滚乐团，但是我一点也没声张。一起玩儿的孩子们和我的古典音乐世界毫无交集。鼓是一个不现实的附加品，是对弹奏"正当"乐器的补充，也是被许可了的反叛。在学校，古典音乐之路就是学业之路。合唱团学校就像是在音乐学院一样——每日排练演出。后来，当我长大一些，十几岁的时候，努力练钢琴，在合唱团演唱，在青年交响乐团吹奏小号，通过乐理考试，学习贝多芬的奏鸣曲样式，参加音乐奖学金考试，和家长谈起巴赫（又或者，胆子大一点儿，说说披头士！），去皇家阿尔伯特音乐厅观看伦敦交响乐团的演出，甚至是在《阿依达》中睡去——这些都是被称许的，也是成为一个好学生的组成部分。如今，在街上看见学生们匆匆忙忙走在人行道上，巨大的乐器盒像勤勉之棺一样绑缚着他们，而我了解这种顺从的沉重。但也是幸福的服从：那把大提琴或者法国号能带来长久的喜悦，曲目比起摇滚乐要困难且精致得多。但是去他的被称颂的思想性，就像罗斯笔下的米奇·萨巴斯所说的：精致不是反叛，也不是自由，而有时候人就是想要反抗的自由，这只有摇滚乐能提供。当人进入中年，某些时候人会看不上自己，因为他仍然还仅仅是一个好学生。

乔治·巴塔耶说过一些醍醐灌顶的话（在《情色论》中），关于工作场所是如何成为我们受驯化受压抑的舞台：这里是我们被迫丢弃酒神精神的地方。前一晚疯狂的性事好像已被忘记；周末醉酒的夫妻争执也被擦除；滑稽可乐的孩子不见了；生活中所有纠缠的、激情的乐声都关上了；会拉屎出汗的肉体披上了欺诈的外衣——虚假的资产阶级秩序装扮了你，如果你不遵守，那么失业和急速的落魄就等着你。巴塔耶也提到了学校，因为上学也是工作，是成年之前的工作场所，在人生的这一特定时段，无论精神或者生理上，个人都最具备酒神精神并最易于为父辈的伪善规矩所激怒，学校用压抑和资产阶级秩序的正确性教导着未成年人。

因此未成年的孩子快速地分裂了，一个内部的自我和一个外部的自我，内心住着一个目无法纪的小精灵，展现在外的则是个规矩守法的官方使节；摇滚乐，或你的第一段性关系，或者阅读，或者写诗，又或者同时包括以上四项——为什么不能？——代表着内心逃离的希望。而玩摇滚是和演奏古典乐不一样的，和写诗或绘画也不同。对于其他所有这些艺术形式，尽管也可能有恍惚出神的时刻甚至野性放肆的阶段，但创作延续性艺术形式的压力要求的是纪律与静默,是一种紧张的、聚精会神的精确;牢记帕斯卡尔关于安静坐于房间中的重要性的严厉警句,人们就是这么做的——即使在十六岁,也这么做——凝视着书页,纵使一片空白。写作和阅读,这么美好的事情,仍然夹带着考场昏沉的臭气而来。(当我写下这些句子时屋里正是考场般的沉寂,而在某种程度上,这种文字表达及其鲁莽内容之间的割裂多么可怕!)摇滚乐,这么说来,是吵闹的、即兴的、协作的、戏剧的、充沛的、爱现的、逃学的、打手势的、进攻的、狂喜的、迷狂的综合体。它不是聚变而是裂变。

想象一下那时候谁人乐队的诱惑力,他们破坏性的高速运转对青春期孩子心中邪恶的小魔怪是多么大的煽动:"我湿透了我冷,/但谢天谢地我还不老",《四重人格》这张唱片里年轻的罗杰·达尔特雷唱道,这首歌说的是一个摩德少年(还是叫吉米)被从自家赶了出来:

> 在这里,大海与沙滩
> 所有一切不按计划
> 我无法想象回到家里
> 这对我太勉强
> 他们终于把我扔出来

妈妈醉倒在黑啤里
爸爸站都站不稳
在他大谈道德的时候。

朋克从谁人乐队那里找到了大量灵感，这并非偶然（性手枪乐队常常表演《复制品》），又或者，更晚的一代，像珍珠酱这样的乐队会忠实地翻唱《爱，统治我》（比如查德·史密斯，红辣椒乐队的暴力鼓手，将穆恩引为导师）。它是这样一个乐队，一方面很明显，它代表成功；另一方面，它不惧怕失误——我指的是他们的歌曲里大量的即兴篇章，大胆冒险，有时散漫放任，他们超级放肆的现场演出，他们那么多情感激越的真挚歌词。而这成功的失误的震中，这个想尽人类之极限将所有有趣的东西塞进演奏中的人，就是基斯·穆恩。

谁人乐队是一支行为艺术乐队：在漫不经心中其实充斥了精心的安排。彼得·唐申德是伊林艺术学校的毕业生（其他20世纪60年代毕业的音乐圈校友还包括了弗雷迪·墨丘里和罗尼·伍德）——有时候他会宣称自己在舞台上砸碎吉他的想法某种程度上是受了古斯塔夫·梅茨格"自毁艺术"的启发。这种高调十足是唐申德的做派。但是，从某种角度说来，人们很难不去将基斯·穆恩的人生视作永恒的"进行中":一个华而不实的、不稳定的、自我毁灭的艺术装置,他在画廊里的标签简单写着:"摇滚人生,20世纪晚期。"在某种意义上,这也适用于他打鼓的风格,他的人生似乎既幼稚,又充满自觉:他引发丑闻争议的不端行径是完全自发的,但他也自觉地意识到,作为一个著名且有钱的摇滚乐手应该怎样生活。在他身上你很难将戏仿和原创分割开来,他的原创性即在于他的戏仿。这是他在架子鼓后的姿势中最迷人的元素之一:他总是在胡闹——有时候他会站起来,有时候又会像迪齐·吉莱斯皮[1]那样把腮帮子鼓起来,一边像意大利"喜歌剧"中的丑角那样扮鬼脸,大笑,一边转起鼓槌,在鼓面上玩杂耍。小孩子们可能会以为他是一个马戏团小丑。他的打鼓风格,就像他的一生一样,是一个严肃的玩笑。

如今,穆恩可能会被归类为兼有多动症和双相情感障碍;但我们是幸运的,因为他成长于战后的英国,医疗离无微不至还很远,所以他用烈酒、非法药品和非法击鼓来为自己治疗。他1946年出生在北伦敦一个条件一般的工薪家庭,受到的教育可谓微不足道。他焦躁不安、好动、哗众取宠。美术

---

[1] 迪齐·吉莱斯皮(Dizzy Gellespie),美国爵士小号手。

老师将他描述为"在艺术上是低能的,在其他方面则是白痴",所以在他十五岁退学时,学校无疑是松了一口气的。"你从来不会觉得,'有一天他会出名',你觉得更有可能的是他迟早要进监狱。"一个朋友对穆恩的传记作者托尼·弗莱彻如是说。

他几乎没有接受过打鼓的正规训练。如同果戈理灿烂的散文或者理查德·伯顿趾高气扬的表演都是其创造者情绪的外显,穆恩的鼓奏也是他戏剧化过动(hyperactivity)的展开。他母亲发现他非常容易厌倦,很快就对他的火车或模型玩具丧失兴趣。在他的短暂一生中,他似乎沉迷于恶作剧:他会在酒店里扔小爆竹,或是把自己打扮成希特勒和诺埃尔·科沃德[1],乘坐轮椅从机场楼梯滚下,捣毁酒店房间,把汽车开进游泳池,然后因为"破坏治安"被逮捕。在飞机上,穆恩可能会搞他的鸡汤恶作剧,过程是:把一罐金宝鸡汤带到飞机上,偷偷倒进呕吐袋里,然后假装剧烈呕吐。这时,他会"再把袋子拎起来,把呕吐物一样的鸡汤倒回嘴里,然后如释重负地叹一口气,再天真地询问同机的乘客他们觉得有什么恶心的"。这种戏剧表演有

---

[1] 诺埃尔·科沃德(Sir Noël Coward, 1899—1973),英国演员、剧作家、作曲家。因影片《效忠祖国》获得1943年奥斯卡终身成就奖。

一种不懈的精神,一种奇特、沉醉的耐心,它通常需要准备和筹划,当然也需要某种上瘾般的投入。弗莱彻写道:"基斯穿上纳粹制服就把它当作自己的第二层皮似的,之后的六七年里都时不时地把它披在身上。"六七年。他对酒精和可卡因肯定是上瘾的,但也许,这些只是用来消解他对戏谑和演戏的更大、更原始的瘾所需的溶剂。

表演是令自己彻底迷失的一种方式,所以从这个意义上说,鼓手只是穆恩的一个角色,穆恩还可以是希特勒,是纽尔科瓦德,是纵火犯,是玩儿呕吐袋的小丑,穆恩还可以是疯狂的"摇滚明星"。("我他妈才不在乎什么皇冠假日的客房,"他在搞完破坏后堂而皇之地说道,"他们有千万间一模一样的。")但是,"角色"意味着选择、自由、计算,而似乎这些角色并非他选择的,而是他依赖的。或者换一种说法,尽管穆恩在这些角色中玩乐得很开心,但似乎真正解放穆恩的,是他坐在架子鼓后面的时刻。我常常会在想起穆恩的时候同时想起古尔德,尽管他们天差地别。两个人都在非常年轻的时候开始了演奏生涯(加入谁人乐队的时候穆恩十七岁,古尔德录制他第一张伟大的《哥德堡变奏曲》时二十二岁);两个人都是特立独行的、革命性的演奏者,对他们来说,自发性和与众不同是重要的元素（比如两个人都很喜欢在演奏的时候唱出声音或喊叫）；两个人都过着独幕喜剧式的热情的幻想生活——古尔德写过关于佩图拉·克拉克[1]的《市区》的文章，并且发明了两个喜剧人物角色，一个叫卡尔海因茨·克洛普威瑟，一个叫奈杰尔·推特－索恩维特爵士，"英国指挥界头牌"，并以这两个身份在加拿大电视和广播上接受访谈；两个人都是社交明星但本质上离群索居；两个人都不怎么练手艺（古尔德，起码他声称自己不练琴，至于穆恩，很难想象他有那个耐心和清醒状态去练习）；而他们的那些演奏怪癖（古尔德的洗手强迫症、他固执的穿衣打扮，还有吃药像吃糖的忧郁症）都隐隐有着一丝绝望的狂躁症特质——只有坐在乐器后方演出，才拥有真正的逃离和自我消融的欢乐自由：古尔德化身钢琴，而穆恩变成了鼓。

穆恩和古尔德的表演生命都很短——古尔德三十一岁时放弃了音乐会演出；穆恩死时仅三十二岁，并且在去世前已多年未能有精彩的演出。在1968年和1976年之间，他大约有八个年头可算是真正伟大的鼓手。在这段日子里，穆恩吞下了数量近乎荒唐的酒精和药物。到处是他一次吃上二三十

---

[1] 佩图拉·克拉克，英国歌手、演员。

颗药丸的传说。1973 年在旧金山,他吃了过量的镇静剂(也许是为了在吸毒后镇定下来,或是为了应对演出前的紧张情绪),在扛过几首歌曲后晕倒,不得不被送往医院。在洗胃时,医生发现胃里有大量 PCP,按弗莱彻的话说那是种"让狂躁的猴子和猩猩倒头大睡的药"。而在穆恩被救护车拉走后舞台上发生的神奇的事情深深地印刻在我十几岁的脑中。彼得·唐申德冲着台下问,可有谁能上来打鼓。十九岁的斯科特·哈平可能是全美国最遭嫉妒的少年了,他跳上舞台,坐在穆恩的位子上演奏。"所有东西都被锁定到位了,"哈平之后说起那庞大的鼓群,"随便一个地方,你都可以打到什么东西。所有的钹都重叠在一起。"

穆恩和古尔德都曾是纤细甚至堪称英俊的小伙子,岁月推进使得他们的外形变得粗厚,近于猿。二十岁的穆恩细瘦可爱,黑发像倒扣的碗一样顶在头上,小丑般的弯眉下,眼神幽暗呆滞。在生命的尽头,他看起来比实际年龄老了十岁——浮肿、沉重、面相不再甜蜜滑稽,而是略有恶相——宛如穆恩的老酒友奥利弗·里德[1]饰演的比尔·赛克斯[2],

---

[1] 奥利弗·里德(Oliver Reed,1938—1999),英国影星。

[2] 比尔·赛克斯(Bill Sykes),狄更斯小说《雾都孤儿》中的反面角色。

弯弯的眉毛现在厚实了，颜色也变深了，看着像是画上去的，就好像他已经成了自己的卡通肖像。朋友们都为他的外表感到震惊。在鼓架前，他变慢了，也缺乏了创造性和活力；他的最后一张专辑《你是谁》，是他衰老的明证。他终于因为过量使用药物氯甲噻唑[1]，一种用来治疗酒精戒断症状的镇静剂而死，或许，没人会因此感到惊讶。"他走了，干成了。"唐申德告诉罗杰·达尔特雷。在他的胃里发现了三十二粒药片，相当于血液里有一大扎啤酒。他的女朋友发现了他的尸体，她后来对验尸官说，她经常看到他不是用水送服药丸，而是把药直接塞进嗓子眼里。几乎整整两年后，约翰·博纳姆在纵饮伏特加数小时后，死于窒息。他只比穆恩大不到一岁。

古尔德有两张著名的《哥德堡变奏曲》录音：一张是他在二十二岁时录的，另一张是他在五十岁去世之前录的。开场的咏叹调清晰明亮，旋律炫美，古尔德独一无二的表现在两张唱片中却相差很远。在年轻的版本中，咏叹调快疾、甜美，跑动清晰如流水。在中年录音里，速度慢了一半，音符与音符像同极互斥一般隔开，似是彼此无关。第一次

---

[1] Heminevrin，镇静催眠药。

录音骄傲、蓬勃、乐观、充满活力、有趣、乐音饱满;第二次录音内省、老练、凛冽、哀痛、寂寥。两段录音相对而立,中间隔着的是三十年的岁月,好像人生的大门一般。我更喜欢第二个版本;但是听着它的时候,我是多么想成为第一个版本啊!

什么是契诃夫所说的生活

什么是契诃夫所说的"生活"？我想起这个问题时，正很不自在地观看百老汇出品的《玩偶之家》。温和而难以捉摸的契诃夫有次对斯坦尼斯拉夫斯基说："跟你讲吧，易卜生根本写不来戏！……易卜生不懂生活。生活中根本就不是那么回事。"他语带一丝惊讶，仿佛这本是不言自明的。不，生活中根本不是那么回事，就算坐在剧院里，你也知道。时值夏天，外面，百老汇车水马龙，听来像一支军队，越开越近却永不抵达。天热得发疯，热感直逼身体。空调滴滴答答，背部戳在窗口外，一如乔叟笔下的阿丽生。一切都像平时那样嘈杂含混。但在室内，易卜生下令把生活装进整整齐齐的三幕，观众坐在空调房间里，准确地配合剧情一起笑笑，加入笑的大合唱，脑子里在想幕间休息喝点什么——这里有一刻很符合契诃夫式的生活：我们可以听到大厅酒保在发杯子，演奏起他自己的小小鸡尾酒交响乐。那叮叮当当的声响，扰乱了易卜生本来很简单的曲调。

《玩偶之家》讲述了一个女人屈从而最终逃脱她丈夫的故事。易卜生并不笨拙，他没把娜拉的丈夫托瓦德塑造成穷凶极恶，而只是缺乏理解力。然而他还是忍不住告诉我们，托瓦德的不理解到了何等愚蠢的程度。娜拉欺骗丈夫，为的是保护他。他发现被骗后勃然大怒。剧的最后，娜拉告诉他，她要走了，因为她从来只是他的玩物罢了。托瓦德"原谅"了她的欺骗。娜拉哭了，因为托瓦德不懂。"你为什么哭呢？"托瓦德问，"是不是因为我原谅了你的欺骗行为？"此刻，观众们会心窃笑。可怜的愚蠢的托瓦德，还以为原谅了老婆就能万事太平！易卜生将托瓦德之蠢向我们和盘托出。那么当然，契诃夫反对易卜生，肯定是不喜欢他那种自说自笑的感觉。他以这种情景中的戏剧化的"讽刺"为乐，实际上，他只能想出这种戏剧化的讽刺，就像有些人只能在宽沿纸上写作一样。易卜生的人物太容易理解了。我们理解他们，是把他们当作虚构之物来理解的。他总是为人物系紧道德的鞋带，让一切都整洁、体面、可知。他笔下人物们的秘密是可知的秘密，而非契诃夫人物身上真正的隐私。它们都只是些中产阶级的秘密：一个旧情人、一份违约的合同、一个敲诈者、一笔债、一个不想认的亲戚。

而契诃夫想到的"生活"是一种扭捏的浑浊的混合物，而不是对诸事的一种解决。我们只要看一下他保存的笔记本就很能理解了。实质上，这个笔记本就像一个床垫，里面塞满了他偷来的钱。它满是谜团，却得不出什么结论，它写满了惊奇的一瞥、可笑的观察、暗涌着新故事。

代替床单的是——脏桌布。

那条狗走在街上为自己的罗圈腿感到羞耻。

那是一些矿泉水瓶，里面放了些樱桃干。

在旅馆老板保存的账单里有一项是："臭虫——十五戈比。"

他剔好牙齿，把牙签放回玻璃杯。

在饭店的一个私人房间里，一个有钱的男人，脖子上系着餐巾，拿叉子碰碰鲟鱼："至少我死之前还能吃个零食。"——而且他很长一段时间都在说这话,每天都说。

你希望女人们都爱你,就要特立独行;我认识一个男人,他不管夏天冬天都穿毡靴,而女人们都爱上了他。

值得注意的是,契诃夫将细节,甚至视觉细节,都当成一个故事,把故事当成一个谜。他并不费神留意小镇的屋顶看起来像犰狳甲,或者大谈对于上帝的困惑,或者俄罗斯民族代表了坐在三套车上的世界-精神。吸引他的既不是静固的诗意,也不是静固的哲学。在契诃夫的作品中,细节几乎从来不是一个稳固的实体;它是一个缄默的事件。他发现世界就像他本人一样吞吞吐吐讳莫如深——生活便如一棵树上挂着不同的故事,悬垂着种种隐私。对他而言,故事不仅始于谜,亦终于谜。他让《关于爱情》中的一个人物抱怨说:"我们这种像样的俄国人就是热爱那些从来解决不了的问题。"契诃夫就是如此热爱问题,只要这些问题可以不求答案。作家伊万·布宁说,契诃夫喜欢从报纸上念一些没来由的怪事:"萨马拉一个名叫巴布金的商人,把他所有的钱都留给了一座黑格尔纪念碑!"这类故事的魅力大概在于，报纸自以为解释了一件事，但其实只不过是讲述了一件事。布宁补充了一则真实的逸事，一个教会执事在丧宴上把鱼子酱全吃光了。契诃夫在《在峡谷里》开头便用了这件事。他的作品中散布着未解的细节，就像一种专门刊登切身奇事的报纸。这样来看，他的故事都是犯罪故事，但里面没人是罪犯。

契诃夫的笔记本里没有反省。一切都带有相同的确凿、就地、随意的性质。我们可以从某个条目里推测契诃夫的性格，也同样可以从另一个条目或者所有条目里去推测。一个朋友说他"闷闷不乐，那双敏锐而智慧的眼睛总是远远地打量着一切"。从亲友的各种回忆中，我们能够想象出，这个男人好像总是比他本人更年长一些，也比他遇见的任何人都更年长，好像他活了不止一辈子。他不会让自己一览无遗：他平易近人但难以捉摸。他会突然微笑，能像喜剧演员一样让怪事都显得似乎在所难免。有一个演员请他解释，《海鸥》里的特里果林算哪种作家，他回答说："可他穿方格条纹的裤子。"他害怕成为关注焦点。他用一种疲倦而宽宏大量的语调说出自己的判断，好像它们再明显不过，只是他没听到之前有人说过罢了。他极富魅力，一轮又一轮的女人爱上他。这幅图景就是一直以来的英美版契诃夫,这位作家好似一个完美的英国文人——他的宗教是没有宗教,他看重本能而非信念,他统领着平平无奇的省份,那里的居民也许不太快乐,渴望变革,但到头来还是学会冷静,遵守当地法律。D. S. 米尔斯基,一位旅居英国的俄国评论家说,契诃夫在英国很流行,因为他"罕见地彻底排斥我们所谓的英雄主义价值观"。契诃夫专门料理平淡无味的生活,这种看法离事实和契诃夫的写作相去甚远。契诃夫的作品是奇怪、残暴、绝望、不幸福的喜剧。

目前最完整的英文传记出自唐纳德·雷菲尔德,他给软绵绵的英美版契诃夫蒙上一层阴云,这是好事。在这本传记里,契诃夫仍然迷人、机敏、体面。他仍然是那个为家乡图书馆买新书的人,他免费分发药品,成了一个医院督察员,离梅利霍沃他家农场很近。但我们也看见契诃夫的生活离作品很远。他逃离人际关系。而他在爱情上的做法则有些冷酷甚至可憎,尤其考虑到他自己是一个对痛苦极其敏感的人:他总是鼓励女人爱上自己,然后,逐月逐月地冲淡她们的激情。他很少或根本不回她们的信。在写作最高产的阶段,1892 到 1900 年,他住在梅利霍沃的房子里,在莫斯科以南大约五十公里。同住的有他尽职尽责的姐姐玛莎和他的父母。在此，他试图剪除不必要的人际交往。契诃夫擅于调情，性方面，则偏好妓院和露水情缘。(这一形象以毋庸置疑的证据推翻了 V. S. 普利切特关于契诃夫没有性欲的善意假设。)

但他忠于家庭，在莫斯科读医学院时，他就成了养家的人。1860 年，他生于俄国南部的塔甘罗格。他的父亲帕弗，大约可以视为契诃夫精细勾勒的那些伪君子之原型。帕弗开了家杂货铺，而他经手的一切都以失败告终，除了宗教。鞭笞孩子之余——他异常狠心——他成了大教堂唱诗班的歌手，他对礼拜仪式的热爱让礼拜乐曲无休无止。在教堂里，"帕弗分毫不让地捍卫他最看重的品质：光辉夺目"。他虔诚得可怕。有一个故事说帕弗在店里的一桶橄榄油里发现了老鼠。"他太诚实，不可能闷声不响；他太小气，不可能把油倒掉；他太懒惰，不可能再烧一遍过滤。他选择做一个祝圣仪式：伯克罗夫斯基神父在店里做了一场法事。"

契诃夫后来成了一个不信上帝的作家，他憎恨肉体虐待，每一页都在反对任何光辉夺目的迹象，在小说里装满伪君子。帕弗的鬼魂在契诃夫的作品里随处可见，如《第六病室》里的拉金医生，他向在这间精神病房里受虐待的病人大谈马可·奥勒留和斯多葛主义的重要性；又如《在峡谷里》的那个昏庸牧师，在晚餐时安慰一个刚刚死了婴儿的女人，同时用一把"尖上插了腌蘑菇的叉子"指着她。然而做儿子的没有抛弃父亲，契诃夫全家一搬到莫斯科，安东便平静地负担起全家的生计。他劝诫哥哥们不要胡天野地地生活，他有种奇异的不知哪儿来的成熟，有时候让他显得好像独占了什么隐秘的幸福。"有教养的人"的生活遵循八条准则，他在一封长信里告诉他的哥哥尼古莱。你要节制性事，不要夸夸其谈。"真正有才华的人永远在暗处，在人群中，绝不招摇过市哗众取宠。"直到唐纳德·雷菲尔德得见先前被审查过的档案，这封信的最后一句话总是在英文里被柔化为："你必须放弃你的骄傲：你不再是一个小男孩了。"但实际写的是："你必须扔掉你他妈的自命不凡……"我们对于"契诃夫式完美"的形象，正好被这些疵突破坏掉。我们应该看看这些差错、世俗、粗鄙，还有性方面的坦诚，这些都被俄国的审查者和英语世界的崇拜者们移除了。契诃夫仍然亲犹太人，仍然支持妇女权益。但他的信里也隔三岔五地流露出一点点偏见，"犹太佬"不时出现，对女人亦颇有微词。

　　契诃夫一家生计都要靠安东的文学收入。这笔钱起初很少。契诃夫粗手粗脚地写了六年——为报纸搞些讽刺小文、人物速写、幽默漫画、润色。

（当然，他的成熟作品有一种辛辣，有时是一种立竿见影的教育性，令人想起漫画或速写。）他遇见了阿列克谢·苏沃林，《新时代》的老板，这成了他所有伟大作品的基础。苏沃林早就注意到了契诃夫写的东西。1887 至 1900 年间，他是契诃夫的赞助人，也是最深入交流的对象。他还是这位作家的对立面；因此契诃夫必须充当苏沃林的肾脏，过滤掉这位商人的毒素——他的反犹主义（他们争论德雷福斯事件，契诃夫便宣称他本人就是德雷福斯），他艺术上的保守主义，他对最微小的政治激进的警惕。苏沃林被大多数思想开明的人痛批，而契诃夫和他的同盟常受奚落。但当时契诃夫也成了高尔基的朋友，他的小说有时同受左右两派的承认：政治的哑剧马[1]搞内讧，前脚和后脚争，最后瘫在台上。

《草原》（1888）是第一个登上"厚杂志"的短篇小说：从此契诃夫便是一个有名望的作家了。他只有二十八岁，这个故事也还有些迟疑不决的地方，比如还是忍不住写了过于戏剧夸张的恶人（犹太商人摩西和所罗门），他们看来有些狄更斯的腔

---

[1] 哑剧马（pantomime horse）是戏剧舞台上的一种表演形式，由两名演员穿一套戏服协作表演马或其他四足动物的仪态动作。

调,但很显然是抄自果戈理。但成熟期契诃夫的妙处,在此多已具备了;这是一个早年的脚印,由一个更轻量级的人所留。尤其一点,这个作品的写法乃是以一种忸怩的步子前进,漫无目的,任意而行,其速度取决于想象力。我们跟着一个名叫叶戈鲁什卡的小男孩,他要去一个新学校,搭了个便车,车上有两个人,羊毛商人库兹米乔夫和赫利斯托福尔神父。他们离开男孩家乡的小村,开始旅程,他们路过一片墓地,男孩的父亲和祖母便埋在那里。契诃夫的描述顺势偏移。

> 墙后面那些白色的十字架和墓碑欢快地探头张望,在樱桃树叶子之间半隐半现,远看仿佛是些白斑。叶戈鲁什卡想起来在开花时节,那些白斑就同樱桃花混在一起,成了一片白海。等到樱桃熟透,白墓碑和白十字架上就有许多紫红的小点儿,像血一样。在围墙里的樱桃树荫下,叶戈鲁什卡的父亲和祖母姬娜伊达日夜长眠。祖母去世后,装进一口狭长的棺材,两个五戈比铜板压在她那不肯合起来的眼睛上。在死以前,她是活着的,常从市场上给他带松软的面包圈,上面还撒了罂粟籽。但现

在她只是一直睡一直睡。[1]

伍尔夫和乔伊斯都欣赏契诃夫,只需看看叶戈鲁什卡这段漂离的思绪,就能明白原因。(正如观看说教的《玩偶之家》也能明白为何萧伯纳欣赏易卜生。)因为这是一种意识流,比托尔斯泰在《安娜·卡列尼娜》结尾那段更为自然和低调。"在死以前,她是活着的……但现在她只是一直睡一直睡。"不仅一个小男孩会这样想,我们每个人都是这样想死亡的,只在心里偷偷说:死之前,她是活着的。这是那种显然没什么深意的庸常想法,却是一种意外的庸常,而既然意外,也就不庸常,且永不庸常了。而契诃夫艺术中更深刻的东西出现在一页之后,叶戈鲁什卡哭了,因为他想妈妈,赫利斯托福尔神父安慰他。"得了,小兄弟,"神父说,"求主保佑。罗蒙诺索夫当初也这样跟渔夫一块儿出门,后来却成了名满欧洲的人物。智慧跟信仰合在一块儿,就会结出上帝所喜欢的果实。祷告词上是怎么说的?'荣耀归于创世主,使我们的双亲得到安慰,使我们的教堂和祖国得益'……就是这样的。"当然,赫利斯托福尔神父根本没有提供任何

---

[1] 相关引文翻译参考了汝龙先生的译本,多有改动。

安慰；他自说自话。他的安慰没有什么戏剧性的意义，按易卜生的标准来看。他真的把所思所想一股脑倒出来。他说话非常任性，显然就跟男孩想事是一样的。这种对意识流的使用，在之后的岁月里变成了契诃夫革新舞台艺术的基础；这也是他对小说的革新。契诃夫发现了一种相似性，原来我们对自己说的和我们对别人说的差不太多：两者都是败露的隐私。两者都是失落的秘密。前者失落在我们的头脑和灵魂之间，后者失落在彼此之间。自然，这类心声，不管对内对外，都有一种回忆或梦的任性特质。它就是回忆或梦。这也是为何它似乎很有喜感，看一个契诃夫的人物就好像看一个情人在床上醒来，半醒半梦，说一些奇怪而私密的东西，对我们来说毫无意义，因为其内容指向刚才的梦境。在生活中，这类时刻我们会笑着说："又说傻话了，你晓得吧。"契诃夫的人物便活在这两种状态里。

有时他的人物把心思倒出来，说出口；有时他们的心思闷在里面，而契诃夫为我们描述它——往往这两缕心绪难以区分，如叶戈鲁什卡对他祖母的回忆。《主教》是契诃夫的晚期作品，完成于1902年，即契诃夫生命的最后两年。此作是一个绝好的例子，说明叙事中的这种新手段已然纯熟。一个将死的神职人员开始回想童年……突然他的思绪就跑偏了。他记起"西美昂神甫,长得又瘦又小,儿子却魁梧得很(一个宗教学校的学生)……有一回,他儿子对家里的厨娘发脾气,骂她是'耶户的母驴',这令西美昂神甫闷声不响,因为他暗自羞愧不记得《圣经》上哪里提到这母驴了"[1]。这是何等丰富、何等强健的世俗细节啊!但契诃夫伟大的创新之处不在于发现或发明这类细节和逸事,我们在托尔斯泰和列斯科夫那里也能找到同样出色的细节。关键乃是在于它们的位置,它们的突然绽放,它们的缺乏明确意义,好像契诃夫的人物碰到了一些他们不想碰到,至少无意碰到的东西。好像是像思绪在想人物。这种自由意识的运动出现在文学里大概还是第一次:奥斯丁或斯特恩,果戈理或托尔斯泰,都不曾让一个人物同记忆保持这种关系。

看契诃夫作为一个作家如何成长起来是极有意思的,从《草原》到十一年后《带小狗的女人》,就是看他怎么发现并扩展这类乍看是任意为之的细节。因为这不仅仅是契诃夫的人物心血来潮,详细倾吐,而已经成了契诃夫文体的根本原则。纳博科夫曾抱怨契诃夫"混杂了糟糕的文体、预备的绰号、重复的意思"。纳博科夫当然错了。契诃夫的

---

[1] 据汝龙先生译注,出自《旧约·列王记下》。

比喻，自然场景和视觉细节，常常优于纳博科夫（也总是好于托尔斯泰），因为它们往往出人意料，仿佛脱离了文学。他看世界不是以一个作家的眼光，而是以他的人物的眼光。就算在某些情况下故事的讲述者是"契诃夫"，显然外在于人物的头脑。"远处有只麻鸭在叫，悲悲切切，朦朦胧胧，听着好像是一头母牛关在棚里。"这个类比里没什么诗意可言，但村民大约就会这样想麻鸭的叫声。"一只布谷鸟好像在算某人的年纪，一直数岔了只好从头再来。"一个女孩快要放声大哭，"她的脸奇怪地绷紧了，好像含了满嘴的水"。（这里的关键词是"奇怪地"。对谁奇怪？对房间里的其他人，其中便有契诃夫：他不再是一个作家。）一个贫穷的村子里响起了"听上去很贵的手风琴"声。

相比之前的任何作家，契诃夫都更彻底地变成了他的人物。一个像《古瑟夫》那样的伟大作品，没有这种认同就不可能写出来。故事发生在一条回俄国的船上。在病房里，一个叫古瑟夫的愚蠢农民快要死了。其他病人嘲笑他简陋的想象——他认为风被拴在什么地方，就像狗被拴在墙边，一旦起了风暴，那是因为它们被放出来了。古瑟夫躺在船上，回忆起家乡的村庄，我们发现他的想象并不简陋。很快他就死了，实行海葬，包了块帆布。"缝进帆布里，"契诃夫写道，"他看上去就像一根胡萝卜或野萝卜：头宽脚窄。"他坠入海中，头上白云汇集。契诃夫写有一片云看着像凯旋门，另一片像头狮子，还有一片像把剪刀。忽然我们意识到契诃夫看世界就是用古瑟夫的眼光。如果古瑟夫很蠢，那契诃夫也就很蠢！为什么古瑟夫觉得风是被拴着的狗很蠢，而契诃夫觉得一片云像狮子或一具尸体像萝卜就不蠢呢？契诃夫的叙述消失在古瑟夫的叙事中。

令人咋舌的是，契诃夫最完整的传记作者几乎没在契诃夫的作品上花什么时间。他似乎要建一座围墙，一砖一石都是生平"事实"。唐纳德·雷菲尔德在序言中告诉我们，如要讨论契诃夫的作品，只因"它们出现在他的生活中，并影响了他的生活，但不会被当成评论的对象。传记不是评论"。当然，割裂生活和作品，如屠夫用不同的刀子去切生肉和熟肉，未免太不开化。传记就是评论，特别是在契诃夫身上，他常常回避生活来强化作品。毋庸置疑，雷菲尔德就契诃夫的生活提供了一整套新的形象——他更野蛮、更残酷、更普通、更孤独。但这本传记丰富得很苍白：一大堆旅行日记、信件和聚会。关于作家，他几乎什么都没说，并在很多地方把事实刨去了文学的背景。总的来说，他还不如完全不提契诃夫的作品，因为他简短的评论似乎全是照本宣科、例行公事罢了。他说《古瑟夫》"很好地描绘了自然对死亡的漠然……契诃夫的后萨哈林时期开始了"。《第六病室》则是"一个关于人类境况的凄凉寓言。这里面没有爱情"。关于《大学生》（契诃夫自己的最爱），他评论道："这是'晚期的契诃夫'，在这个阶段……一切都是唤起的，而不是直接说出来。"如此等等。大多数小说都被一两句话打发了。他把小说强行塞进传记的小单间，不惜大肆扭曲。还有一些时候，他拿来契诃夫的评论但剥去了文学的外壳。比如，1901 年 1 月，契诃夫和他的朋友 M.M. 科瓦莱夫斯基在罗马。据雷菲尔德说，契诃夫生着病，非常抑郁。他只有三年可活了。他同科瓦莱夫斯基在圣彼得大教堂看了一场忏悔列队行进祈祷，他对此的反应被拿来当作当时精神状态的证据，雷菲尔德评论道："安东的心情变得极糟：他告诉科瓦莱夫斯基自己没在写什么长的东西，因为他马上就要死了。他在圣彼得大教堂看忏悔游行。当被问及他如何描述此情此景时，他回答说：'一个愚蠢的队列拖拉而过。'"但科瓦莱夫斯基的回忆录（最近刚刚重印，收于安德烈·屠尔科夫的《安东·契诃夫和他的时代》，1990 年在莫斯科出版）说得很清楚，契诃夫的回答是一个文学方面的回答。科瓦莱夫斯基讨论的是契诃夫的省略,为了表明他是"一个避免任何非必要细节的作家"。当他们看着队列从身边走过,科瓦莱夫斯基建议说,"对一个纯文学作者而言",他们眼前所见的"不乏一定吸引力"。"丝毫没有,"契诃夫回答道,"一个现代小说家只能允许自己写下这么几个字:'一个愚蠢的队列拖拉而过。'"相比错误的传记解读,这个文学的背景不仅更为真实,也更为有趣:它告诉我们"生平"之外的契诃夫。

1890年,契诃夫长途跋涉到萨哈林,一个西伯利亚海岸边的监狱之岛。契诃夫在岛上目睹了俄国不成人形的生活,萨哈林便如一个住了人的死亡集中营。他1895年出版了有一本书长度的报告,在临近结尾的地方,契诃夫描述他看见一个谋杀犯被打了九十鞭。接着便是这个契诃夫式的细节——一个抱怨的军医助理请人帮他一个忙。"尊敬的先生,请让我看看他们是怎么惩罚囚犯的。"有时候,契诃夫写道,"我感到眼前所见已是人类堕落的极限。"契诃夫相信良好的教育和药品是非常重要的。而萨哈林更加剧了他的社会向善论。在梅利霍沃他1892年买的地产上,他帮忙建起一座新学校,并免费提供专业的医学知识。他最伟大的短篇小说变得更倾向于黑暗,也更倾向于宽恕。监狱在这些小说里反复出现,即使《带小狗的女人》里的情侣也感到被关在笼中,这篇小说出版于1899年,当时契诃夫刚刚和未来的妻子奥尔加·尼普尔交往。"而从中逃脱是绝无可能的,正如你在一个精神病院或上了脚镣的苦役队里。"而凄苦的《古瑟夫》(1890)构思于契诃夫看见两个人死在把他带离萨哈林的船上。《第六病室》(1892)设在一间精神病房里。一个自以为是的医生,忽视了病人的痛苦,却发现他自己的精神正在垮掉。他反过来被扔进精神病房。从窗口,他能看见镇上的监狱:"这就是你的现实!"医生想道。他死在精神病房里,他意识模糊神游万里,而契诃夫给他的奖励便是他作品中特有的那种猛地心血来潮,那种随机的迷狂,那种白色的缺口:"一群鹿,出奇地美丽优雅,他前一天在书上还读到过,此时从他身边跑过;然后一个农妇向他伸出一只手,手里拿着一封信……"这些小说里都有一种颇为炽热的人道主义:契诃夫在1898年给苏沃林的信里说,作家的任务就是"为那些罪人挺身而出,如果他们已经受过谴责和惩罚"。就在一年前,契诃夫第一次公开挺身而出支持德雷福斯。

契诃夫相信什么?在关于这位作家的论文中,哲学家列夫·舍斯托夫(不无赞许地)提出,契诃夫"没有理想,甚至没有对于平常生活的理想"。他说契诃夫作品用悄声低语的"我不知道"来回答一切问题。一些苏联评论家认为,契诃夫"绝望"的人物没能充分预见即将到来的革命——对俄国的未来过于悲观了。契诃夫的小说里哲思困惑不清,但并不等于没有哲思。苏珊·桑塔格说得很对,契诃夫的写作是一个自由之梦——"一种绝对的自由,"契诃夫写道,"彻底摆脱暴力和谎言。"在他的作品中,自由不仅仅是政治的、人身的,而且是一种中性的填充,就像空气或光。他多么频繁地描写村庄,接着,在村子的边缘——"一片开阔的田野"。《套中人》的叙述者记得孩提时的自由,当父母外出,"我们会绕着花园跑一个多小时,陶醉于完完全全的自由"。契诃夫并非托尔斯泰般把人物拖向上帝的自由,亦非果戈理般把人物引向自发的社会主义。他很坦诚,他必须承认自由之于我们并不总是很有吸引力,它有时令我们害怕。也许自由只不过是一种可以不存在的自由?"哎,要是可以不存在该多好。"《三姐妹》里的契布蒂金哭诉道。我们常常可以注意到他的人物渴望逃入一种自由,其不存在注定了其宽广。莫斯科对于三姐妹不仅不可能,且不存在,是她们的欲望令其消失。对于新生活的切盼——契诃夫人物最常见的姿态,以及作家从他自己的家人身上得到的第一手观察——对于无生活的切盼,也许这两者之间的差距很小。但不论契诃夫的人物碰到什么事,不管他们如何期望,他们都拥有契诃夫文学天才所赋予的一项自由:他们可以像真正自由的意识一样行动,而不是作为文学人物被指使。这是一种不可小觑的自由。契诃夫妙手偶成的风格,他对于心思流迁的模仿,之所以是巨大成就,便在于把忘我带入了小说。人们在思考时深深埋进自我之中,遂忘了他们自己,一念既起随波逐流。当然,他们不是真的忘了做自己,他们是忘了履行自己作为一个有意义的小说人物的使命。他们扔掉剧本,不再演戏,不再是易卜生的特使。

契诃夫的人物忘了自己是契诃夫的人物。最美妙的例子可以看一下他的早期作品《吻》,是他二十七岁写的。一个未经人事的士兵生平第一次吻了一个女人。他珍藏这份记忆,又忍不住要跟军队里的同伴说说他的经历。然而他真的说出来后,却很失望,因为他的故事一下子就说完了,可"想象中他能一直说到早上"。我们可以留意一下多少契诃夫的人物对他们说的故事很失望,并且似乎隐然嫉妒别人的故事。但在文学中,对自己的故事感到失望是一种特别微妙的自由,因为这表示人物有失望的自由,既失望于他们自己的故事,也把失望延伸到契诃夫给他的故事上。这样一来,他挣脱了契诃夫的故事,获得了失望的深不见底的自由。他总是想从契诃夫给他的故事里创造出他自己的故事,即使这种失望的自由终究令人失望。(至于这种自由毕竟来自作者的奖赏和操控当然是一个微小的悖论了:不然它从何而来呢?)但这毕竟是一份自由。对此《吻》表现得很好。士兵忘了他在契诃夫的小说里,因为他沉浸在自己的世界里。他自己的故事是深不见底的,期望说上一整夜;但契诃夫的故事"一下子就说完了"。在契诃夫的世界里,我们的内在生活有其自己的速度,自己弄了一套日历。而在契诃夫的作品中,自由的内在生活撞上了外在生活,就像两套不同计时系统的冲撞,儒略历撞上了格里历。这就是契诃夫所说的"生活"。这就是他的革命。

严肃的观察

I

过去的二十多年里,我曾几次三番地重读一个不同寻常的故事,它是安东·契诃夫在二十七岁时创作的,题目叫"吻"。一个士兵团被安排驻扎在一个乡下小镇上。镇上最气派的那户人家的主人邀请军官们去喝茶并参加舞会。其中一位名叫里亚博维奇的天真的参谋上尉发现,要像他那些自信的同伴一样跟女人跳舞并不容易。他"是一个戴眼镜的军官,身材矮小,背有点伛偻,生着山猫样的络腮胡子"[1]。他看着其他军官与女人们轻佻地攀谈。

---

[1] 该短篇故事的译文摘自汝龙译《契诃夫短篇小说选》(北京:人民文学出版社,2015 年)。

他这一辈子从没跳过一回舞,他的胳臂也从没搂过一回上流女人的腰。……有些时候他嫉妒同伴们胆大、灵巧,心里很难过;他一想到自己胆小,背有点伛偻,没有光彩,腰细长,络腮胡子像山猫,就深深地痛心,可是年深日久,他也就习惯了,现在他瞧着同伴们跳舞,大声说话,不再嫉妒,光是觉得感伤罢了。

为了隐藏内心的尴尬与寂寥,他就在大宅子里四处闲逛,最后迷了路,到了一间昏暗的屋子里。契诃夫写道,这儿"也跟大厅里一样,窗子敞开,有白杨、紫丁香和玫瑰的气味"。突然,他听到身后传来匆匆的脚步声。一个女人走到他的身边,吻了他。两人都喘了口气,立刻意识到她吻错了人;她迅速地抽身离开。里亚博维奇回到舞厅里,双手抖得厉害。他的身上发生了一些事。

他的脖子刚才给柔软芳香的胳膊搂过,觉得好像抹了一层油似的。他左脸上靠近唇髭、经那个素不相识的人吻过的地方,有一种舒服的、凉酥酥的感觉,仿佛擦了一点薄荷水似的。他越是擦那地方,凉酥酥的感觉就越是厉害。他周身上下,从头到脚充满一种古怪的新感觉,那感觉越来越强烈……他情不自禁地想跳舞、谈话、跑进花园、大声地笑……

这件事在这位年轻士兵的心里不断发酵,变成了重要的大事。他以前从来没有吻过女人。在舞厅里,他依次看了看每个女人,相信她就是那位。那天晚上临睡前,他有了一种感觉:"不知一个什么人,对他温存了一下,使他喜悦,一件不平常的、荒唐的、可是非常美好快乐的事来到了他的生活里。"

第二天,军团撤了营继续前行。里亚博维奇无法不去想那个吻,几天后的晚餐上,当其他军官在聊天和读报纸时,他鼓起勇气讲起自己的故事。他的确讲了出来,可一分钟后就陷入了沉默。因为故事只花一分钟就讲完了。里亚博维奇很是吃惊,契诃夫写道:"这件事只要那么短的工夫就讲完,他不由得大吃一惊。他本来以为会把这个亲吻的故事一直讲到第二天早晨呢。"为了增强他的挫败感,其他军官似乎要么因为短短的故事而备感无聊,要么怀疑故事的真实性。最终,军团又回到了事件发生的小镇。里亚博维奇希望能再被邀请去那个大宅子,但是却没有。他漫步走到宅子附近的一条河边,心里各种酸楚,不再抱有幻想。小桥栏杆上挂着几条浴巾,"完全没有必要地",他摸了摸其中的一条浴巾。"多么愚蠢,多么愚蠢啊!"他瞧着奔流的水心想。

这个故事里有两个特别有震撼力的句子:"那么短的工夫就讲完,他不由得大吃一惊。他本来以为会把这个亲吻的故事一直讲到第二天早晨呢。"

能写下这些句子的作家想必是个严肃的观察者。契诃夫貌似注意到了所有的细节。他明白,我们在自己的脑海里讲述的故事才是最重要的故事,因为我们都是内心的扩张主义者,是滑稽的幻想家。对里亚博维奇来说,他的故事已经无限膨胀,在真实时间里汇入到了生命的韵律中。契诃夫明白,里亚博维奇的故事既需要又不需要观众,这一点令他痛苦。或许契诃夫也在开玩笑般地暗示,这位上尉与契诃夫本人不同,他不是个优秀的讲故事的人。因为其中不可避免的反讽在于,契诃夫自己的故事虽需要不止一分钟的时间来讲述,却并不需要一整个晚上的时间来阅读:跟他笔下的许多故事一样,它既干练又简短。要是换契诃夫来讲述,观众会仔细听。但是契诃夫同时又暗示,即使是我们刚刚读到的那个故事——契诃夫的简短故事——也并不是里亚博维奇的全部体验感受;正如里亚博维奇没能成功地全部讲述出来,或许契诃夫也没能完全讲述出来。里亚博维奇想说什么，这依然是个谜。

《吻》是一个关于故事的故事，它提醒我们，对于故事的一个可能定义就是它总能生产出更多的故事。故事就是生产故事的机制。这是契诃夫的故事；这是发生在里亚博维奇身上的一件普通小事；里亚博维奇既成功又失败地把那件小事编造成无法讲述的无尽故事。每一个故事都无法诠释自身：故事核心处的这个谜团本身就是一个故事。故事生产出它的子嗣，它自身的遗传碎片，是对它们无法讲述整个故事的原初无能的无助体现。

故事是富余（surplus）与失望的动态结合物：失望在于它们必须要结束，失望还在于它们无法真正结束。你可能会说，富余是精致的失望。一个真实的故事不会结束，但它会令人失望，因为它的开始与结束不是由它自身的逻辑决定的，而是由故事讲述者强制的形式决定的：你能感觉到生命的纯粹富余力想要超越创作形式所强加的死亡。在理想情况下，里亚博维奇要讲的故事，会需要一整个晚上，而不是单单一分钟，它可能是他人生的整个故事——就像契诃夫在讲给我们听的那种，虽然无疑要更长，也不那么清晰齐整。它不会仅仅描述发生在黑暗房间里的那件事，而是还会告诉我们里亚博维奇的羞涩，他对女人的无知，还有他耷拉的肩膀，如山猫般的络腮胡子。它可能会描述契诃夫没有提到的东西，小说可以为之腾出空间的那种片段情节——他的父母（父亲是如何虐待他，母亲又是如何宠溺他）；他做出当兵的决定，部分原因是想讨好父亲，虽然当兵从来都不是里亚博维奇想做的事；他是如何既厌恶又羡慕其他军官的；他如何在空闲的时候写诗，却从来没有给任何人看过一行；他又是如何不喜欢自己像山猫一样的胡子，但又必须留着，因为它们可以遮挡住一块凹凸不平的皮肤。

但是，正如里亚博维奇的一分钟故事并不真正值得讲述那样——它并非一个真正的故事——需要一整个晚上来讲述的那种无条理的故事也过于杂乱无章，算不上是个故事。他的短故事太过简短，长故事又过于冗长。里亚博维奇需要借助他并不具备的能力：像契科夫一样善于攫取细节的眼睛，仔细严肃的观察能力，还有甄选的禀赋。你觉得里亚博维奇在把故事讲述给其他士兵听时，说到黑暗房间里的紫丁香、白杨和玫瑰的气味了吗？你以为里亚博维奇提到了当那个女人亲吻他时，他的脸通红通红的，仿佛用薄荷水擦过一样吗？我猜他没有。但倘若一个故事的生命就在于它的过剩、它的富余，以及超越秩序和形式的那些事物的精彩斑斓，那么同样也可以说，一个故事的生命富余就在于它的细节。因为细节代表了故事里超越、取消和逃脱形式的那些时刻。在我看来，细节无异于从形式的饰带上伸出来的生活片断，恳请我们去触摸它。当然，细节不仅仅是生活的片断：它们代表了那种神奇的融合，也就是最大数量的文学技巧（作家在挑选细节和想象性创造方面的天赋）产生出最大数量的非文学或真实生活的拟象，在这个过程中，技巧自然就被转换成（虚构的，也就是说全新的）生活。细节虽没有逼近真实，却是不可降解的：它就是事件本身，我称其为生活性本身。关于薄荷水的那处细节，就像里亚博维奇脸上感觉到的刺痛，萦绕在我们脑际：我们只需要摩挲那个部位。

亨利·格林的小说《爱着》（Loving 1945）将背景设置在一座英裔爱尔兰的乡间大宅中，主要讲的是大宅中伦敦仆人的生活。这本书里有一个场景与契诃夫的《吻》极为相似（格林是契诃夫好学的弟子），年轻的女佣伊迪丝走进她那位女主人杰克太太的房间，拉开窗帘，然后递上早茶。伊迪丝大吃一惊，因为杰克太太跟达文波特上尉而不是她丈夫一同躺在床上。达文波特上尉迅速躲到了被单下面，杰克太太则坐直身子，上身一丝不挂，伊迪丝跑出了房间。格林用令人难忘的词句写道,她亲眼看到了杰克太太"那傲人的上身","上面不规则地躺着两块暗色的高高凸起的干瘪伤口,在她身上晃动"。伊迪丝吓坏了,可暗暗又激动不已——部分是因为这发生在了她的身上,而不是其他人;部分又因为身为一个天真的年轻女子,目睹这一场景,相当于间接地初识了成人性关系的魅力;部分也因为这是一个能告诉管家查利·劳恩斯的故事,她与他的关系近来越发暧昧。

跟里亚博维奇的经历一样,伊迪丝的故事对她而言极为宝贵,是值得珍藏同时又不由得会泄露给他人听的奇珍异宝。"你说这是不是美得让人倾倒,"她欢快地告诉查利·劳恩斯,"它发生在我身上……在这么些年后。"当伊迪丝在性爱方面看似超前自己一步时,查利就总是小心翼翼,并不像她那么高兴。"好吧,难道你就不高兴吗?"她追问道,"你会想从我身上拿走那东西吗?"

> 嗨[她继续说]你有那么多的故事,你在多塞特郡的某个地方时,打开门就看见了那样的场景,还有在威尔士时透过浴室的窗户,之类的事……现在我也碰见了!他俩就那么并排地躺在床上。东西在你那个又旧又臭的烟斗

里,抽便是了。

当劳恩斯想否定伊迪丝的经历的价值,说以前的管家埃尔登先生也撞见过杰克太太与她的情人躺在床上时,伊迪丝勃然大怒:"你就站在那里告诉我埃尔登先生也撞见过他们?像我那样?她坐在床上,酥胸犹如一对鹅在他面前晃动,像我看到的那样?"这是一段优美的即兴之词:你不会轻易忘记那个出色的、几乎有着莎士比亚风格的新词,"酥胸",或者双乳像一对鹅一样晃动的概念。

细节永远是某个人的细节。亨利·格林的用词典雅,富有韵律,又准确得恰到好处。作为文学创作者,这位以第三人称说话的现代主义作家把杰克太太的胸部描绘成"高高凸起的干瘪伤口"。我认为他这么说并没有恶意。他如一位优秀的画家一般,让我们比平常更细心地观察那个乳头——乳头周围的皮肤颜色更深,看上去仿佛是柔嫩的疤痕组织(所以叫"伤口")。但是伊迪丝用她看到的细节,用她自己的措辞和明喻,把故事变成了她自己的。伊迪丝迫切地想把故事拥为己有,这里面何尝没有一种不顾一切的感人特质?她害怕劳恩斯会把故事从她那里抢走,她想让她的故事跟劳恩斯先生的多塞特和威尔士的故事平起平坐;她用词里的那股力量，似乎是想确保不管埃尔登先生看到了什么，都没有看到她所看到的，因为他看得不如她那样生动与透彻。

与里亚博维奇和伊迪丝一样，我们是我们的细节的总和。（或者说，我们超过了我们的细节的总和；我们无法精确计算。）细节就是故事，是故事的缩影。随着年岁的增长，那些细节中的一部分逐渐暗淡，而另一些却反常地愈发生动起来。在某种程度上，我们都是内心的小说家和诗人，重新书写着我们的记忆。

我发现，我的记忆总是不停地发酵，把一分钟的时刻变成长方形面包大小的十分钟的幻想。背井离乡又加剧了它自身的困难。譬如说，我有时候觉得自己并非成长于二十世纪七八十年代，而是十九世纪七八十年代。如果我还生活在英国的话，我不认为我会有这样的感觉，某些习惯和传统的消失，再加上1995年我离开英国来到美国，这些使我的童年看起来非常遥远。在美国，经常在与别人的交谈中，当我打算要讲童年故事和某段记忆时，我就停了下来，我知道无法把大量不能付诸表达的模糊遥远的细节变成故事。我得解释太多的东西——那样的话我就编不成故事，没有细节只有解释；或者说，我的故事就得从一大早开始说，结束时已经很晚：需要花一整个晚上来讲述。

我出生于 1965 年，在英国北部的杜伦小镇长大，镇上有一所大学和一座雄伟的罗马式教堂，周围是煤田，其中的许多现在已经荒弃不用了。每家每户都用壁炉生火，家用燃料是煤炭而不是木头。每隔几个星期，有一辆堆满了笨重的褐色大麻袋的卡车开来，把煤炭沿着槽道倒入房子的地下煤窑里——我清晰地记得煤炭滑入地窖中发出的火山喷发般的巨大声响，扬起一股飘浮的蓝色煤尘，还有把那些麻袋扛在背上、肩上垫着牢固的皮护垫的小个子男人。

我在杜伦上的学，在一家擅长拉丁文、历史和音乐这些科目的教会机构。我参加了教堂唱诗班，那是一种光荣的契约仆役——我们每天表演晚祷，周日举行三次礼拜。每天下午，我们排成两列纵队，从学校步行到教堂——穿着厚厚的、领口处扣住的黑色斗篷，围着有蕨叶状紫色流苏的黑方巾。清晨的宿舍很冷，我们学会了躺在床上穿衣服。学校的校长加农·约翰·格洛弗牧师很可能只有五十出头，可在我们看来却是个老态龙钟的人物。他没有结婚，是个教士，穿着一身工作制服：黑色的套装，黑色的无扣衬衫，白色的牧师硬立领。[苏格兰诗人罗宾·罗伯特森（Robin Robertson）的父亲是一位牧师，在他的一首诗里有一处非常棒的细节，说他父亲的牧师领是从洗碗液的瓶子上切下来的一段白色塑料。]加农·格洛弗除了脖子上围一圈白色的塑料带以外，通身都是黑色的——他那双古老的牛津鞋是黑色的，厚重的镜架是黑色的，抽的烟斗是黑色的。他似乎在好几百年前就已经炭化了，化成了灰，所以当他点烟斗时，看上去仿佛是在点燃他自己。我们像所有孩子一样被深深吸引了，被停留在烟斗上方的火柴，被沿着柔弱的火柴稳稳地一路燃烧过去的火焰，我们陶醉在抽烟者发出的吸吮声里，陶醉在这些时刻里火焰突然中断它的水平旅程、很快就垂直消失在烟斗里的情景。我们总是有疑问：他怎能以如此卑劣的强手腕，让火柴燃烧这么长时间？

这位校长是个相当和善的人，但他总是恪守他所理解的惩罚规则。犯了大错的男生会遭到"六大奖"，用一把大的扁平木梳的背面朝屁股上重重地打火辣辣的六下。我十三岁离开这所学校时，为自己积累的木梳"揍"的数量而扬扬得意——准确地说有106下。当我向父母宣布这个庞大的总数，算是对过去时光的一种衡量时，他们完全没有抱怨学校的冲动，只是温和地问："你们究竟在忙些什么啊？"学校里有很优秀的老师——一位拉丁文专家跟我们说，写文章时开篇要"砰的一声，如同培根以花园作为文章的开头：'全能的上帝先种了个花园。'试着学培根那样写。"一位历史老师某一天走进课堂，脱下他的黑色长袍扔到桌上，把废纸篓里的东西倒在那张桌子上，然后继续把一位男生桌子里的东西拿出来，丢在那张桌子上，那时他站在桌子后面隆重地陈词："1482年，整个英国一团糟！"

有时候在家里，我会发现有个流浪汉坐在厨房的椅子上喝着茶，吃着我母亲为他准备的三明治。汤姆经常来我家吃东西，然后接着赶路。他患有癫痫，在我家厨房里发作过一次，前前后后地摇晃，眼睛紧紧地闭着，双手使劲拧裤子上脏的地方。多年以后，这个可怜的人癫痫发作掉入了火堆，死了。汤姆从没有搭过火车，这让年幼的我很是动容。他对伦敦甚至是英国南方都几乎没有概念。我后来去南方读大学，汤姆因为喜欢邮票，就让我把任何可能得到的邮票都带回来给他，仿佛英国的南方是个陌生的国度。

大教堂还在那里——雄伟，灰白色，狭长又庄严——但是那个世界的许多其他东西都消失了。在我长大时，煤田就已经在走下坡路了，大部分煤矿当时就关闭了。煤炭不再像以前在英国那么必不可少或受欢迎——或者说不那么天经地义了。当然，这也意味着很少有人像乔治·奥威尔在《通往威根码头之路》(*The Road to Wigan Pier*)里生动描述的那样到地下的危险环境中去砍煤层。所幸,用硬物打孩子的屁股不再是一种合适的惩罚方式;很可能现在在英国,没有一所学校允许系统性的体罚,从我进入青少年时期开始,这一趋势就以惊人的速度开始发展。也不太可能还有流浪汉来家里吃三明治喝茶——虽然他们肯定还是有吃三明治喝茶的地方。当我向十二岁的女儿和十岁的儿子描述那个世界时,我似乎突然长出了胡子,穿上了燕尾服:他们用调皮的眼神盯着眼前这个可笑的老古董爸爸。他们生活在一个更加文雅但又异常净化的世界,在里面,学校里唯一的纪律处罚是老师口中轻声说出的"闭门思过",像癫痫那样的病通常也见不着。没有人抽很多烟,老师当然更不会,烟斗只在老电影和老照片中才能看到。

当然,我不希望我的孩子跟我有完全一样的童年:那几乎就是保守主义的标准定义。但我希望他们能深切感受到那种敏锐,感受到细节的逼真力量和陌生感,如同我儿时一般;我希望他们能去观察并记住。(我也知道,担心敏锐性缺乏是西方中产阶级特有的苦恼;世界上很多地方遍地都是饱受过多残忍苦痛的人们。)炭化的牧师,在床上穿衣,坐在厨房里的汤姆喝着他香甜的茶,穿着皮外套的煤矿工人——你有类似此种属于自己的细节,你自己故事里的物之为何和物之现实。

下面是波斯尼亚裔美国作家亚历山大·黑蒙写的一个段落,摘自他的短篇故事《闲话家常》("Exchange of Pleasant Words"),写的是一场喝得醉醺醺的热闹的家庭团聚——那家人管这叫黑蒙一家亲——发生在波斯尼亚的乡下。叙事用的是一个青少年的视角,接地气的酒后胡话:

> 从猪圈飘来粪便有毒的酸臭味;唯一幸存的小猪嗷嗷叫着;飞奔的小鸡扑扇着翅膀;即将熄灭的、烤乳猪用的火堆里传来刺鼻的烟味;稠密的拖着脚走的声音和许多双脚在碎石上跳舞的沙沙声,我的阿姨们和其他阿姨辈的女人们在碎石路上跳科洛梅卡,她们的脚脖子清一色地肿了,肉色的长筒袜慢慢滑落到静脉曲张的小腿肚上,厚松木板的味道,还有它那刺痛粗糙的表面,我把头枕在上面,一切都在旋转,仿佛我是台洗衣机,我的表兄伊万穿着凉鞋的左脚由圆胖的大脚趾带领,在舞台上踢踢踏踏地跳舞,一大堆蛋糕和糕点铺放在床上(我奶奶就是在这张床上断气的),精致地分成

了巧克力方队和非巧克力方队。

黑蒙1992年离开了他的家乡萨拉热窝,现在住在芝加哥,他喜欢列举——他有那么多祖传的好素材,为什么不呢?尤其注意:"唯一幸存的小猪嗷嗷叫着",一大堆蛋糕和糕点铺放在奶奶断气的同一张床上。

在平日生活里,我们不会长时间盯着某样东西、自然界或是人们看,但是作家们会。这就是文学与彩绘、素描、摄影的相同之处。你可以像约翰·伯格(John Berger)那样,说普通老百姓只是看见,而艺术家则是观察。在一篇有关绘画的文章中,伯格写道:"绘画就是观察,审视经历的结构。一幅画了树的绘画展现的不是一棵树,而是被观察的一棵树。如果看到一棵树就几乎立刻能给人留下印象,那么审视一棵树(一棵被观察的树)就需要好几分钟或是好几个小时,而不是短短的瞬间,它还会牵涉到许多以前的观看体验,受到它们的影响并指向它们。"伯格的话有两层意思。第一,就像艺术家尽力——花上好几个小时——审视那棵树一样,用心欣赏画像或是阅读书上对一棵树的描述的人也学会如何努力审视,学会如何把看转变为观察。第二,伯格在说明一个道理,每一张伟大的描绘树的画像与每一张以前的描绘树的伟大画像之间都有联系，因为艺术家们既通过观察这个世界，也通过观察其他艺术家对世界的描绘来学习。

伯格没有举文学的例子。但试想下《战争与和平》里面那棵有名的树，安德烈王子第一次骑马路过它是在早春时节，后来那一次是一个月以后的暮春。第二趟旅途中，安德烈没有认出那棵树，因为它变化很大。之前它光秃秃的，一副萧条落败的模样。现在，它开满了花，被其他同样生机盎然的树围抱着："鲜亮嫩绿的叶子钻过坚硬的百年老树皮，在没有枝丫的地方钻了出来，简直不敢相信，这么一棵老树竟然生出了嫩绿的叶子。"安德烈王子注意到了那棵树，部分原因是他也改变了，树的繁茂跟他自己的春风得意有关。

七十多年以后，让-保罗·萨特在写他的小说《恶心》(*Nausea*) 时，脑子里肯定记着托尔斯泰的两处有关树的描写，他笔下的主人公安托万·罗冈丹望着一棵树思考它时经历了小说中关键的那次顿悟。当罗冈丹望着他的那棵树时，他是带着自己好奇的习性。他认真地审视这棵栗树，尤其是它的树根：黑色的树皮起了好多疮疤，他觉得看上去像是煮过的皮革。他看到了它"海豹般坚硬厚实的皮……那油光光的、有老茧的、固执的外貌"[1]，他把树根爬到地面上后的弯曲物比作一个"结实的大爪子"。罗冈丹的顿悟是萨特存在主义的早期版本：他感觉这棵树跟公园里的包括他在内的所有物体一样，绝对是多余的，没有必然性。

或许，比他的哲学更有趣的是他的领悟：存在就是在那里——存在之物"*被遭遇*，可你永远无法对它进行推断"（斜体为萨特本人所用 [2]）。他有了以下的领悟："我是栗树的根，或者说，我完全是它存在的意识，我独立于它——既然我有意识——但我消失在它身上，我就是它。"之后，当他试图从这个充满想象的时刻中构画出哲学论断时，发现自己不知该用什么词语来表达，他站在树下，"他触及了那个物……这个树根……我无法解释它，但它存在"。一方面，观察物体的这种体验是带有强烈的自我意识的——因为如果画像中的树并不是一棵树，而是"一棵被观察的树"，那么对一棵树的言辞描述也并不是一棵树，而是"一棵被观察被描述的树"。对所观察之物的描述，就是我想要界定的

---

[1] 此书的译文摘自桂裕芳译《恶心》（北京：人民文学出版社，2023 年）。

[2] 即中文之楷体部分。

富余的一个方面,它既是小说生命力的部分根源所在,也是小说的部分难点所在,同时也是故事生产出故事的部分方式。我以为,这就是让爱好思考和长篇大论、通晓哲学的罗冈丹倍感挫败的地方(而不那么钻研哲学的安德烈王子是不会为此感到困扰的)。语言既能成事,亦能败事;语言不断地伸出新鲜的嫩芽,全新的枝丫。这是富余的正式或理论的一面。但另一方面,树对安德烈和罗冈丹来说也是纯粹的细节——它只是一棵树,就像萨特所说,它以无法被解释的方式存在。萨特说,我们与细节是分离的(因为它们与我们并不一样);但是说来矛盾,我们又无非是这些细节(一棵树,它的树皮,它的树根,等等),正如安德烈与那棵树是一体的。这种不可降解性就是我试图界定的生命力富余的另一个方面:这是富余神秘的一面。细节既带有强烈的自我意识,又能自我取消,就像我前面所说的,细节既是高超的技巧(创造力的有意识发挥),也是技巧具有魔力的对立面(生命性,萨特把它叫作"那个物")。卡尔·奥韦·克瑙斯高(Karl Ove Knausgaard)是一位极其热衷于描述和分析细节的作家,他在《我的奋斗》(*My Struggle*)的第三卷中用一页纸的壮观篇幅来描摹一棵树,像托尔斯泰和萨特那样写出了自己的版本:

真是奇妙，所有大树的树干和树根、树皮和树枝与光影相交汇，产生它们独特的姿态和气味，并由此展示它们自己的个性，仿佛它们会说话。当然，不是用声音，而是以它们自身的存在发声，好像在对注视它们的人伸展身姿。它们所倾诉的，不是其他，仅是它们自己。我每次走在庄园，或是周围的树林，都能听到这些声音，或者说感受到这些生长速度极为缓慢的有机生命体的存在。

II

什么是严肃的观察呢？在索尔·贝娄的中篇小说《只争朝夕》（*Seize the Day*）中，四十来岁的汤米·威尔赫姆帮一位叫拉帕波特先生的老人过马路。他扶着他的手臂，被那人"宽大而轻的胳膊肘"给吸引住了。这可能算不上是写作中最出彩的地方，但是略微思考一下这个悖论的精准性——胳膊肘的骨骼很宽大，因为这位老人瘦骨嶙峋；可它又出奇地轻，因为拉帕波特先生只剩皮包骨头了，逐渐地消遁于他自己的漫漫长龄中。我喜欢想象年轻的作家在1955年前后坐着写手稿，尽力去想象（或许是回忆加想象）用手扶着一个上了年纪的人的胳膊肘时确切的感受："宽大……大，但是……宽大而轻!"

同一部小说里,汤米·威尔赫姆在一家饭店的健身俱乐部里跑来跑去,四下寻找在那儿做按摩的老父亲。他从一个房间跑到另一个房间时,瞥见有两个人在打乒乓球;他俩刚从蒸汽浴里出来,腰间围着毛巾:"他们觉得很尴尬,乒乓球蹦得老高。"再想象一下坐在桌边的年轻作家。他在脑海里看到主人公从一个房间跑到另一个,看到主人公注意到围着毛巾的两个男人。在伟大作家的笔下,停顿在某一句话、某一个隐喻或是某一种感知中的那个点上,经常是富有启发意义的,而平庸的作家可能就此打住了。平庸的作家可能会让汤米·威尔赫姆瞥见打乒乓球的那两个人,然后就结束了。("两个围着毛巾的男人在打乒乓球。")贝娄不会就此打住,他看到那两个男人因为自己围着毛巾而感到尴尬,所以打起球来也笨手笨脚。他们担心毛巾会滑落,就只能假装在打球——所以"球蹦得老高"。

伟大的写作邀请我们更仔细地观察,也邀请我们参与到主题借由隐喻与意象所经历的转变中。想一想,D.H. 劳伦斯在他的一首诗中描写袋鼠"耷拉着的维多利亚式肩膀",或者是亚历山大·黑蒙(又是他)描写马粪,说它看上去像"黑乎乎的瘪了气的网球",或是伊丽莎白·毕肖普描写出租车计价器"像一只道德训诫的猫头鹰那样"盯着她看,或是英国小说家兼诗人亚当·福尔兹注意到一只乌鸫"抖动着翅膀"飞上树。批评家克里斯托弗·里克斯(Chridtopher Ricks)曾提议,测试文学价值的一个极好的方法,是看一位作家写的句子或意象或短语,能不能在你沿着街道走时未经召唤就浮现在你的脑海里。你也可能是站在一棵树前。如果你看到一只鸟在爬树干,你当然会看到它抖动着翅膀往上爬。说到街道,我现在住的地方的街道正被挖得底朝天,在安装新的下水道,这项工程已经进行了好几个月。每天,地面上有很多的钻啊挖啊还有开凿的作业,然后快到半下午时,工人们用金属板或是沙石临时把洞铺平,这样汽车就可以在上面开。第二天,整个过程又重新开始,带着普罗米修斯式的恐怖。每周至少有四次,我想起纳博科夫在《普宁》(*Pnin*)里的那个产生陌生化效应的伟大笑话,讲工人们如何日复一日地回到马路上的同一个地方,想找被他们不小心埋了的丢失了的工具。

当然,在小说里,许多明显是外在的观察同时也是内在的观察——如同安德烈王子观察树的那个例子一般,或是安娜·卡列尼娜在火车上邂逅渥伦斯基以后留意到她丈夫耳朵的大小那个著名的场景。她的留意本身是值得留意的,值得我们留意,因为它告诉了我们她的转变。约翰·伯格的那句话："审视经历的结构"，恰当地适用于小说观察的这种内在或是双重的层面。因为小说与诗歌、绘画和雕塑——观察的其他艺术——的最主要区别，就在于这种内在的心理要素。在小说里，我们能审视自我所有的演绎与伪装、恐惧与隐秘野心、骄傲与悲伤。通过严肃地观察人们，你开始理解他们；通过更努力更敏锐地察看人们的动机，你能看到他们周围和身后的事物。小说极为擅长把人的自相矛盾戏剧化。我们如何能同时拥有两个对立的事物：想一想陀思妥耶夫斯基是如何出色地抓住这种矛盾性，我们如何同时既爱又恨，或者说，我们的心绪如何像刮风的天气里的云朵，迅速从一种形状变幻成另一种形状。

我经常在生活中感觉到，以本质上属于小说的方式去理解动机，帮助我开始弄明白其他人真正想从我这里或是从另一个人身上得到什么。有时候，我几乎是惊恐地发现，大多数人并不了解他们自己；这似乎能把人置于像神父一样俯视人们灵魂的高度。这就是以另一种方式来说明，我们在小说中拥有能看到人们如何伪装自己的超凡特权——他们如何从小说和幻想中建构出他们自己，然后再选择压抑或是忘记他们自身的那种要素。

我前面提到了陀思妥耶夫斯基作品中的人物，他们既回到十八世纪的狄德罗和莱蒙托夫笔下的伟大主人公毕巧林（十九世纪三十年代末），也前进到托马斯·伯恩哈德的小说《失败者》里的叙述者。《失败者》是一本非常精彩的书，由一个男人来叙述，他深信他那位自杀了的朋友、钢琴家韦特海默是"一个失败者"。叙述者用这个词的意味是（德文书名 *Der Untergeher*，意思是正要溺水或是下沉的人）他和韦特海默年轻时都非常渴望成为伟大的钢琴家。他们与格伦·古尔德一起学习，深深地嫉妒古尔德的钢琴天赋。古尔德当然"成功了"，成了世界著名的钢琴家。与古尔德相比，叙述者和他的朋友韦特海默是"失败者"。他们没有获得成功，是默默无闻的外乡人。可是，在全书的行文中，叙述者迫切地想要把他的朋友呈现为一个失败者，以便让自己免于被归到那个恐怖的范畴里，最后，他把韦特海默的自杀看成是他失败的最终标志，这些都变得高度可疑。我们慢慢看到，叙述者的神志可能并不完全正常，他对古尔德怀有某种凶残的嫉妒，与韦特海默存在竞争性的对抗，对韦特海默的自杀又抱有深深的歉疚。并且，他同时又爱着古尔德和韦特海默。对于这些，他似乎大体上并没有察觉。读者秘密地参与了叙述者的幻想，一种或许比契诃夫的军官更疯狂更有条理的幻想，只是程度不同而已，种类完全一样。

III

作家们在严肃地观察世界时，都做些什么呢？也许他们所做的，无非是从事物的死亡那里挽救它们的生命——有两种死亡，一种微小一种宏大：既从文学形式总要强加给生命的"死亡"手里，也从真实的死亡那里。也就是说，他们从我们的死亡那里把我们救回来。我的意思是，当细节从我们的脑海里退去时，困扰细节的现实感逐渐消失——细节包括我们童年的记忆，那几乎被忘却的味觉、嗅觉和触觉方面的刺激：我们以注意力的麻木，将缓慢的死亡呈现给世界。克瑠斯高说，变老就仿佛是站在一面镜子前，同时在脑袋后方举起另一面镜子，看到跳动的图像慢慢退去——"在目光所及之处变得越来越小"。在克瑠斯高的世界里，平凡事物带来的新鲜体验——平凡事物是无穷无尽的，就像孩童曾经体验到的那样（"盐的味道会浸透你的夏日时光"）——在持续退去，事物、对象和感觉在迈向无意义。在这样的世界里，作家的任务就是要把新鲜体验从这种缓慢的退去中拯救出来：把意义、色彩与生命力重新还给大多数平凡的事物——

还给足球靴和草地，还给起重机、树木和机场，甚至是还给吉普森吉他、罗兰音箱、欧仕派牌洗浴用品和爱洁清洁剂。"你仍可以买史莱辛格的网球拍、特锐腾的网球、金鸡的滑雪板、特罗卡的皮靴固定装置以及科弗莱克的靴子，"他写道，"我们住过的屋子还在，所有的都在。唯一的区别，也就是孩童的现实与大人的现实的区别，在于它们不再深具意义。乐卡克的靴子只是一双足球靴而已。现在我用双手捧着一双鞋子时，如果说我有什么感觉的话，那也只是从我的童年遗留下来的感觉，再没有其他，没有其他纯粹的感觉。大海是如此，岩石是如此，浸透在你夏日时光里的盐的味道也是如此，现在它就只是盐而已，就这样。世界仍是原样，但它又不是原样，因为它的意义已改变，并且还在经历不断的变化，越来越接近无意义。"

文学跟艺术一样，抵制住时间的傲慢——让我们成为习惯长廊里的失眠症患者，并主动从死者那里挽救事物的生命。有一个故事讲的是艺术家奥斯卡·科柯施卡（Oskar Kokoschka），他在上一堂生动的绘画课。学生们感到很无聊，做着无趣的作业，于是科柯施卡悄悄告诉模特，让他晕倒在地上。科柯施卡走到面朝下躺着的身体边上，听了听他的心跳，然后宣布他死了。所有学生都被深深地震惊了。然后模特站起身来,科柯施卡说:"现在开始画他吧,假装你知道他还活着,没有死!"描绘一具充满生命力的身体,在小说中会是什么样呢?它会描写一具真正活着的、但我们又有可能从中看出那是一副终究真的要死去的身体;它会明白,生活被死亡的阴影遮住,所以就从科柯施卡赋予生命的美学中创造出一种看见死亡的玄学。(这难道不就是使严肃的观察真正严肃的东西吗?)它有可能读上去像索尔·贝娄晚年写的一个叫《勿忘我的念物》("Something to Remember Me By")的故事里的一段话,讲的是一个名叫麦肯恩的爱尔兰人,他喝醉酒在沙发上昏厥了过去:"我朝里望了望麦肯恩,他把外套扔在地上,脱下了内衣。仿佛煮成半熟的脸庞、短而尖削的鼻子、喉部的生命体征、颈部颓丧的模样、腹部黑乎乎的体毛、双腿松弛的皮肤勾勒出的腿间短短的圆柱体空隙、胫部白色的光亮,还有双脚惨兮兮的样子。"这或许就是科柯施卡脑海中的情景——贝娄在用语言临摹一位可能活着可能死了的模特,这幅画随时都会变成一幅静物画。因此,他笔下的人物非常用心地看着麦肯恩,就像一个焦急的初为人父的年轻人看着他熟睡中的宝宝,看他是否还有生命。他还活着——勉强算活着:喉部有生命体征。

虽然纳博科夫过于争强好胜，不会说同行索尔·贝娄的漂亮话，可是读上面这段关于睡着的人的描述而不想起纳博科夫在一次演讲中说起伟大的作家如何"临摹一个睡中人"的话还是挺困难的：

> 二流的作家只剩下对司空见惯之物的花哨装饰：他们不关心如何重新创造世界，他们只想尽其所能从事物的既定秩序中，从小说的传统类型中压榨出精华……但是真正的作家，让行星转动、临摹沉睡的人并热切地玩弄熟睡之人的肋骨的作家，那种作家没有特定的价值观：他必须自己创造价值观。倘若写作的艺术首先不是意味着把世界看成是潜在小说的艺术，那么它就是一桩无用之事。

纳博科夫的话是关于作者的一番极其自私自利和异想天开的观点，在他看来，作者似乎不欠任何其他作者分毫；显然，在纳博科夫的神话谱系里，这位用肋骨造出人的作家正是上帝本尊，也不妨说就是弗拉基米尔·弗拉基米罗维奇·纳博科夫。

但是科柯施卡和纳博科夫掌握了一个核心真理。我们经常记得真实人物去世的细节（"著名的遗言"，诸如此类），还有小说人物去世的细节，这自然毫不奇怪。这难道不是因为在这些时刻里，作家们把生活的细节和细节的生命力从包围着、威胁着让它们消失的境况中抢夺过来？蒙田在他的文章《论残忍》("Of Cruelty")中写到苏格拉底人生的最后几分钟，还有据说他是如何挠了挠腿："镣铐解开后，他挠了挠腿，感到那么一阵愉悦的颤抖，难道他没有流露出灵魂被过往的不安所释放、即将知晓未来之事时的一种甜蜜和喜悦吗？"但是蒙田在本质上属于前小说时代，因为他喜欢就这些细节进行道德说教，并把这种时刻看成合适的道德力量而非意外事件的范例，像托尔斯泰那些后来的作家，则会把此种行为看成是偶然或是自发的——因为生命本能地渴望延展自身超越死亡。我想起《战争与和平》里皮埃尔见证的那个时刻，当时他看见一个蒙着双眼的年轻俄国人快要被行刑队处决了，年轻人不停地摆弄蒙住他眼睛的布，也许是想要稍微舒服点。

这就是生命的富余，把生命推至死亡以外，超越死亡。想一想托尔斯泰的伊凡·伊里奇吧。他临近死亡时，在极度孤独的那一刻，想起了童年时代的李子，还有当吃到只剩果核时口水要流出来的样子。当贝娄笔下的人物摩西·赫索格看到曼哈顿一家鱼店的玻璃缸里面的龙虾时，他注意到它们的

"触须被弄弯了",紧紧贴着玻璃——这是生命对施加于它的致命的囚禁所发出的抗议。当代美国小说家蕾切尔·库什纳(Rachel Kushner)在纽约的一条人行道上看见一只被压扁的蟑螂时,她看到它长长的纤弱的触须"为了显示自己生命的迹象而四处乱击"。在莉迪亚·戴维斯(Lydia Davis)的故事《语法问题》("Grammar Questions")里,叙述者得出了结论,她即将去世的父亲是纯粹的否定,已经变成副词"不"(故事因此得名)——而她所记得的,延伸到她的故事之外的,是她父亲躺在病床上时皱眉的样子,仿佛在生气。她一生中见过这种皱眉许多次:这是贝娄会称为"生命体征"的东西。

观察是拯救,是救赎,是把生命从其自身中拯救出来。玛丽莲·罗宾逊的小说《管家》(*Housekeeping*,1980)中的一个女孩,被描绘成"能感受到已逝之物的生命"。在该书中,罗宾逊写了耶稣是如何让拉撒路死而复生,甚至让前来拯救他的士兵被割掉的耳朵复原:"这一事实让我们满怀希望,死而复生会反映出对细节相当多的关注"。上天也许会通过关注细节来补偿我们的损失,天堂肯定会是一个注重严肃观察的地方,我喜欢这样的想法。然而,或许我们也能用同样的方式在人间让生命复活,或是延长生命:用瓦尔特·本雅明曾经说的"灵魂的天然祷告者：专注力"。我们能让死者复活，如果我们对周遭世界的用心观察能同样用在死者的鬼魂上——通过更用心的观察：让物体变形，我们就能让死者复活。本雅明的这个说法出现在他给阿多诺写的谈论卡夫卡的一封信里；也许阿多诺在写《否定的辩证法》（*Negative Dialectics*）时也想起了专注力这个概念，他说："假如思想真正地臣服于客体，假如它的专注力放在客体上，而不是其属类上，那么那个客体就会在流连的目光下开口说话。"

瞧，它们在那儿跟我们说话呢：白杨、紫丁香和玫瑰，薄荷也在窸窸窣窣，还有那个吻。

索尔·贝娄的喜剧风格

1

在某个时刻或另外的时刻,每个人都被称为"优秀作家",正如所有的花儿最终都被称为美丽的花。"文体家"每天都在越来越小的王国中加冕。当然,真正优秀的小说家少之又少。这不奇怪,因为小说是全息的视域。伟大的文体家应该与伟大的作家一样稀少。索尔·贝娄或许是美国20世纪最伟大的小说家——这里的最伟大意味着最多产、最多变、最精确、最丰富和最奔放。(在质量的稳定性上他远胜福克纳。)这个观点似乎很少有争议。庄重的粗鄙;梅尔维尔式的大气磅礴("新开的丁香柔软如丝湮没在水中");乔伊斯式的妙语和暗喻;带着美国尖矛猛冲的明喻("他留着约翰·布朗一样的流星胡")；没有买保险就在幸福自由滚动的大胆句子；绝对满载遗产的语言，挤满了关于莎士比亚和劳伦斯的回忆，但又为现代的突发情况做好了准备；对细节具有阿耳戈斯一样敏锐的眼睛；驾驭这一切的强大哲学能力——所有这些现在都被认为是贝娄的特征，即所谓"贝娄的风格"。

阅读贝娄是活着的一种特别方式；他的小说就像胚芽。这是《拉维尔斯坦》中的一个意象，叙事者描写神经学家巴克斯博士如何诱骗病人膏肓的病人起死回生："巴克斯博士像上个世纪精明的印度巡视员，把耳朵贴在铁轨上听火车到来。生命很快会回来，在这一趟生命列车上，我应占据一席之地。死亡会滚回到窗外风景尽头原来的位置。"这个赞颂生命的可爱比喻也展现出生命。事实上，这部小说就是生命列车。贝娄的写作反复指向生命，指向生命的爆发。乔伊斯是他在20世纪唯一明显的对手。事实上，有时候他们古怪地接近。在《一个青年艺术家的画像》中，乔伊斯的注意力在手指伸不直的凯西先生身上停留了片刻："凯西先生告诉他，他把三根麻痹的手指送给维多利亚女王做生日礼物。"在《洪堡的礼物》中，我们在芝加哥碰到俄罗斯人巴斯："二楼过去一直住着手脚不便的老人，孤单的乌克兰祖父，退休的老太婆，还有一个点心师傅,他的绝活是做糖霜,因为双手患了风湿病,不得不退休。"这是奇怪的历史反转,就像布鲁克纳的音乐听起来像马勒,乔伊斯的作品有时候听上去像贝娄的风格,或者说,听上去最像贝娄的,莫过于劳伦斯在短篇《边线》中对莱茵河的描写:"老父亲一样的莱茵河流过淡绿色的书卷。"

这种播下生命的文字移动迅速,用破碎的速度记录下印象。重读《赫索格》,我们碰到太多的神奇之处,多到无法记录。赫索格的女友雷纳塔,被生动地形容为"当然不是那种碰都不能碰的小妞"。记忆中一闪而过的学童斯特劳弗斯,"大拇指胖得卷曲成一团"。有一个拉比留着"短须,大鼻上到处是黑色的洞坑"。在厕所里吹口琴的纳查曼,"当他吸气吹奏时,你听到口水在口琴上小牢笼一样的锡格子里响动"。赫索格想起家里的灯泡,"像德国人的钢盔,顶部有个长钉,粗壮、卷曲、松动的钨丝在发光"。他想起兄弟威利哮喘发作时的样子,"他抓住桌子拼命呼吸,踮着脚尖像公鸡准备打鸣"。

当然,还有赫索格的好友瓦伦丁和他的木腿,"优雅地一弯一直,像一个人在划船"。赫索格记得儿时住过的医院,冰柱挂在屋檐上,"像鱼的牙齿,在最下端有一滴滴透明的滴液在燃烧"。那个信基督教的女人来找年轻的赫索格,给他读《圣经》,她脑后伸出的帽针,"像电车杆"。路过一家鱼店时,赫索格停下来看了看捕获到的鱼,"红黄色、墨绿色、灰金色的鱼装在袋子里,弓着背,像在冒烟的碎冰中游泳;龙虾挤在玻璃缸里,弯曲着触须"。在纽约,赫索格路过一个拆迁工地;这一段文字既抒情又特别翔实,堪称都市现实主义的绝佳样板:

> 在拐角处,赫索格停下来看工人们拆房子。那颗巨大的钢球径直朝墙壁荡了过去,轻而易举地穿过墙壁,进入房间。这懒洋洋的重家伙也晃荡进了厨房和客厅。金属球所经之处,一切都摇晃起来,破裂、倾倒下来。接着掀起一片白色的隐隐上升的灰尘的烟云。下午快要过去了,在已经拆掉房屋的空地上,有一堆火焚烧破烂的东西。摩西听到空气被火焰轻轻地吸进去,感觉到一阵热气。工人们继续把木头丢在火堆上,把板条掷标枪似的掷了进去。油漆像焚香似的冒出浓烟。破烂的地板感激不尽地燃烧着——这是已经精疲力竭的物体的葬礼。当六轮卡车把坍下的砖头运走的时候,用红色、白色、绿色的门围着的脚手架在

颤抖。太阳现在已经往西落到新泽西的方向去了,周围一片耀眼的大气的光芒。(宋兆霖译)

举了这么多例子,读者可能容易变得厌倦。优秀的作家往往会提升读者,就像运河水闸,读者在作者的层面游泳,忘了支撑他们的中介。不久之后,读者可能想当然认为贝娄的细节本来就这么丰富,可能不会注意到口琴上的小方格被称为"牢笼",不会注意到灯泡里的钨丝看起来不只是粗壮而是奇妙地"松动",不会注意到冰柱"最下端"有一滴滴透明的滴液在"燃烧"(这是一个悖论,在冰冷之物的尾端是火热,但它却绝妙地描写出冰融化成水的那一刻;巧合的是,劳伦斯形容意大利小树林里的橘子"像热炭一样悬挂在黄昏里"),不会注意到那颗用来拆墙的巨大钢球在拼命干活时,看起来又是在"懒洋洋"地"晃荡"——晃荡进了厨房和客厅(贝娄在动词后添加了奇怪的介词;劳伦斯也经常这样做,比如,劳伦斯描写走在情人身后的女子,"从他身后色眯眯地看着他",再如,"班福德的高翻领像斗鸡一样挺立")。

我们突然吃惊地意识到,贝娄在教我们如何看、如何听,在教我们如何打开感官。在此之前,我们真的没有想到电灯泡的松动,没有听到口琴中的口水泡在响,没有细看到鼻子上黑色的洞坑,没有仔细观察钢球在缓慢而笨重地选择击打的对象。至少有一打的优秀作家——如厄普代克们、德里罗们——能为你描绘鱼店的窗子,描绘得栩栩如生,但只有贝娄的才华,才能看见龙虾"挤在玻璃缸里,弯曲着触须"——在死寂的事物中看见骚动的生命。福楼拜对莫泊桑说:"才华就是缓慢的耐心","一切东西中都有尚待挖掘之处,因为我们观看眼前的事物时,我们的眼睛习惯于只与前人对它的想法和记忆联系在一起。即便最小的事物也有未知的东西在里面。我们必须把它找出来"。在这种意义上,贝娄与福楼拜一样:他利用绝妙的比喻,让我们抓住新的联系或关系——"他光脚的脚趾像土耳其城市土麦那的无花果一样并在一起";那些猫的"尾巴像掷弹兵即将掷出的手榴弹";有一个人的"胡须像干麦片一样"——或者,他直接告诉我们还未被发掘的东西:"她喉部的私房钱日丰,渐渐地就荡起了一圈圈涟漪。"

2

贝娄作品里有三种主要的喜剧:思想的喜剧,精神或宗教渴望的喜剧和身体的喜剧。人们经常

（我认为是错误地）在他"思想"的语境中讨论贝娄，以至于容易忘记，他的许多主人公是思想的失败者或小丑。他的小说很喜剧，很大程度上与思想的无效有关；这一堆堆思想的煤渣将这些不幸者像婴儿一样困住。"啊，那么多的人像线条一样缠在最微不足道的线轴上"，《更多的人死于心碎》中的叙事者如是悲叹。赫索格想知道，思想能否把他从疯狂人生的睡梦中弄醒，再也不迷乱地周旋于妻子和情人之间。"除非思想变成另一个迷乱的王国，另一个更复杂的梦，空谈家之梦，总体性解释的幻梦。"从解释的激情和体验的激情之间的脱节中，贝娄创造出一种独特的现代反讽——机智、热烈、聪明的反讽。他把这种普遍化的冲动加以普遍化，同时对它进行嘲笑。在《洪堡的礼物》中，主人公查理·西特林以他典型的含糊思维想："警察有自己按门铃的方式。他们像野人在按。当然，我们进入了思想史上一个全新的阶段。"

摩西·赫索格既是成人，也是孩子。他心里有许多关于他封闭而窒息的家庭生活的回忆。他回忆起他当移民的父亲，回忆起父亲严厉愤怒的脸。赫索格在伟大的思想前低着头，正如儿童在父亲前低着头。他的思想遗产既是父亲式的遗产，也是暴君式的遗产。他经常给那个伟大的死者写些狂乱而好笑的信——"亲爱的海德格尔教授，我想知道你所谓的'陷入日常'究竟是什么意思。它何时发生？"——就像战时一个儿子在前线写的家书。事实上，尼采和克尔凯郭尔是我们的父亲；我们这些现代人就像被惯坏的孩子，有了大量财富就骄傲自大，但却不知道怎样明智地使用。《只争朝夕》中的汤米·威尔赫姆抱怨说，"父亲不像父亲，儿子不像儿子"。

这不只是思想或学院派的喜剧；我们不只是笑知识分子的幻灭，而且体验他们忧伤的梦想。有时，这些喜剧人物根本不是正儿八经的知识分子，比如，《只争朝夕》中的威尔赫姆就不是，但他们与思想展开喜剧性的搏斗。或许，在贝娄的作品中，最感人的喜剧莫过于《奥吉·马奇历险记》中的一幕：艾洪，一个芝加哥的自学者，为当地报纸撰写了他父亲的讣告。这份僵硬、笨拙但高贵的讣告折射出一个很有野心的迂腐"知识分子"形象。在这个段落里，读者能够看出这一代美国犹太知识分子颤抖的奢望：

> 那天晚上，艾洪要我留下来陪他，他不想独自一人待着。我坐在一旁，他则以当地报纸社论的格式在写一篇有关他父亲去世的讣告。

"灵车离开新坟归来,留下长眠其中的人去经历大自然最后的变化。他初来芝加哥,此地还是一片沼泽;他谢世时,这儿已是一座大城。他在大火之后来到这儿。据说,那场大火是因奥利里太太的母牛为逃避哈布斯堡暴君的征用而引起的。在他生前,作为一个建设者,他证明伟大的建筑和城市并不一定要建造在奴隶的白骨上,像法老的金字塔和在沼泽中踩躏了千万人才在涅瓦河畔建起的彼得大帝的都城那样。像家父那样一个美国人的一生,给人的教训和那位谋杀施特雷利茨家族和自己亲生儿子的凶手迥然不同,他说明成就是能以正当手段取得的。家父并不知道柏拉图说过'哲学就是对死亡的研究'一语,然而他去世时俨然一位哲人,临终时对床边看守的那位老人说……"那篇讣告的风格就是如此,他在半小时内一蹴而就,在他的写字台上一张张油印出来,他吐着舌尖,身子在睡袍中缩起,头上戴着压发帽。(宋兆霖译)

我怀疑狄更斯或乔伊斯是否能写得更好。我们开始读这篇讣告时在笑,读完后却在哭。我们的情感留下了崇高的斑点。这里一切都如用漂亮的腹语说出：首先，是写作者缺乏训练，风格笨拙，不合文法，行文浮夸（"留下长眠其中的人去经历大自然最后的变化，他初来芝加哥时，此地还是一片沼泽"……"临终时对床边看守的那位老人说"）；其次，是无政府般的漫思，疏导乏力（"他在大火之后来到这里。据说，那场大火是因奥利里太太的母牛……引起"）；再次，是这个自学者放在句子里的历史典故（"为逃避哈布斯堡暴君的征用"）；最后，是艾洪矫情而鲁莽的美国乐观主义，这块新大陆似乎证明"伟大的建筑和城市并不一定要建造在奴隶的白骨上"。事实上，在美国没有奴隶的白骨！——这是多么神奇无知的乐观主义。注意，贝娄没有让艾洪用"诚如柏拉图所言"这种真正的知识分子用的套话，而是用了不自在的复杂表达"柏拉图说过……一语"。这种尴尬的表达将他与柏拉图之间的距离神圣化。在这里，"说过"一词是多么神奇，不知不觉带有喜剧意味——柏拉图好像王尔德一样，随时可以抛出一句妙语。

3

我们再来看贝娄笔下的身体喜剧。贝娄是人体形状的伟大画家，在敏捷地创造出怪物方面堪与狄更斯匹敌。比如，长篇《赫索格》中的瓦伦丁；短篇《你过了一天什么样的日子？》中的伟大艺术批评家和理论家维克托，"头发凌乱，胡乱穿了一条裤子"；短篇《亲戚》中的里瓦，"我记忆中的里瓦五官端正，头发乌黑，身材丰满，双腿笔直。现在，她身体的几何结构完全变形，变成了钻石形，膝盖那里就像轿车的千斤顶"；长篇《洪堡的礼物》中的皮埃尔，他的阳物像长号一样伸缩；短篇《把脚放在自己嘴里的那个人》中的著名学者、教授基朋伯格，浓眉就像"知识之树上的毛毛虫"。

这些丰富的外貌描写有什么用？首先，读到这些句子会给人纯粹的愉悦。基朋伯格的浓眉像知识之树上的毛毛虫，这样的描写不只是好笑；当我们笑时，我们也在欣赏可以贴切地称为哲学的那种智慧。这些看起来八竿子打不着的成分——眉毛、毛毛虫和伊甸园，或者女人的膝盖和轿车的千斤顶——联结在一起时，我们会心一笑，因为这些发现如曲径通幽。在读过贝娄之后，我们觉得，大多数小说家并没有真正下功夫仔细观察人物的外表和凹痕。但是，尽管如此，贝娄笔下的人物形象也不只是作为现实主义人物而存在。他不仅鼓励我们看到这些人物栩栩如生，而且鼓励我们参与创造的快乐，把他们制造成看起来像这样的样子，共同体验创造者的快感。这不只是读者如何看的问题；他们也是雕刻家，贝娄古怪而清晰的力量将他们也强行拉了进去。比如，短篇《莫斯比的回忆》中，有几行文字描写一个捷克钢琴家演奏勋伯格："这个肌肉发达的光头在琴键上猛按。"当然，我们眼前立刻浮现出"这个肌肉发达的光头"；我们知道他看起来像谁（指德国波普艺术家格哈德·里希特）。但是，贝娄接着补充了一句："他前额的肌肉跳起来，反抗那块白板——他光溜溜的头盖骨"，突然，我们进入了超现实的戏剧王国：这种想法是多么奇怪和好笑，这个人头上的肌肉在反抗他像白板一样的光头。

贝娄看人物的方式也透露出他的一些哲学。在他的小说世界中，人物不跟着动机流动；作为小说家，他不是深刻的心理学家。相反，他的人物就是灵魂的具现。他们的身体是他们的供状，他们破败的道德伪装已经剥掉：他们身心一致。维克托这个思想的暴君，有一颗巨大的暴君式的头；瓦伦丁这个眼睛滴溜溜乱转的通奸者，走路一瘸一拐；马克斯这个爱苛责孩子、情感内敛的父亲，下巴上有一道缝隙或皱纹，里面的胡须总是刮不到，当他抽烟时，"他就坐在烟雾里"。或许是这个原因，我们很少发现贝娄描写年轻人；甚至他笔下的中年人看起来都显老。在某种意义，他将所有的人物都变成老人，因为老人无助地把他们的本质穿在身上，就像穿了一件皮衣。他们是伦理战场上的老兵。

像狄更斯一样，在某种程度上也像托尔斯泰和普鲁斯特一样，贝娄将人物看成载体，代表主要本质或存在之律，采取母题的方式反复暗示人物的本质。正如在《安娜·卡列尼娜》中，奥勃朗斯基总是在微笑，安娜的脚步轻盈，列文的脚步粗重，每个人都配了一种特质，同样，马克斯有刮不到胡须的皱纹，《贝拉罗莎暗道》中索雷拉的巨胖，等等。《只争朝夕》或许是贝娄早期最好的作品。在这部小说中，威尔赫姆在纽约看见许多行人，似乎看见"每张脸上精致地写着一个特别的动机或本质——我劳动，我花钱，我奋斗，我设计，我爱，我抓，我举，我让路，我羡慕，我渴望，我蔑视，我死，我藏，我要"。

4

作为宗教或精神渴望的喜剧，贝娄的人物一再被逃跑的幻象勾引——有时是神话式的幻象，有时是宗教性的幻象，更常见的是柏拉图式的幻象（说是柏拉图式的幻象，是因为在这种意义上，人们觉得真实的世界不是真实的世界,只是灵魂的流放地,只是表象之地)。《洪堡的礼物》中爱好人类学的查理就是最好的例子。《只争朝夕》中的威尔赫姆想象出一个不同的世界,一个充满爱的世界。短篇《银碟》中的伍迪"暗自确信,上帝为地球设定的目标是充满善,浸透善",每到礼拜日,他都像参加宗教仪式一样坐下来倾听芝加哥城里的钟声,但他回忆起的这个故事,却是一个可耻的偷窃和欺骗的故事,一个完全世俗的故事。《亲戚》中的叙事者承认,他"从来没有放弃这个习惯,将一切真正重要的观察与原初的灵魂或本心相连"(这里暗示的是柏拉图的观念,人带着身体离开原初的灵魂流亡,他必须再次找到回去的路)。但再次,激起他启示的是完全世俗的东西:一桩可耻的案件,牵连到一个行骗的亲戚。

在宗教的意义上,贝娄的人物都渴望人生有所作为;但这种渴望并不是以虔诚或严肃的方式书写,而是以喜剧的方式书写:在他的作品中,我们想将我们形而上的乌云化成雨的激烈而笨拙的努力,充满了嬉闹和哀伤。在这方面,贝娄或许最温柔的暗示是他晚期那个可爱的短篇《勿忘我的念物》(这个短篇显然是向伊萨克·巴别尔的短篇《我第一笔学费》温柔致意)。故事里的叙事者现在老了,回忆起他年少时的一天。那是在受到经济大萧条打击的芝加哥，他想起他还是爱做梦的少年，满脑子宗教和神秘的观念，明显具有柏拉图式的气质："那么，人来自哪里？"他反问。在芝加哥，他的工作是送花。他总是习惯带一本哲学或神秘学的书在身上。在他回想起的那天，他成了一出残酷恶作剧的受害者。一个女人引诱他进入卧室，鼓励他脱下衣服，然后把他的衣物扔出窗外就跑了。没有了衣服，但他现在的任务又是要回家：在冰天雪地的芝加哥要走一个小时才能到家，家里等候他的是奄奄一息的妈妈和他严厉的爸爸，"盲目的《旧约》中那样的愤怒"。

城里一家酒吧的酒保答应给他一身衣服，条件是他答应送一个喝醉了的酒吧常客回公寓。他把这个名叫马卡恩的醉汉送回公寓安顿下之后，看见两个没有妈妈的小女孩嗷嗷待哺，于是他留下来为她们做晚饭——他烧了猪排，肉汁溅到他的手上，房间里弥漫肉烟。他告诉我们，"我的教养把肉香战战兢兢地压住，我的喉咙充满了肉烟，我的肠胃绞痛"。他的确做到了。最后，他回到家，不出所料，挨了一顿爸爸的打。他不但丢了衣服，还丢了那本宝贝一样的书。那本书连同衣服一起被扔出了窗外。但是，他想，他要再买那本书，钱是从他妈妈那里偷来的。"我知道妈妈偷藏她省下来的钱的地方。因为我翻过家里所有的书，我发现她把私房钱藏在她那本敬畏的节日和祭日举行礼拜仪式时用的祈祷书里。"

这里有着含蓄的反讽。这个少年为混乱的世俗生活所迫而偷钱，但他拿偷来的钱去买哲学或神秘学的书籍，这些书无疑在宗教或哲学的层面上教导他：他过的这种生活不是真正的生活。为什么他连妈妈藏私房钱的地方都知道？因为他看了"所有的书"。他的书卷气，他的超凡脱俗，成为他知道如何完成偷钱这桩世俗之举的理由。他从哪里偷钱？从一本祈祷书。于是，读者会想，谁说这种生活，我们的叙事者如此生动地告诉我们的生活，尽管它有种种尴尬，有芝加哥的庸俗，但它何尝不是真的生活？它不只是真正的生活，而且以其自己的方式成为宗教的生活——因为他刚刚痛苦经历的这一天，也是值得敬畏的一天。在这一天，他学到很多东西。这是一个世俗的神圣节日，在他牺牲时间为非犹太人烧猪排中达到圆满。

这个可爱的故事忧伤而喜剧，它用燃烧的离心机将这些世俗—宗教的问题抛向我们：我们敬畏的日子是什么？我们又如何知道？

5

索尔·贝娄差点儿就出生在俄罗斯。他的父亲亚伯拉罕·贝娄 1913 年移居魁北克的拉钦。1915 年 6 月，贝娄出生。他在魁北克生活了八年。1924 年，亚伯拉罕举家迁居芝加哥。亚伯拉罕在德沃金的帝国银行上班。在他的作品中，贝娄一再让主人公梦回在拉钦的圣多明各街的童年时光，梦回芝加哥洪堡公园东边的少年时光。《晃来晃去的人》是他的第一部小说，相比于他后来的作品，这部作品克制许多，但是，在小说中，当约瑟夫擦着鞋，突然想起他还是孩子时在蒙特利尔也干过同样的活，这时，真正的贝娄式的调子突然吹响：

> 我从来也没有发现还有像圣多明各街那样的街道……譬如说，我曾看见一个车夫在尽力扶起摔倒的马；有一支送葬队伍穿过雪地；一个瘸子在奚落他的弟弟；此后再也没有比这种情景更能使我动心的了。库房和地窖里发出刺鼻的酸味、霉味；狗、孩子、法国女移民，满身疮疤、四肢畸形的乞丐；我再也没有见过这一类人，直到后来我长大，读到维庸笔下的巴黎时才重新见到……装着一只老鼠的笼子被扔

进火堆;两个醉汉在吵架,其中一个走开了,血从头上滴落下来,有如夏天大雨初落时徐缓的雨滴;他一路走去,血点在马路上留下一条弯弯曲曲的线。(蒲隆译)

贝娄的处女作写于二十七八岁,但是,在这里,以不起眼的形式,什么都有了,比如,维庸,以及"夏天大雨初落时徐缓的雨滴"一样的血。在《赫索格》中,圣多明各街变成了拿破仑街,赫索格回想起"我过去的岁月,比埃及的历史还要久远":

街头巷尾,砖屋上的窗玻璃仍是黑黑的。穿着黑裙子的女学生,三三两两地走着去上学。运货马车、雪橇、大车、马匹都震颤着,天空一片铅青色,到处是玷污的冰雪,一道道肮脏的车辙足迹。摩西兄弟戴上帽子,一块儿开始祈祷:

"啊,以色列,你的帐幕多美。"

拿破仑街,这条发臭的、肮脏的、破烂的、千疮百孔的、玩具般的、饱经风霜的街道。私酒商的儿子们就在这条街道上念着古老的祷文。赫索格心中对此依恋不已。他在这儿所体验过的种种人类感情,以后再也没有碰到过。犹太人的儿子,一个接一个,一代接一代地生下来,睁开眼看见这一个奇异的世界,人人都念着同样的祷文,深爱着他们发现的东西。这真是个从未失灵的奇迹。拿破仑街道有什么不好?赫索格心想。他所要的东西全在这儿了。他母亲给人洗衣服,不时哀伤叹息……他姐姐海伦,有一双常用浓肥皂水洗的白色长手套,她在音乐学院上课时,就戴这双手套,还带一个皮的乐谱夹……一个夏天的晚上,海伦坐着弹钢琴,悠扬的琴声从窗口传到街上。平台钢琴上铺了一块绿色的绒布,钢琴盖仿佛是块长满青苔的石板。台布上挂着球形的流苏,就像一颗颗核桃。赫索格站在海伦背后,凝视着翻动着的海顿和莫扎特的乐谱出神,真想如一条狗那样哀鸣一番。啊,这音乐!赫索格心想。(宋兆霖译)

贝娄职业生涯的重要意义之一是,在贝克特时代,他保留住了19世纪作家的敏锐灵魂,保留住了伟大俄罗斯作家的形而上倾向。他像上一代作家，决定从可有可无的东西开始书写人物。他曾经写道，当我们读到"19世纪和20世纪最好的小说家，我们马上意识到，他们采取不同的方式来为人性定义"。但是，在大多数当代文学中，"这种理解人最伟大品质的力量似乎是分散了、变形了或完全埋没了"。在他的诺贝尔获奖演说辞中，他写道："存在另一种现实，真正的现实，我们没有看到。这另一种现实总是给我们暗示，没有艺术，我们收不到这些暗示。普鲁斯特称这些暗示是我们'真正的印象'。"

不怕说句危言耸听的话，我们也许会说，贝娄延长了小说的生命。他判了现实主义缓刑，把它的脖子从后现代的铡刀之下拉了回来；通过借用现代主义的技巧来复活现实主义，他成功地做到了这点。他的文风有浓厚的"现实感"，但是在其中难以发现任何现实主义的惯例。人们不用走出屋子，走上大街；他的人物没有"戏剧性的"对话；在贝娄笔下，几乎不可能找到这样的句子——"他放下饮料，离开房间。"那是因为大多数贝娄式的细节在他小说中是作为记忆出现，作为被记忆的头脑过滤之后的场景出现的。因此，在贝娄这里，细节是现代的，因为它总是细节的印象；但他的细节有一种不属于现代的坚实感——它们事实上是"真正的印象"。

> 我过去的岁月,比埃及的历史还要久远。多雾的冬日,没有黎明。黑暗中,只有灯泡亮着。炉子是冷的。爸爸把炉栅摇了几下,弄得到处是灰尘飞扬。炉栅子咯咯响过一阵后,小铲子又在炉子底下叮叮当当地响了起来。卡珀拉尔粗烟丝害得爸爸咳个不停。烟囱里冒出的青烟随风而去。接着,送牛奶的人驾着雪车来了。雪地上,但见垃圾、粪便、死老鼠、死狗到处都是,弄得臭气熏天。穿着羊皮衣服的送奶人转了转门铃……这时拉维奇从房里出来了,他酒意尚未全消,穿着件厚实的毛线衣……(宋兆霖译)

赫索格在回忆这一幕,因此,也是在回忆某种立体的情感,这种情感在贝娄笔下很浓烈,心思反复以不同的方式回到同样的细节,思考再思考。这是一种广义的意识流,在广义的表象下,它看上去差不多就是传统的现实主义。当然,贝娄从乔伊斯那里学习到,意识流给了现实主义新生命,因为它豁免了现实主义必须以传统方式进行说服的责任。一个标准的现实主义客户或许会竭力说服我们,赫索格厨房中发生的那一幕正如我们现在见到的样子，或者正如其他人物过去见到的样子。在那样一种惯例下，要让我们"相信"那个送奶人，就必须想象出他的生活——对他生活可信的描写。但是，记忆可以选择和强调，可以扑向一个小细节——灯泡钨丝粗壮、卷曲、松动——恰是因为这些事件早已发生，才没有说服我们的压力；没有现实主义经常尴尬地发现自己要面对的同步性的压力（"她进门时猛咳了一声"）。贝娄使用细节不是说服我们某种东西存在，而是差不多相反——证实它的缺失。在乔伊斯和贝娄这里，现实主义是一种挽歌，是意识流的支流。

非常奇怪的是，这种意识流，尽管享有描写的伟大加速器之名，事实上延缓了现实主义的写作速度，要求它把时间消磨在琐细的记忆上，围绕琐细记忆盘旋，不停回归。这种意识流真的是短篇、轶闻和断章的助手——毫不奇怪，短篇和意识流在文学中几乎同时在19世纪末大量出现：在汉姆生和契诃夫的笔下出现。比如，在伊萨克·巴别尔（巴别尔的作品在1929年被译成英语，贝娄在20世纪30年代读过）那样的短篇小说家那里，我们会碰到许多琐细但尖锐的细节，中断或远离了传统现实主义叙事维系的庞大网络。有时，巴别尔《我第一个鸽舍》的调子很接近贝娄:"就连我的伯祖父索约尔也走了。我爱这个喜欢吹牛的老人。他在市场卖鱼。他胖乎乎的手总是湿湿的,沾满了鱼鳞,闻起来有寒冷而美丽的世界的味道……除了那些商贩,教过我《摩西五经》和古希伯来文的利伯曼老人也来捧场。我们受宠若惊。我们圈子里的人都尊称他为先生。这次他的比萨拉比亚酒喝过量了。传统丝绸流苏的末端从他的马甲下面戳出来。他用古希伯来语祝我身体健康。"

贝娄的文风像巴别尔一样,穿行于不同的时空,穿行于今日与传统、现在时间与记忆时间、短暂与永恒之间。《勿忘我的念物》中的叙事者写道,在家里,在屋内,他们的生活靠的是"过去的规则",但"在外面,靠的是现实的规则"。同样,贝娄的文风神奇地穿行于"过去"或传统的规则和即刻强劲的"现实"规则之间。尽管这可能不是一种理想的风格,但话说回来,理想的风格根本就不存在。当然,还有一些语域,贝娄不能探测,或者,他没有选择去探测。然而,比起任何当代其他英语作家,贝娄的文风因为多元而显得洋洋大观,包含了抒情、喜剧、现实主义和俗语等成分;在美国,比起贝娄早就确立的经典地位所可能激发的赞美,它值得更多的赞美。

《安娜·卡列尼娜》和人物塑造

每个阅读托尔斯泰的人都觉得,这种阅读体验与阅读其他伟大小说家不但有程度的不同,更有类型的不同。但究竟如何不同,为什么不同?正如认为一个人应该从侧面而不是从正面接近大象,评论者发现自己在旁边跟着托尔斯泰猛冲,只是故意摆个角度照相。托尔斯泰透明的艺术——作为中性感光底层的现实主义,像空气——使之很难解释,我们往往只有气急败坏地陷入重言。为什么他的人物那么真实?因为他们很有个性。为什么他的世界看上去真实?因为它很真实。诸如此类。甚至托尔斯泰本人有一次在为他的写作辩护时,也被迫陷入悖论。1876年,在给朋友尼古拉·斯塔拉科夫的信中,他说,《安娜·卡列尼娜》不是可以抽离书中的观念的集合,而是一张网络:"这网络也不是由(我认为的）观念组成，而是由别的东西构成；它的内涵绝对不能直接用言词表达出来，只有间接地用言词去描写人物、行为和场景才能表达。"

小说开头就能证明托尔斯泰简单的满足。奥勃朗斯基生机勃勃，出身高贵，头脑简单，相貌英俊，"乐观开朗，志得意满"，习惯性地微笑。他一直与孩子从前的家庭教师有染。不幸的是，他的妻子多莉发现他的私情。奥勃朗斯基痛苦地想起最近的一个晚上，他从剧院回来，"拿了个大梨准备给妻子"（我们才读两页小说，托尔斯泰多汁的细节已然结果），结果发现她不在书房，而是在卧室，手里拿着那封泄露了一切的倒霉的信。

但奥勃朗斯基不会真正忧伤。像托尔斯泰笔下的许多男人，他自我满足，甚至到了唯我的地步。正如在莎士比亚那里一样，我们觉得托尔斯泰的人物真实，部分原因是他们想当然地认为他们的世界真实。妻子不快乐，奥勃朗斯基能做什么？生活告诉他继续，忘记好了，一切都会烟消云散。事实上，他就忘记了这一回事。他睡觉，醒来，穿衣，在这些仪式性的行为中，他显然获得了习惯性的快乐。他穿上"淡蓝色绸里的灰色睡衣"。我们看见他"宽阔的胸膛里猛吸了一口气，摆开他那双轻快地载着他肥胖身体的八字脚，迈着素常的稳重步伐走到窗前……",理发匠进来,"光滑丰满的小手"在"他长长的、卷曲的络腮胡子中间剃出一条淡红色的纹路"。然后,奥勃朗斯基坐下来吃早餐,打开"油墨未干的晨报"。

托尔斯泰的人物塑造一般是从对身体的描写开始。他笔下的身体往往揭示出人物的本质。随后这种本质在小说中反复呈现。托马斯·曼和普鲁斯特都从这种"母题"的书写方式中受益良多。奥勃朗斯基的微笑出现在小说开头,可以说再也没有消失。在小说前三十页,他三次举起手制止别人的手(理发师、秘书和列文的手)——某种意义上,他难道不是举手阻止我们读者,事实上在说,"看我的,我完全掌控生活"?奥勃朗斯基的妹妹,安娜·卡列尼娜,也"迈着载着她丰满身子的轻快步伐,奇怪地轻盈"。这些本质既是身体的本质,也是伦理的本质。或许可以说,就伦理而言,奥勃朗斯基和安娜的步伐过于轻盈,没有扎实的根基,比如说不像列文,小说中托尔斯泰的伟大英雄和代言人。他第一次出场是在奥勃朗斯基的办公室外"踱来踱去",托尔斯泰描述他是"一个体格强壮、宽肩的男子"。安娜的丈夫阿列克谢·卡列宁是一个本分的官僚,但性情冷漠、缺乏想象。与安娜相反,他以错误的方式扎根太深:他第一次出场是在彼得堡的车站，渥伦斯基立刻注意到他奇怪的走路姿势，"他摆动屁股，步履蹒跚的步态"。正如托尔斯泰重复这些本质的表象，它们也产生了自己的生命，看起来开始自动重复。这些人物在回应彼此的本质。比如，家里来的不速之客瓦卡·维斯洛夫斯基有一个恼人的习惯，他喜欢盘坐在胖腿上。这唯一的习惯就成了他的本质。列文有次抱怨说他不喜欢维斯洛夫斯基，因为他爱"盘腿"。

奥勃朗斯基像托尔斯泰的许多人物一样抑制不住成为自己，成为自己的本质。他的本质就是他的身体：头脑简单，肩膀宽阔，生活奢靡，步履轻盈。他开心的活力当然有传染力。奥勃朗斯基是这类人，他散发出生命之热，可以温暖他人。他的司机马特维喜欢帮他"受宠的身子"穿衣。几页后，当奥勃朗斯基和列文在安格利亚餐厅吃午餐时，那个鞑靼老侍者忍不住开心地笑看着奥勃朗斯基品尝美食。读者以同样的方式受到感染，一种奇怪的交流开始发生——要记住小说才开始几页的——在此，我们也渴望在这个自满的人的身边，他如此自满，可能根本不会注意到我们。我们愉快地看着奥勃朗斯基吃东西，"从梨形的壳中挑出又湿又黏的牡蛎肉"。我们愉快地看着鞑靼老侍者，"他的大屁股上跷起了尾巴"。我们愉快地看着列文绷着脸——列文，这个自命不凡的乡下人，这个与自我竞赛的道学先生，宁愿吃"白面包和奶酪"，讨厌"被铜器、镜子、煤气灯、鞑靼侍者……所环绕"。

整部小说中都是如此。托尔斯泰的细节极其有力。卡列宁在对安娜很生气时，将公文包放在胳膊下，用胳膊肘死死夹住，"肩膀耸了起来"。商人亚比宁的"长靴在脚踝那里起皱，一直到了小腿肚"。在成功求婚之后精彩的一幕，列文狂喜难耐地在酒店里等待着向未来的岳父岳母宣布计划的那一刻，而与此同时，在隔壁的房间，"他们一大早在谈论机器和骗局，在咳嗽"。后来在小说中，吉蒂和列文结婚了，他看她梳头，"她圆圆的小脑袋后面头发狭小的分缝，在她梳子朝前梳动时不断地闭合"。列文的管家阿加菲娅·米哈伊诺夫娜"抱着一罐新泡的蘑菇到地窖，脚下一滑，摔倒在地，手腕脱臼"。多莉坐下来跟可怜的卡列宁说话时，发现孩子们的教室很私密，于是他们就"在一张课桌前坐下，课桌上铺了油布，布满了小刀的划痕"。

这些细节肯定大多属于托尔斯泰在信中说的"网络"。首先，他的描写生动准确："油墨未干的晨报"，或者，隔壁的人在早上咳嗽。其次，我们注意到，他的细节几乎总是被功能推动，被生命运动——事实上就是生活——推动。米哈伊诺夫娜抱着的不是泡好的蘑菇,而是"新泡"的蘑菇;亚比宁的靴子由于走路起了皱纹。吉蒂的头发分缝只有在梳头时开合。卡列宁的胳膊夹得很紧时肩头才耸起。

有些东西从这张"网络"中产生出来,我们感觉到托尔斯泰非常不同于其他现代的现实主义者。他没有兴趣告诉我们,事物在他看来是怎样;他没有兴趣告诉我们事物像什么。这就是为什么他在那些时刻避免使用比喻。托尔斯泰的比喻往往平淡普通:"他觉得就像那样一个人,进了一家店,看见东西对他来说太贵"等。(纳博科夫正确地注意到,就连这类比喻托尔斯泰也不擅长。)当福楼拜(在《情感教育》中)描写火车穿过乡野,烟囱飘出的蒸汽拖着长长的尾巴,他将之比喻为"一只巨大鸵鸟的羽尖不断被吹起",这是很美的比喻。但文体家就是文体家,这是福楼拜看待世界的方式。但在托尔斯泰那里,正如在契诃夫那里,现实在他的小说中出现,可能不是作家看到的样子,而是人物看到的样子。

福楼拜描写火车时,他是将它冻结成画面加以捕获的,宣称这是他自己的火车。但《安娜·卡列尼娜》中的现实是人物的现实,现实在场,动作发生在当下。福楼拜的火车一旦成为风格就显得有点冗余，特别是因为比喻——哪怕最伟大的比喻——往往强调偶然性：作者希望我们注意 X 碰巧像是 Y。然而，阅读托尔斯泰时，我们有一种强大的奇怪感觉，尽管一切特别的自由——作为小说家的托尔斯泰随心所欲，有时甚至进入列文名叫拉斯卡的狗的心思——但似乎一切都奇怪地成为必然。这部分是因为，在托尔斯泰那里，现实不是作家的玩具，而是人物必要的粮食。普鲁斯特在论《安娜·卡列尼娜》和《战争与和平》的一段神秘的话中写到，这些小说的每一特征，尽管人们认为是"被观察"（即风格化，"偶然性"，"文学性"），但事实上是"作家认同的法则的外衣、证据或条例，无论这法则是理性的还是非理性的"。普鲁斯特说，每个姿势，每个字眼，每个动作，都代表了一条法则，使我们觉得，我们在"许多法则中前行"。某种程度上，普鲁斯特可能点出了托尔斯泰笔下身体细节作为力学法则的必然结果：油墨未干的晨报，清晨的咳嗽声，靴子穿后会起皱，油布总是有刮痕，梳头时头发的分缝会开合。使用比喻的作家总是从理论上描写世界，描写的是或然的世界，但托尔斯泰只是如实描写世界，描写的是现实的世界。

托尔斯泰在 1873 年开始写《安娜·卡列尼娜》，尽管他在 1870 年就告诉过妻子，他计划写一本小说，主角是一个已婚女人，由于通奸而受辱。与《包法利夫人》一样，也许都是现实生活中的真事促动了小说的诞生。1872年1月，安娜·斯特凡诺娃·皮诺戈夫——附近一个地主的情妇——在被情人抛弃后卧轨自杀。托尔斯泰前去站台看了尸体后感慨万分。19世纪下半页描写堕落女性的小说都有家族相似性。安娜和爱玛·包法利一样爱看小说。哈代的苔丝与安娜一样胸脯丰满。事实上，三个女人追求感官快乐到了不负责任的地步。男人情不自禁被她们诱惑，当然，这并不被认为是男人的过错，列文在小说后面碰到安娜，自责说受了她"狡猾的影响"。然而，《苔丝》、《包法利夫人》和《安娜·卡列尼娜》，虽携带了男性责难的病菌，但在某种意义上却产生了抗体，那些命中注定的女主人们最终获得同情而非审判，她们被写入了小说而非被一笔勾销。一个原因是，19世纪是小说人物的伟大时代，特别是女性小说人物的伟大世纪。这些女人竭力逃避社会的监禁：正是因为她们想逃离一个只把她们类型化的世界，她们变成了真正的人物。

起初，托尔斯泰计划写一本小说，惩罚犯下罪孽的安娜。在最初几稿中，她是一个肥胖、有点庸俗的女人，而她戴了绿帽的丈夫是一个圣徒。那时，我们现在所见小说中的大多数场景还没有出现：列文挥舞镰刀与农民一起劳动；他和吉蒂的婚姻（他们丰饶的家庭生活是对安娜和渥伦斯基贫瘠庸俗生活的健康"回答"）；谢尔巴茨基一家（吉蒂的父亲谢尔巴茨基公爵是托尔斯泰最好的小人物之一，想到他把俱乐部中一间房命名为"聪明房"就禁不住会心一笑）。这些情节都还没有出现，相反，只是一门心思围绕三角恋情展开。但是，正如理查德·佩韦尔所写，托尔斯泰"在道德上逐渐扩大了安娜的形象，缩小了她丈夫的形象；罪人变得越来越美丽而生动，而圣徒变得越来越虚伪而抽象"。

通常，对于《安娜·卡列尼娜》有两个反对意见。第一个就是，那些宏大的挥动镰刀的场面——甚至还包括后来列文等人打猎那几章——很单调，没有必要。屠格涅夫和后来的詹姆斯都觉得，这部小说没有结构。今日，他们的观点再次得到应和，如A.N. 威尔逊，在他精彩的《托尔斯泰传》中，他写道："从美学角度来看，铺陈列文的章节明显理由不足……插入的这些章节部分没有艺术性，写得没有章法。"现在，最好把托尔斯泰看成是一个本能的野兽，那些神经质的形式动物学家根本追不上。真的，在某种意义上，托尔斯泰是伟大的反形式主义者。但他自己坚持认为，他的小说有隐形的结构。看起来我们值得去探个究竟。

小说的某些力量——这也是另一个使阅读托尔斯泰在类型上不同于阅读其他小说家的品质——必然与托尔斯泰减缓现实主义节奏的方式有关,这样一来,不再有大多数现实主义小说的人为节奏,反而多了生活的充足而缓慢的节奏,正如我们每天经历的生活。当然,列文挥舞镰刀与农民一起割草这些页的文字本身很漂亮:"那些高大的草温柔地拥抱着车轮和马脚,草籽留在湿漉漉的轮辐和轮毂里。"与列文一起干活的一个老农民的小细节也非常动人,每当在草丛里发现蘑菇,他都弯腰捡起来放进口袋,喃喃自语道:"我家老太婆又可以饱餐一顿了。"

这些插入的章节让小说现实主义的惯常速度缓慢下来。正如列文惊奇于这些农活是多么繁重,忘记了时间的流逝,同样,小说也忘记了时间的流逝。小说里著名的赛马一幕,渥伦斯基落马,大约在第二百页左右。我们再次看到这一幕,从安娜的视角。然后,在接下来八十页,吉蒂去了一处德国温泉,碰到神圣的维兰卡;谢尔盖去看望了他在乡下的兄弟列文;列文与农民一起割草;多莉和孩子去了乡下;痛苦和气愤的卡列宁开始接受安娜给他下的最后通牒——她爱渥伦斯基,"我听到你在说话,但我心里想的是他。我爱他,我是他的情人,我忍受不了你,我怕你,我恨你……"但在这一百来页里,我们再也没有见过渥伦斯基,直到第三百页左右。托尔斯泰在写什么?"比赛后的第二天,渥伦斯基起来得很晚,他穿上西服,没有洗浴和修面……"对于我们来说,一百页已翻过,但对于渥伦斯基来说,刚刚过了一夜。这一百页,一个普通读者可能一夜正好读完。读者的阅读速度可能与渥伦斯基的生活速度同步。我们难以想象有更好的例子来印证"真实的时间"。

第二个更严厉的反对意见就是指控托尔斯泰的说教。难道不是这样吗,托尔斯泰先是强迫列文与农民认同,然后在小说即将结尾时走向非常托尔斯泰式的天主教(三分伦理加一分神学)?当列文将人生致力于"信仰上帝,信仰作为人唯一之目的的善",致力于"灵魂生活,只有灵魂的生活才是值得一过的生活,只有灵魂的生活才是我们珍视的生活",小说随之结束。可以肯定的是,挥舞镰刀割草的场景包含了说教的含义。读到托尔斯泰这样写农民——"那一天漫长的劳作在他们身上只留下欢愉,别无其他痕迹"——我们免不了哑然失笑。

但事实上,列文与农民的关系被描绘为带有一种喜剧的荒诞感,因为列文像小说中许多人物一样是唯我论者。列文用农民来为他自己的道德洁癖服务，这点读者非常清楚。后来在书中，托尔斯泰把列文唯我的喜剧制造成小说中最好的一幕：吉蒂答应求婚后，他相信世人都会与他一样兴奋。晚上，在与未来的妻子约会后，列文回到酒店，与值夜班的门卫叶戈尔有一段对话。列文问叶戈尔结婚时是否爱他老婆。"当然爱，"叶戈尔回答说。"列文看见叶戈尔也很兴奋，也想说出心底的感受。"这是一个狡猾的句子，因为，是列文认为叶戈尔想说出叶戈尔内心的感受，还是列文认为叶戈尔想说出列文内心的感受？我们真的不知道，因为这时门铃响起，叶戈尔开门去了。第二天早上，列文认为，就连酒店门外的车夫"显然也知道了一切"。在这些章节里，列文的自恋尽管很有趣，但它使我们早先对他与农民一起割草那一幕的解读变得复杂。这肯定是托尔斯泰有意为之的。

此外，还有一种意见认为列文的说教不但妨碍了我们对他的自由感受，也伤害了他的独立性，这种意见预设的前提是列文具有那样的独立性，"艺术家"托尔斯泰被"说教者"托尔斯泰拖累了。但是，托尔斯泰从来不是笔下人物纯洁得不可破坏的真正的纯粹艺术家。他的人物塑造方法总是充满悖论：他的人物的本质是固定的，但作为人却是不断变化的。列文的本性是"渴望变得更好，这种渴望从来没有离开过他",尽管这并不意味着我们总是知道他如何表现。卡列宁本性很冷漠,但在小说中一个动人的意外时刻,他像个孩子一样哭泣,温柔地原谅了渥伦斯基和安娜。不过很快,他恢复了冷漠本性,拒绝与安娜离婚。

如果托尔斯泰的人物相比其他小说家的人物有不同种类的现实,那是因为他们既是必然的,也是不可预测的,既是普遍的,也是特殊的;尽管他们肯定成其为个体,但我们总能意识到谁制造了他们。托尔斯泰有着前现代的原始风格,让我想到著名的阿尔弗雷德宝石,这颗19世纪英国制造的珠宝,上面刻了一行文字暗示阿尔弗雷德大帝,"我是奉阿尔弗雷德之令而造"。同样,尽管他们具有独立性,托尔斯泰的人物也以一种方式打上印记:"我是奉托尔斯泰之令而造"。想想小说开始不久列文和奥勃朗斯基的碰面。尽管我们对他们几乎一无所知,但列文和奥勃朗斯基作为人物和作为本质已鲜活地确立下来。托尔斯泰告诉我们,他们是多年的朋友,感情很深。然后,他以熟悉的方式插入进来告诉我们:"尽管,正如经常发生在选择不同道路的人之间的那样,他们理性上会为对方的行为辩护,但打心底里还是瞧不起对方。"在大多数作家笔下,作者的这种干预是很危险的:人物刚出场,作家就把他的胖手指插进蛛网，不但告诉我们怎么看待人物，还告诉我们有一条普遍规律，规定了某些人怎么看待对方（"正如经常发生在选择不同道路的人之间的那样"）。

然而，这种插话——小说中这样的情况有许多，这里只是早期的例子——没有损害奥勃朗斯基和列文的个性，因为他们的个性恰好存在于体现了普遍规律的那些不同的和难以预测的方式。柯勒律治说，"正如在荷马那里，所有的神都穿了铠甲，维纳斯也不例外"，同样，"在莎士比亚那里，所有的人物都很强大"。他所谓的"强大"，指的是他在另一个地方对麦克白夫人的评价，她"像莎士比亚所有的人物一样，自成一个阶级"。在他那本论托尔斯泰的伟大作品里，约翰·贝利告诉我们，《战争与和平》的早期构思中，罗斯托夫伯爵最初出场时叫普洛斯托伯爵：俄语中"普洛斯托"的意思是"诚实单纯"。这种构思是出于艺术还是说教？肯定兼而有之。托尔斯泰不是用一种（抽象意义上的）观念开始写作，而是用一个真理、一个关于罗斯托夫的大写真理开始写作。

正如哈姆雷特，《安娜·卡列尼娜》中的人物也是普世情感的后裔。当列文觉得全世界肯定都意识到了他对吉蒂的爱，无论是从个体的情感还是从普遍的自恋而言，他的感觉都不无真实。我们能想象奥勃朗斯基感觉到了同样的东西，甚至渥伦斯基也能感到。当安娜和渥伦斯基争论，渥伦斯基说错了"体验"一词时，安娜想笑，这时，许多读者会辨认出一个典型而微妙的托尔斯泰的细节。但是，我们难以说清，这究竟告诉了我们关于安娜或渥伦斯基什么强烈个性的东西。辨认出那样一个细节，我们觉得愉快；更为愉快的是认识到它普适于人类。是的，我们对自己说，这就是他们争论的东西。我们接下来也许会说，托尔斯泰的人物有他们独特的感情，但他们的感情又不那么独特。悖论的是，他们彼此有别，同时却又分享普遍性。这从以下事实获得暗示，《安娜·卡列尼娜》中几乎所有的男性——无论是渥伦斯基、列文、奥勃朗斯基，还是那个养蜂的老人、多莉的司机，甚至那个不速之客维斯洛夫斯基——相貌都很"好看"。这些男人都有男人味，因此在这方面他们都很类似。同样，小说中两个不同的孩子——列文的孩子和安娜的孩子——以完全同样的方式形容，都有胖乎乎的小手腕，上面好像缠着细绳。这肯定不是托尔斯泰的笔误；他只是重复婴儿期的普遍性质。

在大多数的小说中，我们看见人物在寻找自我，或迷失自我，或建构自我。在托尔斯泰这里，困难与其说是成为自我,不如说是成为自我之外的别的什么。这正是托尔斯泰的意思,他在晚年说,"我五岁怎样,我现在就怎样"。这或许是为什么他感兴趣这样的时刻:他的人物发现自己被迫要扮演角色,或者,自然的东西听上去像人为的东西,听上去不像自己,比如,对于在奥斯特利茨大地上的尼古拉·罗斯托夫来说,伤者的哭声听上去是装的。在《安娜·卡列尼娜》中,当我们看见一个人物与不可遏制的本性挣扎时,这场面总是动人的。一旦安娜真正离开了他,卡列宁是那么痛苦,以至于他一反常态,想跟上司吐露他的悲伤。但是,即便是陷入这异常的沟渠,卡列宁一直比他能够知道的更具特色。因为,托尔斯泰告诉我们,像个恪尽职守的官僚,他提前准备了开场白:"他准备了这句话:'你听说过我的悲伤吗?'"这句开场白僵硬得可笑,可怜的卡列宁啊,我们差点为他笑哭。当然,他什么都没有说。

重读《安娜·卡列尼娜》,我们会惊讶于小说中人物的自恋。我们得知,渥伦斯基"没有注意细节的习惯"。在来自彼得堡的列车夜间停靠的那个小站,他对安娜表达了爱意之后,他走回他的车厢,"他现在好像仍然很骄傲自满。别人在他眼里好像只是一些东西"。卡列宁发现自己无法想象他要是安娜会怎样。他再次试了试,最终还是放弃了努力:"设身处地想象另一个人的思想和感受,这种精神活动卡列宁不习惯。"甚至多莉和吉蒂这两个富有同情心的母亲,也没有发现安娜不只是孤独得"可怜"——在小说很后面,当安娜来拜访她们时,吉蒂有点傲慢地对多莉说安娜"可怜"——而是像刚吸食了鸦片,接近自杀。

在小说中那个"又湿又黏"的共享世界——托尔斯泰用于肌理、内容和气味的浓重标记法——和许多活在自己世界的人物的自私内心世界之间,有着强大的张力。因此,当那个世界破门而入,降临在这些爱幻想的人头上,最感人的事件就开始发生。比如,渥伦斯基第一次在彼得堡车站看到迎接安娜的卡列宁时,他心里想:"喔,这就是她先生!"托尔斯泰立刻补充了一句:"只是到现在,渥伦斯基才第一次清楚知道,这位先生是与她有联系的一个人。"

《安娜·卡列尼娜》的世界的悖论在于,它是唯我论者们高度共享的世界(比如他们的家庭成员相互认识)。安娜的表情反复被描写为充满"同情",只有她不是唯我论者。但她的感性是一种病态的自由,因为她没有一个真正的世界去施展她的理解。离开了社会,她开始枯萎——事实上,她被唯我论者的社会改造成了唯我论者，这个社会拒绝正确地看待她。渥伦斯基不注意细节的习惯，对她来说是致命的。小说最精彩的部分是最后一百页，托尔斯泰慢慢展示了渥伦斯基和安娜之间关系的解体。安娜一再与她不可压制的自由本性搏斗。每天，渥伦斯基出外应酬，宣示他的自由。但她不能那样做。社会禁止她那样做。她带着嫉妒和仇恨反省，"他有一切权利，我却一无所有"。每天，她暗自发誓，渥伦斯基回来后她将不再抱怨。每天，她都违背誓言，她不能自已。当她掉落在列车的车轮下时，在某种意义上，她最终与她的本质融为一体。因为托尔斯泰告诉我们，这个脚步轻盈的女人，"双手放在车厢下，轻轻地动了一下，像是马上准备再次站起来，但她的腿跪了下去"。我们最初见到她时，她脚步轻盈；现在，她轻盈地走向死亡。

约瑟夫·罗特的符号帝国

1

对于约瑟夫·罗特(Joseph Roth),你自始至终都会注意到那种文风。这个在20世纪20、30年代写作的奥地利小说家,极大的趣味就在于他奇怪、轻灵、盘绕的句子,总是歪歪斜斜地拐进最不可思议的比喻。将现实主义的光辉力量、清澈的叙事和浓烈的诗意天衣无缝地结合,实属罕见。约瑟夫·布罗茨基说,在罗特的每一页都有一首诗。可以肯定的是,比起其他作家,罗特对于比喻近乎神经质的喜爱,让人更快地想起另一个诗人奥西普·曼德尔斯塔姆成也意象、败也意象的文风。

与曼德尔斯塔姆一样,罗特的细节和意象往往首先不是福楼拜那种视觉的细节和意象。描写人物胡须的精确色泽，然后将之比喻为，比如，电灯卷曲的铜丝（尽管他完全能够这样写），他对此特别不感兴趣。相反，他从身后或侧面走近意象，然后爬向既神奇又有一点儿抽象的东西。在《先王冢》(1938)中，他刻画了一个谈论在第一次世界大战期间奥匈帝国前途的商人："他边说边摸他的八字山羊胡，像是想要同时亲吻帝国的两边屁股（即奥地利和匈牙利）。"

这种神奇抽象的层面可见于罗特的所有小说，从最早的《蛛网》(1923)到最后的《第1002夜的故事》(1939)。《蛛网》相当粗糙平淡，但第二部作品《萨沃伊饭店》(1924)表现出成熟的力量。主人公加布里埃尔·丹在西伯利亚战俘营关了三年，最后流落到东欧的无名小镇，下榻萨沃伊饭店。这家面积很大的酒店住满了逃难的人——波兰人、德国人、俄罗斯人、塞尔维亚人和克罗地亚人。这本早期作品已经显示出罗特使用比喻的深厚功力。"我的房间——最便宜的一间——在七楼，房号703。我喜欢这个数字——我对数字有点迷信——因为中间的零，就像一个女人被一老一小两个绅士夹住。"狄更斯和（更明显的）果戈理可能影响了罗斯，但最大的影响可能来自他在维也纳报刊上的写作，特别是专栏或小品文的写作的操练与打磨。这些专栏文章都是些简短的素描，偶尔发些议论，但大多是描写细致的片段。卡尔·克劳斯是这种文体的先驱。在罗特开始写作时的20年代，阿尔弗雷德·波尔加是这种文体的最著名的主将。瓦尔特·本雅明称波尔加是"德国小品文大师"。1935年，在撰文庆祝波尔加六十大寿时，罗特说，他自称是波尔加的私淑弟子："波尔加擦亮平凡的东西，直到它变得不平凡……我从他那里学到要呵护语词。"

小品文因其简短，所以每句话都要承受压力，要用比平时多一倍的力量来包装。波尔加在一篇文章中形容一根手杖："一根犀牛骨制造的小手杖，在他的手指间翻飞。手杖颜色有点儿浅黄，看起来像一根加粗的糖竿。"这也是罗特的典型文风。这些小品文——本雅明的散文算是这种文体的表亲——往往开头就动来动去，每句话都像是新的开始。这种写作本质上是格言式写作，虽然不容易看出来，因为每句话都被赋予了格言的地位。克劳斯说，格言是零点五倍的真实，也是一点五倍的真实。用它来形容比喻，或许也成立，特别是罗特作品里的比喻，在那里，比喻神奇地不真实，同时也是神奇地过于真实。

事实上，罗特把小品文的技巧用于小说，写出的作品好似时刻都会结束，同时也因此在不断延拓的终结前包含另一句漂亮的话。他的作品高度模式化，但每句话都是离散的爆炸。比如，在罗特最伟大的小说《拉德茨基进行曲》（1932）中，他描写讨厌的温特尼格勋爵坐着他的四轮马车穿过那个有守备部队驻防的城市："这个小老头就像个可怜兮兮的古人，他干瘪蜡黄的小脸裹在一张很大的黄色毯子里……他驾着马车穿过阳光满溢的夏日，就像一阵可怜的冬日寒风。"他描写转瞬即逝的落日场景："天突然变黑。夜猛地掉进街道。"他描写努力写自己名字的农民奥鲁弗吉："汗珠从他低垂的眉毛下渗出，像晶莹剔透的开水珠……水珠流啊，流啊，像奥鲁弗吉大脑流下的眼泪。"在《先王冢》中："在古老的奥匈帝国境内，小城的小站看起来都一样。黄色的小站，像冬日躺在雪地上、夏日躺在阳光下的猫。""站台前面孤独的灯笼，让人想起竭力想破涕为笑的孤儿。"在《无尽的逃亡》（1927）中："寒冰之夜，很冷，我第一个念头是，你刚喊出口，声音就冻住，根本传不到你喊的那人。""这个女人剃得光光的大腿并在一起，像同样一身打扮、穿着透明丝袜的双胞胎姐妹。"侍者"像园丁一样走来走去；他们往杯子里倒咖啡和牛奶，像在为白色的花台浇水。路边有树和凉亭，那些树简直像在卖报纸"。在《右与左》(1929) 中:"薄暮时分,只有对面小树林中的银桦闪着微光,站在其他树中间,像白日的碎片溜进古老的夜晚。"

1894年,约瑟夫·罗特出生于哈布斯堡帝国的边城布罗迪。这里曾经是奥地利的加利西亚地区,现在是乌克兰的一部分。在戴维·布朗森的德文传记(英文翻译即出)厘清真相之前,罗特的生活经历一片混乱,这些传言正好配得上他出生之地的那个幽暗边城——在他的小说中,罗特反复写到这个边城,但每次都有变化。

布罗迪有不少犹太人,但罗特后来似乎隐瞒了他的犹太身份,他宣称父亲——原本是加利西亚的商人,名叫纳楚曼——是奥地利的政府官员,甚至,有一次宣称父亲是波兰伯爵。这样的幻想可能是维也纳当时的反犹主义所致,更可能的原因是罗特保守的浪漫主义,以及他对尚武的奥匈帝国近乎天真的爱。无疑,只要那个真实的父亲消失了,就更容易发明一个虚构的父亲:罗特还是孩子时,他父亲因发疯被关进了德国疯人院。正如读者必然注意到的,罗特的小说中痛苦的主题就是父子关系:缺席或无用的父亲和受伤的、无目标的儿子。这种主题在《齐珀与他的父亲》(1928) 中最为明显,小说是阿诺德·齐珀这个年轻人的画像,他的精神之所以幻灭，一方面是因为"一战"期间他上了前线，另一方面是因为他父亲轻率地支持战争。

罗特在《拉德茨基进行曲》中对父子关系进行了最深入的思考。这部小说的形式美源于它那灌溉了全书结构的生命之流。我们在小说开头就碰到了约瑟夫·特罗塔上尉，他在1859年索尔弗里诺战役中偶然救了年轻皇帝弗朗茨·约瑟夫的命，因此受封为男爵。命中注定的、喜爱幻想的特罗塔家族就此奠基，虽然一代不如一代勇敢，但一代比一代喜爱幻想。特罗塔男爵的儿子弗朗茨，只是奥地利西里西亚地区一个卫戍小城尽职尽责的军事长官。小说真正的主角是弗朗茨的儿子卡尔·约瑟夫·特罗塔少尉。这个人特别失意，他先加入了骑兵队，主动离队后又加入了步兵队，结果在"一战"期间傻傻地死了。

像彩云一样笼罩在特罗塔少尉头上的，是他祖父的名声，"索尔弗里诺的英雄"。年轻的特罗塔配不上这种英雄品质，特别是因为他祖父的壮举纯属偶然。某种意义上，他的痛苦恰在于他想攀比一种原本并非努力结果的品质。罗特巧妙地将这个故事拓展成对奥匈帝国的赞颂和批判：特罗塔少尉逐渐代表了脆弱的年轻一代，他们靠日渐式微的帝国早期的英雄主义过日子，难以凭意志力获得曾经偶然凭本能获得的东西。然而,唯一不变的是皇帝弗朗茨·约瑟夫的统治,他在1848年登基,直到1916年驾崩。弗朗茨皇帝是所有帝国子民的全知但缺席的父亲。某种意义上,他既是特罗塔少尉的父亲,也是他的祖父,因为他漫长的统治跨越了三代。当然,弗朗茨皇帝才是索尔弗里诺的真正英雄,在他的英名下,特罗塔经历了兴衰。每当特罗塔少尉坐在咖啡馆看见弗朗茨皇帝"穿着闪光的白色军服"的标准像,他就想起家里他祖父的旧照。特罗塔家族就是哈布斯堡王朝的缩影;这种家国合一的特征,罗特既把它理想化,也对它进行了嘲讽。

历史至少两次给约瑟夫·罗特的生命留下了强烈印记。第一个大事件是皇储弗朗茨·斐迪南大公1914年6月在萨拉热窝遇刺身亡;两年后,皇帝弗朗茨·约瑟夫驾崩,奥匈帝国随之分崩离析。罗特写了十三部小说,其中至少一半,我们必然会见到这个军刀一样的句子或其变体,将叙事一刀两断:"一个炎热夏日的礼拜天,皇储在萨拉热窝遇刺身亡。"第二个大事件是1938年德奥合并。德国吞并奥地利的消息传来,加速了罗特内心道德勇气的崩溃。那时,他正流亡巴黎,终日只有借酒浇愁。十四个月后,也就是1939年5月,罗特去世。不过,在此期间,他有足够时间将德奥合并写入《先王冢》,将之当成戏剧性的尾声。某种意义上,这部作品是《拉德茨基进行曲》的续集,通过卡尔·约瑟夫少尉的表弟这个人物,将特罗塔家族的故事从 1914 年延伸至 1938 年。

可以说,罗特的生命轨迹如同走过了白日、黄昏,最后进入黑夜。他看见心爱的帝国衰变成无足轻重的非君主制的奥地利,最终落入希特勒的口袋。1914 年夏,罗特进入维也纳大学读书,此时的奥匈帝国已风雨飘摇。他在 1916 年参军,一年后开赴加利西亚前线。战争结束后,他一无所有,只剩下那些成了俄罗斯人战俘的故事,以及一段被强制发配到西伯利亚的经历。后来,他把这一段历史赋予了《无尽的逃亡》中的弗朗茨·汤达和《萨沃伊饭店》中的加布里埃尔·丹。不过,罗特可能没有参加过战役,因为他供职于军报。接下来的十年,他断断续续在柏林生活,他写的小说纳粹很不喜欢,特别是《无尽的逃亡》和《右与左》。《无尽的逃亡》讲述一个从战场上回来的男人,逐渐对德国"文化"自信的崛起产生了幻灭;《右与左》记录了 20 世纪 20 年代德国法西斯的成长历程。

1932 年,罗特发表了《拉德茨基进行曲》,声名鹊起。1933 年,他逃亡到巴黎。在巴黎,他泡在酒缸和难以纾解的浪漫乡愁里。面对纳粹的步步紧逼，他的解决办法似乎是提议光复哈布斯堡王朝。1935年，他"放弃"犹太身份，自称是天主教徒。他在1939年临终时，身边好像有一个神父、一个拉比和哈布斯堡王朝光复会的一个代表。

2

对于奥匈帝国的子民，特别是斯蒂芬·茨威格和约瑟夫·罗特这种乡愁和理想化的模子刻出来的人，萨拉热窝事件之所以重大，不是因为它点燃了"一战"，而是因为"一战"诱发了他们崇拜的哈布斯堡帝国的覆灭。哈布斯堡帝国就像不同的国家和民族构成的神奇列岛，像一个孩子制图时的幻想，它北起维也纳，包含了布拉格，东至莫拉维亚、西里西亚和今日波兰的一部分，从维也纳朝南，包含了在1908年吞并的克罗地亚和波黑。当然，奥匈帝国是更早的神圣罗马帝国在19世纪的化身；它是一个受宠的孩子，有五百多年的历史特权；1848年后，它得到精神之父——皇帝弗朗茨·约瑟夫——的照料。1916年，弗朗茨皇帝驾崩，两年后，这个帝国消失，哈布斯堡王朝淡出历史，进入历史叙事；原来帝国的疆域里开始了此起彼伏的政变，成为人们每月社会生活中小小的谈资。

罗特是奥匈帝国的伟大哀悼者；罗伯特·穆齐尔是它伟大的精神分析师；卡夫卡是它黑色幽默的寓言家。罗特最典型的小说是描写一系列人物形象，他们迷恋帝国的荣光，或者轻率地依赖帝国，但出于种种原因，他们对帝国失望，然后迷失了方向，人生变得漫无目的，最终陷入绝望。通常，他笔下的主人公会离开象征帝国的奥地利军队的怀抱，因为"一战"已经结束，或者莫名其妙去职（像《第1002夜的故事》中的泰提吉男爵）。在小说的进程中，主人公可能到帝国的边缘（边城），也可能到中心（维也纳）。在边城，主人公生活在哥萨克人和犹太人中，可能会参加"一战"，可能战死（如《拉德茨基进行曲》中特罗塔少尉在1916年身亡），可能成为俄国人俘虏被发配西伯利亚（如《先王冢》中特罗塔的表弟和《无尽的逃亡》中的弗朗茨·汤达）。如果他活下来，他肯定会回到战后空心的维也纳，如《齐珀与他的父亲》中穷困潦倒、漫无目标的阿诺德·齐珀，或罗特的第三部小说《造反》中的安德列·皮姆。

罗特的小说乐于坚持帝国的同一性，坚持帝国境内不同地域身着统一的帝国华服。他的小说演绎了一种虚构的帝国主义，把同样的状况强加给不同小说中形形色色的人物。在罗特的小说中，帝国境内礼拜天的午餐总是面汤、牛腩、樱桃饺子。春天,金链花和新的阳光总会使维也纳咖啡屋里的银器熠熠生辉。政府官员总是留着胡子,像蜡像一样笔挺。在边城,总有一家布里斯托酒店,主人公会在这里小住一阵,总有一间小酒馆,俄罗斯人在那里用尽全部身家,好进入帝国。总有云雀欢叫和蛙鸣。到处都能看见受人景仰的皇帝的画像,到处都能听到乐队在演奏令人心潮澎湃的军乐,特别是《拉德茨基进行曲》。

但是,哪怕是在他们乡愁最浓的时刻,他的小说也要夸大和嘲笑帝国在其子民的生活中的存在。如果说,罗特热爱这个帝国,因为它强加给形形色色的人们一种帝国的统一性,那么,他的小说也将这种大一统的帝国视为一种专制,甚至一种独裁。因此,罗特和卡夫卡比表面看上去那样有更多的共性。他的小说如此强调帝国的统一性,结果却暗示,要实现帝国的统一性不再可能。罗特的挽歌向读者表明,这个帝国不仅死了,远去了,而且,在现实中,它不再可能等同于罗特对它怀抱的那些荒唐的梦想。我们感觉到,甚至在这个帝国尚存的时候,罗特就开始为之唱起挽歌,因为它没有足够的活力配得上他理想中的帝国。因此,他的小说——当然全部都写于奥匈帝国覆灭之后——是双重意上的挽歌：它们是对一种原初挽歌感情的挽歌。

因此，罗特最伟大的那些小说从对奥匈帝国的描写中同时压榨出喜剧和浪漫主义。这种浪漫主义是喜剧，因为多元的大帝国既是辉煌的，也是荒诞的。在1938年出版的《先王冢》中，罗特借主人公弗朗茨·费迪南德·特罗塔之口描绘出帝国异常丰富的人力资源：

> 这个帝国的直辖市、首都及皇宫所在地，它的灿烂辉煌完全倚仗王室领地对奥地利那悲剧般的爱恋。普兹塔草原的吉卜赛人、亚喀尔巴阡山脉的胡楚尔人、加利西亚的犹太马车夫、我自家的亲戚、斯洛文尼亚齐波尔耶的烤栗子商贩，来自巴奇卡的斯瓦本烟草种植者、西伯利亚大草原的饲马者、奥斯曼的西贝尔斯纳人，来自波斯尼亚和黑塞哥维那的那些人，来自摩拉维亚地区哈纳凯的贩马者，来自埃尔茨山脉的织工，来自波多里的磨坊主和珊瑚商人：他们所有人都慷慨地养育着奥地利，越贫穷的人越慷慨。他们的主动付出似乎理所应当，他们同时付出如此多的不幸与痛苦，只为了使这个帝国的中心成为优雅快乐、精妙绝伦的所在。（聂华译）

罗特写下这段文字时是1938年，正值纳粹占领了奥地利之后，他的乡愁最浓之时。但是，这段文字中有着一种很不稳定的东西（"越贫穷的人越慷慨"），这看起来是故意的，读者似乎难以分辨罗特是否非常真诚：怎样的帝国才可能是那样的乌托邦？罗特津津有味地提到那些古怪的专名（奥斯曼人，波多里亚的珊瑚商人）。他像抒情诗人一样滚动舌头吐出花木的专名（虎耳草、苋菜、香桃木）。这些专名离开了参照系，立刻变得很抽象，飘荡在莫名其妙的空间；这些空间难以验证，事实上很少有人知道，比如，波多里亚在哪里？

当罗特的语言最奢侈时，这种奢侈恰是一种悲伤的反讽。《拉德茨基进行曲》尤其如此。这部小说的文字极端浪漫，也极端绝望。比如，在一个神奇的时刻，特罗塔少尉带着情人到维也纳看一年一度的圣体节游行。游行队伍中，维也纳观众看见大帝国的各军团：

> 浅蓝色的步兵裤被照亮了。穿着咖啡色军装的炮兵队伍正在从眼前经过，他们的服装真正体现了弹道科学的严肃性。穿淡蓝色衣服的波斯尼亚人头上戴着血红色的土耳其帽，在阳光下显得格外红，如同伊斯兰教教徒为尊敬

圣徒陛下而点燃的小篝火。在豪华的黑漆马车里坐的是戴着金羊皮勋章的骑士和穿黑衣服的满面红光的地方专员们……少尉的心平静下来了,同时又在激烈地跳动——像是医学上说的一种怪异性。缓慢的圣歌之间不时腾起一阵阵欢呼,像小白旗夹在绘有图徽的大军旗之间。
(关耳、望宁译,略有改动)

"穿淡蓝色衣服的波斯尼亚人头上戴着血红色的土耳其帽,在阳光下显得格外红,如同伊斯兰教教徒为尊敬圣徒陛下而点燃的小篝火。"我们读到这一句欣悦的话,正如罗特希望的那样,我们感觉到他写这句话时孩子般的惊奇。这是一个梦,在梦里就连比喻也被这个帝国同化,在弗朗茨·约瑟夫眼中,血红的帽子变成了供祭时的篝火。这种结合——孩子的浪漫和超现实的反讽喜剧,现实和超现实,天真和世故——给了罗特的写作一种吊诡的气息:既新潮,又落伍。罗特出色的英译者迈克尔·霍夫曼注意到了他小说中存在的不同肌质:如"格罗茨的讽刺,克里姆特的半抽象的华丽,保罗·克利的自由自制的现代发明"。对此,我还要补充一点,那就是伊利亚·列宾——创作出士兵吃喝和大笑的著名大幅油画的列宾——的流畅、红润和丰满。用小说的术语说,这(多少)相当于他的作品中有托尔斯泰(甚或巴别尔)的味道。比如,在下面这个流畅而丰富的段落,罗特赞美了生活于帝国边缘的哥萨克人的马术:

> 在奥地利和俄国两国的边界森林之间有一块辽阔的平原,哥萨克的骑兵按照军事化队形,骑着家乡的草原马飞奔而来,宛如穿上了军装的劲风,长矛挥过高高的皮帽,长长的木头柄好似空中的闪电,长矛上系着小彩旗。骏马奔驰在柔软的弹簧似的沼泽地上几乎听不到马蹄声。那马蹄飞也似的踩下去,潮湿的土地只能以轻轻的叹息作回答……哥萨克人仿佛是在羽毛上奔腾……哥萨克人一边纵马飞奔,一边从马鞍上用粗壮的黄马牙拾起地上的红手帕或蓝手帕。他们将身子一直倾斜到马肚子底下,两条穿着锃亮的长筒皮靴的腿紧紧夹住马的两侧。另一些骑手把长矛抛得老高,让它在空中旋转一阵子,然后又乖乖地落到骑手们高高举起的手中,它们好似活猎鹰飞回它们主人的手上。还有一些骑手伛偻着身子,上半身平平地贴在马身上,将嘴亲热地压在马嘴旁,纵身一跳,从小小的铁环中穿过去,那铁环大概

只能做中等木桶的铁箍。(关耳、望宁译)

这样的段落，除了约瑟夫·罗特，没有伟大的现代作家能够写出来（巴别尔虽然是罗特模仿的对象，但巴别尔缺乏他这样的眼界），更没有人像罗特一样，如此吸引人地将叙事和抒情、将纯净现实主义的活力和比喻强大的灵光奇妙地结合起来。

3

如果说罗特对奥匈帝国的爱有点病态，那么罗特笔下典型的主人公也有点病态——他们不但对帝国的爱有病，而且因帝国而病。对罗特产生很大影响的托马斯·曼已经表明，小说家可以用因生活时代而病的主人公来对时代之病进行批判，比如《魔山》中的汉斯·卡斯托普。

罗特的《造反》也可以为证。这部小说写于1924年，罗特时年三十岁，仍自称有点左派。故事具有寓言性。安德列·皮姆从战场归来，丢了一条腿。他是一个单纯、忠诚的帝国子民，完全相信国家会给他抚恤金，给他一份小小的工作赖以谋生。最初一切都还好。当局给他发了残疾证，还为他安了假肢。安德列每天为欣赏他演奏的观众，创作忧伤的情歌和爱国的进行曲。他娶了一个善良的战争寡妇。然而，一次偶然事故颠覆了他的人生：他与一个富有的企业家产生了冲突，攻击了前来调解的警察。结果，他的残疾证被吊销，人也被送进监狱。

　　安德列在监狱里虽只待了六周，但这是决定命运的六周。他迅速衰老，成了无言的叛乱分子，在精神上与对社会不满的人、愤怒的战争老兵和其他煽动者在一起。他之前很鄙视这些人，轻蔑地称他们为"异类"。尽管他走出了监狱，但他觉得生活变成了监狱。他过去信任的帝国现在完全把他压垮。小说中经常出现的一个意象是安德列收到官方的精美传票，邮票图案是帝国之鹰。安德列变成了帝国之鹰的猎物。《造反》结尾具有辛辣的讽刺意味：他的朋友威利发达了，在维也纳开了家咖啡馆，安德列就在那里找了守厕所的工作，罗特写道，安德列"决定要去革命"，像他在"咖啡馆里的报纸"上看到的纵火者一样去革命。但是，在咖啡馆的厕所里，报纸"一般都过期几天，他看到的新闻不再是新闻。但他还是把一些新闻剪成长方形，装在干净袋子里，挂在墙壁的钉子上。威利老是告诫他，要节约厕纸，厕纸很贵"。换言之，奥匈帝国的老爷们用革命来擦他们的屁眼，进一步说，用安德列这样的精神革命者来擦他们的屁眼。

相比《拉德茨基进行曲》中的特罗塔少尉、《齐珀与他的父亲》中的齐珀和《第1002夜的故事》中的泰提吉男爵，安德列更加叛逆。尽管他不像那些人一样对无目的的生活抱有奇怪的漠然，但他同样失败。罗特的主人公都是哈布斯堡帝国的牺牲品，被他们的深爱之物——像父亲一样在身边给孩子安全的帝国——败坏。泰提吉男爵因行为不端而解甲，从此开始无目的的漂流，最终自杀身亡。"我想他迷失了生活方向，"有同僚回忆起他时说，"人可能迷失方向！"有朋友说，阿诺德·齐珀变得"冷漠、忧郁、优柔、脆弱，缺乏判断力"，他认为，齐珀的毁灭是因为他父亲，因为他的父辈："我们的父辈要为我们的不幸负责。是我们的父辈发起了战争。"

但真正该负责的是所有帝国子民的父亲，弗朗茨·约瑟夫皇帝。在《萨沃伊饭店》里，加布里埃尔·丹发现，房客都和他一样，是这个帝国的流亡者，他们都怪饭店是他们不幸和淤滞的根源："不幸的消息都是从饭店传来的，他们认为萨沃伊就是不幸的名字。"像奥地利军队一样，罗特笔下的萨沃伊也是哈布斯堡帝国的缩影。这个帝国才是他们真正"不幸的名字"。

问题是，为什么这个帝国让子民失望？一方

面,与罗特一样,人们对帝国绝望的爱难以抑制。另一方面,正如罗特小说微妙的暗示,这个帝国根本不现实,根本不具包容性。无论是对它的爱,还是对它的理解,都超越了现实。在《没有个性的人》中,罗伯特·穆齐尔写到了这点。他赞扬这个帝国允许公民保留"内心世界",部分原因是根本不存在"内心世界"。穆齐尔写道,这个帝国"可以说只默许自身存在。我们在其中只有消极自由,不断意识到我们没有充足的存在理由"。

罗特似乎很珍惜这个"没有充足的存在理由"的帝国。他的小说满足于这个事实,这个帝国在功能上无效,比如,众所周知,奥地利的军队不堪一击,但在美学上魅力十足;换言之,他爱的是帝国的修辞,他爱的是首先作为修辞的帝国。他的小说中一直有这种感觉,形形色色的人奇妙地聚在一起可能只是神奇的虚构——似乎只可能为小说而存在(如血红的土耳其帽)。罗特喜欢把这个帝国当作虚构的形式,当作类似于小说的东西。在罗特和他的主人公眼里,这个帝国对于生活来说太魔幻,但对于小说而言却不够魔幻。

因此,他的小说不只是关于帝国;它们还象征性地对帝国进行演绎。他的小说利用符号的帝国创造出了一个封闭世界,坚持梦幻般的不可逃避。

罗特的意象从中获得了喜剧和魔力。在《先王冢》中，我们在前文碰到的那个男人摸着他的八字胡，"像是想要同时亲吻帝国的两边屁股"。在《拉德茨基进行曲》中，罗特同情地取笑特罗塔的父亲，描写这个恪尽职守的地方军事长官多么干瘦憔悴，看起来像"美泉宫动物园来自异国的鸟——这些动物是自然的一部分，想用动物王国来复制哈布斯堡帝国的面相"。在《齐珀与他的父亲》中，维也纳一家咖啡馆的常客像是"困在城堡中的卫队"。

罗特用这个不真实的世界——其中一切都为了帝国的光荣环环相扣——既是哀悼一统天下和四海升平的失落时光，更为有趣的是，通过夸大这个统一的帝国，从而必然导致对它的失望和嘲讽。因为，那样一个渗透了生活各个角落的帝国——动物园的鸟儿呈现在哈布斯堡帝国的面相，甚至咖啡馆的常客都是卫队——怎不近于安德列·皮姆发现的独裁或专制？比如，在《拉德茨基进行曲》中，罗特最出色的地方就是让人回想起帝国日常生活节奏的缓慢、重复。罗特精彩地描写了特罗塔想起一顿礼拜日的午餐，在餐厅的窗外，小镇乐队在演奏《拉德茨基进行曲》，特罗塔一家点了牛腩和樱桃饺子，这样一顿午餐在一年中任何礼拜日都一成不变。但是，这本小说也刻画出生活的惯性和压迫的统一性的毁灭景象，刻画出小说中人物因忧虑而产生出的绝妙喜剧。毕竟，维也纳的那家咖啡屋里的常客在心生幻灭的客人眼中，或许是像"卫队"，但正是在那样的咖啡店，在《先王冢》结尾，一个人走进来，宣布德国人已经占领了维也纳。由于拒绝历史，罗特的人物在历史面前更加脆弱。首先，他们只是行动的客体；帝国是他们的命运，是他们婴儿化的根源，因为他们把意志拱手让渡给他们既在场又缺席的伟大父亲：弗朗茨·约瑟夫皇帝。军队是管理这些儿童的帝国机构。在咖啡馆里凝视着最高统帅画像的特罗塔中尉就是最悲伤的例子。在《第1002夜的故事》中，当泰提吉男爵从骑兵队解职，他很迷茫。罗特用了一句可爱的话来形容泰提吉的反应：他好像是新招募的市民。在罗特的小说中，退役就像从帝国"退下来"。

这些反讽和喜剧使罗特的保守主义变得生动和复杂。罗特看到，《拉德茨基进行曲》中的特罗塔中尉认为，加入军队，为他祖父的名字增光添彩，他在维护他的遗产。但罗特让我们也看到，特罗塔不但没有扩大那份遗产，反而令之冻结。罗特描述加布里埃尔·丹是"掉进"萨沃伊饭店的"猎物"。在小说另一处，一个人物说："头枕石头，这是犹太人的命运。"从这种角度看，尽管罗特放弃了他自己的犹太身份，但他那些自我挫败的主人公，即便非犹太人，本质上终究都是犹太人。

因为这个帝国对于罗特的人物就是一切，所以他们往往把一切，甚至包含形而上，都转化成帝国的术语；他们把哈布斯堡帝国当成了宗教。这在《造反》中一直得到暗示："然后，他想起没有了残疾证。他立刻觉得活了过来，可他没有权利活下来。他什么都不是！"当残疾证被吊销后，安德列这样想。正是帝国给了他活下来的权利，告诉他做什么，答应照顾他。在罗特的小说中，进行曲不仅是比喻，它们是一切。但在生活中某个关键时刻，它们是不够的。

在罗特的小说中，哈布斯堡帝国是一种宗教，是令人失望的上帝；帝国令它的子民失望，如同上帝可能会令坚定的信徒失望，因为它难以形容，因为它意味着太多。这种宗教造成了宗教的虔诚，同时也造成了世俗的反叛。罗特希望实现的愿望播下了自身失望的种子。他笔下与生活战斗的主人公都有这样的自我挫败感，在小说的时代，他们是史诗性的主人公，某种意义上，是小堂吉诃德，全都拿着不合适的武器扑向生活。可以说，罗特的小说是战争小说，尽管里面没有真正的战争。再次，我们想到卡夫卡，这不仅是因为在《造反》中，罗特对狱中的安德列允诺,一个幽灵般的"长官"将帮助他早日脱身。卡夫卡说过一句名言,"希望是无穷的,但不是我们的"。在罗特悲伤的喜剧世界,帝国是无穷的,但不是我们的。

保罗·奥斯特的浅薄

罗杰·费佐有十年时间没有同任何人讲话。他幽闭在自己布鲁克林的公寓里，着魔似的翻译再重译卢梭《忏悔录》里的同一篇短章。十年之前，一个名叫查理·达克的歹徒袭击了费佐夫妇。费佐被打得奄奄一息；玛丽则被火烧伤，仅在ICU病房存活了五日。白日里，费佐做翻译；夜里，他俯首于一部小说，写的就是这个从未被定罪的查理·达克。然后费佐用威士忌将自己灌得不省人事。用酒淹没悲伤，钝化感官，忘记自己。电话铃响，他从不接听。有时候，一个叫霍莉·斯坦的迷人女子会穿过走廊，静悄悄潜入他的卧室，熟练地将他从昏迷中唤醒。另一些时候他召妓，来的是阿丽莎，一个本地姑娘。阿丽莎的眼睛太过坚冷，太愤世嫉俗，看起来就阅历丰富。但奇怪的是，尽管如此，阿丽莎看起来却和霍莉一模一样,根本无法把她们区分开来,就好像她是霍莉的替身。正是阿丽莎将罗杰·费佐带离黑暗。一个下午,她裸身在费佐的公寓里闲荡。在他那狭小的办公室里,她看到两部堆放整齐的庞大手稿。其一是《忏悔录》的译本,每一页都写着几乎一样的文字;另一部是关于查理·达克的小说。她开始快速翻阅这本小说。"查理·达克!"她惊呼道,"我认得查理·达克!是个难搞的家伙。这浑蛋是保罗·奥斯特那伙儿的。我想读这本书,宝贝,但我懒得读这么长的书。你念给我听好吗?"于是,十年沉默被打破了。没有理由,但也并不出于恶意,费佐决定满足阿丽莎的要求。他坐下来,开始念他小说的开篇,就是你刚刚读到的那一段……

好吧,上面这段梗概是对保罗·奥斯特小说的一个戏仿,用一个滑稽的容器盛了点儿奥斯特牌古龙水。尽管有些不公平,但是也着实提取出了其作品中大部分为人熟知的特征。主角几乎总是个男人,往往是一位作家或者知识分子,当然爱读书,过着遁世生活,牵挂着一个消失了的人——亡妻或者离异的伴侣、夭折的孩子、失踪的兄弟。暴力的意外事故贯穿于叙事之间,既是为了确保对存在之偶然的坚持,也是维系读者阅读兴趣的方法——一个女人被投入德国集中营并分尸，一个男人在伊拉克被斩首，一个女人被一个本打算与之交合的男人痛揍，一个男孩儿幽闭于暗室九年并不时被毒打，一个女人意外地被子弹击中眼睛，等等等等。这些叙事以现实主义故事的样貌呈现，只不过它们少了些说服力，又总是笼着一层 B 级片的气氛。这些人物嘴里说着诸如"你真是个难搞的小东西，孩子"，或者"老娘不是出来卖的"，又或者"这是老一套啦，伙计。用你的 ×× 想想，就知道是怎么回事儿了"。一段插入文本——来自夏多布里昂、卢梭、霍桑、爱伦·坡、贝克特——优雅地滑进主线故事里。书中有分身、替身、二重身，还有一个名叫保罗·奥斯特的人物出现。在故事的结尾，散落如老鼠屎一般的线索点引导我们走向书里那耗子钻入的后现代洞穴：我们读到的部分或全部内容可能都是主人公想象出来的。嘿，罗杰·费佐创造了查理·达克！全在他的脑袋里。

保罗·奥斯特的小说《隐者》，尽管有些地方也引人入胜、生机勃勃，但仍然框在奥斯特模式里。故事发生在 1967 年。亚当·沃克，一位在哥伦比亚大学学习文学的年轻诗人，沉浸于他哥哥安迪逝去的悲伤中，而哥哥安迪溺于湖中的悲剧发生在故事开始的十年之前。在一次校园聚会上，亚当认识了光芒四射又阴险的人物：出生于瑞士，父母分别说德语和法语的鲁道夫·伯恩。伯恩是位客座教授，他的课程是法国殖民战争，对这门课他有很明晰的观点。"战争是人类心灵最纯粹、最生动的表达方式"，他的话让亚当大为惊讶。他试图诱使亚当和自己的女朋友睡在一起。后来我们得知伯恩秘密地为法国政府工作，并且很可能是一个双面间谍。

也许因为鲁道夫·伯恩太像是个从间谍电影里钻出来的人物——奥斯特简直可以给这本小说取名《伯恩谍影》——一点也不像20世纪60年代苛刻讲究、教养优越、一口法语的欧洲人。他说起话来，用着诸如"你的屁股要被烤透了，下半辈子你别想坐得下来"，或者"我们还在努力炖菜"（说的是一份炖羊肉），又或者"我唯一该做的就是把家伙掏出来，对着这团火撒尿，然后问题就解决了"。他立刻对亚当产生了兴趣，给他一笔钱去搞一个文学杂志："我在你身上看到了些东西，沃克，一些我喜欢的东西。"他说，听起来跟《地方英雄》里的波特·兰加斯特一样怪兮兮的，"为了某些难以解释的理由我感到自己乐意拿你赌一把。"至于"某些难以解释的理由"，事实上是：奥斯特焦虑地坦承了自己的创意匮乏。

既然是奥斯特的小说，意外总会像汽车打天上掉下来一样，撞向他的叙述。一天傍晚，伯恩和沃克徜徉在河滨大道，突然被黑人男子塞德里克·威廉姆斯拦住。"枪口指着我们，就这样，时钟嘀嗒一声，整个宇宙都变了"，这便是沃克对此的平庸注解。伯恩拒绝交出他的钱包，他拔出一把弹簧刀，无情地刺向年轻黑人（他的枪，其实并没有子弹）。沃克跑开了，过了一会儿回来，但尸体已经不见了。沃克知道他应该报警，但第二天伯恩递来了一封恐吓信："沃克，一个字儿都不许说。记住：我的刀还在手里，随时可以用上。"被耻辱感淹没的沃克走向警署，但伯恩已出发去往巴黎。

如果亚当·沃克不是这么一个平和寡淡又松垮的叙述者，在他讲故事的时候不是就那么两种方法，那么读者可能还可以忍受这样一个过时的伯恩，还有他的电影腔。沃克本应是一个梦幻的年轻诗人，但他却爱上了不用动脑的俗滥修辞。伯恩"刚刚三十六岁，但已然是一个疲惫损毁的灵魂，一具破碎不堪的人形"。亚当和伯恩的女朋友有染，但"内心深处我知道都结束了"。伯恩"在他倒酒时便已深陷杯中"。"为什么？我自言自语，伯恩对我的家庭如数家珍，仍将我深深震撼。"有时，文章似乎在进行某种诡异的、令人窒息的竞争，以将

最多的旧货装进自己的篮子里:

> 在折磨了自己将近一周之后,我终于鼓起勇气再次给姐姐打电话,当我听到自己在两个小时的谈话中向格温吐露了整个肮脏的事情时,我意识到我别无选择。我必须站出来。如果我不向警察坦白,我就会失去对自己的尊重,而这种耻辱感也会在我的余生一直困扰着我。

尽管奥斯特的小说有不少值得赞赏之处,但文笔从不在此列。尽管他的句子优雅动人,经常受到称赞。(《纽约时报》对《隐者》的一篇评论将奥斯特比作弗洛伊德、胡塞尔和歌德,称其为"当代美国最佳写作:简洁、优雅、明快"。)在我开篇的戏仿作品中,最二手的句子,也就是那些漆满了厚厚的懒惰的句子(被打得奄奄一息、用酒淹没悲伤、妓女的眼睛看起来就阅历丰富),都是从奥斯特以前的作品中逐字摘录的。拿《巨兽》(1992年)来说,小说被设定为由一个美国小说家——名为彼得·亚伦的奥斯特替身——来讲述另一位作家本杰明·萨克斯的失败一生。但彼得·亚伦实在算不上一位作家。他这样谈到他的前妻迪莉娅:"内疚是一个强大的说客,只要我在身边,迪莉娅就会本能地按下所有正确的按钮。"他形容起本杰明·萨克斯的第一部小说，是这么讲的："这是一场旋风般的演出，是一次从起点冲刺直至终点的马拉松，不论你对这本书有何种看法，都无法不对作者的能量和其抱负所具备的耸然勇气致以敬意。"如果你不想把这一切归咎于一个不可靠的叙述者，不妨想想奥斯特的小说《黑暗中的人》（2008年）的叙事者72岁的书评家奥古斯特·布里尔的话——"这就是重点，他应该用陈词滥调来写作"。又比如《鬼作家》里的内森·祖克曼，躺在一所新英格兰地区的房子里，构思他的奇幻小说（他想象有一个平行宇宙，在那里美国没有对伊拉克开战，而是为2000年大选打一场痛苦的内战）。然而当他思及现实中的美国，语言便又满是陈词滥调。他回忆1968年的纽瓦克动乱，这样描写了一个新泽西警察："一位叫布兰德或是布兰特的上校，四十来岁，留着剃刀似的平头，方正的咬得紧紧的下颌，一双海军陆战队员的坚毅眼睛，像是即将要登船奔赴一次突击行动。"（就是前面那个布里尔后来对他的孙女说："孩子，你是个坚强的小饼干。"）

陈词滥调、借用的语言、资产阶级的愚蠢说法同现代与后现代文学杂乱地扭结在了一起。对福楼拜而言，陈词滥调和普遍接受的观点是通往精确和美的艰难道路上的拦路笨狗，是玩玩儿就可以宰了的野兽。《包法利夫人》中用斜体标出了一些愚蠢或感伤的措辞示例，以便让读者更清晰地看到这些内容在书页上是多么刺眼。夏尔·包法利的谈话被称为千百人踏过的人行横道；20世纪文学对大众文化有着强烈的意识，将自我延伸成了"一张借来的纸巾"的概念，上面充满了他人的细菌。在现代与后现代作家中，贝克特、纳博科夫、理查德·耶茨、托马斯·伯恩哈德、缪丽尔·斯帕克、唐·德里罗、马丁·艾米斯、大卫·福斯特·华莱士，无不在作品中拉进了俗滥修辞，又将它们刺穿。华莱士晚期关于现代无聊的写作显然属于福楼拜的悠久传统。保罗·奥斯特可能是美国最著名的后现代小说家了，他的《纽约三部曲》肯定被成千上万通常不读先锋小说的读者阅读过。不过，虽然奥斯特显然也对调停和借用感兴趣——因此他有电影似的情节和相当虚假的对话——但他除了使用陈词滥调之外，对陈词滥调却毫无建树。在他的作品中，陈词滥调并没有受到明显的压力，它只是以惯常的方式用更坚定的语言握住自己柔软的手。

　　从表面上看，这似乎令人困惑，但奥斯特是一个奇特的后现代主义者。或者说，他真的是后现代主义者吗？在奥斯特的典型小说中，有百分之八十的内容是以与美国现实主义无异的方式进行的；而另外百分之二十的内容则是对这百分之八十的内容做的苍白的后现代手术，常常在情节的真实性上做手脚，从而使人对其地位产生怀疑。《偶然的音乐》（1990年）中的纳什，看上去就像是从雷蒙德·卡佛的某个故事里蹦出来的一样（尽管卡佛写起来会有趣得多）："他整整开了七个钟头，一个急停给车子加了趟油，又接着开了六个小时，直到疲惫终于压倒了他。此时他身处怀俄明的中北部，曙光刚刚从地平线上升起。他住进一家汽车旅馆，死死睡了八九个钟头，然后走到隔壁的餐厅从全日早餐菜单里点了一份牛排鸡蛋。傍晚时分，他又钻回车里，再一次驾车穿过黑夜，直到新墨西哥州开过了一半才停下来。"

奥斯特的小说读起来很快，因为它们写得直白，因为它们的行文语法就是我们最熟悉的现实主义语法（那类可辨认的"现实主义"，实际上是令人安慰的人造产品），也因为他满是机巧转折、突发事件、粗暴入侵的行文，具有《纽约时报》所说的"畅销惊悚小说的所有悬念和节奏"。没有任何语义理解上的障碍，没有词汇难度，也没有复杂句法带来的困扰。这些小说简直是哼着小调一路下去的。但奥斯特当然不是一位现实主义作家，或者说，他的局部叙事程序确实是无趣的现实主义,而他更大的叙事游戏则是反现实主义或超现实主义的;这是一种花哨的说法,即他的句子和段落非常传统,符合物理和化学定律,而他更大范围内的情节几乎总是荒诞不经。在《偶然的音乐》中,纳什从父亲手里继承了一笔遗产,然后上路。后来,他遇见了一位名叫杰克·波奇(Jack Pozzi)的职业牌手[这名字令人联想到"赌注"(Jackpot),也让人想起《等待戈多》里的波卓(Pozzo)]:"这是那种极少有的、纯属意外的相遇,像是自虚无中化出的真实。"并没有什么说得上的缘由,但纳什决定跟着波奇混:"看上去他和将会在自己身上发生的事儿一点关系也没有。"俩人来到宾夕法尼亚弗洛拉和斯通这两个百万富翁的豪宅。波奇在一局牌里把纳什所有的钱都赔了进去,并且这两个倒霉蛋瞬间欠了弗洛拉和斯通一万美金的债,富翁们要求他俩去自己的物业干活儿还账:他们的工作是在一块空地上徒手造一座墙。一辆拖车已等着他们去上岗。这块不动产于是变成了纳什和波奇二人的西西弗斯式监狱,而弗洛拉和斯通则是触不到的神(弗洛拉的名字可能指向了神的柔软一面,斯通的则象征惩罚)。纳什在这片田园般的地狱里领受苦刑。

在《幻影书》(2002年)这本可能是奥斯特最

好的小说里，文学教授大卫·奇摩，隐居在佛蒙特，沉湎于在空难中丧失妻子和两个儿子的伤痛中。"好几个月，我一直生活在悲痛和自怜的酒精迷雾中。"偶然的一次，他观看了一部默片，饰演主角的是1929年消失不见的杰出演员赫克托·曼，世人认为这是他最后一次出演。奇摩决定写一本关于赫克托·曼的书，而小说中最棒的部分正是奥斯特为这个20世纪20年代默片演员的生涯所做的煞费苦心且丰富生动的再创造。但是整个故事很快急转冲进了一片荒谬之中。在这本关于赫克托·曼的作品付梓发行后，奇摩收到了一封来自曼的妻子弗里达的来信：曼还活着，虽然快死了，在新墨西哥。奇摩必须马上来。他没太在意这封信，一天晚上一个名叫阿尔玛的陌生女人来到了奇摩家里。她的枪口对准他，命令他往新墨西哥某牧场出发。这时，二流对话在他们之间往复起来："我不是你的朋友……你是个从黑夜里走来的幻影，现在我希望你回到那里去，别再烦我"，奇摩跟阿尔玛这么说道，这类意意思思抵抗一下的场景我们在烂片中看了真不少。（"这样吧，伙计，明天劫银行的活儿我就不参加了。"）

阿尔玛向奇摩解释说赫克托·曼并未在1929年死去，他之所以人间蒸发是为了掩盖一场谋杀的痕迹：曼的未婚妻意外地射杀了他心怀嫉妒的女友。自此开始，小说剩下的部分加快了速度，像是个嬉皮版的约翰·欧文[1]：奇摩同神秘的阿尔玛一起奔赴牧场，见到了赫克托·曼。甫一相见，曼便一命呜呼。阿尔玛杀了赫克托的妻子，继而自行了断。最后，借助书中各处穿插的种种有用提示，我们被引导去相信所有刚刚读到的事情都是大卫·奇摩虚构的：他需要这么一部小说，把自己从濒死的悲痛中拽上来。

令人产生疑问的不在于这些作品对叙事的可靠性所抱有的后现代怀疑态度，这已经是家常便饭了，而且充其量只是小打小闹。成问题的是奥斯特试图从其故事的"现实主义"那一部分里抽取出庄重感以及情感的逻辑。他作品中那些真实度最小、最令人无动于衷的片段，总是受到奥斯特最庄重的对待。人们永远不能真正对纳什荒凉的孤独，或者大卫·奇摩沉湎于酒精的伤痛产生切肤之感。在《玻璃之城》（1985年）中，主人公奎因决意假扮成一名私人侦探（化名为保罗·奥斯特）。尽管他作为一个离群索居的作家从未有过任何侦探经验，还

---

[1] John Irving(1942—)，美国小说家，奥斯卡最佳改编剧本奖得主。代表作《盖普眼中的世界》《苹果酒屋法则》等。

是接了一桩为一名年轻男子提供保护的活儿,保护年轻人不受其具有潜在暴力和癫狂倾向的父亲的伤害。奎因需要去跟踪那位父亲。整本书里他都在以一种绝望的热情追随着那个精神失常的父亲。动机何在?因为在这个故事开场之前数年,奎因的妻子和儿子去世了。奥斯特这么写道,奎因"想挺身而出阻止他。他知道无法把自己的儿子带回这个世界,但至少可以阻挡另一个孩子的离去。突然间,他觉得自己有可能做到这一点,站在街上,眼前的一切就像一个可怕的梦。他想起了装着他儿子遗体的小棺材,想起了葬礼那天他看到棺材被放进土里的情景"。

这就是那种每天都被敲进好莱坞"现实主义"电影情节里的经不起推敲的背景故事。如今,某些后现代喜剧家或许会为了引人发笑而玩弄这种戏码,可能会承认"现实主义"的材料和非现实主义的材料一样戏谑或做作——就像早年间的爱尔兰后现代作家弗兰·奥布莱恩在他笑果非凡的小说《第三个警察》中,巧妙地把传统动机和因果逻辑都嘲笑了一番那样。不过,与他的读者不同,奥斯特似乎确实对他手中人物的动机信以为真。因此,弗兰·奥布莱恩是真正的滑稽,而奥斯特只是不知不觉地令人发笑。在《幻影书》中,便有个尴尬的例子，一出无意为之的喜剧场景。彼时，阿尔玛告诉大卫·奇摩，赫克托·曼和弗里达有一个儿子泰德，三岁时便夭折了。"想象一下，这对他们是多大的打击。"她说。奇摩已失去了两个儿子，马可和托德，他的妻子也在同一起空难中身亡，阿尔玛意识到自己说错话了，不好意思地道歉。奇摩说："不用道歉。我知道你在说什么。不需要费什么脑筋也能理解他们的处境。泰德（Tad）和托德（Todd）。没什么能比这更相近了，对吧？"读者读到这里简直想对奥斯特可笑的严肃态度报以弗兰·奥布莱恩式的撇嘴。奇摩听起来不像是一位悲伤的父亲，倒更像一位狡黠的正主持研究生研讨会的解构主义者。但奥斯特此时身着葬礼正装，紧抿双唇：他既想要从这清醒的场景中获得传统现实主义的情感真实，又想要达到后现代文字游戏带来的震颤（两个名字只差一个字母，托德 [Tod] 是德语中"死亡"一词）。

奥斯特收获的往往是两个世界中最糟的东西：虚假的现实主义和浅薄的怀疑主义。这两个缺陷是相互关联的。奥斯特确实是个引人入胜的说书人，但他的故事更像是在大声断言，而不是循循善诱。它们自行其是：它们在追寻下一个启示。各种元素无法令人信服地组合起来，以至于难以避免的后现代解构带给读者的只不过是无动于衷。（他的解构也直白得太粗糙，昭然若揭好比超大字号广告牌。）在场无法转变为显著的缺席，因为在场的根基是如此不牢。这便是将奥斯特与若泽·萨拉马戈，或是写出《鬼作家》和《反生活》的菲利普·罗斯区隔开来的鸿沟。萨拉马戈的现实主义极具讽刺意味，他的怀疑主义让人感到真实。罗斯的叙事游戏是从他对普通人事之讽刺的思考中自然产生的，它们并不是一开始就是关于模仿的相对性的寓言（尽管它们可能会成为寓言，然后再反馈到对普通人事之讽刺的思考中）。萨拉马戈和罗斯都以看似严肃的方式组合和拆解他们的故事。他们都是反讽大师，而这种反讽有着深厚的根基。尽管也有种种游戏，奥斯特确实是当代作家中最不具讽刺意味的一位。回到亚当·沃克在《隐者》一书中的自责：

> 在折磨了自己将近一周之后，我终于鼓起勇气再次给姐姐打电话，当我听到自己在两个小时的谈话中向格温吐露了整个肮脏的事情时，我意识到我别无选择。我必须站出来。如果我不向警察坦白，我就会失去对自己的尊重，而这种耻辱感也会在我的余生一直困

扰着我。

一个满嘴陈腐套话的讲述者实在令人难以信任,而将这些话安在他身上的作家似乎也并不想说服读者去相信这些话有什么意义。然而,奥斯特塑造的人物,再一次热切地试图用空泛的语言让我们相信其动机之沉重,其痛苦之深切:"这一次的不作为是我向来所为里最最应受到谴责的事,是我人生的最低点。"它迫使我"正视自己道德上的弱点,认识到我从来都不是我所认为的那个人"。按照设定,这一次耻辱决定了沃克的人生方向。一年后,他在巴黎又一次遇到了伯恩,继而酝酿了一个复仇计划,其中包括将他的杀人经历告知伯恩的未婚妻。沃克从来就不是一个有报复心的人,也"从来没有主动想去伤害任何人,但伯恩是另一种人,伯恩是个杀手,伯恩理应受到惩罚,人生头一回,沃克打定主意去寻仇夺命"。

你会注意到,小说的叙事此时已从第一人称切换到第三人称——而行文还是一如既往地糟糕。这一叙述的切换其实没有听上去那么复杂。一个奥斯特式的结构装置正在起着作用。在小说的第二部分,沃克把自己在1967年如何与伯恩相遇的情形(小说的第一部分内容)披露在成年后写下的一部手稿里，并把这部手稿寄送至一位现在已是知名作家的哥伦比亚大学老朋友詹姆斯·弗里曼手中。这份手稿讲述了沃克在纽约和巴黎的青春历险，叙述在第一、第二和第三人称间游移，弗里曼是该文本的唯一持有者。沃克记述的第二部分包括了一段他在 1967 年夏天离开巴黎前与姐姐格温之间可耻的（而又很感人的）乱伦的故事。奥斯特在这段打破禁忌的文字中文笔变得激动起来，仿佛内容的激进性挑战了他行文的固有气质；这段故事的生动和凄婉悲凉，在整本书的其余部分几乎是见不到的。

小说继续推进，在亚当·沃克去世后，詹姆斯·弗里曼将沃克的手稿寄给了格温，她否认了乱伦事件。读者大可以推断沃克臆造了与他姐姐的逸事，算是某种程度上代偿了失去哥哥的伤痛。也许出于相似的原因，伯恩谋杀塞德里克·威廉姆斯的事也是他臆造的？小说并不明智地在结尾回到最不真切的一个角色——鲁道夫·伯恩，人们看到此时的他肥胖、衰老，栖于某个加勒比海岛上，由仆人照料他奢侈而与世隔绝的生活，像是衰颓了的《007》里的诺博士。亚当·沃克那真假莫辨的乱伦章节所展现出的生机，被小说两端浮华不实的伯恩挤压殆尽。

由诸如莫里斯·布朗肖和伊哈布·哈桑等哲学

家与理论家提出的经典后现代主义构想,强调当代语言与沉默的交界。在布朗肖看来,语言总是在宣告着它自身的无效,实际上贝克特对此也有相通的认识。文本磕磕绊绊,支离破碎,围绕在虚无边缘撕裂着自己。奥斯特以美国后现代主义者身份而得到的声誉中最奇怪的因素或许是,他的语言从未在句子的层面记录这种缺失。在奥斯特的作品中,虚无实在太可言说了。令人愉快、清浅易读的作品几乎每年都在出版,有条不紊准时准点得就像发行邮票,而鼓掌叫好的评论者们则像狂热的集邮爱好者一样,排着队迎候最新版本。《巨兽》的叙述者彼得·亚伦语言毫无压力,却也说:"我一直是一个竭力写作的人,在每一个句子上都煎熬痛苦、奋力挣扎,就算在我最好的时候,也不过以腹贴地,一寸一寸向前爬行,好似一个迷失在沙漠里的人。对我来说,即使最短的单词也被几英亩的沉默包围着。"

唉,可惜沉默还不够多啊。

歇斯底里现实主义

1

一种文类逐渐硬化。要描述当代这类"雄心勃勃的大小说",现在成了可能。家族相似性是它们的自证。人们可以指认出一个它们共同的父亲:狄更斯。诸如拉什迪的《她脚下的大地》、品钦的《梅森与迪克逊》、德里罗的《地下世界》、大卫·福斯特·华莱士的《无尽的玩笑》和扎迪·史密斯的《白牙》等新作,它们互相交叠,就像一本大地图册,地图从上一页的页边消失进下一页。

当代这种大小说是一台好似陷入飞速运转尴尬境地的永动机。它看起来想消除静止,似乎羞于沉默。故事中套故事,在每一页生根发芽。这些小说一直在炫耀它们妩媚的拥堵。与这种不停地讲故事的文化密不可分的，是不惜一切代价的对活力的追求。事实上，就这些小说而言，活力就是讲故事。不妨做如下的戏拟。假若有一个人在伦敦经人介绍［名叫图璧·沃克洛图璧（Toby Awknotuby），即"是生还是死"（"to be, or not to be"）！］，那么我们将很快被告知，图璧在德里还有一个双胞胎兄弟名叫璧图（Boyt），当然就是图璧（Toby）的音位变序，他们的生殖器都畸形，他们的母亲属于总部（很奇怪地）在奥克尼群岛的邪教，父亲（恰好在广岛原子弹爆炸那一刻出生）过去十三年来一直是地狱天使（但是，他所在的地狱天使组织很奇怪，一心疯狂钻研晚年的华兹华斯），姑姑德丽娜是激进左派，在撒切尔夫人1979年当选首相时突然奇怪地哑了，此后再没有说话。

这真的是戏仿吗？拉什迪、品钦、德里罗、华莱士等人的新作中刻画的对象有：一出生就在婴儿床上弹空气吉他的摇滚巨星（拉什迪）；一条会说话的狗，一只机械鸭，一大块八角形奶酪，两盏谈话的钟（品钦）；一个迷上细菌、可能是J.埃德加·胡佛化身的名叫埃德加的修女和一个在新墨西哥沙漠中画退役B-52轰炸机的观念艺术家（德里罗）；一个名叫轮椅刺客、致力于解放魁北克的恐怖组织和一部很感人、看了它的人都会死的电影

(华莱士)。除了这些东西外,扎迪·史密斯的小说还刻画了:一个伊斯兰恐怖组织,基地在伦敦北部,组织名称的首字母缩写(KEVEN)很傻;一个名叫"命运"的动物权益组织;一个克隆老鼠的犹太科学家;一个在 1907 年牙买加金斯敦地震中出生的女人;一群耶和华的见证人,他们认为世界在 1992 年 12 月 31 日终结;一对双胞胎,一个在巴格达,一个在伦敦,两人在同一时间伤了鼻子。

这不是魔幻现实主义,倒不妨称为歇斯底里现实主义。在这些小说中,讲故事变成了一种语法:如何结构,如何推进。现实主义的传统不是遭废除,而是变得枯竭,变得过劳。因此,贴切地说,我们的反对意见不应该是针对逼真性,而是针对道德性:我们指责这类风格的写作,不是因为它缺乏现实——这是常见的指控——而是因为它在借用现实主义的同时似乎在逃避现实。这类风格的写作不是雄起,而是雌伏。

这让人想起克尔凯郭尔的话,旅行是逃避绝望的方式。因为这些小说都有一种愉快的、充满双关的、像在旅行中的精神宁静。(相比之下,《无尽的玩笑》这方面特征不明显;华莱士的下一部作品代表了对他看起来幼稚的作者声音的深化。)它们的叙事模式看起来与悲剧或痛苦完全不谐。尽管《地下世界》是其中最黑暗的一部作品，但是，在不断默默涌入的人物和情节中，在一页页完美地毯一样的优雅文字里，有一种令人放心的感觉，觉得故事不会结束，再添一两千页轻而易举。在《地下世界》中，有许多或明或暗的敌人，但沉默不在敌人之列。

显然，这种乐观为读者共享。人们反复称赞这些小说是充满奇迹的漂亮陈列室。那么多花样！那么多故事！那么多神秘时髦的人物！明亮的灯光被当成住房里有人的证据。小说中一大块奶酪、一只克隆鼠或三次不同的地震，就被视为伟大想象力的有意义的或神奇的证据。这是因为这些要素被误认为是场景，似乎它们构成了小说前进的动力或压力，而非被当成本来的面目对待——想象的道具，意义的玩具。生活的活力被误认为是戏剧的活力。

这些繁忙的故事和子故事在逃避什么？它们在逃避尴尬。其中一个尴尬关乎小说中讲故事的可能性。反过来，这与小说中人物和人物再现的尴尬有关，因为人物产生故事。或许可以说，这些新小说充满了非人的故事。这个说法恰是一种矛盾，一种不可能，一种兼而有之的渴望。总的说来，这些不是不会发生的故事（惊悚片或魔幻现实主义小说往往包含了不会发生的东西）；相反，它们就是人们身边的故事,而这些人们,要是这些故事发生在他们身上,其实可能会受不了。它们不是违背物理法则的故事(显然,有人可能会出生在地震发生的时刻);它们只是违背了劝导法则的故事。这是亚里士多德的意思:亚里士多德说,听故事时,比起"难以置信的可能"(比如,伦敦一个基地组织可能会叫 KEVEN),人们更喜欢"令人信服的不可能"(比如,一个人在空中飘浮)。最令这些新小说难以置信的是,它们的故事太丰富,太有关联性。故事里有一个邪教组织令人信服,但有三个就难以置信。塞万提斯讲了一个会说话的两条狗的著名故事,但它只有几页长,感觉更像寓言,而非写实练习(正如他准确地称之为"一个代表性的故事")。

毕竟,一部小说最终会成为一个精密结构。在其中,一个故事对另一个故事的可行性和现实性做出判断。然而,这些作家似乎过于珍视故事的关联性,将之作为绝对价值。他们的小说具有过度的向心力。不同的故事互相纠缠,两倍、三倍地自我繁殖。人物之间永远看得见关系、关联,情节曲径通幽或偏执式地平行对应。(万物都有联系,这种观念本质上就有些偏执。)这些小说家在小说开头的时候,就像过去伦敦南部的街道规划师:如果命名了罗斯金大街,那么接下来的街道就会命名为卡莱尔大街、特纳大街和莫里斯大街等等。这些小说都迷恋人物之间的关系,就像互联网中的信息。

比如,在《白牙》即将结尾时,艾丽·琼斯先后与双胞胎兄弟马拉特和马基德发生了性关系;她怀了孩子,可不知道是谁的种;史密斯笔下的刺激情节看起来纯属偶然,实际上是有意而为。在《地下世界》中,一切人和事都以某种方式与偏执和核威胁搭上关系。《她脚下的大地》暗示了希腊和印度神话中都有一个深层结构将所有人物绑在一起。《白牙》的终曲充满冲突,但小说中的全部人物,即使大多分属于不同的邪教和狂热的宗教组织,还是都去伦敦参加了科学家马库斯宣布成功克隆老鼠的新闻发布会。

这些小说中的人物不是真正的人,不是完整意义上的人,他们的联系需要作者来强调。事实上,读者会想,正因为他们并非真实存在,所以才会强调他们的关联。毕竟,现实中,他人即地狱;生活中的人更多的时候是离群,而不是群居。因此,这些小说发现自己陷入悖论的位置,将关系强加于终究只是观念中的而非现实中的人。这些小说的形式告诉我们,我们都有联系——被原子弹(德里罗)、神话(拉什迪),或自然的种族多元性(史密斯)联系在一起;但这只是形式上的教训而非真实上演的生活。

这种过度的讲故事的方式,已经变成当代小说中用来遮蔽辉煌匮乏的一种方式。这相当于太阳王路易十四的"朕即国家"原理。匮乏的部分是人物。当然,自现代主义以来,如何在书页上创造人物一直面临危机。自现代主义以来,最伟大的一些作家一直在批判和嘲笑人物的观念,但却缺乏令人信服的方式,回到对人物的纯洁再现。当然,当代这些雄心勃勃的大小说中,人物华丽生动,富于戏剧性,几乎成功掩藏了他们没有生活这个事实。在这方面,比起拉什迪,扎迪·史密斯没有那么过分;史密斯的主要人物还进出于人的深度。有时,他们似乎挑起她的同情;有时,他们只是表面上可笑。

但是,且来看看她在那本很有创意的大小说中如何处理繁多的小细节。扎迪·史密斯描写了总部设在伦敦北部的伊斯兰基地组织KEVEN。她告诉我们,这个组织的创始人1960年出生于英国殖民地巴巴多斯,名叫蒙迪·克拉德·本杰明,"他的父母是穷得没鞋穿的长老会酒鬼"。他十四岁时入了伊斯兰教,十八岁时从巴巴多斯跑到利雅得,在伊玛目穆罕默德·伊本·沙特伊斯兰大学学习《古兰经》。他在那里读了五年,对学习产生了幻灭,

于是在 1984 年到了英格兰。在伯明翰,

> 他把自己锁在伯明翰姑妈家的车库里,在那里一待又是五年,只与《古兰经》和一卷卷《无尽的喜悦》为伴。他通过猫洞把饭菜拖进来,排泄物则装在一只印有加冕礼图案的饼干箱里,通过同一途径递出去。为防止肌肉萎缩,他定时做仰卧起坐。在这段时间,《悉力沃克报道》定期发表关于他的文章,还给他起了个绰号:"车库里的古鲁"(报社本来想用"幽闭中的狂人",因考虑到伯明翰有很多伊斯兰教徒而作罢),还搞笑地采访了他那位困惑不解的姑妈卡琳·本杰明,一名后期圣徒教会的信徒。(周丹译,略有修改)

显然,扎迪·史密斯不缺乏创意。这里的问题是创意太多。这段话或许折射出她小说中讲故事的更大困境:就各个细节本身而言,几乎都可能有说服力(或许把屎尿从猫洞送出去那个细节除外);但是放在一起看,它们就相互破坏:长老会酒鬼的父母和摩门教的姑姑,这样一来,疯狂穆斯林这个现实就不可能成立。作为现实主义,这个段落难以置信;作为讽刺,它很漫画;作为漫画,它太现实;

无论如何，它不会让我们想到一个真正虔诚的教徒。尽管表面上光鲜，它只是讽刺漫画而已。

2

或许可以认为，只有极少的文学再现人物。即便最伟大的小说家，如陀思妥耶夫斯基和托尔斯泰，都要使用类型化人物、说教和重复的母题等手段。契诃夫笔下那种真正自由的人物是很少的。《布登勃洛克一家》是托马斯·曼的处女作——曼写这部作品时只比扎迪·史密斯写作处女作时大一岁——里面大量使用了母题，作为标签贴在不同的人物身上。（这些贴了标签的人物如何活！）不那么伟大但依然突出的作家都沉迷于这类当代小说中习见的非现实的象征性活力——比如，萨特的《恶心》中的自学者，他有点难以置信地借助字母顺序走完了图书馆，或加缪的《鼠疫》中的那个作家格朗，他反复写他小说的第一句话。

当然，狄更斯是擅长使用母题的大师（陀思妥耶夫斯基读了狄更斯之后佩服至极）。狄更斯的许多人物，尽管正如 J. M. 福斯特指出的，属于扁平人物，但却跳动得非常快。他们是只能透过厚重多节的门窗才能看见的人物。他们的活力是表演的活力。对于战后小说,特别是战后的英国小说,狄更斯具有压倒性的影响。几乎没有作家不受他影响:安格斯·威尔逊和缪丽尔·斯帕克,马丁·艾米斯的强大的喜剧怪兽,拉什迪的超大号人物,极具戏剧性的安吉拉·卡特,写《毕司沃斯先生的房子》的奈保尔,V. S. 普里切特以及现在的扎迪·史密斯。在美国,贝娄对于怪诞和外表的栩栩如生的描写,某种程度上也受狄更斯影响;德里罗的《地下世界》希望从不同的层面描写社会的各个方面,难道不就是狄更斯《荒凉山庄》那样旧式小说的翻版?

狄更斯在当代作家中受欢迎,一个明显的原因是,对于那些没有能力、也不愿意创造完整人物形象的作家来说,他戏剧性地创造和推动生动人物的方式提供了简易模仿的蓝本。狄更斯笔下的世界似乎住满了很简单的人物。狄更斯指引小说家如何开始塑造人物,不任其漂流。相比起亨利·詹姆斯等人塑造的蜿蜒曲折复杂多变的人物,狄更斯笔下简明生动的人物容易模仿,容易参透。(我这样说,不只是把自己当成好像是无与伦比的批评家,还心有歉疚地把自己当成一流的小说家,笔下的人物不止一点儿受狄更斯式漫画的锋刃影响。)对于一个由于种种原因难以创造人物的时代,狄更斯使漫画受到尊重。狄更斯给了漫画式人物以自由,给它裹上超现实主义、甚至是卡夫卡式的（赘言）外衣。事实上，为当代小说家说句公道话，狄更斯告诉我们人物刻画很大程度上就是对漫画的掌控。

但在狄更斯那里，总能立刻感受到强大的感情，撕掉人物的道具，打破他们的囚笼，让我们进入他们的内心世界。米考伯先生或许是漫画人物，一个简单的单声道的人物，但他有感觉，他使我们对他有感觉。我们想起大卫·科波菲尔告诉我们的那些充满感情但很质朴的话："米考伯先生在门内等我；我们一起到他楼上的房间放声哭泣。"

当代雄心勃勃的大小说动辄几千页，但像这样的一个时刻，却很难找到。我们已习惯读七百页的小说，几个小时置身于小说世界，没有体验到任何真正感人的或美丽的东西。这就是为什么没有人想重读《她脚下的大地》这类书，而《包法利夫人》，我们时常翻阅直到纸张发黄。部分原因还在于，我们时代一些颇具影响的小说家认为，语言和对意识的再现不再是小说家追逐的目标。信息变成了新的人物。正是在这方面以及对狄更斯的利用，将德里罗和新闻报道式风格的汤姆·沃尔夫相联系，尽管前者文风高雅，后者如电影一般的庸俗。

因此，生动的漫画人物，凑合着过去就够了，其更深的理由，如果曾经出现，则来自他们沉溺于一张关系网。扎迪·史密斯在一次访谈中说过,她关心的是"我能够结合在一起的思想主题——从其他地方和世界来解决问题"。她说,作家的任务不是"告诉我们某人对某物的感觉,而是告诉我们这世界如何运行"。她引用大卫·福斯特·华莱士和戴夫·埃格斯的话评论道:"这些家伙知道这个世界的很多东西。他们知道宏观—微观经济学、互联网原理、数学、哲学……他们还知道街道、家庭、爱、性等等。这是难以置信的富有成果的结合。只要能保持平衡。我不认为有人能够做到,但我希望有人能够做到。"

3

这是温柔而节制的说法。事实上,扎迪·史密斯或许不相信她所说的。在我看来,她是一个相当有兴趣告诉我们"某人对某物的感觉"的作家。这是她的一大力量之所在。更为公平地说,扎迪·史密斯或许比她同时代的任何作家都更可能"保持平衡",一部分原因是她知道需要平衡,一部分原因是她很有才华,仍然年轻。在她作品中最好的地方,她接近人物,赋予他们人性。相比于拉什迪等人,她对此更有兴趣,也更有天赋。在《白牙》

中，她笔下狄更斯式的漫画小人物和怪东西（如灯丝），经常闪耀光芒。比如，其中有一个校长，一个在几页内一闪而灭的小人物，她确切地捕捉到了他身体的本质："格伦纳德橡树中学的校长一直在发火。他已经谢顶，发际线就像落潮一样。他的眼窝很深，双唇朝后吸进嘴巴里。他谈不上什么身材，毋宁说，他把身子折叠成了一个扭曲的小包，脚手交叉打上封印。"这构成了一个可辨认的人物类型，事实上，是一个可辨认的英国人物类型，总是处于内敛或消失的过程中，正如扎迪·史密斯意味十分浓厚的狄更斯式的形象暗示，总是把自己从房间里邮寄出去。这个校长像《大卫·科波菲尔》中的达特尔小姐："她把什么都拿到磨刀石上去磨，就像她磨自己的脸和身材……她全身都是锋刃。"

正如拉什迪所说，扎迪·史密斯"惊人地自信"。奥威尔说狄更斯的建筑虽然残破，但有一批精美的石像鬼。我们也很想用这句话来评价扎迪·史密斯。她建筑的核心就是傻傻地扑向多样性——邪教、克隆鼠和牙买加地震。严格说来，《白牙》缺乏道德严肃性。但她的细节往往具有说服力，既有趣，又感人。它们自成一体。诚然，她讲了两个家庭——琼斯家和伊克巴尔家——的故事。艾丽的父亲阿吉·琼斯再婚娶了牙买加女人克拉拉·鲍登。十几岁时,他与来自孟加拉的穆斯林萨马德·伊克巴尔并肩作过战。他们是三十年的朋友,如今在北伦敦比邻而居。这是一个喧嚣而破败的地区,到处是花哨的印度餐厅、骚动的酒吧和肮脏的自助洗衣房。扎迪·史密斯敏捷地抓住了这个地区的氛围。"无一例外",这里每条街都有

> 一家已经倒闭、却仍残留着早餐广告的三明治店
> 一家对花里胡哨的营销手段缺乏兴趣的钥匙店(配钥匙在此)
> 还有一间老是大门紧闭的发廊,它得意地展示着一些只可意会的双关语(精雕细剪、额外优惠、今日毛发、明日不存)。(周丹译)

萨马德的妻子阿萨拉是一个有吸引力的小说人物。她靠在家缝黑色塑料服为生。这些衣服都流入"一家名叫'苏活霸主'的小店"。(这是这部喜剧小说中许多有趣的玩笑之一。)萨马德在伦敦中部地区一家餐厅当侍者。他是一个聪明人,但愚蠢的职业让他觉得挫败。他是一个有道德的人,但他生活其中的这个道德松弛的地区令他沮丧。小说中他大部分时间都在生气。确切地说,他不像小说人

物,而像漫画人物。他对英国和英国的世俗性很生气。他决定按照《古兰经》来教育双胞胎儿子马拉特和马基德。但马拉特,至少是最开始,加入了一个横行霸道的街头帮,话里"古怪地夹杂着牙买加方言、孟加拉语、古吉拉特语和英语"。他整天在大街上游荡,混迹于"犹太青少年、街舞男孩、印度小孩、小流氓、小混混、粗鲁男生、吃摇头丸的人、美丽公主、喜欢运动的卷曲金发女子、国民兄弟、穿破烂衣服的人和巴基斯坦人之中"。(这就是扎迪·史密斯在访谈中所说的要给我们的信息。但是,这一群排成一列缓步走来的青少年里有一颗定时炸弹在里面。在《绝对的初学者》中,科林·麦金尼斯带给我们伦敦 20 世纪 50 年代的信息,但现在这部小说在哪里?绝对落在最后。)马拉特的弟弟马基德,是一个相信科学的理性主义者,显然对伊斯兰教和他哥哥都没有兴趣。但他的父亲决定送好学生马基德回到孟加拉,接受可靠的宗教教育。当然,这个计划事与愿违。

扎迪·史密斯写得好的地方,似乎无所不能。她挑起刺激,自然有其理由。比如,好几次,她证明自己非常擅长内心独白;有好几段,她的自由间接体用得很漂亮:

"噢，阿吉，你真有意思。"莫琳伤感地说，她对阿吉始终有一点点好感，但又仅限于一点点，因为他有点怪，老是同巴基斯坦人和加勒比海人说话，甚至一副若无其事的样子，现在还讨了一个有色女人做老婆，连什么肤色都不提，直到会餐那天她本人露面，大家才知道她居然那么黑！看到她时，莫琳在吃对虾开胃菜，差点噎住了。（周丹译，略有修改）

这是非常漂亮的写作，叙事似乎在莫琳不无偏见的混乱头脑里流淌。那个不怀好意的小词"甚至"是多么巧妙地放在这里。当她的声音进一步落在这个表示强调的小词上时，谁不会立刻听到莫琳傻傻强调的声音？

小说最好的章节之一是对查尔丰家的温柔嘲讽。这是北伦敦的知识分子中产阶级人家，十分自鸣得意。马拉特、马基德和艾丽都与这家人有交道。（查尔丰的儿子约书亚在格伦纳德橡树学校与琼斯家和伊克巴尔家的孩子是同学。）男主人马库斯忙于基因工程实验；他的妻子乔伊丝从事园艺写作。乔伊丝过着政治上毫无省察的生活，她是自由主义者，自以为什么都正确。就连她的园艺书籍也包含了她论杂交重要性的正统思想录。扎迪·史密斯从其中一则思想录中演绎出了一长段话:"在花园里,正如社会和政治舞台上,变化是唯一恒在的东西……据说,交叉授粉的植物也往往结出更多更好的种子。"

但就是这个乔伊丝,在马拉特和艾丽第一次登门时,情不自禁地惊呼,家里居然来了"棕色陌生人"。扎迪·史密斯对查尔丰家的嘲讽尽管温柔,但已对她的小说形式产生了反作用。表面上,她在提防拉什迪那样虔诚地相信混杂是可欲的,但实际上,这是一种重要的消极能力,因为她把拉什迪式的话语变形过后插入了同一章里:"这是棕色、黄色和白色陌生人的世纪;这是伟大移民实验的世纪。"有人会把这类过失归为她的写作还不成熟。相比于代表作者声音的谭诺出面公开宣告,马库斯抱着他娇妻的可爱时刻更为有力(这对夫妻很恩爱,尽管有点扬扬自得)——"像个赌徒伸出双手把桌上筹码一把揽在怀里"。在这里,十五岁的艾丽——她的父母不爱交流——想到"自己父母之间现在都是虚拟的接触,只是借助对方手指刚刚抚摸过的地方,如遥控器、饼干盒和电灯开关"。

但是,扎迪·史密斯是一个令人沮丧的作家,因为,尽管她有喜剧的天赋,但却甘心让作品中的段落堕落成漫画和一种贪婪而动荡的极端主义。比如,她描写的奥康奈尔咖啡屋。阿吉和萨马德是这里的老顾客。好笑的是,老板是伊拉克人——"他们全家人皮肤都不好"——但店名却是爱尔兰的名字,里面还有许多爱尔兰风格的装饰。正是在这里,作者告诉我们,阿吉和萨马德无所不谈,包括女人:

> 想象中的女人。如果有女人走过奥康奈尔油迹斑斑的窗子(从来没有女人敢进来),他们就会相视而笑,胡乱猜想起来,看萨马德当晚的虔敬程度而定。这种猜测漫无边际,比如你会不会在匆忙之中把她一脚踹下床来,还有各种袜子或紧身衣的相对优点什么的,然后必然会大大争辩一番小乳房(很挺的那种)与大乳房(那种往两边摊开的)孰优孰劣。但是他们从来没有讨论过真实女人的问题,那种有血有肉、潮湿、黏糊的女人。但这次不同。由于几个月里发生了这些史无前例的事情,两人有必要提前到奥康奈尔开碰头会。原来萨马德终于给阿吉打了电话,坦白了这件可怕的麻烦事:他以前骗了人,现在还在骗人,他被孩子们看见了,而现在他时时刻刻都看见孩子们的身影,就像幻影一样,不分昼夜。阿吉沉默了

片刻，然后说："真见鬼。那么，四点钟见面。真见鬼。"阿吉就是那样，临危不乱。

但是，到了四点一刻，还没见到他的人影，绝望的萨马德已经把自己的每个手指甲都咬到了指甲根。他趴在柜台上，鼻子抵在放碎汉堡的热乎乎的玻璃柜面上，眼睛对着一张画了安特里姆郡八处美景的明信片。

米基身兼厨师、侍者和店主三职，他最得意的莫过于叫得出每位顾客的名字，看得出顾客有什么地方不对劲。他用一把小铲子把萨马德的脸从玻璃上铲开。（周丹译）

这类写作离开了它本应有的面目，更接近于滑稽演员汤姆·夏普之流的低俗"喜剧"风格。虽然它不乏活泼，但它在平庸和粗俗中浪费了才华。与书中的许多段落不同，它不能以它是透过某个人物的心灵来写作作借口。在这里，扎迪·史密斯是叙事者，是作者。但是，当她要求我们想象这个头脑发热的穆斯林谈论女人的乳房时，我们对萨马德一无所知（我们后来也对他一无所知）；这难以说服我们，扎迪·史密斯在说真话。相反，这个话题似乎是扎迪·史密斯从《男士酒吧话题》这样的陈词滥调的文章中选择出来的。此外，这里的语言也趋于极端,萨马德不仅心急,还把指甲啃到肉里;店主用"小铲子"将他从玻璃柜台"铲开"。看起来从这里到爆炸的避孕套之类的东西只有一步之遥。对于一个能够写得那么优雅的作家,这里的语言如同奇怪的厚指甲,掐灭在粗话中,比如,"压扁"就是一个青少年的口头禅。让人不解的是,它镇定自若地与别处精雕细琢的句子或段落待在一起。

一般说来,《白牙》的前半部分质量明显更高,后半部分看起来写得草率,语言散落,情节荒唐,如脱缰之野马。写作质量高低不一,有时甚至两页之间都有差异,此外,扎迪·史密斯似乎犹豫不定该花多大力气呈现人物。萨马德就是一个很好的例子。整体来看,他肯定可以算是漫画人物。他像印度人一样荒唐地乱用语词,完全具有印度人(或孟加拉人)的"气质",因为他实际上只是单向度的人——他愤怒地捍卫伊斯兰教。然而,扎迪·史密斯的语言偶尔会没有拘束,她的漫画之笔会漏涂,从那些漏涂的空斑中,我们能看到萨马德的温柔,看见他的挫折。比如,在他打工的那个餐厅里:"从傍晚六点忙到凌晨三点,然后白天睡觉。日光对他来说像体面的小费一样稀少。这有什么用,萨马德会想,把两个硬币和发票放在一边,还要去找还十五便士;这有什么用,你给一个人的小费与你扔进许愿池里的面值一样多。"

这是惊人的书写,让我们偷窥一个人最深的欲望。将小费和扔进许愿池的钱币联系在一起,将它们和萨马德宏大的欲望联系在一起,这样做很好。想一想那两块被粗暴推开放在一边的"硬币"!我们很好奇,扎迪·史密斯本人是否意识到这有多么好。因为,令人困惑的是,三十页后,她似乎离开了萨马德的内心,开始讽刺地(相当粗糙地)从外部来观察他。她描写萨马德和阿吉的战斗经历,描写他们的初次见面。小说的语气围绕他们虚假的英雄气剧烈摇摆。阿吉看着萨马德。他们都是十九岁。萨马德口齿不清地问:"朋友,你看得那么专心,难道我身上有什么秘密?……你在研究无线电话,还是对我的屁股有兴趣?"在此,我们似乎又置身于汤姆·夏普的世界。

四十页后,扎迪·史密斯有一段很好笑的文字,写萨马德如何徒劳地抵御手淫的诱惑。有一阵,萨马德迷恋上了手淫,按照真主的旨意,如果他手淫,他必须斋戒作为补偿:"这反过来……导致这一类手淫,哪怕一个住在设得兰群岛上的十五岁的孩子也可能纵欲过度。他唯一的安慰是,他像罗斯福一样创立了新政:他要打手枪,但不要吃枪子。"这与在奥康奈尔咖啡屋的那一段一样,还是语调的问题。再者，扎迪·史密斯在这里不是透过萨马德的内心在写作；将萨马德和一个设得兰群岛上的孩子一知半解地相提并论，这是她的安排。影射罗斯福的新政更是放错了地方，只能证明这种随意使用典故的写作风格有不可抵抗的诱惑。同样，请注意这句话，"他要打手枪，但不要吃枪子"。这不符合萨马德的话语风格；他不会这样说。这是作者说的话，她这样写作时，不仅是在为人物代言，还缩减了他，抹杀了他。

除了语言风格上的起伏，小说在同情和距离、依附和剥离、精彩和平淡、让人惊奇的成熟和平凡的幼稚之间也有奇怪的摇摆。《白牙》是一本大书，不是在贩卖碎片。无论是令人激动之时，还是令人沮丧之时，它都"湮没了尺度"。事实上，它的篇幅就是在考验自己。它令人失望，某种原因上与这个事实有关，很明显，小说从头到尾，扎迪·史密斯的故事在生长演变，狂野地生长演变，但她的人物没有。诚然，那些人物也在改变——他们的思想在改变，住的国家在改变。马拉特当过城里的说唱歌手，现在成了基地组织恐怖分子；约书亚是他科学家父亲的理性的孝子，现在成了争取动物权益的怪物。但是，这些人物的思想无论怎么变化，在小说里总有一种尴尬，一道裂缝。这种思想的改变总是在一两段内就被迅速点明。在那些时刻，小说似乎在权衡是否要朝它的浅滩处深深地看一眼，但最终放弃了这种打算。

雄心勃勃的当代小说究竟要走哪条路？它会有描绘生活的勇气，还是仅仅吼一声看法？《白牙》包含了这两种写作。在小说结尾附近，这两种文学模式之间出现了富有启发意义的争吵。地点是在马库斯即将开新闻发布会宣布克隆老鼠成功的会场。小说里的主要人物都在场。艾丽有孕在身，她看看马拉特，再看看马基德，说不清肚子里孩子的父亲是哪个。她突然不再焦虑，因为作者闯入小说，兴奋地告诉我们："艾丽的孩子不可能被精确地描绘，也不可能被确切判断。有些秘密是永恒的。幻想中，艾丽已看到那样一个时刻，一个离现在不远的时刻，那时，根不再重要，因为它们不能重要，因为它们不必重要，因为它们太长、太曲折、埋得太他妈的深。她期待那一刻。"

但是，正是扎迪·史密斯的安排，艾丽才最不可思议地与马拉特和马基德做爱；正是扎迪·史密斯的断言，艾丽才最不可思议地不再关心谁是孩子的父亲。很清楚，比起艾丽的现实处境，比起她可能的实际所想，现在更重要的是一个普遍的信息：对根的逃避的需求。一个人物就这样被牺牲，为了扎迪·史密斯在她的访谈中所宣称的:"我能够结合在一起的思想主题——从其他地方和其他世界来解决问题。"这的确解决了问题。但代价呢?当艾丽消失在这些思想主题之下,读者或许幽幽地想起米考伯先生和大卫·科波菲尔,他们没有掩埋在思想主题之下,他们在楼上的房间一起哭泣。

博胡米尔·赫拉巴尔的喜剧世界

下面这句话有什么好笑和忧伤的?"算命先生有次看完我抽的纸牌后说,要不是我头上有一小朵乌云,我就能成大事,不但能为国家谋福利,还能为全世界谋福利。"

立刻,一个人像一道伤口迅速在我们面前张开:这可能是一个男人(有点儿吹牛),心比天高,命比纸薄,脾气古怪,可能疯癫、健谈,嚷嚷着各种逸事。在他宏大的抱负里("为全世界谋福利"),有喜剧,有悲伤。抱负宏大,必然受挫,所以悲伤;但他以相当轻松、甚至自豪的方式面对挫折,所以喜剧:他对阻挡他命运的那"一小朵乌云"有一丝不快吗?——至少这是重要标志。因此,这人可能抱负很大,但也可能非常信命。"一小朵乌云",这样的表达难道不高明?它暗示了这人的自我感膨胀,现在,他从地理学的意义上看待自己,像欧洲气象图上一片正受低气压影响的阴暗地带。首先是"小":一个神奇的字眼,因为它暗示这人尽管可能为他的障碍感到自豪,但也可能鄙视障碍,或者,他相信,只要他愿意,随时都可将障碍抹掉,继续做大事。

这些就是1997年去世的伟大捷克小说家博胡米尔·赫拉巴尔(Bohumil Hrabal)的典型幽默话语中包含的东西。说出这句自白的是一个自称"崇拜欧洲文艺复兴"的饶舌鞋匠,是《老年舞蹈课》的叙事者。赫拉巴尔喜剧小说的许多主人公都很健谈。比如,《过于喧嚣的孤独》的叙事者汉嘉,从事了三十五年废品压实工作,偷偷利用他从废品里抢救出的经典自学。他告诉我们,他想成为百万富翁,买下布拉格"城里所有钟表的荧光指针"。现在,他读他抢救出来的康德和诺瓦利斯,梦想到希腊度假,参观"亚里士多德的出生地"斯塔吉拉,"只穿长衬裤在奥林匹亚广场跑道上奔跑"。汉嘉不洗澡,他担心洗澡会传染上疾病,"但有时候,当我渴望希腊理想之美时,我会洗一只脚,或者洗一下脖子"。

再如,《我曾侍候过英国国王》的流浪汉主人公迪特。他在布拉格的一家酒店当服务生,有一次与曾侍候过英国国王的领班一起接待埃塞俄比亚皇帝。通常，迪特无一不错——纳粹攻占捷克斯洛伐克时，他娶了一个德国田径运动员——但有时，他说的一句话很睿智或有远见，每当人们为此恭维他，他总是"客气"地说："我曾侍候过埃塞俄比亚皇帝。"再如，米洛·希尔马，这个腼腆的年轻人是赫拉巴尔最著名的小说《严密监视的列车》中的报务员。当他得知站长可能晋升铁路局督察时，他满脸崇拜，兴奋地问："像那样的督察……铁道系统那样的地位相当于陆军少校，是吧？""是的。"站长说。"啊，这么说来，"希尔马叫道，"你三颗小星星要换成一颗大星星，就接近督察的地位了！"

赫拉巴尔笔下备受伤害的主人公，明显是模仿雅洛斯拉夫·哈谢克笔下遭遇"一战"的喜剧傻瓜：好兵帅克。帅克是生活在不再是史诗、甚至不再是喜剧时代的桑丘。赫拉巴尔很崇拜《好兵帅克》。他与一个研究捷克文学的美国学者之间有许多书信往来。后来他写的这些书信被挑选结集为《绝对恐惧》。在其中，他赞扬哈谢克的小说，"好像宿醉之后，用左手随意抛出，写作极为快意"。帅克与赫拉巴尔的许多主人公一样，像是宏大历史事件中欢快漫游的"小人物"。正如帅克成功地说服秘密警察抓他，后来被送往前线，同样，赫拉巴尔笔下搞笑的服务生迪特发达之后，听说执政党抓了国内所有的百万富翁、独独漏了他时很生气。因为他最大的梦想就是当百万富翁，所以他拿着银行存折亲自前往警察局，说应该立刻把他抓起来。（尽管他颇费了番口舌，还是达到了目的。）帅克表面上傻，实际暗藏聪明；他只是表面上迎合当局，实际上暗中颠覆。同样，《过于喧嚣的孤独》中的汉嘉，这个从压实机下拯救书籍的人，不仅是一个自学了许多无用知识的博学者，而且是生活在庞大书籍审查制度下的小小叛逆者。

与哈谢克一样，赫拉巴尔的耳朵也贴近酒桌。他在布拉格最喜欢的据点是金老虎酒吧。他经常在那里一坐几个小时，听那些泛着啤酒泡沫的故事。知道他的那些人都会回忆起这样一个人：他喜欢假冒酒客而非作家，满足于安静地坐着听故事，收集故事，做这个生活圈子里最大度的乞丐。昂德雷耶·达纳耶克在1997年为赫拉巴尔写的颂词中回忆起"一个很有灵性的艺术家和自由思想家，但行为和面貌却像劳工。在足球丙级联赛微醺的球迷中，你很可能发现他（或许狡猾地笑）；你也很可能偷听到他引用伊曼努尔·康德或他另一个哲学神祇来评论比赛"。

1914年，赫拉巴尔生于莫拉维亚。在法国超现实主义的影响下，他开始写诗。这些诗歌很快打开双肩变成了段落：散文诗、顿悟式短章、轶闻断片。《布拉格滑稽剧》（第五期）刊登了许多他写于40年代的早年诗歌，其中大多沾染了赫拉巴尔的独特怪癖："在那家河上的酒吧，我坐在靠窗的角落。我在读书，你在哭。我跟着你哭，矮胖的老板娘也在哭。"

50年代初，他加入了诗人吉日·科拉尔组织的地下文学社团。他现在改写短篇，但他没有拿去发表。他在文学社团成员（包括小说家约瑟夫·斯科雷吉）面前朗读。据传言——听上去像塔西佗和普鲁塔克收集关于统治者的"象征"故事——赫拉巴尔有天偶然听到人问正在卖木偶的科拉尔："科拉尔，你有再死一次吗？"这个问题显然针对的是布拉格流行的死神木偶，但在赫拉巴尔听来，它暗示了一种新的写作方法：源于人类日常生活事务而非明显超现实的异质元素，可能以自然的喜剧方式相互抗衡。

赫拉巴尔开始试验一种无限流动的风格。这种风格近于意识流（他崇拜乔伊斯、贝克特和策兰），其中的人物疯狂联想和独白。他称这种风格为pabeni，按照斯科雷吉的说法，最接近该词的意思是"胡扯"。这种胡扯其实就是没完没了的废话。赫拉巴尔的作品中跳动着的可爱的不负责任,与它对丰富故事的欢迎不无关系。经常,我们会感觉到,赫拉巴尔在小酒馆听到一个简短的喜剧故事后,夸大了它的喜剧性。《老年舞蹈课》的叙事者一带而过地告诉我们,对有人在母亲坟前的十字架上吊死,当地牧师非常生气,因为他必须为墓园重新祝圣。《过于喧嚣的孤独》中的汉嘉遇到一个拿刀子对准他喉咙搭讪的男人。这个男人在背诵完一首日恰尼乡下美景的赞美诗后抱歉地说:"他实在找不到其他办法让别人听他的诗歌。"《我曾侍候过英国国王》中,一个将军下榻迪特工作的酒店。他很贪婪,也很好奇。每喝一口香槟,每抓一次牡蛎,他都厌恶得发抖,骂刚才下肚的东西:"啊,我不喝这泔水!"这让人想起契诃夫(赫拉巴尔喜欢契诃夫和巴别尔),他从报纸上窃取故事,记在一个笔记本里,里面全是诱人的谜语,比如:"餐厅里的包间。一个富人,脖子上系着餐巾,用刀叉碰了碰鲟鱼:'至少我在死前还有小吃'——很长一段时间,他每天都这样说。"

赫拉巴尔没有契诃夫那样严肃和悲观。他喜欢加热他捕捉到的谜语,他掠夺来的故事和神秘的事物,让它们散发出神奇的水汽。他完全能写契诃夫式的现实主义(汉嘉想起在农场集市上一个女人站着卖"两片月桂叶"),还密切注意故事中的辉煌或崇高——他称之为故事"底层的珍珠"——经常允许他饶舌的叙事者胡扯,自由发挥他们的故事。最好的例子就是写于20世纪70年代初但直到1983年才发表的《我曾侍候过英国国王》。迪特给我们讲述了下榻金色布拉格酒店的形形色色的销售代表。其中一个是著名服装公司的销售代表,来自帕尔杜比采。他有最先进的试衣技术,就是将一张张羊皮纸片裹在客户身上,在上面写好尺寸。回到制衣间后,他把这些纸片拿出来缝成纸衣,套在装有橡胶气囊的模特身上,慢慢充气,直到模特膨胀起来,然后,在纸衣上涂满胶水定型,就成为客户的人体模型。当气囊拿掉后,只要不断充气,人体模型就会在天花板上飘荡。每个身上都有名片,写上名字和住址。客户的人体模型"高高飘荡在几百个五颜六色的人体中,直到他死去"。

不难预料,迪特对这种荒诞、神奇但无用的创新很感兴趣,他想订制一套新的宴会礼服,"穿着这身礼服,我和我的人体模型就能飘荡在这家著名公司的天花板上;这肯定是世上独一无二的制衣公司,因为只有捷克人才有那样的创意。"于是,他拿出积蓄,定做了一套礼服。衣服做好后,他亲自前往帕尔杜比采去取。在制衣公司里,他看见"一个小人"（迪特的确很矮，所以穿了高跟鞋）湮没在十分气派的人体模型中：

> 那可真叫壮观！天花板底下飘挂着将军和军团指挥官们的上半身，还有著名演员的上半身，甚至连汉斯·艾伯斯也在这里做燕尾服，他的上半身也挂在这天花板下……每具上半身人体模型都拴了根小绳，绳线上拴着写有人名地址的卡片。过堂风一吹，这些卡片像被鱼钩抓住的小鱼一样跳动不止。经理将我的卡片指给我看。我读了一下我那卡片上的地址，将我那半身模型扯下来。它的确很小，我看着它几乎要哭出来。可是，当我看到大将军的上半身，还有我们旅馆老板贝朗涅克的上半身也都挂在我旁边，就不禁开心地笑了。我为自己能到这样一家公司来做衣服而感到高兴。（星灿、劳白译）

赫拉巴尔可能听到某人说起现实生活中某公司的疯狂计划。他把故事记下来，然后借逃避现实的疯狂主人公之口说出，还进一步地用陌生化来粉饰。赫拉巴尔决心将故事用视觉呈现出来，为它染上神秘色彩，这样，我们不只是得知公司的产品计划，他还邀请我们一起想象挂满人体模型的房间。他的决心中的确有魔幻色彩。赫拉巴尔有时被称为电影作家，可能与《严密监视的列车》成功改编成了电影有关。但相当奇怪的是，小说的视觉性为电影提出了一个问题，因为它仅仅邀请电影去模仿。但像这样的场景有一种奇怪的元素，虽有画面感，但仍然只是理论上存在，是梦。某种意义上，即便不可否认它在发生，但这一幕难道不是迪特的梦？赫拉巴尔的描写经常有可见和不可见的悖论。它们就像水汽。我们感觉到，它们不只邀请读者去看那些悬挂着的人体模特，还邀请读者去想象某个在想象它们的人。这中间还是颇有差异。

在某些方面，赫拉巴尔是一个早期的魔幻现实主义者，表面上看，他像那些喜欢大量故事、奇异色彩、玩笑、双关、闹剧和逃避的现代作家：拉什迪、格拉斯、（近作中的）品钦、大卫·福斯特·华莱士等人。在这些作家的近作中，我们碰到名字傻乎乎的恐怖组织、克隆老鼠、对话的时钟、巨大的奶酪、在婴儿床上玩空气吉他的婴儿等等。但这与其说是魔幻现实主义，不如说是歇斯底里现实主义：它借用现实，但却逃避现实。这些小说挥霍那些不妨称之为非人的故事；说"非人"，不是因为它们不可能发生，而是因为它们并不真正与人类相关。相比之下，赫拉巴尔的魔幻故事是喜剧故事，是人的故事——它们真的是欲望的具现。吊诡的是，它们不是寄生在现实之上，而是魔幻现实之上。它们进入一个乌托邦的世界，一个笑和泪的王国。想象一下，那些在天花板上晃荡的名流的人体模特给迪特留下的印象，这是多么好笑和悲伤；想象一下，酒店老板贝拉内克的人体模特给迪特留下的印象与那些大将军和演员一样，这是多么好笑和悲伤。

赫拉巴尔不是有浓厚意识形态或讽喻性的作家。但是，他的第一本短篇小说集《线上云雀》在1959年即将出版前一周遭禁。四年后，它易名为《底层的珍珠》面世。根据斯科雷吉的说法，这本书"送作者上了星光大道，其名声之巨，超过了以前所有的捷克作家"。《老年舞蹈课》出版于1964年。一年后，《严密监视的列车》发表。电影的成功使赫拉巴尔多了一张护身符。但他的作品还是遭禁：苏联坦克开进捷克，一向高产的赫拉巴尔再次销声（他结集的作品有许多卷，只有一小部分被翻译成了英语）。斯科雷吉离开捷克斯洛伐克去了多伦多。后来，他在多伦多出版了赫拉巴尔等作家的小说的流亡版。

70年代初，也就是遭禁期间，赫拉巴尔开始写

《我曾侍候过英国国王》。这部小说最初以地下出版物的形式流传，直到 1975 年。据说，赫拉巴尔特别操心它的正式出版。卡尔·斯拉普在发表于《布拉格滑稽剧》杂志的一篇文章里，扣人心弦地（不乏赫拉巴尔式的喜剧地）描述了他和捷克音乐家协会爵士乐分会的同事，在 1983 年怎么以协会"内刊"这种半合法的方式出版这部小说。赫拉巴尔说，"小朋友们哪怕只出一册，我也死而无憾"。他们印了五千册，用传单告诉人们，可以到爵士乐分会的办公室来取。斯拉普写道，赫拉巴尔的酒友拿着啤酒杯垫都来了，杯垫上面写了一行文字："请送一册《我曾侍候过英国国王》——赫拉巴尔。" 1986年，斯拉普和爵士分会成员入狱。有党员发现小说还剩几箱，就把它当圣诞礼物卖给了其他党员。1988 年，斯拉普等人获释。

《我曾侍候过英国国王》是一个快乐的流浪汉故事。小说以明希豪森男爵一样的漫游奇境记开始，以泪水和孤独结束。这种波动是赫拉巴尔最伟大作品的特征。小说叙事者迪特就像一片云，总是追逐经验的太阳。他是一个飞毛腿一样飘飞的傻瓜，天真地追逐一个又一个世界历史事件。因为他的服务足资典范，埃塞俄比亚皇帝奖赏给他一枚蓝丝带勋章。他经常取出勋章，挂在脖子上，提醒自己和他人,他是个人物。事实上,他是个傻瓜,尽管他学会了傻瓜的智慧。他娶纳粹运动员时,遭到朋友们排斥,后来因为里通外国而入狱。出狱后,他成了百万富翁,成功地经营着一家酒店。"但是,现在来的客人都很悲伤,即使快乐,也不是我熟悉的那种快乐,而是强颜欢笑。"(后来,昆德拉将这种幽默命名为"可笑的笑声",是那些纯洁的和有权的"天使"的强颜欢笑。)那时正值1948年。赫拉巴尔的高明在于,用一个不可靠的疯狂之人对政治发起了一场小小的批判。

迪特说服新的执政当局,将他当真的百万富翁抓了起来,没收了他的资产。后来,迪特获释,在一个偏僻山村修路过余生。他有一间茅屋、一匹马、一条狗和一头羊。小说突然安静下来,赫拉巴尔好似走完一趟列车,终于到了几乎空无一人的尾厢。结尾非常凄美。迪特坐在酒馆里问村民,想埋在哪里。村民个个哑口无言。迪特说他想埋在旁边小山上的墓园,他的坟要骑在小山之巅,他的尸身要平稳如船,这样,他的生命在死后会化成两道等量的细流,涓涓流下山阴山阳,一道汇入波希米亚地区的河流,一道穿过边境汇入多瑙河。这一声咏叹调越来越高,混合了荒诞的梦想和严肃的真诚。迪特解释说:"我想死后成为世界公民,我死后生命平分成的两道细流,一道流入伏尔塔瓦河,途经拉贝河,最后流入北海;一道流入多瑙河,途经黑海,最后流入大西洋。"

正如《老年舞蹈课》中的叙事者和他的"一小朵乌云",迪特扩大了地理空间。他荒诞地实现了捷克斯洛伐克既是一个国家、又不只是一个国家的梦想:他死后成为世界公民。这种深切的梦想及其可笑的挫败是赫拉巴尔不变的主题。在某一刻,迪特提到同事的叔叔,一个上了岁数的乐队指挥,为他所在的哈布斯堡帝国时代的军乐团写了许多波尔卡和华尔兹曲子。迪特说,由于这些音乐还在演奏,老人家出门砍柴时,总是穿上哈布斯堡帝国的旧军装。就欲望的性质而言,这离《过于喧嚣的孤独》中的叙事者汉嘉并不远。汉嘉渴望穿着长衬裤在奥林匹亚的跑道上奔跑,实现他希腊体育精神的梦想。

所有这些人之所以动人,在于他们的梦想和他们实现梦想的有限手段之间的巨大鸿沟:迪特在某种意义上满足于戴上勋章,满足于梦想死后成为"世界公民"。当汉嘉想做个"希腊人"时,他洗一只脚或手,读一点亚里士多德。然后,以一种神奇的辩证方式,这有限实现的梦想逐渐看起来就等于原初的梦想,逐渐看起来就是足够大的成果,最后变成了这些人物新的吹牛资本：那个穿着奥匈帝国军服砍柴的老人并没有真正被挫败。他很有梦想，也很信命。

因此，赫拉巴尔的喜剧充满了悖论。它在无限的欲望和有限的满足之间保持平衡，它既叛逆又宿命，既骚动又明智。从政治上而言，它不是可靠的激进的幽默：赫拉巴尔自称受到哈耶克的教诲，是"一个渐进党，这是我在这个中欧国家的权宜之计"。他的主人公想成为一切，但他们没有意识到他们的梦想是多么大，不知道他们这样逐梦时实现得多么少。

这是受阻、错位、落网和消解的喜剧。因此，毫不意外，赫拉巴尔有时说，他的喜剧是基于他喜欢的一个发现。他在干洗店的发票上面看到这样一句话："有些污渍除非物质毁灭才能消除。"在《绝对恐惧》中，赫拉巴尔顺便表彰了弗洛伊德关于喜剧和玩笑的写作，称之为具有"中欧，尤其是布拉格的典型特征"。我们可能记得，弗洛伊德将幽默跟喜剧和玩笑进行了区分。他关心的是"破碎的幽默"——"泪与笑的幽默"。他说，这类幽默的快感来自情绪的戒备。读者准备好的同情由于喜剧事件的发生而受阻，从而转移到次要的事情上。在迪特这里，他思考死亡时我们感受到的那种严肃，因为他对葬仪的安排而可笑地受阻。这是对受阻之人的受阻的幽默。用弗洛伊德的话来说,赫拉巴尔是一个伟大的幽默家。

当然,他也是一个伟大的作家。他最优秀的作品《过于喧嚣的孤独》,演绎出更激烈的波动,从开始的轻快到结尾的绝望。当了一段时间垃圾压实工的赫拉巴尔,通过汉嘉,他创造出他最复杂的"傻瓜"。汉嘉或许是赫拉巴尔最为真实的自我写照。(赫拉巴尔和汉嘉都从压实机下拯救图书,他把布拉格郊外乡村小屋的车库当成图书收藏室。)汉嘉阅读面广,赫拉巴尔就利用了这个主人公的精神资源,不管汉嘉多么疯癫,结果产生出自由流动的文风,特别灵活,像有些荷兰大师的绘画,具有多重的内景——或者说多重的虚假内景。这应该是幽默的赫拉巴尔的最好写照。

由于布拉格郊外出现了更加庞大的、工业化规模的垃圾压实机,汉嘉差不多快要失业了。他去看过这种新机器,但他不喜欢他看到的场面。显然,与他小小的出版社那里不一样,这种新机器不仅压实垃圾(其中偶尔有一本废弃的书),而且吞噬成千上万的书。这些书被一辆辆货车拉来。庞大的新机器是金属制造的书籍审查官,是邪恶新时代的预兆。斯科雷吉认为这部小说是赫拉巴尔"对禁书行为的诗性谴责",但这是过重的解读。因为,在明显的政治讽喻之上,赫拉巴尔敏捷地勾勒出一弯幽默的新月。汉嘉对庞大的新机器做出怎样的反应?他回到他一个人的出版社,为了保住饭碗,力争将产能提高百分之五十。正如在赫拉巴尔笔下经常见到的那样,不可靠(事实上在这里是疯狂)的叙事者悄悄地消解了对政治的批判。

汉嘉增加产能对他于事无补。他被解雇后,在布拉格四处晃荡,经常停下来去喝杯啤酒。他坐在公园看孩子光着身子玩耍,看他们从裤腰松紧带到上腹之间的彩带。然后,开启了一连串的观察和幻象。这个段落惊人地具有活力,一泻千里。仅凭这段文字,无假它求,应该就能奠定赫拉巴尔在世界文学中的声誉:

> 加利西亚虔诚教派的犹太人常系一根色彩鲜艳的、有条纹的腰带,把身躯分为两截,比较讨人喜欢的一截,包括心、肺、肝和脑袋,以及只可勉强容忍的、不重要的一截,即肠子和性器官那截。天主教的神父们则把这道区分线提高到脖子上把教士硬领看作一个明显的标志,突出大脑独一无二的至高地位,因为大脑是上帝蘸手指的托盘。我望着嬉水的儿童和他

们光裸的身体上背带裤留下的清楚的条纹。我想到了修女们,她们用无情的布条把脑袋缠得严严实实,只薄薄地片下一张脸庞,嵌在上了浆的头盔里,犹如 F-1 车手。我看着这些在水里拍溅着水花游动的光身子儿童,他们对性尚一无所知,他们的性器官,诚如老子教导我的,却已暗中成熟。我想到神父和修女的那些布条条,犹太人虔诚派的腰带,我暗自寻思,人体是一只计时的沙漏,在下面的到了上面,在上面的到了下面,两个互相衔接的三角形,所罗门王的印记,他年轻时写的《诗篇》和年老时论"虚空的虚空"的《传道书》之间的和谐。(杨乐云译。略有修改)

这种思绪的洪流真实、睿智、崇高,同时疯狂而喜剧(修女戴着拘泥的贴头帽像 F-1 车手)。这也是一个绝望之人的想法,是汉嘉三十五年压实垃圾和拯救经典的成果:他是一个思想的小偷,他的头脑就是思想的压缩包。所有这些思想都在这简短而飞扬的一段话中颤动。

1997 年 2 月 3 日,因于他所谓的"过于喧嚣的孤独",老是想着"从六楼跳下去,从每间房都伤害我的公寓跳下去",重病缠身、绝望之极的博胡米尔·赫拉巴尔在一家医院的六楼上喂鸽子时坠落。有些污渍除非物质毁灭才能消除。倘若上就是下,那么下就是上。

乔治·奥威尔：非常英国的革命

I

我清楚地记得第一次读乔治·奥威尔的场景。那是在伊顿公学，奥威尔的母校。家里没有任何先祖亲戚是校友的我（有一部分学费还是由学校负担的），当时曾推导过一个结果：如果一个男孩的父亲念的是伊顿，那么这个男孩的爷爷奶奶在20世纪50年代就已经足够有钱付得起这笔学费。继而，如果他的爷爷奶奶足够有钱，那么有很大可能，他的曾祖父在20年代时就已经十分富裕，可以送男孩的爷爷去念伊顿——然后再往前，再往前，一个特权阶层的无限回归。可能有那么数百个男孩，他们的家庭财富可以如此追溯到19世纪甚至18世纪那么久远。实际上，这些家族繁荣的起源无从得见，已经被一层又一层的幸运墙纸贴得牢牢的。

　　一个上位的资产阶级可能会想不通,这些男孩儿为什么回答不上这样两个简单的问题:你的家庭怎么挣的这些财产?又怎么把这份家业维持了这么久?他们几乎意识不到自己所拥有的巨大的、与生俱来的特权;而当年正值经济大衰退、撒切尔夫人当政,英国的田野成了战场,骑警们跟罢工的煤矿工人打得不可开交。我在这么一所学校里,时而感激它每一份昂贵的庇护,时而想炸了它。一本题名《狮子和独角兽:社会主义和英国天才》的小册子落入了求知欲旺盛的我手里,这是奥威尔1941年的作品,上面有它的战斗口号:"也许滑铁卢那一仗是在伊顿的操场上胜利的,但是自那以后所有战争里的第一仗也都在那儿输掉了。"还有:"英国是太阳底下等级最森严的国家。这是一片势利和特权的土地,大部分被操控在又老又蠢的人手里……一个由错误成员控制的家族。"

　　《狮子和独角兽》是一本强有力的激进小册子,它出版时奥威尔把战争革命化视为英国击退纳粹的唯一出路。他认为英国的资本主义已低效得无可救药了。英国的贵族们和船长们——老人和蠢人——整个20世纪30年代都在打瞌睡,不是和希特勒共谋就是绥靖。英国经历了长期的经济衰退和失业。

英国无能制造足够的军备。直到 1939 年 8 月,奥威尔写道,英国商人仍然在试图向德国人出售橡胶、虫漆和马口铁。相形之下,法西斯们却在一边偷师社会主义为己所用,一边丢弃了其中所有高尚的部分,展示着计划经济的效率:"无论这种体制在我们看来有多么可怕,它管用。"只有转变至一种计划的、国有化的经济和一个"没有阶级、财产共有"的社会才能使英国占据优势。革命不仅仅是值得一试的,它简直是必须为之的。所需的不光是心理上的转变,还要来一场结构上的拆解:"一场根本上的权力转移。是否发生流血事件,很大程度上都是时间和地点的偶然。"

20 世纪 40 年代,英国确实发生了一场社会革命。尽管它可能并非像奥威尔所言的那种根本上的权力转移,但是工党于 1945 年赢得竞选,取代了温斯顿·丘吉尔并紧接着进行福利国家改革,他的文章对于这些并不激烈的改变无疑有一些贡献。战后,奥威尔成了有名的左派诱饵式的反极权主义者,但他对自己的主张没有改动,为了使英国成为一个能让人体面、公平地居住其中的国家,系统性的变革是必要的——他一直主张主要工业国有化、政府加紧对收入差距的调节(他建议最高收入不得超过最低收入十倍金额)、终结帝国、取消上议院、解散英国国教、对优秀的英国寄宿学校和古老大学进行改革。他认为这场革命将是一场奇妙的、杂乱无章的英国式革命:"它不会是照本宣科的,甚至都不合逻辑。它将废除上议院,但很可能不会废除君主制。它将处处留下不合时宜的残余和悬而未决的问题……它不会建立任何明确的阶级专政。"如今看来,奥威尔对这场革命究竟会如何到来的不严密描述反而变得似乎很能说明问题,因为忽略掉其中的好战词句("在某些时候可能使用暴力是必需的"),他的含糊措辞读来像是一种愿望的达成,就像是,仿照他自己那种薄雾似的朦胧表述,一场模模糊糊的美好革命可能会温和且自发地从伦敦雾中浮现出来。"最后,自下而上的一股真正的推力会来完成它。"他写道。一个推力,唔,这就可以了。

但是有革命性毕竟和当一个革命者不是一回事,记者也不必成为战略家。在我看来,令人震惊的是,奥威尔将纳粹计划经济的成功引为自己观念中社会主义计划经济可行性的推导前提;反过来,又将计划经济的可行性仅仅建立在其战时效率之上。纳粹那一套管用,奥威尔用了这个说法,因为战时在生产坦克和枪支这方面它起了好作用,但在和平时期,它在建设医院和大学方面会有多好呢?他没有提及。所以高效率法西斯主义的例子,也就鼓舞了他对高效率社会主义萌生出一份希望！奥威尔似乎从来没有意识到这中间的政治的矛盾，至少不那么明确。也许他确实意识到了，只不过是模模糊糊地，因为在后来的作品里，比方说《动物庄园》（1945年）和《1984》（1949年）里，他转而去担忧的是法西斯的诱惑在社会主义的、计划的、集体主义的经济中固有地存在着——或是在那个"没有阶级、财产共有"的社会里。

这倒也不是说，比如像现在的新保守主义者约拿·戈德堡荒唐地宣称的，社会主义不过是软心肠的法西斯。奥威尔从来不这么认为。尽管他出版了反极权主义的书籍，尽管他的声誉后来被右翼和新保守主义者窃取，但他的精神仍然是革命的。但是，一头是对那种被他称为"权力本能"者的厌恶，另一头是对"权力本能"实为革命之必需的坦率评价，在这两者之间他从来没法和解。这是因为，在他看来，理想的英国革命正是为了摧毁权力和特权而存在的，那么它怎么可能最终以一种特权取代另一种特权呢？英国人不会做这种事。俄国那场真实的革命里所裹挟的滥用权力与特权，显然让他产生了破灭之感，因为理想遭到了玷污。奥威尔与其说是变成反对革命性，不如说是反对革命。他用一场理想的革命来鞭打现实的革命——实际上，这是弥赛亚主义的一种消极形式。

第一次阅读《狮子和独角兽》的时候,我被那些旗帜招摇的句子晃瞎了眼,比如"如果富人们也尖声抗议,那就更好了""坐在劳斯莱斯里的女士对士气的杀伤力可比戈林的一排轰炸机还厉害",以至于忽略了其中的不连贯。对一个并非特权阶级却被围困在特权环境里的人来说,奥威尔对特权的无情攻击像是一场不可避免的、毁灭性的森林大火:"现在需要的,是一次由普通人发起的、自觉公开的造反,对抗的是无效能、阶级特权和旧的统治……我们必须与特权做斗争。"现在,令我震惊的是,在他的全部作品里,奥威尔从头到尾用在终结权力和特权上的笔墨,要远远多于针对公平再分配的,更不用说再分配的方法和机制。他的文章里有一种美好的乐观主义的破坏精神,如果我们在这场有决定意义的破旧立新的"自下而上的推力"中好好干,那么上流社会那帮有钱人就会消失,很多问题会多多少少取得符合正义的进展。在《狮子和独角兽》中,有一个具暗示意味的片段,奥威尔在这里提到集体剥夺可能比政治纲领更为必要:"在短期内,均等牺牲,'战时共产主义'甚至比激进的经济改革更为重要。进行工业国有化非常有必要,但更紧迫的是让诸如管家群体和'私人收入'这些庞大怪物即刻消失。"换句话说，让我们达成共识，对经济方面那些事情可以先不急着摆明态度，比如产业政策，但对劳斯莱斯里的女士要义正辞严一点。同样是这个奥威尔，在他的战时日记中写下了如下句子："如果英格兰真的能发生改变，那第一个标志一定是可怕的上流口音从收音机里消失。"还是这个奥威尔，当他住进乡间疗养院，离死亡越来越近时，在自己的笔记里提到了上流英语口音："这是什么嗓音！一副吃得太饱的样子，一种昏庸的自信，一种莫名其妙、从不间断的哈哈笑声，最重要的，那是一种又重又厚，结合了根本的恶意的声音……难怪人们是这么讨厌我们。"对奥威尔来说，摆脱掉那样的口音意味着战斗打赢了大半。

尽管他写过两本关于穷人的伟大而坚定的书，《巴黎伦敦落魄记》（1933年）和《通往维冈码头之路》（1937年），但是，说他对极端特权景象的关注甚至超过了对极端贫困景象的关注大概是公允的。一次又一次，奥威尔回到权力滥用这个话题。在他关于狄更斯的长篇论文（这也是他最优秀的文章之一）中，他以狄更斯不够具有革命性而给了他一个低分（狄更斯"总是瞄准精神观念的转变而非社会结构"），但又赞扬他"对暴政的真正憎恨"，然后又反过来重复自己的观点，即对社会进行纯粹的道德批判是远远不够的,因为连狄更斯自己也承认过,"中心问题——如何防止权力被滥用——始终没有解决"。

他1947年写下的关于托尔斯泰对《李尔王》之厌恶的犀利文章对托尔斯泰晚年僧侣式的宗教信仰持怀疑态度,并且建立了一种二元论。两年后在他关于甘地的文章中,这种二元论再次出现。在奥威尔看来,人文主义者所应致力之处是这个世界及此间的斗争,所谓"生命即受苦"。但是宗教信徒把所有一切都押注在来生,虽然世俗和宗教双方偶尔会发生交集,但它们之间不会有最终的和解。奥威尔质疑道,当霸道的人文主义小说家变成霸道的宗教作家时,他只是用一种形式的利己主义取代了另一种形式的利己主义。"真正重要的区别不在于暴力与非暴力,而在于有权力欲与无权力欲。"他附加了一个有趣的例子:当一个父亲威胁自己的儿子"如果你再这样就要吃耳光了",这种威慑力是明显可感的;但是如果一位母亲充满爱意地抱怨"亲爱的,你觉得对妈妈这样做好吗?",这位母亲是打算污染儿子的大脑。奥威尔继续写道,托尔斯泰没有提议说《李尔王》应该被禁或是被审查,相反,当他写下反对莎士比亚的论辩文时,是意图污染我们的快乐。在奥威尔看来:"和平主义或者无政府主义这类信条，表面看上去是对权力的完全放弃，实际却是鼓励这种思维习惯。"

奥威尔对这种巧妙隐藏的权力越来越感兴趣，他再三地对那些他认为拥有这样权力的人——和平主义者、无政府主义者、天真的左派——发起责难，达到了轻微歇斯底里的程度。但正是因为他那份对专制的母亲亲昵耳语时企图侵蚀孩子头脑的恐惧，让他在如此阴影下写出了《动物庄园》和《1984》，它们确实是非常震撼的，也是他所有小说中仅有的两部真正优秀的作品。《1984》中最骇人的段落是，国家已经可以读解温斯顿·史密斯的想法，并清除他的内心世界。一个男人坐在一间房间里思考着：我们以为会看到的是传统的现实主义小说那样的放纵意识自由地流动，继而把它的动向展现于纸上。但我们被告知，在这里不可能像通常的文学路径那样进行，因为这个男人正被国家监控，他甚至害怕在梦话里出卖自己，即使在该书出版六十年后，这种震撼仍然是巨大的。全知全能的小说家不再是善良的作者，而是可怕的电视屏幕，或者是似乎事先就知道温斯顿会问什么问题的刑讯者奥布莱恩。

埃里克·布莱尔（奥威尔的真名）1903年出生于孟加拉，父亲是印度民政部的一名低级官员，母亲是一位在缅甸做木材生意的法国人的女儿。带着某种病态的扭捏，奥威尔写到他属于"偏下的上层中产阶级"，一个声望不错然而不算富裕的阶层。这样的家庭去往殖民地是因为在那里扮演绅士他们还可以负担得起。不过这段自我描述出自《通往维冈码头之路》，在那本书里显然很有必要将他自己的阶层的光泽磨掉一点。事实上，"较低上层阶级"会更准确，也更简洁一些：他爷爷的曾祖是一位伯爵，他的爷爷是一位牧师，他在生命的后期还和老伊顿的密友们保持着友情，像是西里尔·康诺利、安东尼·鲍威尔以及A.J.艾耶尔。他在八岁时被送到圣塞浦里安预备寄宿学校，小埃里克由此进入了一个充满暴力和恐吓的机器。据他的回忆录《这，这就是喜悦》（为避免遭他人诉讼诽谤，他在世时没有出版）所述，他被人挑出来欺负，因为他是个被减免学费的穷孩子。这里有软硬两种力量，"爸爸"和"妈妈"都在运转。校长和他的妻子用布莱尔捉襟见肘的财务状况作为操控武器。"你靠我的赏金过活"，在大力鞭打他的时候校长如此说。校长太太则像是奥布莱恩的替身，她会说一些诸如"你觉得你这样的行为对我们公平吗，在我们为你做了这么多以后？你心里知道我们为你做了多少，对吗？"之类的话让布莱尔在羞愧和感激中呜咽抽泣。

为了获得伊顿公学的奖学金，奥威尔拼命学习，之后的五年他似乎都在休息，尽管他利用自己的时间阅读了大量的书籍。相比于圣塞浦里安，伊顿几乎是启蒙运动，他承认自己在伊顿"相对比较开心"。但他一定痛苦地意识到，自己是无法和那些有钱男孩并肩而行的，这一点和在圣塞浦里安没有区别。在他的记忆中，那里的审问方式比圣塞浦里安的更加世故，"社会出身可疑的新来的男孩"被这样的问题连连轰炸："你住在伦敦什么地区？是骑士桥还是肯辛顿？你家有几间浴室？你们家有多少仆人？"（我则记得一个更新的版本。）由于没能获得牛津或剑桥的奖学金，奥威尔1922年进入印度皇家警署，在缅甸工作。这是一个非同寻常的决定，但就好像热爱教堂的无神论者一样，这或许代表了某种无意识的反叛间谍活动。

学校给奥威尔上了一堂他终生痴迷的课程：阶级；而他殖民警察的经历则是另一堂课外辅导：权力的滥用。他那些在缅甸时期写下的著名散文，比如《绞刑》和《猎象记》，笔端似燃烧着冷静的火焰——面对统治的残酷而堆积起来的怒火。在《猎象记》里奥威尔说自己很是羞愧，作为一名警察和一名白人男子，只是为了在一大群缅甸人面前不丢脸,他必须杀死一头巨大的大象。《绞刑》记叙了这么一个时刻:"这让我有些讶异,但是直到这一刻我才意识到,毁灭一个健康的、有感知的人意味着什么"——围绕着这一刻的琐屑细节,就像是一堆围在纪念碑底座旁的垃圾,更生动地制造了执行死刑的恐怖:奥威尔描述了一条突然跃到死刑犯身上并试图舔他脸的狗,他还注意到了一个值得赞美的瞬间,这个犯人突然转了个弯,为了避开他走向绞刑架途中的一个水坑。

奥威尔曾说,如果生在和平年代,他将成为一个无害的、装点门面的作家,对政治义务毫不在意。"事实上我被迫成了那种写小册子的。"他在1946年写道,"起初我进了一个不适合的行当干了五年(在缅甸的印度皇家警署),此后则遍尝饥贫和失败之苦。""遍尝"这个动词,暗示着他并非被迫而是自愿的自我禁欲。实际情况是,1928年奥威尔像许多有抱负的穷艺术家一样,去了巴黎,要试试自己能创造出些什么来。他的确用光了积蓄,最后在巴黎一家酒店里找了个洗碗工的活儿。他得了肺炎,在巴黎一家免费医院住了几个礼拜,那里环境极其可怕——这段经历被他写进了《穷人是怎么死的》。他返回了英国,与穷困潦倒的人一起在伦敦和肯特郡流浪,像无家可归的人一样生活,靠面包、黄油和茶水度日,晚上住在廉价旅馆或收容所。但他选择这样做,而不去和父母住在一起,因为他在寻找素材。

哦这些素材!他的第一本书,《巴黎伦敦落魄记》于 1933 年出版,某种程度上说可能是他最好的作品(尽管《向加泰罗尼亚致敬》与之非常接近)。书中有一个年轻人对印象和细节的强大吸纳能力,对言语的敏锐听力,以及让逸事自行发挥的意愿。四年后,他在《通往维冈码头之路》中再次写到穷人,这次是维冈和谢菲尔德的矿工、钢铁工人和失业者,但这次他们几乎没有发言的机会。因为没有声音,所以在后来这本书中也没有故事,没有动静,只有剥削的沥青将他的描写对象黏在他们的贫穷之中。奥威尔已成为一名小册子作者,现在正与社会主义同路人进行着言辞激烈的斗争。前一本书说来奇怪,还是本快乐的活力充沛的书。书里有一位鲍里斯,他是一个失业的俄国服务员、退伍军人,他喜欢引用福煦元帅的话:"进攻!进攻!进攻!"书里有对饥饿非常惊人的描写,还有奥威尔很喜欢传授的世俗小技巧——诸如吃面包时抹点儿蒜上去,因为"那味道久久不去,可以带来刚刚吃饱的错觉"。他对自己上班的酒店迷宫地狱般的内部有着生动的描写:"我们往前走着,有什么东西猛烈地攻击了我的后背。一块一百磅的冰，一个穿蓝色围裙的搬运工背着它。他后面还有个男孩，肩上扛着一大板厚厚的牛肉，他的脸被压进那潮湿松软的生肉里。"书里还有小丑波佐之类的人物，他是一个伦敦街头艺术家，如此说个不停：

> 漫画的全部意义就在于与时俱进。有一次一个小孩儿把自己的脑袋卡进了切尔西大桥的栏杆里。好吧，我听说了这件事，然后在他们把小孩儿的脑袋从栏杆当中拽出来之前，我的漫画就已经画好上街啦。我就是这么及时。

他继续说：

> 你们有没有见过焚尸？我见过，在印度。他们把一个老家伙放在火上，接着下一秒我都要灵魂出窍了，他开始蹬腿！其实只是他的肌肉受热收缩——不过，还是吓了我个底儿掉。嗯，他挣扎着，像一条炭火堆上的腌鱼，接着他的肚皮鼓了起来，然后就是"嘭"的一声，响得五十码开外都能听见。这事儿直接让我坚决反对起火葬来了。

波佐的领子总是磨破,为了给领子打补丁,他就"从自己衬衫下摆剪一小块,所以他的衬衫几乎没有下摆",他既是真实人物,也经过了夸张。波佐完全是狄更斯式的人物,而奥威尔在组织他的语言时就像优秀的小说家。谁说奥威尔不是自己造了这个比喻:"像一条炭火堆上的腌鱼"?它完全担得起十三年后他在名篇《政治与英语》中提出的要求,即"新鲜、生动、独家自创的语言"。他自己的创作中充满了大量腌鱼这样的辛辣形象:"在西方即使百万富翁也会有一种模糊的负罪感,像一条吃着羊腿的狗。"在他的小说《上来透口气》(1939年)中,下宾菲尔德古老的田园小镇在一战后做着毫无吸引力的扩张,"像肉汁在桌布上漫开"。

但是,即使记者奥威尔在他的新闻报道里表现得像一个优秀的小说家,奇怪的是他并不能在自己的小说里表现得像一个优秀的小说家。那些在报道里尖锐皱起的细节,在小说里被熨平了。奥威尔需要一点来自现实的提示才可以像一个作家那样说话。在小说《让叶兰继续飘扬》(1936年)里,最生动的细节之一是,穷困潦倒的主人公准备去参加一个高雅的茶会,他在脚踝透过破袜子露出来的地方涂上墨水。你不会忘记这一点:它为"落魄"(down-at-heel)一词赋予了新的含义。但奥威尔在巴黎就发现了它,第一次把它写下来是在《落魄记》里,多年以后又在小说里回收利用。没有人忘得了他第一本书里那些服务生、流浪汉、厨师们,他们给自己的脚踝染色,用报纸填塞自己的鞋底,或者在顾客的汤里拧一点抹布的脏水进去以示对资产阶级的报复。没有人忘得了《通往维冈码头之路》里的布克先生,他开一间牛肚店,手指肮脏不堪,"像所有那些永远洗不干净手的人一样……做起事情来有一种特别亲密、恋恋不舍的方式"。但是在《1984》对城市贫民"无产者"浅薄的杂耍描写中,绝对没有什么令人难忘的东西:那只不过是阉掉的吉辛[1]。

奥威尔以他坦率轻松的风格出名,还有他对好散文应该像窗玻璃一样透明的坚持。尽管非常口语化,但他的风格还是更像一面透镜,而非一扇窗。他的叙事报道像讲课一样引导我们的注意力。正如他所说,他相信"所有艺术都是宣传"。他对悬念有一种机巧的控制。《绞刑》里那只跃到犯人身上的狗是这样登场的:"忽然,当我们走出了十码远的

---

[1] 乔治·吉辛(George Gissing, 1857—1903),英国小说家、散文家,是维多利亚时代后期最出色的现实主义小说家之一。作品有《黎明的工人》《新寒士街》《四季随笔》等,对无产者有深刻的描写。

时候，队伍没有收到任何命令和通知，就这么一下子停住了。发生了一件可怕的事情——一条狗跑了进来，天晓得它从哪儿冒出来的。"那种时刻无论一个人脑子里能想到什么可怕的事情，都不可能是一只狗。奥威尔的特色结构"有趣的是"或"稀奇的是"也发挥着类似的作用。一般来说，它们引出的不是什么一便士秘闻，而是镀金的揭示：在《穷人是怎么死的》里，他写道，"奇怪的是，他是我看到的第一个死了的欧洲人"。《绞刑》里，那个男人为了躲开水坑而做的转弯动作也是类似地转移了注意力，作为某种新发现或某件偶然注意到的小事出现。但这篇文章非常周密地围绕着不相干的两个例子组织起来，两者各自暗示着一种本能的唯我主义。跃到犯人身上的狗过着自己快乐的动物生活，和即将发生的恐怖毫不相干；这次闯入很快在形式上被"平衡"了， 赴死者同样"不相关"地转了个弯，这个转弯证明身体或思想仍然在随着本能的节奏做出动作。这一篇设计得实在是高明。

他这种对教谕式细节的观察眼光几乎可以肯定是从托尔斯泰那里学来的——推动一次对现实情况的重新评价，常常是一次重新认识。其他人对他而言是真实的，正如你对你自己一样——托尔斯泰对此有着高超的领会。在水坑边突然转了弯的男人可以在一位俄国年轻人那里找到原型,在《战争与和平》里,这个年轻人即将被法国士兵处死,却没头没脑地拨弄了一下自己的眼罩,因为它太紧了。还是同一本书里,尼古拉·罗斯托夫发觉他无法杀死一个法国士兵,因为他所看见的,是"一张最单纯,最亲切的脸",而不是什么敌人。在《西班牙战争回顾》里,奥威尔本是要朝一个法西斯士兵射击,却开不了枪,因为"他只穿了半身衣服,用两只手提着裤子在跑"。

奥威尔被误认为是伟大的中立记者,对于评判的狂热全然免疫——他有的是冷酷的镜头、不偏不倚的眼珠。爱德华·萨义德曾攻击他宣扬西方新闻业的"目击者的看似毫无观点的政治":"当他们暴动时,你展示亚洲和非洲的暴民横冲直撞:这种明显令人不安的场景是由一位显然漠不关心的记者呈现的,他超乎于左派虔诚和右翼伪善之上。"萨义德写道。我认为事实恰恰相反。奥威尔可能看起来很冷酷,因为他并没有因暴力、贫困和痛苦而退缩,而是更加认真地注视它们。而他似乎只是为了热切地注视它,才冷静地思考恐怖。亨利·梅休在《伦敦劳工和伦敦穷人》(1861年)中的报告经常被拿来和奥威尔关于穷人的写作进行比较,他的文章通常都写得很超然。一个开明的人类学家,绕着伦敦街头对贫困状况进行编目和记录。然而奥威尔的文辞中可感觉不到什么超然。在《落魄记》和《通往维冈码头之路》中,贫困世界的常用形容词是"可恶""恶心""恶臭""肮脏"。在巴黎他工作的酒店,那里有"食物热乎乎的臭气"和"火焰的红色强光"。和他一起工作的有"一个体形庞大容易激动的意大利人",还有"一个毛发茂盛的粗野家伙,我们管他叫马扎尔人"。回到英国后,在乡间和无家可归的人们一起流浪,和他厌恶的人合住在旅社:"我永远不会忘记脏脚丫的臭味……一种馊了的恶臭……走道里全是肮脏的、灰头土脸的形象。"在一个床单"散发着汗酸恶臭,我没法忍受它们接近鼻子"的小客栈,一个用自己的裤子缠住头的男人躺在床上,"出于某种原因这件事让我觉得恶心极了"。第二天早上奥威尔被弄醒:

> 一片朦胧里,有个巨大的棕色东西向我走来。我睁开眼睛,发现那是水手的一只脚,从床上伸出来就在我的脸近旁。深棕色,非常深的棕色,像一个印度人的肤色,沾着泥。墙壁是麻风病似的灰白,床单有三周没洗了吧,差不多已经是棕色了。

注意，一如既往地，这里有对悬念的巧妙使用（"有个巨大的棕色东西"），还有措辞——"像一个印度人的"——这是从 19 世纪哗众取宠的小说家威尔基·柯林斯那里借用来的（当代小说家，如伊恩·麦克尤恩，从奥威尔这里又接着学到了不少关于叙事上的隐而不现和对反感的控制）。

也许奥威尔让萨义德觉得危险是因为，尽管有政治说教，他极少表现出明显的同情。相反，他以关注捶打自己的对象。他转移自己的受虐倾向，去惩罚他人。在《穷人是怎么死的》里，让读者难忘的是一段对芥末膏药的描述：

> 晚一点儿我才明白，原来看一个病人抹芥末膏药是病房里最受欢迎的消遣。这些膏药通常要停留十五分钟，只要你不是那个被涂的人，这事儿绝对非常有趣。头五分钟疼痛剧烈，但你相信你能忍受得住。第二个五分钟这个信念蒸发没了，但膏药还在后背紧紧待着，你不能把它揭掉。这可是观众最喜欢的时刻。

首先，这儿有一份直白可见的冷酷（"只要你不是那个被涂的人，这事儿绝对非常有趣"）。然后热度升高——跳到了最后这一句，混合着不道德的恐怖娱乐和无法核实的自我投射：他怎么能真的知道这一点？这是不是就是奥威尔一边非常享受当一个观众同时又非常憎恨的那个时刻呢？奥威尔在《通往维冈码头之路》里描述布克先生，说他像所有有着一双脏手的人一样，处理食物时有种恋恋不舍的方式，但实际上是奥威尔的目光恋恋不舍地在那些脏手上面无法挪开。在《落魄记》里他告诉我们，不知多少回他看到厨师恶心的肥手指摸着牛排。然后他欣然说道："无论何时一个人在巴黎花超过，比如说，十法郎在一盘肉上，可以肯定他这盘肉被这样摸过了……大体说来，一个人花了越多的餐费，就有越多的汗水和唾沫等着他吃进去。"这儿的效果既是虐待狂的又是受虐狂的，因为奥威尔自己也没有逃掉惩罚：可以这么理解，在某些时候，他这个伊顿毕业生是作为顾客，而不是服务员出现的；而且的确，作为一种自我否定，他似乎想尝一尝这肉上的汗水，它就像一丝咸咸的政治提醒。相似地，他在《通往维冈码头之路》里对各种恶心事的修辞效果非常好，因为它把我们也卷入到他为了敬佩工人阶层所做的自我斗争中。他像是在说，如果我能克服我的厌恶，你也可以。

在革命和清教主义［无论大写"P"的清教主义（Puritanism）还是小写"p"的清心寡欲、循规蹈矩]之间有一段长期的历史联系,而奥威尔在这洁净的唱诗班里唱着歌。在巴黎,他高兴地发现顾客与后厨的污秽之间只不过隔了一扇门而已:"那里,客人们坐在自己的光鲜体面里——而这里,仅仅几步之遥,我们待在恶心的污秽之中。"他就像乔纳森·爱德华兹[1],提醒着他的教众,我们这些被暂缓宣判的人只不过被"一根细线"悬在地狱之上,而愤怒的上帝只要乐意,随时可以把它剪断。在整个20世纪30年代和40年代早期,随着奥威尔的激进主义逐渐增长,这根细线的政治意味被更多地声张出来。这也是《通往维冈码头之路》里最好的段落之一,他提醒我们,我们在地面之上的舒适生存建立在地下之人在地狱般的条件里所做之事的基础上:

> 无论地面上发生了什么,敲敲铲铲都必须一刻不停地进行下去。为了让希特勒得以展示正步,教皇得以谴责布尔什维克主义,板球观众得以齐聚洛德板球场,唯美派诗人得以互相吹捧,煤炭就必须源源不断地运出来。

---

[1] Jonathan Edwards(1703—1758),18世纪启蒙运动时期著名的清教徒布道家,推动了北美殖民地的"大觉醒运动"。

对帝国来说也一样,利息的洪流"从印度苦力的身体里流向切尔滕纳姆老太太们的银行账户"。

II

指出奥威尔的激进主义实则保守已经多少有点儿老生常谈的意味。他是一个社会主义艺术家,但完全反波希米亚;他是一个曾在巴黎工作、在西班牙和托派并肩作战的世界主义者,但又很乐意回家享用羔羊肉和薄荷酱,还有"真正用啤酒花酿的啤酒"。他希望英国有变化又希望它保持不变,而他之所以成为一个伟大的、受大众欢迎的记者,一部分也是因为当他看见英国生活的平凡之美受到改变的威胁时,他很擅长挺身维护。甚至当他在攻击一些政治上有点不正确的事情时——比如流行的男孩连环画《吸铁石》,其中塑造了比利·邦特这个人物,其故事被设定在一个光鲜的伊顿那样的寄宿学校里——他看上去似乎是希望它永远都这样下去。战争期间,他在左翼报纸《论坛报》(*Tribune*)上有一个周更专栏,也给《标准晚报》(*Evening Standard*)写小短文,赞美他喜欢的传统食物(约克郡布丁、腌鱼、斯蒂尔顿奶酪——"我敢说斯蒂尔顿是全世界同类奶酪里最好的");攻击女人们化妆这事儿("很难碰到哪个男人会觉得涂一手鲜红指甲不是个令人作呕的习惯");质问人们为什么使用外语词,当"完美的英语说法就放在那儿";还为暖床炉的消失和橡胶热水袋的兴起而哀叹("又冷又黏,不让人满意")。

正是他在描绘封闭世界以及概括他们的规律时所拥有的天赋,使得他那些关于唐纳德·麦吉尔海滨明信片、狄更斯、英国式谋杀的衰落还有比利·邦特的文章如此尖锐。如果他算得上文化研究的先驱,那是因为他能够看到这些世界同时是真实的(因为它们被活生生的文化制造出来)又是虚幻的(因为它们依赖自己特有的符码)。他在描述这些现存的虚构世界时,恰恰运用了他作为小说家在描述不存在的世界时所缺乏的才能;他需要一堵已经砌好的石墙,这样他就可以把他的灰泥拎过来并愉快地把裂缝填满。他对英国生活这个最大的封闭世界也同样对待,按照它自己的叙述成规,把它视作一个既真实又虚构的地方来阅读。这个半虚构的英国在《狮子和独角兽》里获得了美妙的描述,在他受欢迎的专栏里被赋予了躯体,这是一个颇为破旧、恬淡寡欲、站在美国对立面、理想的无阶级差别的地方,忠诚地爱着像是橘子酱、板油布丁、在乡下池塘钓鱼之类的英式小乐趣,对于像丽兹大酒店或者劳斯莱斯这样的超级奢侈品保持着清教徒心态，怀疑阿司匹林、平板玻璃、闪亮的美国苹果、汽车和收音机等等现代便利。奥威尔从未意识到，对他而言显然是乌托邦的东西，至少会让一半的人觉得是贞洁的噩梦，这无疑是个喜剧。

这个半虚构世界里，工人阶级是最大的成规。在《通往维冈码头之路》里，奥威尔说，他太了解工人阶级的生活了，所以不能把它理想化，然后就开始把它理想化，像一个维多利亚时代的风俗画家那样。他说，在最好的无产阶级家庭中，"你会嗅到一种温暖、体面、有着浓郁人性的气氛"，并且工人比"受过良好教育的人"更有机会过得幸福。他描绘了一张美好的图画："尤其是在用过茶的冬天晚上，敞开的炉膛里火光闪烁，映在钢制的挡火板上，仿佛舞蹈，爸爸穿着衬衣坐在摇椅上，在火炉的一侧读着报纸上的赛马版面，而妈妈坐在另一侧，做着她的针线活儿，孩子们为了一便士的薄荷硬糖高兴着，狗则懒洋洋地赖在自己的破布垫上烤火。"他问道，二百年后会是怎样一幅场景，在那个没有体力劳动者、每个人都"受过良好教育"的乌托邦里？那里没有煤炉，他回答道，也没有赛马版面，家具都是橡胶、玻璃、钢铁做的。

像很多激进分子一样，奥威尔也有着强烈的卢梭式的倾向：相比伦敦的机器轰鸣，乡下单纯、显然也更有机的生活仿佛一阵诱人的鸟鸣。他也知道，无论有没有一场革命发生，战后英国社会也会和1914年前那个他长大的田园世界相去甚远，他不安地反复思考着未来。他惋惜道，对于千百万人来说，收音机的声音要比鸟叫正常得多。他坚称，现代生活应该更简单更坚硬，而非越来越软、越来越复杂，并且在一个健康的世界里，"不会对罐头食物、阿司匹林、留声机、钢管椅子、机枪、日报、电话、汽车等等等等再有需求"。注意这个"等等等等"——说这话的清教徒保留了随心所欲扩大他的禁令的权利。在小说《上来透口气》（1939年）里，主人公回到了记忆里的童年小镇（基于奥威尔自己在泰晤士河谷的童年回忆），发现这里变成了一个开发过度的可怕地方，到处是纸一样薄的新房子还有轨道交通，它看起来就像"这几年突然间如吹气球一样膨胀起来的那些新城镇、海耶斯、斯劳、达格南……那种冰冰凉的感觉，到处是大红砖头，临时搭起的商店橱窗里堆满了平价巧克力和收音机配件"。长相类似的小镇在《狮子和独角兽》里再次出现，奥威尔承认1918年之后工人阶级的生活得到了改善，"社会阶级属性模糊"的人群开始在伦敦附近的新城镇和郊区涌现，就在"斯劳、达格南、巴尼特、莱奇沃思、海耶斯"这样的地方。他承认这就是未来。事实上,他还认为这个令人困惑的非阶级将为战后社会主义革命供应"引领方向的头脑"。不过他无法真正欣赏这类人:

> 这是一种相当焦虑不安、没有文化的生活,围绕着罐头食品、《图画邮报》、收音机和内燃机……这种文明属于在现代世界中最自在、最肯定的人,他们是技术人员和高工资的熟练工人、飞行员和他们的机械师、无线电专家、电影制片人、著名记者和工业化学家。

为了避免人们怀疑奥威尔对这个"模糊阶级"的看法,他们正是在《1984》中战后出现的那些人,现在掌管着极权机器:"新贵族主要由官僚、科学家、技术人员、工会组织者构成……这些来自领薪水的中产阶级和上层工人阶级的人,被这个垄断产业和集权政府的荒芜世界塑造出来,并召集到了一起。"

"垄断产业"和"集权政府"听起来很像是资本主义和社会主义的结合体。也许奥威尔在20世纪40年代后期对后者的厌恶并不下于前者。一方面,如奥威尔所见,资本主义产生了失业、垄断与不平等（以 1920—30 年代的英国为例）；另一方面，社会主义集体主义催生了极权主义和不结果实的工业进步（以苏联为例）。而这两种政治经济似乎都身不由己地指向了可恶的平板玻璃和工业化学家以及橡胶热水袋的战后世界。战后，当奥威尔写作着他最著名的两本书时，他对一场理想的英国革命依然怀抱希望，但对现实中的社会主义失去了信心，因为尽管他具有敏锐的政治预言能力，对工党立场也普遍认同，他还是无法想象一个现实的英国战后的未来。(《1984》里，温斯顿和朱丽亚为了他们头一次不被法律允许的性交，从丢失灵魂的伦敦溜了出来，来到奥威尔长大的那个未被破坏的田园世界。)

III

奥威尔两次提及东伦敦郊区达格南，读到这里时我不禁坐直了，因为那是我父亲的出生地，1928年我父亲出生于一个奥威尔所说的他无法欣赏的"模糊阶级"。他的父亲，我的祖父，在退休前是福特汽车厂的质量控制检验员，这个厂于 1931 年在达格南开设，而我父亲的人生道路则从这个颇为"没文化"的世界开了出去，算是聪明的工人阶级小子很传统的上升道路：他先是上了艾塞克斯的皇家自由文法学校，该校 1921 年由政府设立，旨在帮助他这样的男孩（鼓手金格·贝克是他们最有名的校友），继而去伦敦大学的玛丽皇后学院读书，这是一个维多利亚时代末期的慈善产物，在东区设立的初衷是为了让工人接受教育。他在科学方面很是擅长，最终成为一名动物学教授。（在美国，随着 1944 年《军人权利法案》的通过，也发生了类似的社会运动。）从理论上讲，奥威尔必须赞赏像我父亲那样的人；实际上，他做不到。在《通往维冈码头之路》中，有一段也许是他最耸人听闻的文字，他宣称，工人阶级对教育的态度要比中产阶级明智得多——他们看穿了教育的荒谬，"用一种健康的本能拒绝了它"，并且明智地希望尽快离开学校。工人阶级的孩子"想要做真正的工作，而不是把时间浪费在历史和地理这种可笑的垃圾上"。他应该每周回家带给父母一镑，而不是把自己塞进愚蠢的校服里，因为荒疏了作业而受到责打。

"付出努力并让你的家人过得好一点，这是一种很不错的英国式情感。"《米德尔马契》里的文西先生这么说道，小说作者乔治·艾略特，这位最终住进了切尔西切恩大道上大房子的房产商人的女儿，懂得这种"不错的英国式情感"。但奥威尔对这种模糊的小资产阶级心存怀疑，因为这个阶级想的是，先改变自己，如果有可能的话，再改变社会。玛格丽特·撒切尔，1925年出生于一个小镇商店老板家里，即这种保守的阶级流动的典范。奥威尔怀疑狄更斯也有同样的冲动，并不满地注意到这位小说家把他的长子送到了伊顿公学。狄更斯在精神上属于城市小资产阶级，一个只顾着自己的阶层。这就是为什么伟大的狄更斯小说想要改变什么，但实际上却把一切都留在原位："无论狄更斯有多么钦佩工人阶级，他也一点不希望自己和他们相像。"奥威尔对狄更斯的这个判断，本意是贬义的，却不自觉地产生了喜感。到底为什么狄更斯要像工人阶级一样？为什么会有人想要像工人阶级，尤其是工人阶级自己？但奥威尔想，起码有一点想。这个上层阶级的受虐狂生活节俭，衣着朴素，在写出《动物庄园》和《1984》之前，在生命的大多数年头里挣得很少。他姐姐在他死后说，他最钦佩的那种人是拉扯着十个孩子的工人阶级母亲。但是，如果说想要脱离工人阶级的问题在于总会有人被落在后面，那么钦佩工人阶级的问题就是"钦佩"本身并不能帮助任何人脱离工人阶级。（值得注意的是，奥威尔生动地报道过极端的贫困，但从未对他心甘情愿地理想化的那类工人阶级生活做过如此生动的报道。）

所以这个笼罩着奥威尔的问题，也同样困扰着很多穿着考究的革命家：他想要的是社会阶层的上升还是下降？种种迹象指向了后者。对于这个清教徒受虐狂来说，真正的斗争是个人的斗争——讽刺的是，这种斗争是继承来的——是消灭特权的斗争，因此，在某种意义上，是消灭他自己的斗争。这归根结底是一种宗教冲动，并非总是能与政治理性相协调。在《巴黎伦敦落魄记》里，他略做停顿，思考了一下洗碗工的困境，他们在酒店劳作了一个又一个钟头，就为了让富人们可以住在里面。如何缓解这种不良处境？哦，奥威尔说，酒店只是不必需的奢侈品，所以如果人们不去那里的话，那么这种苦活儿就会少多了。"几乎所有人都讨厌酒店。一些餐馆是比别的好点儿，但一个人要是想吃顿好饭，一样的价钱去餐厅，不可能比在自己家里吃得更好。"正如拉金在一首诗中所说的那样，了解这一点很有用。在奥威尔对弗里德里希·哈耶克《通往奴役之路》（1944 年）的评论里，还有一个同样生动的例子。他说，这本书里有很多东西值得赞同。（年轻的玛格丽特·撒切尔也对此书相当赞同。）但哈耶克对资本主义的生存竞争表现了过分热心的信念："竞争的问题是总有人胜出。"你看，他的意思不是说总有些人要输——这意味着另外的人获得了提升。一些人赢了,这是不能容许的。

要说奥威尔对工人阶级解放没有诚挚的憧憬,那是不公平的。他当然有。但就算他心怀消弭阶级差别的憧憬,也几乎不能相信实际发生的阶级流动。向上流动的工人阶级或许真的并不想从根本上改变社会,但其本身的上升还是改变了这个社会。(如果他有兴趣关注一下苏格兰的情况,就会看到一种以教育作为重要支柱推动产生的更有社会活力的文化。)实际的阶级流动可能对奥威尔没有吸引力——当然,他是无意识的——因为他渴望的是一场神秘的革命,在这场革命中,英格兰既发生了变化,又保持了原样;并且对他来说,能保证英格兰得以延续的似乎是他观念中静态的、半虚构的工人阶级世界,其中有正直、好脾气的公交车售票员,也有一口坏牙。这个状态变了,英格兰也就变了。但你怎么可能又搞了革命又不改变它呢?于是奥威尔一以贯之地强调"均等牺牲",而不是均等利益。前者可以控制——实际上就是"控制"本身。后者可能会导向丽兹大酒店和劳斯莱斯。

奥威尔最担心的,正是他最盼望的:未来。但是沾沾自喜地指摘奥威尔的矛盾实在太容易了——比如指出他关于极权主义的单调乏味和恐怖写得那么好是因为他自己对单调乏味的无限力量也有潜在倾向；或者说这位伟大的城市集体拥护者自己喜欢的是乡村田园的与世隔绝（他在赫布里底群岛的朱拉岛上写下了《1984》）；或者再简单一点，这个仇视私立学校的人把自己的养子送进伦敦最著名的贵族学校之一威斯敏斯特公学读书。奥威尔是矛盾的：是矛盾使作家有趣。还是把前后一致用来恭维餐厅出品稳定吧。然而，一个人会心悦诚服地被奥威尔非凡的预见力击中，被其预言成真之多击中。对于资本主义是怎样败坏了英国社会，他是正确的；之后的战后政府确实对许多主要工业和公用事业实行了国有化（不过谢天谢地，奥威尔并没有活得够久以致见到它们中的许多走向失败）。他对教育的意见是正确的：虽然私立学校保持了自主性，但牛津大学和剑桥大学都向国家资助生敞开了大门，正如奥威尔1941年曾提议的。此外，1944年的巴特勒法案还普及了免费中学教育。他对殖民主义的看法也是正确的（对甘地的反感似乎只是为了加强奥威尔的立场，使其更加无私）。他针对极权主义也说得对。如果他对极权主义恐怖所做的虚构想象现在看来有点过时，部分原因在于他的小说就像一篇蒙尘的墓志铭，刻在他自己帮忙雕刻的更古老的墓碑上；而且不管怎样，他创造的词语如"双重思想"(Doublethink)、"新话"(Newspeak)还有"老大哥"(Big Brother),现在都在本应自由的西方世界活出了意想不到的尖锐的第二次生命:接连几天看着"福克斯新闻"盯在奥巴马总统或者比尔·艾尔斯后头跟踪报道,脑子里就会想到这个词:"仇恨周"(Hate Week)。

奥威尔的革命神秘主义最终被证明是极其精准的:他之所以正确,并不是因为他的矛盾可以忽略,反而正是因为他身上的矛盾。尽管奥威尔式的革命并未真的实现,但是奥威尔式的胜利实现了。某种程度上,希特勒是被一种奇特的英国式组合发起的攻击挫败的——奇特的奥威尔式的集体主义和个人主义的组合。(他惊叹不已的是,1945年夏天,英国赢得了战争,既没有转型社会主义也没变成法西斯,并且公民自由几乎不受影响。)这种保守与激进的结合,这种政治上嗜睡与失眠的结合,这种猎场看守和偷猎者之间持续数百年的兄弟情谊,被奥威尔称为"英国天才",它也是奥威尔的天才,在英国生活当中找到了自己思想上的兄弟。无论好坏,那些英国式的矛盾仍在持续。如果说奥威尔在敲打特权的时候实在动静太大,以致有时候他听不见工人阶级在门外希望放他们进去的热切的敲门声,那是因为他知道,他们将会面临规模多么巨大的障碍。这里来一句奥威尔式的强调吧，今日英国社会引人注目的，不是中产阶级扩大了多少，而是上层阶级放弃了多少。工人阶级富一点了，但富人也更富了。英国眼下选出了第十九位伊顿校友首相——当然了，是一个保守党党员。写过《伊顿公学操场》的奥威尔可能会惊讶地发现，当英国经历了所有这些变革，这所高尚的老学校还在那里，从未变过，它负责教育上层阶级治理国家、破坏城市，以及举办亲切可爱的家庭聚会。

简·奥斯丁的英雄意识

1

简·奥斯丁同时创立了人物和漫画人物——这便是骨子里好讽刺的纯正英国味的人物创作法。从她那里，狄更斯学到了人物可以单靠一个大的特征站住脚，而仍然生气饱满。从她那里，福斯特学到人物不一定要改变才真实，他们只需在小说的进程中揭示稳定的本性。而同时，伍尔夫意识流最初的波澜可以在奥斯丁那里找到——她发明了一种全新的快速信号灯，在人一念甫起时发出信号。正是这种创新，发现如何表现心灵和自身交流的中断，构成了她的激进主义。

简·奥斯丁是一个迅猛的创新者，她的创新大体完成于二十四岁。由此我们可以看出一些端倪，她的写作生涯是实用和本能的奇妙混合。一方面，她猛烈冲击小说，使其从塞缪尔·理查森的书信体模式向前发展；另一方面，她几乎只字未提她对小说、美学或宗教的看法。留给我们的只有她的一百六十封信，其中大部分都相当乏味：每天犁一遍没有结果的社交事件。但你可以说，在小说方面她是天生的革命者。她十几岁开始作讽刺短文和家庭速写的时候，几乎就已经开始寻找表现小说人物的新方法（她写于十五岁的短篇小说《莱斯利城堡》，是个惊人的成就）。这些年轻的实验很快就会结出硕果，奥斯丁开始创造那些闺阁英雌，而她也将因此赢得钦慕和热爱。

2

奥斯丁的女主人公并不发生现代意义上的改变，因为她们并没有真正发现自己。她们发现了认知的新奇；她们寻求正确。随着小说推进，某些面纱刺穿，障碍移除，这样女主人公就能把世界看得更清楚。这一过程中，女主人公越来越多的稳定本性透露给我们。因此，奥斯丁的情节天生是理性的、解决问题的（"理性"是奥斯丁最喜欢的词之一，也是她笔下女主人公经常使用的词）。奥斯丁女主人公的惯常立场是读者的立场，即阅读和思考她面前的小说材料，等所有这些材料在小说结尾完备，便会做出她的决定。也许正是因为这个原因，读者如此深爱奥斯丁的女主人公——不是因为她们特别真实或"丰满"，而是因为，亦如我们，她们是这部小说的读者，因此站在我们这边。《理智与情感》里的埃莉诺·达什伍德，和《曼斯菲尔德庄园》里的范妮·普莱斯一样，渴望"安静反省的解脱"。埃莉诺在《理智与情感》里多次描述了这种反省的过程。当她重新评价威洛比时，她"决心不仅要通过自己的观察及别人所能提供的信息对他的品格有一个巨细靡遗的新认识，同样也要热切关注他对她妹妹的行为，以便不必多次会面就能确定他是什么人，是什么意思"[1]。伊丽莎白·班纳特在《傲慢与偏见》的结尾，终于能实事求是地看待达西，而不是用过去的错误眼光——这是她的胜利；她对自己并没有什么重大发现。也许她不那么骄傲，不那么武断，但她几乎没有转变自己。范妮·普莱斯也是如此。范妮在某种程度上是关于善良的漫画人物，永远善良，永不改变。这部小说展现了它和戏剧传统的渊源（尽管此书看上去在一本

---

[1] 武崇汉译本，有改动。

正经地谴责戏剧),在前十五页奠定了稳定的性格基础,而且从未偏离:诺里斯夫人登场了,她是邪恶的、絮叨的;贝特伦女士走进来,摆出她那个后面保持了整本书的姿态,"做些没完没了的针线活儿,它们既少实用价值,也谈不上美丽;她想的主要是她的哈巴狗,不是子女,对后者她完全放任自流,别给她惹麻烦就好"[1];范妮·普莱斯也不会偏离埃德蒙早前的评价:他"相信她有一颗深情的心,有把事做对的强烈愿望"。

爱玛·伍德豪斯是奥斯丁创造过的最接近自我发现的人物。就像伊丽莎白·班纳特,她必须理性地解决一个问题——谁和谁般配,最终,谁和她般配——小说让她进行了几次灾难性的试验。这样一番折腾,让她在小说结尾明白了我们一直知道的东西,即她的盲目、任性、愚蠢。但她本质上也很稳定,因为她本就无可救药。实际上,不正是这份不可救药,让奥斯丁笔下的女主人公们如此动人?我们难道不设想爱玛将来会继续愚蠢地行动,即使奈特利先生在她身边?我们从小说一开始就知道爱玛本质上善良但任性(而非邪恶和倒霉),其中一个原因是我们体察到奈特利先生爱她,而且我们感觉

---

[1] 孙致礼译本,略有改动。

得出奈特利先生在小说中集诸多最高价值于一身。一个童话般的摇篮保护爱玛免受真正的伤害。可以拿她对比一下现代的女主人公,《一位女士的画像》里的伊莎贝尔·阿切尔。拉尔夫·杜歇比伊莎贝尔本人看得清楚,他是她的奈特利先生。然而,在詹姆斯悲观的、精神分析的视域里,拉尔夫无法救伊莎贝尔脱离属于她自己的困境。她必须为她自己犯错。相比之下,爱玛替别人犯错;她为自己做了正确的选择,选择了奈特利先生。早先有一次谈话,韦斯顿太太对奈特利先生说,爱玛"永远不会真给一个人引错路"。小说马上会证明这个评论不符合事实。但在同一次谈话里韦斯顿太太也说,"她不会一直错下去",这倒蛮对的。爱玛的主观性便是坐在这个密封小瓶里漂流。

奥斯丁的女主人公不发现她们自己身上什么是最好的;她们发现对于自己和他人什么是最好的。奥斯丁的作品不是治疗,而是解释。准确说,解释学得到全面的发展,是在德国神学家弗里德里希·施莱尔马赫手里。但我们从同时代的文本中知道,"解释学"和"阐释学"两个词远在施莱尔马赫之前便在英语里广为流行,既用于人,也用于文本。理解他人,关注他人的秘密,正确解读他人,也可称为"解释学"。施莱尔马赫本人一再强调，解释学既适用于《圣经》，也适用于日常对话。1829 年，他在"论解释学概念"的学术演讲中提到了阅读"重要对话"的方法，并补充道："和天赋卓绝之人结伴而行，须努力听懂他们的言外之意，正如我们阅读紧凑的著作，要看出字里行间的意味。有意义的谈话在某些方面可能是一种重要的行为，必须努力提炼它的要点，去把握它的内在连贯性，去进一步追随它所有的微妙暗示。"奥斯丁的女主人公就是这样做的。即便野性难驯的爱玛也是这样一个读者。奈特利先生最后向爱玛求婚时，奥斯丁写道："在他说话的时候，爱玛的头脑最忙碌，而且以惊人的思维速度，能够——而且一字不漏——捕捉和理解整件事的确切真相。"

这是奥斯丁女主人公的解释学任务，里面明显加了点新教甚至福音派的色彩。因为奥斯丁的女主人公也阅读自己，把她们的精神寄托其中。《曼斯菲尔德庄园》里，亨利·克劳福德向范妮征求意见，她回答说："如果我们肯听的话，我们心里都有一个比任何别人都更好的向导。"我们的内心是我们的上帝和向导；我们请它帮忙。正是奥斯丁小说女主人公的内向性，令她们在小说中表现英勇。这是可测的，因为奥斯丁维持了一种意识的层级：重要人物多内心活动，其他所有人只是说话。或者不如说：女主人公们对自己说话，而其他人彼此交谈。所有人物中唯有女主人公的内心想法得到表现。而这种自我对话往往是一种秘密对话，奥斯丁几乎发明了一种新的表现技巧，是现代主义意识流的一个先驱。我们可以观察一下这种技巧的发展。她的第一部小说《理智与情感》(1811)，几乎没有这种意识流。《理智与情感》中有大量这种段落，奥斯丁记录下激动的心绪，但这种写法看来难以挣脱自己的束缚，仍然停留在传统对于心绪的描写："埃莉诺那一刻心里是什么滋味？如果不是那一刻她直觉地感到不可信，她是会非常惊讶、非常痛苦的。在沉默的诧异中，她转向露西，猜不出她为什么这样声明，抱着什么目的；她虽然变了脸色，却认定这事绝不可信，而且自信绝不会发作或晕倒。"[1] 露西刚刚告诉埃莉诺，她和罗伯特·费勒斯的哥哥订婚了，埃莉诺正在脑子里转着这个令人震惊的消息。但是奥斯丁待在埃莉诺外面，记录下她变了脸色，并好像在安抚读者，保证埃莉诺不会发作。提到外部变化——脸色的变化——很重要，因为这表明奥斯丁在运用舞台的理念，即一个人物需要外在地表现出震惊。当然，奥斯丁要说的是，埃莉诺并不像

---

[1] 武崇汉译本，略有改动。

这些舞台演员；埃莉诺太平静了，她的心绪不宁除了几乎无法分辨的脸色变化，再没别的表现。她在"沉默的诧异中"思考，因此我们无法接近。("埃莉诺那一刻心里是什么滋味？")从这个意义上说，埃莉诺预示了奥斯丁后来的女主人公：从肉眼难辨的脸红，到进入一个人物的内心，这对于小说家来说只需再进一步。但无论如何，在奥斯丁发展历程的这个节点，我们不能进入埃莉诺的头脑；她"沉默的诧异"确实是沉默的。

《傲慢与偏见》(1813)让奥斯丁得以说出女主人公伊丽莎白·班纳特的内心。不过她是逐步拉近与读者的距离的。起初，伊丽莎白就像埃莉诺；她并不对自己说话，除了在奥斯丁的间接报告里。慢慢地，她的情感浓度加深了，奥斯丁开始大量记录伊丽莎白的自我对话。第一次听说达西拆散了宾利和简的时候，她走进自己的房间，在里面"她可以不受打扰地思考刚刚听说的一切"。这里，奥斯丁开始扩大伊丽莎白的精神革命，我们看到伊丽莎白苦涩地对自己"感叹"简遭到了多么糟糕的对待："她是多么活泼善良！她的理解力很棒，脑子越来越好，举止也很迷人。"但这种自我感叹很快就结束了，激动的心绪引起了头痛（在奥斯丁的早期作品中，头痛、流泪或睡觉往往会结束她对女性内心的表现)。仅仅二十页后,伊丽莎白就自由了。达西写信给她,她带着信出去散步了。她身边别无他人。她读着信,羞愧得要命,她对自己的演讲很快就分解为几股磕磕绊绊的进路:

> "我的行为多么卑鄙!"她不禁大声叫道,"——我一向自负眼光高明!我一向自夸很有本领!总是看不起姐姐那种慷慨真诚!为满足自己的虚荣心,我总是无事生非甚至惹人憎恨地猜忌!——这发现是多么丢人!——但我也是活该丢人!——就是我真的爱上了人家,也不该盲目到这样该死的地步。然而我的愚蠢,并不是恋爱,而是虚荣——……到现在我才算有了自知之明。"[1]

这本质上是舞台独白。在《曼斯菲尔德庄园》(1814)和《爱玛》(1816)的创作过程中,奥斯丁对此的运用越发复杂,去掉了引号,将女主人公的独白与她自己的第三人称叙述融为一体,这样她就可以随心所欲地进出人物。与此同时,她女主人公的精神演讲褪去了伊丽莎白身上的最后一抹舞台

---

[1] 王科一译本,有改动。

感（"我的行为多么卑鄙！"），变得更为松散，更像对话。可以看到，范妮·普莱斯在《曼斯菲尔德庄园》里自思自量，比伊丽莎白在《傲慢与偏见》里这么做早得多；而当然，爱玛在整本书里填满了生气勃勃的自我争论：《爱玛》是一个巨大的精神单间。以前，伊丽莎白需要跑到外面去表达自己的想法，爱玛的想法则起于最普通最家常的环境，在她的泡芙、脂粉和情书之间。实际上，奥斯丁把独白小说化了：

> 发卷已经夹上，女佣已经打发走，爱玛坐下来思索，满心悲惨。——这的确是件可悲的事情！——她一直心怀希望的每一种前景全都被打碎了！——每一件事情都发展成为最不受人欢迎的结果！——对哈里特来说是如此重大的打击！——这是最糟的。这事的每一个方面都带来痛苦和屈辱，要么这种要么那种；不过，比起给哈里特造成的危害，全都无足轻重；她甘愿承受比实际情形更多的误解，更多的谬误，更多由于误判而带来的耻辱，只要将她错误的后果局限于她自己。[1]

---

[1] 李文俊、蔡慧译本，有改动。

这极为柔软,奥斯丁奇迹般地拓展了有时称为自由间接体的手法,以此作者描述起女主人公的思想可以带上这种共情的激动,就好像女主人公自己在写小说。在自由间接体里,虽然叙事仍是第三人称,但女主人公似乎淹没了叙述,迫使叙述站在她这边。("这的确是件可悲的事情!——她一直心怀希望的每一种前景全都被打碎了!")在奥斯丁后期的小说中,她倾向于交替切换自由间接体与第一人称意识流。后者的例子,《曼斯菲尔德庄园》里有很多。全书临近结束时,范妮在朴次茅斯收到埃德蒙的一封信。她确信埃德蒙会娶玛丽·克劳福德:

> 至于信的主要内容,完全没什么能减轻她的苦恼。她心烦意乱,几乎对埃德蒙迸发了怨恨和愤怒。"这种延期毫无意义,"她说,"为什么还不能决定?——他瞎了,没什么会让他开眼,没什么能,事实早已摆在他的面前,摆了那么久也没用。——他会娶她,并落得一个可怜而悲惨的下场。但愿上帝别让他在她的影响下,变成一个不受尊敬的人!"——她又看了一下那封信。"'那么喜欢我!'全是这种胡说八道。她除了自己和她的哥哥,不会爱任何

人。'她那些朋友多年来把她领入了歧途!'恐怕她也同样在把她们领上歧途。也许她们全都在互相腐蚀,如果她们喜欢她超过了她喜欢她们,那么除了她们的奉承,她是不会受到什么伤害的……'她是全世界他唯一可以看作妻子的女人。'我完全相信这点。这种迷恋已主宰了他的整个生命。不论成功或失败,他的心已永远交给了她。'失去玛丽,我必须认为我也失去了克劳福德和范妮。'……埃德蒙,你并不了解我。如果你不与她结合,这两个家庭永远也不会连在一起。啊!写吧,写吧。让它立刻结束吧。让这种悬而不决的状态结束吧。这是自讨苦吃,只能怪你自己。"

这个精彩的段落在她后期小说里很有代表性,这里奥斯丁结合了第三人称叙述("她又看了一遍信")、第一人称独白("埃德蒙,你不认识我")和埃德蒙来信的片段,其呈现方式并非第一人称引用,而是由奥斯丁转为自由间接体,以加快段落的速效,并在读者身上印上范妮的心绪,好像是范妮把埃德蒙的话转换成自己的话。随着段落的发展,第三人称叙述逐渐消失,我们完全进入范妮的脑海。这种在不同模式间转换的写作,匆匆捕捉到推论过程中的那一结巴,使奥斯丁成为一个比福楼拜等更为激进的小说家。福楼拜从来不让爱玛·包法利来一次这样破碎的自我对话。福楼拜的操控讲求顺滑,而奥斯丁想抓住心绪的纠结。

除了自由而开放的《爱玛》,这种心绪在奥斯丁的所有小说中都是一种隐藏。奥斯丁笔下的女主人公要么抽身而退,要么等访客离去,要么散散步,以便思考。(伍尔夫和乔伊斯作品里两个重大的现代变化是,一个角色不需要专门去什么地方思考;而这种思考不需要很紧急或很激动才能占据一席之地,不需要来一场惊叹号的箭雨才能存在。心事与叙事一样自然,实际上已经变成叙事。)奥斯丁的女主人公卓然独立,与小说中众人的不同,就在于能够自我对话。《曼斯菲尔德庄园》里,玛丽·克劳福德问埃德蒙,年轻的范妮是"出来了,还是没出来?",玛丽指的是能不能算一个体面的、登上社交舞台的成年人,埃德蒙回答说他的表妹是一个成年人,"但出不出门这种事我不知道"。玛丽不无责备地评论道,"女孩子没出来,却摆出同样的姿态,享受同样的自由,好像出来了似的,那就糟糕得多了"。玛丽断定范妮"没出来",似乎隐然恼怒于范妮"没出来"所代表的挑战。奥斯丁无疑暗示了另一种"出"(out)或"内"(in),即外向性的"出"与内向性的"内"。我们可能会想到奥斯丁的女主人公,尽管她们很活泼,却总属于"内",鉴于她们是唯一隐藏思想的人物,且被我们看到这么做。

爱玛(对她自己)抱怨简·费尔法克斯"太冷了,太谨慎了!从来得不到她的真实意见。她披着礼貌的斗篷,看上去拘谨得可疑"。如果简·费尔法克斯似乎对我们和爱玛都有所保留,那是因为奥斯丁从来没有展现过她对自己说话。我们觉得"得不到她的真实意见",因为我们没有见证过她这样想。但我们总是接近爱玛的真实意见,即使是错误的意见。从这个意义上说,爱玛的现实是她最真实的地方。我们欣喜于她现实的真实性,即使当她错了。那么,当有人说奥斯丁的女主人公是"内",不是说她们像简·费尔法克斯,她似乎迷失了自己;而是说她们对自己是真实的,因此对我们亦然。而她们之所以是女主角,正因为她们"内"的特质。奥斯丁称爱玛正在"脑海独白",虽然奥斯丁的女主人公都是独白者,但小说中明显的坏人是垄断式独白者,那些人朝别人说话。柯林斯先生、诺里斯夫人、贝茨小姐、埃尔顿夫人(奥斯丁写她"只想她自己一个人说话"),都像是在舞台上对观众说话。相反,奥斯丁的女主人公则像小说中的人物一样，对自己说话。她的女英雄属于小说；她的恶棍属于舞台。

她的女主人公属于小说，而实际上，她们所为不仅像读者，而且也像小说家。像小说家一样，她的女主人公使人们能够通过她们说话，她们安排并引导他人的感情。比如，《劝导》里的安妮·艾略特不喜欢穆萨格罗夫家的人通过她传话，不喜欢"大家交给她太多秘密，被各家背地里嚼舌头"。像小说家一样，女主人公必须退回到她们的书房，反思素材，好像她们既写又读小说提供给她们的故事一样。《劝导》结尾，安妮·艾略特赢得了温特沃斯的爱情，这是她的第一个本能反应："安妮回家把她听闻的一切想了一遍。"奥斯丁所有的女主人公都撤回到自己的房间里，往往起因是一封私信（这有点像一份允许女性主观性的书面合同）。像小说家一样，她的女主人公记性很好，而其他人物只有"过去"。女主人公必须了解这些过去，必须查问过去。和众人相聚时，这些女主人公是具有小说家的消极能力的天才，能在另一面找到正义，能扮演另一个角色。爱玛和奈特利先生争论时，发现自己在这样做："使她感到异常有趣的是，她所采取的立场恰恰与自己真正的意见相左，她是在运用韦斯顿太太的观点来反驳自己。"[1]

《曼斯菲尔德庄园》也许最能说明其小说的特质，也最能说明其女主人公小说家般的能力。曼斯菲尔德庄园里的人决定在家里演一出戏（是科茨布的 *Das Kind der Liebe*，由英契博尔德夫人译作《情人的誓言》），范妮·普莱斯反对这种不当之举，尤其反对家里的小姐绅士们扮演有损信誉的角色。范妮的反对意见似乎得到奥斯丁和整部小说趋势的支持，但显得太一本正经，引起了很多评论，因为奥斯丁和她家里人小时候都高高兴兴地玩过演戏。但奥斯丁可能会反驳：戏剧跟小说是两码事。回想一下，范妮对这个主意的第一反应是退回书房，把戏剧文本当小说读下去。虽然奥斯丁没这么说，但好像有这层意思，戏剧之所以不当，因为要强迫人在情绪高度紧张的情境中行动，它可能引发真实的情感波动，那在舞台之外，本就隐而未发。换言之，舞台人为加速了困境和关系的发展。事情应该按照小说的节奏发展（《曼斯菲尔德庄园》是一部漫长而自由自在的小说），而非压缩为舞台上离奇夸张的两个小时。虽然我们当时并不知道，但范妮是对的。这出戏把亨利·克劳福德和玛丽亚·贝特伦亲

---

[1] 李文俊、蔡慧译本。

密地绑在一起（后者已经和她愚蠢的邻居拉什沃斯订婚了），加速了他俩的调情：书后面亨利和玛丽亚私奔了，当时她已嫁给了不幸的拉什沃斯。

并没有人赞扬或攻击奥斯丁小说的保守，它从来不是毁誉的焦点，不过当然，她的小说的确在为值得帮助的穷人苦苦争辩——他们之所以值得帮助，不是因为斯文有礼，而是因为善良。奥斯丁的理想世界是一个道德精英主义的世界，你只要看看她那些小说结尾，女主人公得到丈夫，散发出一片和谐气息。在这个世界里，女主人公所能带给另一半的最好嫁妆就是她的善良。这些最好的美德是挣来的，不是赐予的，并且永不褪色。奥斯丁的女主人公之所以是英雄人物，是因为她们的内心世界。想想《劝导》结尾的安妮·艾略特。她认为温特沃思上尉"一定爱她"，于是她在房间里转来转去，看着她的父亲、妹妹和拉塞尔夫人，不由得"同情起每个人，因为他们都不如自己快乐……她的幸福来自内心"。现在安妮恋爱了，并且同情那些没有恋爱的人，就像列文在《安娜·卡列尼娜》中获得吉蒂后所做的那样，但奥斯丁的论点比这更加有力。托尔斯泰把列文的幸福描述为暂时的优势：他恋爱了，这是恋爱早期的华丽爆发，会过去的。这是一种崇高的幻觉，真是如此。但整部

《劝导》——事实上，奥斯丁的全部作品——指出安妮永远比她周围的人更幸福。安妮可怕的父亲和妹妹，不难设想也可能会坠入爱河，但安妮仍会比他们幸福。为什么呢？因为她的幸福"来自内心"，而其他人则不存于"内"，只能当"外"人。她是一个女英雄。

是意识使人快乐；意识是智能，意识是内在。即使意识的躁动并不快乐，它总是受欢迎的，它总是好的——而且是一个好处。伊丽莎白·班纳特喜欢"沉浸在糟糕回忆带来的一切欢愉之中"。我怀疑简·奥斯丁，如此私密，如此神秘，如此矛盾，在人生里也仿佛暗中拥有一种幸福。像她的女主人公一样，她看事情比其他人更清楚，并因此同情他们的模糊。

科马克·麦卡锡的《路》

I

除了"9·11"小说以及假装不是"9·11"小说的小说,现在还有一种被新的忧虑重新唤醒的古老的类型小说:后启示录小说(实际上也可能算在假装不是"9·11"小说的小说里面)。我们熟悉的、习以为常的生存方式可能会在下一个世纪被极度破坏,作物枯萎,温暖的地方变成沙漠,物种灭绝——地球将变得不适宜居住——这样的可能性俘获了我们时代的想象力并令之感到恐惧。这种恐惧可能没有核毁灭带来的恐惧那么迫近、剧烈或者锋利,后者催生了《莱博维茨的赞歌》[1]和《海滩上》[2]之类的小说以及《奇幻核子战》[3]和《浩劫后》[4]等电影，但是前者更具有宿命论的气质，并且从某种角度来说更为可怕，恰恰是因为气候恐惧对大灾难的想象可能是不可避免的，是无可挽救的。而眼前暂缓执行、将最坏结局顺延到后代，可能完全起不到一点儿安慰的作用。相反可能还加剧了恐惧：想到这些事情发生在你自己身上更痛苦，还是发生在你孩子身上更痛苦？

在环保取得进展之前，我们周围越来越多的恐怖记录，也许在一定程度上解释了新近一批小说和电影的涌现，它们的背景都是被灾难性改变的，或几乎是后人类的未来世界：《人类之子》[5]，表现全

---

[1] 《莱博维茨的赞歌》是美国天主教科幻小说作家小沃尔特·M.米勒于1959年出版的小说。该书获1961年雨果奖。该书的主题是信仰、知识、权力，特别是核战争和天主教对人类文明的影响。

[2] 《海滩上》，澳大利亚籍英国作家纳维尔·舒特1957年出版的末日小说。

[3] 《奇幻核子战》（1964年），希德尼·鲁迈特执导、亨利·方达等参演的惊悚电影。影片中由于机器故障，莫斯科和纽约被核弹摧毁。

[4] 《浩劫后》（1983年），尼古拉斯·迈耶导演的电影，刻画美国堪萨斯州劳伦斯市发生核弹爆炸后的各种景况。

[5] 《人类之子》（2006年），改编自P. D.詹姆斯1992年的小说《人类之子》。由阿方索·卡隆执导。

球变暖的恐怖电影《后天》[1]，石黑一雄关于克隆的小说《别让我走》，吉姆·克雷斯的新小说《隔离病院》以及科马克·麦卡锡的《路》。科学家詹姆斯·洛夫洛克[2]在他的《盖亚的报复》一书中展现了一幅变暖后的世界的可怕图景，可能就在21世纪中叶某时：

> 就在此时，在炎热干燥的世界里，幸存者们聚集到一起，向着位于北极地区的新的文明中心前行；我看见了他们，当沙漠迎来破晓，太阳把刺穿一切的目光掷过地平线落在他们的营地上。夜晚凉爽新鲜的空气稍做停留，很快就像一阵烟似的被热气驱散了。他们的骆驼醒了，眨了眨眼，缓缓站起。所剩无几的成员骑了上去。骆驼打着响鼻，开始了去往下一个绿洲的酷热难耐的漫长征途。

注意"幸存者"这个词：后启示录的极简主义

---

[1]《后天》(2004年)，由罗兰·艾默里奇执导的美国科幻灾难片，描述全球暖化和全球寒冷化后造成的一个新的冰河时期给人类带来的灾难。

[2] 詹姆斯·艾夫莱姆·洛夫洛克，英国独立科学家，环保主义者和未来学家，他提出"盖亚假说"，假定生物圈是一个可以自我调节的实体，地球被视为一个"超级有机体"。

预设。

极简主义可以对虚构的生命力大有增益：描写重回其本质，在它为自己的存在辩解时尽情发展。词语回归其最初作为名称的功能。J. M. 库切很是推崇丹尼尔·笛福描写海上遇险的鲁滨孙·克鲁索在小岛岸边的发现，他注意到"有两只鞋，不是一双"，用以作为判断其他人死亡的依据，而库切在自己的小说《迈克尔·K 的生活和时代》里，描写了迈克尔·K 在南非农村干旱荒原的一番绝望、饥饿、孤独的漫游，他的描写也同样残酷骇人。迈克尔·K 该怎么找到下一顿饭？他能在哪儿睡觉？监狱题材小说通常与此类似。伊凡·杰尼索维奇[1]生命中的一天就足以用来说明，不光是因为伊凡的每一天都是一样的，还由于当时间对伊凡来说慢了下来，小说也把脚步放缓到去关注那些最微末的细节。监狱内，一切的标准都变了：一片像样的面包对伊凡来说简直是不敢想的奢侈，值得用最漫长的时间细细品味。

尽管科马克·麦卡锡是一位以文笔华丽闻名的

---

[1]《伊凡·杰尼索维奇的一天》中的人物，该作原名《854号囚犯》，是苏联作家索尔仁尼琴的一部中篇小说，这部小说以作者自己的劳改营生活为素材写成。

文体大师,但从一些方面来看,《路》不仅给出了美国极简主义的逻辑终点,同时还展现了对手举"肮脏现实主义"大旗成名于20世纪80年代的美国极简主义的某种终极胜利。这本书里满是短促的陈述句,动词紧贴着它们的宾语,形容词和副词几无踪影,括号和从句谢绝入内。一种主要从海明威那儿承袭而来的"反感伤",被如此明显地表达出来,形成了一种沉默的男性化感伤。基本的、通常发生在室内的活动,在简单重复到几乎令人痛苦的句子中得到表现。一般的模仿可能是这样的:

> 他把杯子从架子上取下放在桌子上。他往里倒了些波本威士忌,没有喝,而是走到门口侧耳倾听。除了远处传来一阵轮胎发出的尖锐摩擦声,可能来自九号公路,别的什么也没有。他沉重地回到桌旁。墙的另一边,他能听到那对夫妻又吵架了。

这种在表现力上很快受到局限的风格,曾产生过一位无可争议的杰出作家雷蒙德·卡佛,以及数不胜数的孱弱亲戚。2005年,这种风格在科马克·麦卡锡激进愤世、非常血腥、极其精简的惊悚小说《老无所依》中获得重生,这部作品充满了专注描述男性活动的冷静坚硬的小段落——比方说，一个男人用心包扎伤口或是慢慢擦拭自己的枪或是在街上追赶另一个男人。这本书技巧熟练，只是有些电影的程式化，但是到了《路》中，这种极简主义变得鲜活起来。肮脏现实主义有时在不知不觉中会带来苦恼，因为人们觉得这些经过挑选的虚构世界——即使是那些贫瘠匮乏的世界，哪怕那些汽车旅馆和拖车——也都值得更丰满的文笔来描写。但在《路》这本书中，这种平凡的叙述语言发生了一些怪事——书里描写的是一个没有参照物、没有事物的世界，但是它所使用的语言是与参照物和家庭日常相关联的：父亲搭起一顶帐篷，造了一个家，男孩儿吃了些豆子，或者自己洗澡。他所用的叙述语言和海明威在尼克·亚当斯系列故事里所使用的差不多："他准备着晚饭，儿子在沙地里玩儿。"（这句话并非出自海明威，而是来自《路》。）在参照物（事物、语境）和参照物的缺失之间存在着一种强大的张力。麦卡锡曾写道，父亲无法向儿子讲述末日前的生活："他没法在不构建出失落感的情况下为孩子构建一个他已失去的世界，而他认为也许孩子比他更了解这一点。"这本书的文风也是如此：正如父亲不能为孩子构建一个故事而不同时构建失落感一样，小说家也不能只构建失落而不同时构建已逝之充实的幽灵,即曾经的世界。

在故事开场大约十年前,某种重大转折发生了:"时钟停在 01:17。一束长长的射光之后是一系列轻微震动。"核冬天席卷了美国——想来也遍及全球——人类几乎灭绝。动物已经消失了,没有鸟,没有城市,只有烧毁的建筑物,没有汽车,没有电,什么都没有。尸体到处都是。黑色灰土覆盖在一切之上,天色总是灰白:"在白天,被放逐的太阳绕着地球像一个手提灯盏的悲伤母亲。"一对仍没有具名的父子,正在美国的土地上一路向南向着大海走去,希望能找到聚居的人群或者只是海岸线上的一点儿活气。我们得知这个儿子于十年前出生,而他的母亲宁可选择自杀也不愿意作为一个幸存者在这世界游荡。所以这个男孩除了眼下,对一切都没有认知。而父亲存有大灾难之前正常生活的记忆,但恼人的是这些都无法传达,麦卡锡出色地抓住了两代之间的隔阂。

简短词组构成的句子,有时只是不完整的句子,残忍地绘制出这个废土世界的基本元素。他们只关心食物和生存。由于没有任何动物生存,所以最好的运气就是在废弃房子或农场里找到一些旧存罐头食品:"他尤其担心二人脚上穿的鞋子。鞋子,以及食物。永远是食物。在一间破旧的烟熏作坊里，他们找到了一条熏火腿，火腿高高瑟缩在上面的墙角，看上去就像从坟里挖出来的一样，干瘪得离谱。他拿小刀割了进去。"麦卡锡并非没有幽默感，他知道如何把自己的包袱一直妥妥地藏到最后一刻。又比如两人找到了一个老超市，最后发现了一罐没打开过的可乐。男孩不知道这是什么，而父亲向他保证那会是个享受：

> 到了城郊，二人进了一家超市。零星散落着些垃圾的停车场内有几辆旧车。他俩将小推车留在停车场，朝杂乱的超市货架走去。在农产品货架上罐头的下面，他们发现有些上了年头的红花菜豆，还有点看上去像杏脯的东西，干得厉害，皱巴得跟它们自己的雕像一样。男孩儿一直跟在后面。他们又推开超市后门走了出去。这条过道上停了几辆购物车，全都破破烂烂的。二人重返店内想再寻辆推车，可惜一辆也没瞧见。大门处，两台饮料机倒在地上，已被人用铁杠撬开了。硬币散落夹杂在四周的垃圾里。他一屁股坐下来，伸手往这被洗劫过的机器里掏着，到了第二台，终于摸到里面卡了个冰冷的金属罐子。他缓缓抽出手来，坐着盯住面前的可口可乐。

> 这是什么，爸爸？
>
> 是好东西。请你喝的。
>
> 是什么？

显然麦卡锡是故意在这里开了一把玩笑——不仅是和可乐罐这个美国象征符号，也和针对美国象征符号所做的有象征意味的艺术作品，比如爱德华·霍普的《加油站》（他1940年的画作，画了一个典型的美国加油站），或者安迪·沃霍尔的金宝汤罐头。

《路》不仅不会让读者轻易走掉，还会入侵到他的梦中。这种大灾难小说类型不算是一个很显要的类型。它依赖于一些公式化的布景（在电影里总是能见到那些堆起来燃烧的轮胎，还有那些野孩子组成的小帮派），并且通常也抱着一种惰性的、逻辑匮乏的政治未来主义：如果像《人类之子》写的那样，英国在二十年后会被一个集权独裁者统治，他能捉住所有的移民并把他们关进笼子，那为什么这位无所不能的统治者不能把垃圾也给清扫干净呢？麦卡锡为何如此成功是一个有趣的问题。此间的秘诀，我认为是麦卡锡不会把任何事视作理所当然。

这是许多小说的一个共同弱点，它发生在沃尔特·米勒的《莱博维茨的赞歌》、多丽丝·莱辛的《幸存者回忆录》、P. D. 詹姆斯的《人类之子》、石黑一雄的《别让我走》等小说中,甚至安东尼·伯吉斯的《发条橙》和奥威尔的《1984》中也可得见,它们都在一定程度上算得上某种科幻寓言,都是作者从当下做出推断,假想未来可能的发展,以此对他或她眼中自己时代迫在眉睫的危机做出批判。因此,在《莱博维茨的赞歌》所处的后核时代,世俗主义会胜利,宗教将亡;在莱辛和伯吉斯的世界里,青少年的暴力妄为已经失控(这两部小说分别写于 1961 年和 1974 年,处于所谓被"60 年代"影响的二十年间);在詹姆斯笔下的二十年后的英国,男性无法生育,移民遭到集权政府围捕并被关进笼子。以上这些都没什么问题,不过小说家摆脱掉了某些基本的描摹幻想的压力,小说家可以描述我们熟悉的生活,略做一些曲折变动,描述我们大多数人都熟知的旧世界,但活在其中却突然变得更加可怕了。

麦卡锡的想象完全不同。《路》不是一本科幻小说,不是寓言,也不是对我们生存现状的批判,或者揭露"如果我们照现在这么过下去,我们将来的生活会怎样"。它提出了一个更简单的问题,更需要想象,同时也与小说创作的本质距离更近:这个世界如果没有人类会是怎么样，会是什么感觉？从此出发，一切顺流而下。一个人的孤独能有多深？哪种支离破碎的神学还能留下？一小时接着一小时，一天又一天会是什么体验？一个人怎么觅食，或者找到鞋穿？除了神学问题（稍后细说），麦卡锡精彩地回答了这些疑问。

麦卡锡对细节的专注，他淡定自若描摹恐怖的康拉德式的喜好，他丧钟般沉重的句子，都让读者因恐惧和认清真相而颤抖。可乐罐是一个很好的例子：麦卡锡对平凡老套毫不避讳，而我们也早就知道美国当代文明业已被各种事件终结；它们像立在风景区的指路牌一样探出头来。书里写到在一片田里，有一个谷仓，上面是"一条广告，十英尺高的褪色字母横跨房顶的斜坡。看，石头城"。（这会儿我们是在田纳西，这是很多麦卡锡小说的背景。）旧超市，被遗弃的汽车，枪，还有一辆卡车，父子俩在里面睡了一晚，在森林里甚至还有一个废弃火车头。它的叙事是关于背水一战的实用主义，而其本身同样极其务实。在他们走进过的其中一所房子里，父亲走上楼想去找点有用的东西。一具已经成了木乃伊的尸体躺在床上，一条毯子拉到下巴的位置。不带一丝迟疑地，父亲就把毯子从床上扯了下来顺走了。毯子很重要。那儿甚至还有一个测光表，而麦卡锡在这里的处理方式，显露出他对事物的耐心。男人思索着，白天这稀薄的灰色光线是多么单调：

> 他曾在一间摄影器材店发现了一个测光表，他想可以给接下来的几个月算个平均值，于是很长一段时间他一直把测光表带在身边打算给它找个电池但是一直都找不到。

这里再次出现了这种略显滑稽的幽默——并不存在的电池提供了笑点。是这样的平凡无奇之物稳住了整本书。相形之下，吉姆·克雷斯的《隔离病院》写得精巧，但它害怕平庸。在克雷斯对后灾难生活的幻想中——他的故事同样以美国为背景，设定了一对想要去往海边的夫妻——我们好像不可思议地回到了中世纪，因为似乎能证明我们之前生存状态的所有塑料的和技术的证据都彻底消失了。但麦卡锡的一听可乐，神圣得像一块化石，比克雷斯在记忆和证据上"圣经"般的空白更可信。评论家们无休无止地谈论麦卡锡《圣经》式的风格，但其实这本小说却凡俗得十分睿智。

麦卡锡的行文综合了三种语体，其中两个就强大得足以支撑起他的恐怖。他有他苦心孤诣的极简主义，在作品里表现得很出色。一次又一次地，他在这个更简单的模式里提醒我们，让我们意识到此前没有考虑过的假设性存在的元素：比如说，对于大灾难之前的世界，我们有可能会是多么愤怒。书里的男人偶然发现了一些旧报纸并读了起来："奇怪的新闻。有趣的观点。"他记得自己有一回站在一座烧焦的图书馆废墟中，书散落在一摊摊水洼里："对那成千上万、一摞一摞的谎言感到愤怒。"在这种语式中，小说非常成功地召唤出了后启示录时代生存挣扎的根本悖论，即活下来是唯一重要的事，但是为什么要费尽力气活下来？

　　第二种语体对阅读过《血色子午线》或《苏特里》的读者来说会比较熟悉，并且又一次地显露出一丝与康拉德的相似感。坚硬的细节、敏锐的观察，结合了精致、苍劲又微微古意（甚至有些笨拙或沉重）的抒情。按理说这种结果本是达不到的，而且确实有些时候效果不佳。但是大多数时候它的效果是美妙的——不仅仅是美妙，而且还像诗歌那样强烈。从远处看一个城市的形状，它站在"灰色阴影里，像是炭笔在废墟勾勒出的一幅素描"。父子俩站在一座曾经宏伟的大房子前，"剥落的油漆一长条一长条地从柱子和拱顶上垂下来"。小男孩有着"蜡烛色的皮肤"，完美地引人想象出他发灰的、营养不良的苍白,这灰色的光本身也显得营养不良并且完全依赖蜡烛的微光。吹得到处都是的黑色灰尘,像是一片"软软的黑色滑石粉","吹过大街,仿佛乌贼的墨汁在海床漫散"。

在麦卡锡发挥得最好的时候,他决计是站在美国大师的梯队里的。在他最好的篇章里,我们能听到麦尔维尔和劳伦斯、康拉德和哈代的声音。他的小说满是描写鸟儿飞行的神来之笔,在《路》当中有一个光彩夺目的段落,简直像是由霍普金斯[1]之手写下的:

> 许久以前,就在这附近某个地方,他曾见过一只猎鹰从绵长的蓝色山壁坠落,用胸骨的龙骨从鹤群中间击穿,把一只带到下面的河边。干瘦、凌乱,拖着松散邋遢的羽毛立在秋日静谧的空气中。

书中最感人的段落之一,是写到父子二人最终来到了海边。这是一场巨大的失望:他们所发现的,

---

[1] 杰拉尔德·霍普金斯(1844—1889),英国诗人、耶稣会神父。他在诗歌方面以对跳韵(sprung rhythm)的探索著称,代表作有《茶隼》等。

覆灭了色诺芬笔下那句古老的经典呼喊"大海,大海!"[1] 这里没有一个人,除了一片巨大的灰色废水,什么都没有,父子俩的孤独自然也随着这片无边的灰色水域令人生厌地扩大了——麦卡锡称之为"无尽的海涌"。大海已经被灰尘覆盖。

> 更远处是广阔而冰冷的海,像一口炼钢的大熔炉,里面废渣翻滚。再远一点可见灰蒙蒙的灰烬风暴线。他看看男孩。他能察觉出孩子脸上的失望。对不起,不是蓝色的,他说道。没什么,男孩儿答。

然而,麦卡锡的第三个语体更成问题。他是一位用力过猛的美国式演员。当评论家们赞扬他具有《圣经》式的风格时,他们听到的往往只是一种古老的声音,一种神秘兮兮的夸张表达,其中的文辞自傲地炫耀着明显过时的词汇。这种风格可以称为"血腥浮夸"。书中的父子被描述为"衣衫褴褛,脚步蹒跚,瑟缩在宽大的衣帽中,像行乞的修士一

---

[1] 色诺芬在其《长征记》中记载,一支希腊雇佣军长途跋涉返乡,望到大海时高呼"大海,大海!",见到大海意味着家乡已在不远处。

样","行乞"是麦卡锡经常使用的一个词。他几乎总是为隐喻或比喻所驱使,常常使用"像某个"这样的表达方式进行假设或类比:那个男人的脸被雨水染出一道道黑影,看起来"像某个旧世界的戏剧演员"(这是一个特别明显的例子,因为这时孩子正在看他的父亲,而这种花哨的语言顽固地违背了孩子的视角)。在下面这个句子中,"自闭"这个词虽然可以理解,但似乎根本不正确,而且多少有点青春期的味道,动摇了读者对作家的信心:"他站起来,在那冰冷的自闭黑暗中摇摆着,双臂张开以保持平衡,而脑袋却在本能地计算。"有一次开始下雪了,"他用手接住雪花,看着它消融,就像基督徒的最后一片圣餐饼"。

然而,就像哈代和康拉德一样,他们两人有时也是糟糕的作家,麦卡锡杂耍般的风格中有一种真诚、真挚,软化了其中的笨拙,将其变成了一种来自作者的笨拙的秘密信息。毕竟,康拉德曾在《密探》中这样描述金钱:"它象征着这个邪恶世界上生命短促的人类的雄心勇气和辛勤劳动的微不足道的回报。"同样在这部小说中,伦敦的一家廉价意大利餐馆被描述为"诈骗式的饮食气氛嘲笑着处于最紧迫的悲惨需求中的卑微人类"。此外,麦卡锡的笔法随着小说的进展变得紧凑;值得注意的是,戏剧性的尚古风格主要出现在前五十页左右，此后作者将其小船推向了新的水域。

II

尽管产生了所有这些非凡的效果，麦卡锡作品中的意义仍是需要讨论的问题。在《路》中另有一处杂技般的文字，颇为令人不安，小说家在此对他的神学素材做了一番处理。麦卡锡的作品总是显得对神学方面很有兴趣，而且多少有点儿肤浅。在这儿拿他同麦尔维尔及哈代做比可能有些不够准确。麦卡锡喜欢把善恶之间的血腥斗争搬上舞台，而他的解说则倾向于简单的宿命论。这本书的组织结构间没有一处是简单的——故事上演的环境，时常让人惊心动魄的行文，回忆再现的可怕密集度——但是书里提出和放弃信仰问题的方式也许有点炫耀。

这个问题无法回避。一幅后启示录时代的想象图景必然会引出有关神义论及命运之公正的困境；而对隐秘的上帝的哀悼既隐含在麦卡锡的意象中——把环绕着地球的太阳精妙地比作"一个手提灯盏的悲伤母亲"——并且在他的对话中被明确直言。在本书开头，父亲看着儿子心想："儿子若不是上帝传下的旨意，那么上帝肯定未曾说过话。"总是有小偷、杀人犯甚至是食人族游荡出没，而父子二人时常要与这些邪恶派来的可怕使节狭路相逢。男孩必须要把自己认作"好人队伍中的一员"，他的父亲向他保证，他们确实站在这一边。

在书的中段，这对父子遇到一个名叫伊利的衣衫褴褛的可怜老人。这里出现了麦卡锡式幽默的又一例子，父亲问伊利，一个人怎么能知道自己是不是地球上的最后一个人呢。"我猜你是不会知道的。你只会成为那个人。"伊利回答道。"我想上帝会知道的。"父亲说道，意思是总有些信念可以熬到最后。伊利直接断言："上帝是不存在的。"然后他又说："没有上帝，我们是他的先知。"谈话又进行了一会儿以后，父亲再一次表明，他眼中的儿子即是神圣的："那如果我说他就是一个神呢？"伊利答道："我希望你说的不是真的，因为和最后一个神一起上路是件可怕的事，所以我希望这不是真的。"伊利认为当所有人都死了，就更好了。"对谁来说更好？"父亲问。对大家，伊利说，用一个相当可爱的结语终结了这幕场景，也给了这本书清晰深沉的声调："当最终我们都死了，在那之后此处再无人类只剩死神，他的日子也将屈指可数。他会在路上无所事事，没有人可以对付。他会说：大家都去哪儿了？而那就是未来的样子。那有什么不好？"

但关于这个男孩可能是最后一个神的想法——这一末世情节是《终结者》的一种哲学化版本——在书中徘徊不去,并在结局时再次出现。肯定就是这个结局,激发《今日美国》去关注"这个男孩的精神上某些至关重要、恒久不灭的东西",也促使《旧金山纪事报》谈论起麦卡锡的"幸存者故事和善的奇迹"。奥普拉·温弗瑞给她诲人不倦的读书俱乐部选择了这本小说,我想知道她从最后几页中读出了什么样的"救赎"光辉,怎样的令人振奋的教育意义。父亲病了,死了,儿子早晨醒来接受了这样的事实。麦卡锡的文笔在这里有一种动人的纯洁,他极简主义的沉默力量是如此恰当必需:

> 那天晚上他紧紧偎着爸爸睡下,他抱着他,但早上醒来的时候他发现爸爸已经又冷又硬了。他坐在那儿哭了很长时间然后起来穿过森林来到路上。等他再次回来时他跪在爸爸旁边抓着他冰冷的手一遍遍喊着他的名字。

"抓着他冰冷的手一遍遍喊着他的名字",这种隐忍的激情尤为细腻,因为在小说的其余部分,我们很少看到儿子叫父亲"父亲"(或任何亲昵的称呼);这些温情的话语在小说的结尾才迸发出来,而且只是在报道性的描述中出现。

于是只剩男孩自己一个人了,不过没有持续很久。他在路上遇到了一个男人。"你是一个好人吗?"他小心翼翼地问道。是的,那男人说。"你不吃人?"男孩说。"不,我们不吃人。"男孩就这么加入了那个男人和他的同伴中间。在小说的倒数第二段里,一个女人拥抱了这个男孩并说道:"哦……见到你真高兴。"这是这本书里唯一的一次,男孩被除了他父亲以外的人拥抱。

> 她有时会和他谈论上帝。他试着和上帝说话但他最想做的却是跟父亲说话。他确实跟父亲说话了他没有忘记。那个女人说这样很好。她说上帝的呼吸就是他爸爸的呼吸虽然上帝的呼吸会从一个人转移到另一个人身上穿过所有时间。

女人似乎是在肯定上帝或某种上帝依然存在,并不会由于他的造物的全军覆没而毁灭。在这种理解里,这个男孩确实是某种意义上最后的上帝,"带着信仰的火种"。(父子俩过去常常以自创的方式自称携带火种的人,这似乎是"好人"的另一个说法。)上帝的呼吸在人之间往复传递,而且上帝是不会死的，所以这个男孩便代表了人类能幸存下来的那部分，也指出了生活将如何重建。

《路》并没有义务去回答像神义论这样无法回答的两难问题。但这样的一本书却安排了一个类似宗教慰藉的结尾，是引人注目的，这个结尾之所以令小说有点失去平衡，正是因为神学并不处于该书所追寻的问题中心。读者会有一种挥之不去的不安感，即神义论和并不在场的神仅仅是被这本书利用了，蜻蜓点水而过，并没有承受足够的被拷问的压力。当伊利说出"没有上帝，我们是他的先知"，这个简洁的否定悖论表述显得有些老套；然而，当19世纪丹麦小说家延斯·彼得·雅科布森在他的小说《尼尔斯·伦奈》中使用完全相同的句子时，这句话却引发了强烈的震撼，因为它是在对在19世纪生活中至关重要的上帝存在问题进行了深入、激烈和彻底的探讨之后写下的。

在这一方面，像一些评论家那样把麦卡锡拿来和贝克特做比较，实在有点儿奉承麦卡锡。他的沉默含蓄和极简主义在引起共鸣上极为出色，但当哲学问题压下来时它们便筋疲力尽。这种擅于速写、抒情和半遮半露的文体在处理末世引发的那些非常形而上的问题时往往力不从心。但除了一点细微的线索，我们无法得知父子二人对末日后的上帝存在有怎样的信念,因为对这一问题,书中缺乏戏剧化的演绎,缺乏美学上有理有据的解释。

末世引起的神学问题是:一切将如何终结?结局会是怎样?"请不要告诉我故事怎么结束",他指的并不是世界如何终结,而是知道故事可能以他杀死儿子告终。他被这种忧虑困扰,他不能够这样做:这就是为什么他先死去,吩咐儿子离开他继续前行。关于故事如何结束的问题就这样转移到了个人困境上来,正是这一转移使得这部小说,尤其是它的结局显得如此痛彻心脾。但是世界末日不单单是一桩个人的事情。《路》这本小说积累下来的人文关怀,便都在它应当展现神学性之时因个人化而丢失殆尽。即使在小说中,末世的结局问题也必须是哲学性的,而不仅仅是个人的。是天堂还是地狱?它会持续到永远,还是转瞬即逝?

末世叙事必然是矛盾的。结局是必将来到的,但为了叙事的存在,为了叙事能继续下去,末世总是必须被推迟、延期。在阅读《路》的大多数时候,我们都能感受到埃德加在《李尔王》中的台词所带来的压力:"当我们能够说'这是最不幸的事'的时候,那还不是最不幸的。"只要语言还能用来叙述最不幸的,最不幸的就还没有到来。"最不幸的"是已经发生了(我们所认识的人类的一切几乎都毁灭了),还是有更不幸的在后头?而那就会是"最不幸的"吗?叙事、语言何时终结?《路》安慰性的神学乐观主义模糊并最终回避了这些最深刻的问题。

"被考察到疯狂的现实"：
克拉斯诺霍尔卡伊·拉斯洛

"被考察到疯狂的现实。"这在当代写作中是何等面目？可能就像克拉斯诺霍尔卡伊·拉斯洛的小说那样。这位艰深、古怪、执着、有洞察力的匈牙利作家，六部小说中只有两部有英译本：《反抗的忧郁》（在匈牙利出版于1989年，1998年出版英文版）和《战争和战争》（问世于1999年，2006年被翻译成英文），两部皆由新方向出版社发行。战后先锋小说和战后传统小说一样，徘徊往复于加法（丰厚，深入，塞进更多东西）和减法（简约，极简主义，缺乏，即塞缪尔·贝克特所说的"少"）之间：贝克特以加法起家，而在以减法告终。不过这种划分并非真那么尖锐，因为在先锋小说里加法往往看起来像某种减法：这种加法着力于对句子的强化，而非大多数人惯常认知的小说的那些东西——

情节、人物、家具、物品。很多东西都从这虚构的世界里消失了，而作者专心致志于充填句子，用它去标记和复刻那些人活在世上的最微小的限制、犹豫、间断、肯定和否定。这是那种呼吸般不停顿的、既文学化又如耳边低诉的长句与20世纪50年代以来的实验小说进程密不可分的原因之一。克劳德·西蒙、托马斯·伯恩哈德、若泽·萨拉马戈、W. G. 塞巴尔德、罗贝托·波拉尼奥、大卫·福斯特·华莱士、詹姆斯·凯尔曼以及克拉斯诺霍尔卡伊·拉斯洛使用长句做出了各种不同的事情，但是所有这些人都一直同纯粹的语法现实主义相抵触，后者会将现实强行归入被语法许可的单元和组合。

这种语法上的反现实主义并不一定和现实敌对：实际上，这批作家可以被称作某种意义上的现实主义者。不过他们中的许多人所感兴趣的现实是"被考察到疯狂的现实"。这是克拉斯诺霍尔卡伊·拉斯洛的说法，并且在所有这些作家中，拉斯洛也许是最奇特的一位。他不知疲倦却令人疲惫的句子——一个单句可以填满一整个章节——使人觉得似乎无穷无尽，甚至连段也不分。他才华充沛的译者、诗人乔治·奇特斯感叹他的行文如"缓慢流淌的叙事熔岩流，一条铅字的巨大黑河"。拉斯洛笔下的人物在想什么常常令人费解，因为他的小说世界总是摇摆在揭开真相的边缘却永远不会揭开。在非凡之作《战争和战争》中,来自匈牙利外省小镇的档案管理员、本地史研究者乔治·柯林,就快要疯了。在整本小说里,他处于"某个决定性发现即将揭示"的状态,但我们从没有得知这个发现究竟是什么。下面是这部书较前部分一段有重要意义的引述,拉斯洛描述了柯林无休无止的精神扭曲:

> 因为他不想在生日那天回到一个空空荡荡的公寓去,而完全就是在突然的一瞬间,他像是被击中了,天哪,他什么都不懂,不管对什么都一无所知,看在上帝的分儿上,对这世界两眼一抹黑什么都不懂,这简直是最令人恐惧的现实,他说,尤其是这现实以它所有的乏味、庸俗向他袭来,以一种荒谬到令人作呕的程度,但这就是问题所在,他说,在他四十四岁的时候,终于想明白他在他自己看来是多么愚蠢,多么空洞,在过去这四十四年里他对这个世界的理解蠢得多么不可救药,因为,就像他在河边弄明白的,他不仅误解了它,而且对任何事的任何理解都错了,最差劲的是四十四年以来他一直以为自己理解它,而事实是他根本不行;而且这确实就是当他独自坐在河边度

过生日的这一整晚里最差劲的事,说是最差,是因为他现在认识到的事实——他需要理解它并不代表他现在就理解了,因为意识到他缺乏知识本身并不是什么可以用旧一点儿的知识换来的新知识,而是当他思考这个世界时摆出的一个恐怖的谜题,像他那晚上做得最疯狂的事,为了理解它、为了理解失败所做的,除了折磨他自己别无其他,因为这谜题看上去越来越复杂了而他开始感到这个自己拼命想要明白的世界之谜,这个他折磨自己要努力理解的,其实就是同时关于他自己和世界的谜题,他们本质上是一个问题并且没有区别,这是他眼下获得的结论,是他尚未放弃的,几天之后,他感觉到他的头脑出了些问题。

这一段展示了拉斯洛的众多特质:不间断前进的句法结构;柯林的想法延伸又反转的方式,好似一只疯癫的蝎子试图蜇伤自己;以及最后一个短句("他的头脑出了些问题")的完美滑稽的位置。这样的行文具备一种自动修正的步态,好像有什么事情正在真的被解决,可痛苦而滑稽的是,这些修正从未能得出正确的答案。我们可以在拉斯洛那里感受到些许托马斯·伯恩哈德的影响,和后者相类似，作品中的一个单词或者复合词（"谜""世界之谜"）被捕捉摆弄，被谋杀，变为无意义，使得它的重复开始变得似乎既好笑又骇人。伯恩哈德书中的人物以优雅甚至堪称怪异的正式语法叫嚷，这些叫嚷几乎可以从小说中取出，另外成为一出苦涩的喜剧——相形之下，拉斯洛把长句拉伸至最远端，使其陷入一种厚重的执拗的氛围、一种动态的瘫痪，在那里思维翻转、颠倒往复，却无任何明晰的效果。

在《战争和战争》这本题辞为"天堂是悲伤的"的书中，柯林在其供职处的档案文件里发现了一份手稿。这份文本似乎标记为20世纪40年代，存放于一个贴着"无特别重要意义的家庭材料"标签的盒子里。这是一篇虚构的叙事文，记叙了卡瑟、弗克、班戈沙和图特四个人，从克里特岛到科隆到北英格兰，且处于不同历史时期的各种冒险。柯林为这份精美的手稿折服，从盒子里拿出来的那一刻，"他的人生就此改变"。本就情绪不稳的他断定这份手稿隐藏着自己人生之谜的答案，一种宗教或幻象的答案。他很肯定地认为手稿实际上是在"讨论伊甸园"，于是决定必须前去寻找他心中的"世界中心，一个真正决定重大问题的地方，一个万事发生的地方，一个像罗马一样的地方，古罗马，决策在那里制定，事件在那里开始。他要找到这个地方，然后放弃一切"。他认为纽约就是这个地方，他要去那儿，把手稿打出来放到网上去，然后此生便到尽头。

克拉斯诺霍尔卡伊·拉斯洛1954年出生于匈牙利东南部的久洛，他曾在德国和美国生活，不过他在欧洲更著名（在德国则几乎被奉为经典，部分原因在于他长时间待在德国，德语流利，且被认为可能摘得诺贝尔奖桂冠）。他最为人所知的途径大概是通过导演贝拉·塔尔的作品，贝拉·塔尔与之合作过多部电影，包括《诅咒》《鲸鱼马戏团》（塔尔版《反抗的忧郁》），还有宏大、震撼的《撒旦探戈》，片长超过七个小时。这些黯淡、幽深的作品，在其幽灵般的黑白色调、稀少的对话和沉默的配乐中，似乎想要回归默片，电影导演用跟踪镜头模拟拉斯洛蜿蜒曲折的长句，有的镜头长达十分钟之久：《鲸鱼马戏团》里，几分钟长的镜头跟着伊瑟尔先生和瓦鲁斯卡两个人物走过灰蒙蒙的外省小镇，无声的长时间步行，就像发生在现实里那样。整部电影里，摄影机一直停留在瓦鲁斯卡（一个天真又麻烦不断的幻想家）空白、被照亮的脸上，带着一种信徒亲吻圣像的虔诚。《撒旦探戈》使用了探戈一样的复杂结构（向前六步，向后六步），呈现了一个处于崩溃边缘的集体农场的场景。影片以超长的篇幅和未剪辑的长镜头著名,例如醉酒的村民们跳舞的场景(据塔尔说喝醉酒不是虚构的)。

它们都具备大胆朴素的风格,然而也都无法复制拉斯洛字里行间独一无二的完整性(当然,也没有刻意追求)。《鲸鱼马戏团》很大程度上简化了《反抗的忧郁》里村民的政治诡计,代价是把故事推向一种中欧式的魔幻现实主义。英语世界的读者期待着更多拉斯洛的小说,似乎只能依靠他才华横溢的译者奇特斯和新方向出版社的慷慨解囊——这也是必需的。他的作品像稀见货币一样流传。我第一次听说《反抗的忧郁》,是一位极其博学的罗马尼亚研究生送了我一本,并断定我会喜欢。开卷阅读,"缓慢流淌的叙事熔岩流"对我而言有点刺激也有点疏远,于是便以一种面对艰深作品时无奈的乐观将其束之高阁——改天,改天……当然,某种邪典般的兴奋感一直存在。有一回在咖啡馆里,我正在这些书上做笔记,一位匈牙利女士在我桌边驻足,问我为何钻研这位作家。她知道他的作品,实际上她与他相识(并且,她说《低俗小说》上映的时候,正是与他一起在波士顿看的),于是她当即就想跟我聊聊这位作者……

这种兴奋感跟拉斯洛文学作品的神秘有关。与之对照,托马斯·伯恩哈德的世界就既理智又疯癫。比如说，一位钢琴家兼作家，如何回忆起自杀身亡的朋友以及他们与格伦·古尔德的旧交。伯恩哈德的《失败者》一书，以极不可靠的第一人称叙述，但至少还算符合基本的文类常规。尽管文句难懂，其中的世界还是可以理解的，甚至相当有逻辑。然而拉斯洛的深渊则深不见底而且抛弃了逻辑。他常常故意模糊所指，让我们不知道虚构的动机：读他的作品，有点像看一群人在市镇广场上站成一圈，显然是在围着火堆取暖，当你靠上前去，却发现根本没有火，他们聚在一起什么也不为。

在《战争和战争》里，柯林意识到自己发现的手稿有多么无上的重要性。他前往纽约，和匈牙利翻译沙瓦里先生合租，搞了台电脑，开始将那份手稿录入。然而，他对那份文本的执着与他在描述文本实际内涵时的无能为力，在绝望程度上不相上下：

> 不过读了三句话，他就断定自己面对的是份极其不凡的文档，实在是太不寻常了，柯林告诉沙瓦里先生，他毫不夸张地声明，他所拥有的这份著作，是一份颠覆性的、震惊寰宇的天才之作，这样想着，他继续读了又读，直到天亮，太阳方才升起倏忽之间天色又暗了下去，傍晚六点，他意识到，非常清楚地意识

到,他得对自己脑海里构建出的巨大想法"做点什么",这些想法涉及对生死做出的重大决定,涉及不把手稿归还给资料室,他要把它的不朽安全存放到某个合适的地方去……因为他要将这些思想留作余生的基石,而沙瓦里先生应当明白这些都需要从最严格的意义上理解,因为在破晓时分,他已然下定决心,考虑到自己无论如何都想死,又鉴于自己偶然间发现了真理,从最严格的意义上,别无他法,只能用自己的生命赌一把永恒。

不仅仅是柯林偶然发现的这条"真理"到底关于什么没有被说明,拉斯洛还将柯林藏了起来:这一段是第三人称叙事,但请注意它奇怪且反复无常地来回变轨的方式,对进行中的活动的报告("他继续读了又读,直到天亮"),对精神状态的描述("他得对自己脑海里构建出的巨大想法'做点什么'"),还有一段显然是柯林讲给沙瓦里先生听的连停顿也没有的独白("实在是太不寻常了,柯林告诉沙瓦里先生")。结果是,就算这些素材看似都以客观事实为本,但这一整段仍显出了一种幻觉的质感。读者会感觉到,柯林用他全部时间,不是在对其他人就是在对自己疯狂地言语,再说这两种情况之间也没有什么显著差别。伯恩哈德和塞巴尔德也用相似的手法隐藏他们的人物,这样,某个人物的故事和感觉常常是在告诉读者之前先讲给别的什么人,一切都增加了一层虚构性。像塞巴尔德的作品一样,《战争和战争》的每一页都印着"柯林说道"这个短语,或者它的变体("那是赫尔墨斯,柯林说,赫尔墨斯坐在一切东西的正中")。某个时刻我们迎来了这样的极度混乱:"当我说话的时候相信我,正如我以前说过的一样,他说,那就是这事儿整个就是搞不懂的,疯狂的!!!"

在纽约,柯林先是跟沙瓦里先生说起手稿,后来又告诉了沙瓦里的搭档。日复一日,他坐在厨房里,反复讲述有关卡瑟、弗克、班戈沙和图特的故事。拉斯洛再现了这些奇特又优美的虚构作品,其中有关于科隆大教堂和哈德良长城的恢宏描写。柯林告诉沙瓦里的搭档,当自己阅读手稿并打成文本的时候,由于手稿魔力巨大,他能看得见这些人物:"阅读时,人物的面孔和表情无比清晰……那些表情,一眼难忘,柯林说道。"渐渐地,读者证实了最初的怀疑,柯林没有找到什么手稿,而是在纽约写他自己的手稿;"手稿"是一种精神虚构,是一个疯子的超验幻象。标记为"柯林说"的内容不可避免地滑入了隐含的"柯林写"。在这部小说中,读、说、写、思考和发明都是混杂在一起的，在读者的头脑中也不可避免地混杂在一起。

出于这些原因，在我的阅读经验里，这是最深刻的不安体验之一。读完小说后，我觉得被带入了他人的深处，这一深度可能是一部文学作品能将人带入的极限，而且，这是一个被"战争和战争"折磨的心灵。这个心灵并非没有美的愿景，但却也迷失于自身沸腾却难以言表的虚构之中，迷失于怪诞而又丰富的痛苦之中（"天堂是悲伤的"）。这种痛苦深深刻在《战争和战争》里，就像柯林觉得痛苦就镌刻在自己手稿的字里行间：

> 这份手稿只对一个事情感兴趣，那就是被考察到疯狂的现实，以及对于强烈的癫狂的细节体验，那些对假想的事情犀利而癫狂的重复刻画，柯林解释说，这些描写都没有夸张，仿佛作者不是用纸笔和字词来写作，而是用他的指甲刻在纸上，划入脑中。

在《战争和战争》之后，拉斯洛又出版了一本英文作品，这是一些相关文本的小集子——不是小说而是他同德国艺术家马克斯·纽曼之间的一次合作。《内心的动物》是十四幅优美而神秘的系列绘画作品，配以拉斯洛写下的单段文本。在一段简介中，科尔姆·托宾[1]解释道，拉斯洛首先依据纽曼的一幅作品开始创作："继而纽曼反过来从这些文字中受到刺激，创作了其余画作，而拉斯洛的意识在这些迷人的视觉作品中获得释放，作为回应写下了另外十三篇文字。"纽曼的画作以黑狗为主角，它们以密集剪影形态被粘贴进画面中，有时候是威胁的显出狼性的，有时候是欢快甚至是卡通的。第一幅中，一条狗（或者狼）仿佛准备起跳但它却被囚于一间小房间里，脑袋几乎就要触碰到天花板。在第四幅画中，它再次要跳跃，而它被困在一个格子栅栏似的矩形里。第五幅中，一个男人静静地读着一份报——他看上去像是一位安然知足有学者气派的绅士——而黑狗正在画面左侧朝他的头顶蹦跳。

拉斯洛的文字在形式上与贝克特的《无意义的片断》十分类似，常常像是给后期贝克特作品做出的注解——持续坚定地强调虚无、受困、继续和无法继续。这些美丽的碎片有着拉斯洛那些较长小说所拥有的密集的强烈情感，特别是在重复和呼应上的控制力。拿第一幅画作的文字举例来说，拉斯洛

---

[1] 科尔姆·托宾（Colm Tóibín, 1955—　），爱尔兰当代著名作家，代表作有长篇小说《黑水灯塔船》《大师》《布鲁克林》等。

将黑狗视为一个关在盒中的受害者，拼命想逃出牢笼，注定只能"一声接一声地嚎叫"。他使用了两个词，"紧绷"和"无物"，并一次又一次地使用它们，让它们发出"一声嚎叫"：

> 我想把墙壁撕开，但它们却向内将我紧绷，我现在只能在这紧绷中待着，在这包围里，除了嚎叫，我什么都干不了，而现在、永远，除了我的紧绷和我的嚎叫，我什么都没有了，在那儿所有属于我的东西变成了无物……我和这个空间毫无共同之处，在整个上帝赐予的世界里我和这结构毫无共同之处……结果是我并不存在，我只是嚎叫，而嚎叫完全不意味着存在，相反，嚎叫是绝望。

读者或许会想起贝克特的《无法称呼的人》，叙述者呐喊自己是"一个在空旷地方无声无息的东西，一个坚硬、封闭、干燥、寒冷、漆黑的地方，没有动静，没人说话……就像一只由囚禁的野兽生下的囚禁野兽生下的囚禁野兽生下的囚禁野兽，生于牢笼，死于牢笼，出生然后死亡"。显然，拉斯洛比贝克特更具政治性，困兽不可避免地具有政治和道德暗示。狗既是受害者也是侵犯者，因受害而侵犯。如果可以，它会"蹦起来咬穿你的脖子"，在第五段文字，配图是一只狗朝一个安然读着报纸的男人身上扑，狗似乎成了他者，所有威胁着布尔乔亚的满足感的东西，诸如移民、恐怖分子、革命，甚至可怕的陌生人："我会吼叫着撕碎你的脸，到那时，你所有期待的恐惧、痛苦和害怕还有什么用？"狗像末日一般如期而至，像暗夜的贼，把和谐的画面结构打得粉碎："因为现实中我会如此迅速地到达，以至于根本无法衡量……因为在我之前没有过去，在我之后也无需未来，因为根本不会有未来，因为我的存在不受时间束缚……你从今天的报纸上抬起头来，或者偶然抬头，我就在你面前。"在这无情的文本末尾，狗穿过了政治而走向形而上学或神学。这条狗现在是每个人的隐秘恐惧，每个人无能逃避的命运，可能是受难，痛苦，死亡，邪恶，是诺曼·拉什在其小说《凡人》里所谓的"地狱之嘴"："地狱之嘴在你面前张开，毫无预警。"而尽管拉斯洛的狗似乎思考了它的野蛮想法和威胁并以可怖的独白瞄准人类，这里还是微妙地暗示着，或许它仅仅是诵读了人类的恐惧，这番将野蛮赋予他者的投射，来自那个安然读报的男人。

显然，拉斯洛痴迷于末世、破碎的启示以及无法解码的信息。拉斯洛的主人公，总是处在"某种决定性认知的门槛上",就像陀思妥耶夫斯基的主人公总是要思考上帝一样——拉斯洛的世界是去除了上帝的陀思妥耶夫斯基的世界。他的小说《反抗的忧郁》是部关于末世的喜剧,小说里的上帝不仅没有通过考试,甚至连考试都没有参加。这本书比《战争和战争》少了点疯狂,也没那么晦涩,具有传统社会小说的元素。背景设在匈牙利一个外省小镇上,有一批栩栩如生的主人公:邪恶的准法西斯主义者伊瑟尔夫人正在密谋掌控该镇,自命为道德和社会革新委员会的领导人;她那病恹恹的深奥博学的丈夫是个音乐家,很久以前从小镇交响乐团指挥的位子上退下来,整天躺在摇椅上琢磨艰深精致的思想;哈诺斯·瓦鲁斯卡,是个爱做白日梦的邮递员,天天在镇上走街串巷,"思考宇宙纯粹性",被那些认为他简单或古怪的人嘲笑;还有那些在中欧喜剧小说里常见的配角(醉酒的警察头子或者无助的市长)。

但这样的梗概无法公正表现出小说深不可测的奇异之处。这个小镇处在衰退且不确定的状态:路灯亮不起来,垃圾无人收捡。一个流动马戏团来到镇子上,他们唯一具有吸引力的是一条巨大的鲸鱼,它被装在一个没有门的奇怪车子里,和它一起的还有一些被防腐处理的胚胎。马戏团在小镇附近走了个遍,一群表面上漫无目的但却有着奇怪的威胁感的观众一直围着他们,这些人在镇中心广场绕着鲸鱼闲逛,就等着看能发生点什么事。一切都满溢着暧昧沮丧的紧迫,伊瑟尔夫人此时发现了自己的机会:如果她能煽动(甚至控制)某种无政府状态,然后把混乱归罪于说不清来路的"邪恶势力",再由她来成功地镇压动乱,那么她或许就可以实现她的愿望,那便是领导"整饬房屋运动"。人们最终闹出了一场暴乱,打砸财物和人,点燃房子。但这是因为什么呢?我们从头至尾无法得知。暴民中有一个表示:"我们找不到发泄我们厌恶和绝望的合适对象,所以就用一种平等而无穷的激情去攻击挡在我们路上的一切障碍。"军队也被喊来了,伊瑟尔夫人获得了胜利。在上任十四天之后,她已经"破旧立新"。

鲸鱼是否和暴力入侵有关还不甚清楚,拉斯洛俏皮地摆出马戏团作为艰深艺术形式的可能性,它只是被误读成末日的代言。通常,颠覆性的晦涩的艺术作品都会被误读(言下之意,这部小说也包括在内)。对麦尔维尔或者霍布斯而言,鲸是一个有趣、阴暗的意象,就像利维坦和莫比·狄克,庞然大物、神秘莫测、可怖,能产生多样化的解读。同时,它也是静态、死亡、不可变的。使麦尔维尔的神学可以被理解的清教徒上帝（无论麦尔维尔的白鲸是多么不可理解）早已从喀尔巴阡山脉阴影下这个噩梦般的小镇里消失了。意义争夺着牵引力，没有车门的阴森卡车静悄悄停在广场中央，也是一个关于特洛伊木马的笑话：当然，在拉斯洛的世界里，特洛伊木马是空的，没人从当中爬出来。

《反抗的忧郁》是一本艰难的书，也是本悲观的书，因为它似乎在反复嘲讽着革命的可能性。书中对伊瑟尔夫人仅有的反抗来自瓦鲁斯卡（最终被抓起来关进了精神病院）以及伊瑟尔先生，后者是一个病弱、孤立无援的对手。此书的阅读快感同时也是阅读阻力，来自它绵长伸展又自我回缩的卓越句子，堪称一个散漫标点的意识流奇迹。这些句子以出色的才华捕捉了瓦鲁斯卡和伊瑟尔先生的空想摸索，前者总是满脑子装着宇宙猜想在小镇游荡，后者则多年来梦想将钢琴按照威克迈斯特[1]的旧和声系统调好，然后他能选择一套组曲终其一生地弹下去。

拉斯洛可以说是个喜剧作家，伊瑟尔先生最终给钢琴调好了音，坐下来弹琴，却被自己制造出的

---

[1] 安德里亚·威克迈斯特（Andreas Werckmeister, 1645—1706），巴洛克时期德国风琴演奏家、音乐理论家和作曲家。

可怕声响吓住了。这是他领受的喜剧性正义，对于伊瑟尔先生来说，音乐是一种对现实的反抗：

> 信仰，伊瑟尔认为……并不意味着相信某事，而是在于相信事情可能以某种方式不同。同样道理，音乐不是什么我们身上更好的部分发出来的声音，也不是什么更好世界的理念的映照，它是对无可救药的自己和世界的糟糕处境的隐瞒，不仅仅是隐瞒，而且是彻底、扭曲的否认：它是一种药，什么也治不好，就像被当成鸦片用的某种巴比妥酸盐。

精神上的虚构或许会令我们愤怒，甚至导向疯狂，但它们或许也提供了唯一可用的"抵抗"方式。柯林、瓦鲁斯卡和伊瑟尔，以各自不同的方式，都是追寻纯粹的疯子。哎，尽管如此，他们悬空在"无可救药的自己和世界的糟糕处境"以及他们秘密天堂构成的"对如上事实的扭曲否认"之间。他们无法精确地描述或营造他们的秘密伊甸园，但这只会使内心世界不是更狭小，而是更美丽。对我们所有人来说，"天堂是悲伤的"，但或许对他们来说这句更显尖锐。如此这般，愤怒继续前行，不能继续，非得继续。

施害者和受伤者：V.S. 奈保尔

一个世人皆知的势利鬼，一个大浑蛋，我 1994 年采访 V. S. 奈保尔时这些显露无遗，事实确实和预期相差不远。他的秘书，一个苍白的女人，引我走进他伦敦公寓的起居室。奈保尔谨慎地看了看我，伸出手握了一下，然后对我开始了一个小时轻蔑的纠错。他说关于他的出生地特立尼达，我什么都不知道；说我有那种常见的自由主义的多愁善感。那就是个奴隶社会，一个种植园。我对他的写作知道些什么？他表示怀疑。写作生活是如此令人绝望地艰难。但是，那本伟大的小说《毕司沃斯先生的房子》可不是在 1961 年出版的时候就获得了热烈好评？"看看他们 60 年代末列出的十年最佳图书。毕司沃斯可不在其中。没它的地方。"他的秘书端来了咖啡，又退了出去。奈保尔声称他的小说直到

70年代才在美国出版,"评论一片嘘声——文盲,没文化,无知"。电话铃响了,响了好一会儿。"对不起,"奈保尔恼火地说道,"招待不周。"当秘书领着我出门,我听见他们俩在走廊里短短说了两句时,我才意识到,这位秘书就是奈保尔的太太。

几天以后,电话响了:"我是维迪亚·奈保尔。我刚刚在《卫报》上读到你的……谨慎的文章。也许我们可以吃个午饭。你知道孟买餐厅吗?明天一点钟怎么样?"那个带我去吃午饭的奈保尔和之前那个可怕的采访对象截然不同。严厉老爸变成了温柔叔叔。"这儿是自助的。别把所有东西都放在一个盘子里。太粗鲁了。一个盘子里放一小块就好了,你吃完了他们自然会来收走。"我不认为他是为先前的态度道歉,也不是由衷欣赏我的文章,非得等我下班来见面致意。我觉得他只是对和一个二十八九岁的人谈论文学感到好奇,同时他那些保持一生的习惯——那些属于才华耀眼的关注者、忠诚的世相收集者的习惯——几乎是自动开始了运作:他那是在工作。同时也是在讲课,而他很是享受。"如果你想写严肃作品,"他对我说,"你必须准备好打破形式,打破形式。安妮塔·布鲁克纳是不是每年都写一模一样的小说?"我说是的。"太糟糕了,太糟糕了。"

印度社会理论家阿希斯·南迪讨论过属于吉卜林的两种声音，他将之称为萨克斯和双簧管。前者是那个强硬的尚武的帝国主义的作家，后者是吉卜林的"印度性，以及他对印度文化和思想的敬畏"。奈保尔也同样拥有着萨克斯和双簧管，一个强硬一个温柔。这两面或可称作施害者和受伤者。施害者如今已是众所周知——文学界和后殖民理论研究领域那令人着迷的仇恨的根源。他瞧不起自己出生的国度："我出生在那里，是的。我认为那是一个错误。"2001年他获得诺贝尔奖时，说这是"向英国——我的家，也是向印度——我的祖先的家献上的一份大礼"。有人问他为什么不提特立尼达，他说他担心那样会"妨碍这份致辞"。他写过非洲社会的"未开化"和"原始主义"，也在写到印度时对人们的露天排便投以了格外的注目。（"他们在山上排泄；他们在河岸排泄；他们在街上排泄。"）当被问及最喜欢的作家时，他回答说，"我的父亲"。他获得了社会意义上的成功却着意保持着形单影只，维系着一个人的帝国："在学校里我只有崇拜者；我没有朋友。"

关于这个施害者，我们从帕特里克·弗伦奇精彩的奈保尔传记中得知，他利用并榨干了自己的第一任妻子帕特丽夏·赫尔，他有时依靠她，其他时候忽略她，经常斥责并羞辱她。1972 年，奈保尔和一个盎格鲁－阿根廷混血女人玛格丽特·古丁开始了一段漫长的、互相折磨的虐恋。这是一段激烈的性爱关系，在奈保尔一方，上演了残酷和支配的幻想。有一次，他因为玛格丽特和另一个男人在一起而醋意大发，他"对她下了重手，整整两天……她的脸一塌糊涂。她实在没法出门"。

而受伤者奈保尔，是那个成瘾似的回返旧日的作家，回返到早年特立尼达生活的挣扎、耻辱和贫困的脆弱；回返到从大英帝国殖民地边缘通往帝国中心的未知旅程之中；也回返到在他看来十分飘摇不定的自己在英格兰的漫长人生——正如他在《抵达之谜》（1987 年）里说的，"一个外乡人，带着外乡人的神经"。这种伤痛是一种使书籍的伟大生命成为可能的死亡。奈保尔一次又一次地将似乎只为自己保留的同情延伸到他人身上，而他试图以既不虚荣自负也不居高临下的方式，将自己的伤痛与他人的调和在一起：一个人的帝国被他笔下的人物殖民占领了。从大人物到小角色，从有教养的人到目不识丁的，都因为无家可归而聚成一体。他们是《米格尔街》（1959 年）里的那些人，这是一部充满了喜剧和乡音的系列故事集，以奈保尔成长期所生活的特立尼达首都西班牙港的街道为背景。比如，以伊莱亚斯这个人物为例,他的梦想是成为一名医生。"伊莱亚斯挥动着他的小手,而我们当时觉得自己仿佛看见了伊莱亚斯即将拥有的凯迪拉克、黑皮包还有各种管子之类的东西。"要成为一名医生,伊莱亚斯必须逃离这座小岛,而要做到这一点,伊莱亚斯必须参加一场英国奖学金考试。一个朋友兴奋地评论道:"你知道吗,伊莱亚斯写下来的所有东西都不会留在这里。这家伙写的每一个词儿都要到英国去。"伊莱亚斯没能通过考试,他又参加了一次。"我是败在英语和文学上了。"他老实说道。他又一次失败了。他决定去做一个卫生督查。这个考试他也没有通过。最后他成了一个清洁马车夫,"马路贵族中的一个"。还有桑托什,在《自由国度》(1971年)中以他之口叙述了一个故事,他是一个孟买来的仆从,跟着主人到了华盛顿,思乡而迷惘。他闲荡在美国的街道上,看到了一些哈瑞奎师那[1]歌手,有那么一刻他以为他们是印度人。此刻他的内心怀想着自己旧日的生活:

---

[1] Krishna,黑天神,又译为奎师那,最早出现于《摩诃婆罗多》中,是婆罗门教–印度教最重要的神祇之一,按照印度教传统观念,他是主神毗湿奴或那罗延的化身。从20世纪60年代起奎师那信仰也在西方世界广为传播。哈瑞奎师那意即礼赞奎师那神的颂歌。

如果那个广场上穿印度服装的人真的是印度人该多好啊。那我大概就会加入他们当中。我们会走到马路上;中午我们会在大树的荫蔽里歇息,到了傍晚,下山的太阳会把灰扑扑的云染成金色;而每一个夜晚,在那些村子里总是有人欢迎,有水、食物,有夜里的火堆。但那是对另一种生活的梦了。

然而,就像一个印度餐馆老板对桑托什说的:"这儿不是孟买。你走在街上,没有人看你。没人会在乎你做什么。"他本意是说点安慰话——意思是桑托什可算有自由去做自己喜欢的任何事了。但奈保尔对桑托什的消极自由十分警醒,这种在美国没有人在乎他做什么的自由恰是因为没人在乎他是谁。桑托什离开了他的主人,娶了一个美国人,成了美国公民。他现在"身在一个自由国度"了,但他的故事以此作结:"我的所有那些自由给了我这样一个领悟,我有一张脸和一个身体,我必须喂饱这具身体,给这具身体穿衣,得管它一些年。然后,就结束了。"

而在所有这些之上站着穆罕·毕司沃斯,奈保尔最好的小说《毕司沃斯先生的房子》中的主人公,他出生在特立尼达的贫穷家庭,第一份工作是写招牌("闲人免入"是他的第一桩任务),之后奇迹般地成了西班牙港的一个记者,最终在四十六岁时死去,死时懒洋洋地靠在他的"睡眠之王"[1]铁架床上读着马可·奥勒留[2]。他有自己的房子,但家徒四壁:"他没有钱……为了他锡金街上的房子,毕司沃斯先生欠了三千美元,并且已经欠了四年了……两个孩子在学校念书。毕司沃斯先生打算老来依靠的另两个大一些的孩子,都还在国外靠奖学金读书。"奈保尔用一种自传式的强烈震撼给小说简短的楔子作了结。他启发着他安逸轻松的读者们,想象一下,如果毕司沃斯先生没有这栋可怜的房子:"该是多么凄惨啊,如果这个时候,没有房子……一生都不曾努力让自己拥有一块属于自己的土地;活着和死去时都像一个人被生下来那一刻,毫无必要而且无所适从。"一个人需要多少土地?托尔斯泰在晚年一个残酷的故事中这么问过。六英尺,刚好够埋,就是那个故事的回答。毕司沃斯先生拥有得更多一点;但是,他险些成为那种"无所适从的

---

[1] "睡眠之王",床垫品牌席梦思(SIMMONS)早年著名的广告语,往往也会刻印在其生产的床架上。

[2] 马可·奥勒留,罗马帝国五贤帝时代最后一个皇帝,于161年至180年在位。同时也是著名的斯多葛派哲学家,有"哲人王"的美誉。

人",那种在《李尔王》里出现在荒野里的赤条条的野蛮人。

毫无必要、无所适从——并且无人关心,直到奈保尔让他成为书里的男主角。它的震撼之所以说是自传式的,是因为毕司沃斯先生几乎就是 V. S. 奈保尔的父亲西帕萨德·奈保尔,而小说里锡金街上的房子正是 V. S. 奈保尔十八岁启程去英国而留在自己背后的那间尼帕尔街上的房子——"一个盒子",帕特里克·弗伦奇写道,"一座闷热、摇摇欲坠、四分五裂的房子,就在街的尽头,两层楼,每层大约有七平方米,楼外搭了个木楼梯,还有瓦楞铁皮屋顶。"西帕萨德的父亲是一名契约劳工,当年从印度被运来特立尼达,因为甘蔗种植园里需要劳力。契约劳工和奴隶不一样,因为理论上是自愿的,而且一家人允许待在一起。五年或十年之后,劳动者可以返回印度或留下来并获得一小块地。1932 年 V. S. 奈保尔出生时,特立尼达的印度人(当时岛上人口约有四十万,他们占到三分之一)识字率为 23%。整个岛上,有四项英国政府奖学金用以支付去英国某所大学学习的费用,维迪亚觉得这是他唯一的逃脱机会。他十岁时获得了第一份奖学金;1949 年时赢得了最后一份,并于次年离开,朝牛津奔去了。

在这样一个社会里，西帕萨德·奈保尔在《特立尼达卫报》开始了自己记者和专栏作家的职业生涯，并且出版了一本关于他所在社区的短篇小说集，质朴幽默，颇为关注细节，这种风格也是他的儿子日后会欣赏追随的。这是一个了不起的成就，但以更广义的标准来判断，相较而言也是失败的，因为西帕萨德从未离开这座岛，只好间接通过他离岛而去的聪明的孩子们来感知外部世界。（他1953年去世，得年四十七岁，彼时维迪亚仍然在牛津。）这种双重评价——骄傲和羞耻，同情和疏远——正是《毕司沃斯先生的房子》的立体视角，在某种意义上也是奈保尔所有小说的视角，也是他能成为一个拥有保守视角同时又具备激进洞察力的作家的原因。那个受伤的、激进的奈保尔对其父亲生活中狭窄的殖民地视野怒火中烧，力图捍卫自己的成就，抵御殖民者的大都会的讥讽；但是那个保守的施害者已经逃离了特立尼达这座小监狱，现在他可以用殖民的而不再是被殖民者的眼光，发现那禁闭的卑微渺小。奈保尔暴怒而困惑，尤其是面对那些来自后殖民社会的人，因为他的激进主义和他的保守主义是如此接近——各自的反应都出自同一个生产性的羞耻。奈保尔用同一个簧片演奏双簧管和萨克斯。

在他的写作中，奈保尔同时是被殖民者和殖民者，其中有一部分原因是，即使他分别调动了双方去批判对方，但他从未认真想过，对被殖民者来说，除了殖民者以外他们不想成为任何人。所以如果一个 20 世纪 50 年代早期的英国牛津学生把西帕萨德的成就视作微乎其微，那么 V. S. 奈保尔肯定会表示同意，但西帕萨德奋斗一生的苦涩也会让这种牛津式的妄自尊大显得苍白。一旦牛津人看不起他的父亲，维迪亚怎么会不想为他父亲辩护呢？这种辩证关系看起来似曾相识，因为它可能与种族和帝国无关，而与阶级有关。这是从外省到大都会的经典迁徙：外省人一心向往大都会，却带着外省人的怀疑态度去评判它，同时又以大都会的优越感去评判外省。在《毕司沃斯先生的房子》中，施害者和受伤者难解难分，而奈保尔常常运用一种冷静概括的全知全能，以此来激起我们叛逆的同情。在这本书较前的章节里有一个非同寻常的片段，他用闪回的手法告诉我们，毕司沃斯先生的命运很可能就是一个体力劳动者，像他哥哥普拉塔布那样在庄园里工作，"一辈子也不识字"。而普拉塔布，他写道，会"比毕司沃斯先生有钱；他会有一所自己的房子，高大结实的好房子，比毕司沃斯先生置下房产早了很多年"。这时他锋头一转：

然而毕司沃斯先生始终没有去庄园工作。随后发生的种种事情让他远离了那片土地。这些事情并没有让他变得富有，但却使他在晚年能够读着《沉思录》感到心灵的慰藉，并且在那间摆着他几乎所有家当的房间里，斜倚于一张睡眠之王铁架床上。

奈保尔在这里，对假定的非特立尼达读者进行了近乎圈内人的交流，他似乎在说：你就是那种人，可能瞧不起毕司沃斯先生，但你也是那种知道普拉塔布的"财富"可比不上毕司沃斯的"财富"的人，知道摊着一本马可·奥勒留的铁架床不管多小，也比没放上马可·奥勒留的铁架床强的人。

如今，V.S.奈保尔在表现得难以相处和高高在上上花了太多功夫，武装了那么厚的面具和铠甲，让人们很难记得那个年轻作家受到的伤痛了。他从牛津寄回特立尼达的信，有着不可思议的自信，只是偶尔露出一丝破绽，比如他写道："我想成为我们这批人里拔尖的那个。我要让这些人瞧瞧，我能用他们自己的语言打败他们。"帕特里克·弗伦奇狡黠地钻进牛津学生杂志《伊西斯》[1]里，给我们带来了

---

[1] Isis，埃及最著名的女神，智慧女神、母亲女神。Isis也是泰晤士河支流的名字。

关于"这些人"的一些印象，同时也展示了奈保尔不得不加入并去击败的那个世界。比如说，这本杂志在其"美国人及殖民地人"专栏里展现了一张印度本科生拉摩什迪·维查的相片："这位印度男子的好榜样，不论是在牛津的文森特俱乐部里高谈自己的成功秘诀，还是在泰姬陵里用手抓着家乡的印度薄饼，都显得同样游刃有余……他将于八月返回丛林，准备律师资格的期末考试。"

返回丛林。真是对大不列颠治下瘟疫[1]的嘲笑啊。

奈保尔在牛津有过一段崩溃的日子，毕业后在伦敦找工作的几年里也极其艰难。与帕特丽夏·赫尔的相处给了他一些安慰，他们1952年在牛津相识。在某些方面他们十分相称。和他一样，她也出身卑微，她父亲是一个在律所工作的办事员，一家人住在伯明翰郊区一套两室的公寓里。她是她那所中学里唯一一个获得国家奖学金去牛津读书的女孩。他们结婚时两个人都只有二十二岁，并且都没

---

[1] 奥威尔在其《缅甸岁月》中将"大不列颠治下和平"（Pax Britannica）讥讽为"大不列颠治下瘟疫"（Pox Britannica），语出如下对话："你们至少给我们带来了法律和秩序。始终不渝的英国公正，以及英国统治下的和平。""英国统治下的瘟疫，医生，英国统治下的瘟疫才是适当的叫法。"

有通知各自的家人。但是，相比于奈保尔从自信到焦虑的疾速俯冲（在遇见帕特丽夏一年之后他告诉她，"从自私的角度来看，你是一位未来文坛的G. O. M.[1]的理想妻子"），帕特丽夏稳重，乐于提供帮助，是一个甘愿奉献的伴侣。多年以后，奈保尔重又读到了自己早年写给帕特丽夏的这些通信并写了些说明。一如往常，他对自己也毫不留情。他写道，他和帕特丽夏发展得太快了；陷得太深以至于无法脱身。如果他和别的什么人结婚，也许会好很多。帕特丽夏"在性方面完全不吸引我"。从他这方面，他给这段关系下了个判决："一大半算是谎言。实际上是建立在需求之上的。这些信浅薄而虚伪。"

帕特丽夏有时候似乎渴望达到伯里克利在葬礼演说中劝诫雅典妇女的状态，即"你们最大的赞誉是不被人提及，无论好坏"。她在这部传记里，是绕在维迪亚的喧嚣周围的一声"嘘，轻点儿"；她的工作只不过是将他的自我的那面大鼓固定在合适的位置，好让他更好地敲出勃发的生命节拍。"我大概对任何人都没什么用，维迪亚可能是对的，几乎可以肯定是对的，他说我给不了他什么。"在他

---

[1] Grand Old Man，意即老前辈，元老。

们的婚姻里度过了很多年以后,她在日记里这么写道。谦逊,带着英国式的含蓄寡言,又有几分温情和乏味,她渐渐痴迷上了他的写作——甚至私底下会半嘲弄地称他为"天才"——并且乐于充当他的啦啦队和助手。在这本满是秘闻和感人新发现的传记里,有六页激动人心的记述,帕特里克·弗伦奇借助帕特丽夏的日记,向我们展示了《河湾》(1979年)的灵感迸发和展开,这可能是奈保尔的小说里唯一可堪与《毕司沃斯先生的房子》比肩的作品。1977年秋天的一个晚上,看了会儿电视以后,他对妻子说,他想"一个人想一会儿"。半小时以后妻子走进他的房间,他告诉她,这篇小说将会以这样的句子开头:"我的家庭来自东海岸。非洲在我们身后。我们是印度洋的人。"然后他给她大概说了说故事和主要人物。在接下来的几个月,他恳求她说,没有她在身边,这本书他写不下去,她的日记记录了这本书写作过程的迅速和艰难。有时他把写下的东西读给她听,有时口述,就像丘吉尔和他的秘书们似的,半夜一点把她叫进自己的卧室。小说进展得很快,1978年5月份的一天,他夜里12点半喊她进屋,然后"讲完了小说的结尾。花了一个到一个半小时"。

《河湾》借萨利姆之口进行叙述,他是一个印度穆斯林商人,刚刚搬迁到某新近独立的非洲国家里的一座贸易小镇上,这座小镇位于大河的弯道旁。1966年,奈保尔曾在乌干达、肯尼亚和坦桑尼亚度过了一段时光,1975年他还去了蒙博托当权时的扎伊尔。在坦桑尼亚的基桑加尼[1]他遇到了一个年轻的印度商人,其去国离家的故事十分动人。对于这本小说的核心,他说那便是:"这个人在这儿干什么?"和奈保尔笔下众多人物一样,萨利姆感到自己的处境风雨飘摇:"我也很担心我们自己。因为权力所及,眼下阿拉伯人和我们之间已经没有什么区别。我们都是欧洲大旗下生活在世界边缘的小群体而已。"萨利姆有位曾在英国上大学的老朋友因达尔,得到了一个理工学院的教职。因达尔向萨利姆讲述了他去英国的经历,奈保尔再次回到那两个令他陶醉的也从来没法逃脱的创伤故事——一个是简短缩略的他父亲的远行旧事,还有一个是关于他自己的旅程,用和弦琵音缓缓道来的漫长故事。(因达尔"会是我",他对帕特丽夏说。)

因达尔告诉萨利姆:"当我们降落在一个伦敦机场这样的地方,我们唯一关心的就是别出洋相。"大学毕业后,因达尔试图在印度外交部门找到一份

---

[1] 基桑加尼:扎伊尔东北部城市。

工作，但却在伦敦的印度驻英国高级专员公署受到了羞辱。那里的公务员们在他看来似乎都是卑躬屈膝，谦卑得很的，但其中有一个胆子大的问因达尔，一个来自非洲的人怎么可能代表印度呢："我们怎么能用一个忠诚可疑的人啊？"因达尔告诉萨利姆："来伦敦以来头一次，作为一个殖民地人的愤怒整个把我席卷了。不仅仅是对伦敦或者英国的愤怒；对那些甘愿被赶进异域幻想的人，更是愤怒。"他决定在伦敦活在一个人的奈保尔式的帝国里。他意识到自己无家可归，他不能回家，他必须待在一个伦敦这样的地方，在那里"我只属于自己"，他安慰自己道：

"我是个幸运儿。我心中掌握着这个世界。你瞧，萨利姆，在这世界上乞丐是唯一能自由选择的人。其他每个人的位置都是被选好的。而我可以选择……但现在我只想胜利，胜利，再胜利。"

然而小说快结束的时候，萨利姆听说因达尔并没有胜利胜利再胜利。因为美国人撤走了资金，他丢掉了学校的教职。现在，"他做着最低等的工作。他知道他能胜任更好的活儿，但他不想去做……他不想再冒任何风险了。"

那个当年写出因达尔激烈独白的奈保尔,曾在多年以前,给帕特丽夏写过这封激烈的信:

> 请你设身处地地从我的角度稍微想一想……如果我父亲有一个英国人面前摆着的机会的二十分之一,他就不会挫败失意、一文不名地了结一生。但就像我一样,他也有一个机会——挨饿。他被隔离了——某种意义上比希特勒对犹太人的种族隔离更残忍。纳粹的手段里起码还有一丁点儿野蛮的诚实;他们无论如何很快都被杀死了。而自由世界的手段则精明文雅得无以复加。你不可能对一个别的国家说:我受到了政治迫害。那不可能……但我遭到了更坏的折磨,一种隐形精神迫害。这些人想击垮我的精神。他们想要让我忘记作为一个人的尊严。他们想让我明白自己的位置。

奈保尔在这封信中十分接近弗朗茨·法农[1],

---

[1] 弗朗茨·法农,法国马提尼克作家、散文家、心理分析学家、革命家,是20世纪研究非殖民化和殖民主义的精神病理学领域较有影响的思想家之一。

这位激进的分析家讨论过殖民主义带给被殖民者的"隐形精神迫害"。法农在《全世界受苦的人》(1961年)中这样写道:

> 被殖民主体从未放下警觉:殖民世界的种种符号令他迷失,他从来不知道自己是否举止得当。面对殖民者设置的词语,被殖民者永远被预判为有罪。被殖民者拒绝认罪,相反把这罪名看作一种诅咒,一把达摩克利斯之剑。

法农这个政治动物跟保守的奈保尔非常不同。法农相信暴力革命,但奈保尔的激进悲观主义与法农的激进乐观主义在这一点上相遇,那就是两人都愤怒抗拒的殖民地歉疚感的切割,转化为了殖民地耻辱的伤口——"一种诅咒"。法农指出:"殖民者是某种暴露狂。他对安全感的顾虑引得他大声提醒着被殖民者:'我是这儿的主人。'殖民者把被殖民者控制在某种程度的愤怒里,但要防其沸腾溢出。"奈保尔的长中篇《自由国度》实际上是对法农这一主张的有效证明。在这部朴素、凄凉、炽烈灼人的小说里,一对英国白人男女驾车穿过某个类似于乌干达的非洲国家。男子是一位政府部门的行政长官。在旅程中发生了一系列将殖民怒火发泄于非洲黑人身上的骇人的事件，它们的存在理由似乎只是白人的自我安慰，他们既是罪恶之手，也是见证之人。这些法农所说的无能的暴露狂，这些白种入侵者既掠夺成性又胆怯懦弱，不断渴求一种假定的黑人的"愤怒"，他们自己实际感受到了"愤怒"，并不断将其挑起。在一间颓败的酒店里，一个年老的英国上校当着自己的白人访客的面羞辱黑人助理彼得。他警告彼得，有一天，你会跑来我的房间想杀死我，但你跨不过我的门，因为我会等着你："我会杀了你。我要一枪崩了你。"

可惜，奈保尔对他笔下人物政治和情感的脆弱性的同情没有延伸到自己的妻子身上。他和玛格丽特·古丁之间充满残忍的满足感的婚外情渐渐掏空了一场从没有过性满足的婚姻——他对他的传记作者说起玛格丽特："一见到她我就想要占有她。"在20世纪70年代中期，夫妇俩分开的时间越来越多，奈保尔总是踏上旅途，完成他无休无止的新闻记者任务。奈保尔的妹妹萨维认为，当帕特丽夏意识到自己无法有孩子，且丈夫出轨时，她失去了作为一个女人的自信。帕特里克·弗伦奇不仅得到了帕特丽夏的日记，也获得了对奈保尔的采访机会，在采访中他坦率得难以置信：一如既往，奈保尔给人的感觉是即使他常常不正确，但几乎从来都是诚实的,并且他的确可能会在一条通往错误的路上揭示出二十条真理。帕特丽夏的日记读来苦涩:"我感觉受到了攻击,但我无法为自己辩护。""他已经变得越来越疯狂,而可悲的是,在我看来,他这是在恨我,虐待我。"帕特丽夏 1996 年死于乳腺癌。"可以说,是我杀了她,"奈保尔对弗伦奇说,"可以这么说。我自己有一点这样的感觉。"

帕特丽夏火化之后的第二天,纳迪拉·阿尔韦,一个巴基斯坦银行家的富有女儿来到了威尔特郡,她即将成为小说家的第二任妻子,她搬进了前任刚刚腾出来的房子,奈保尔给他的文学经纪人写信:"她是我的幸运,我希望你们俩见见面。"这就是弗伦奇这本精妙而哀伤传记的结尾,奈保尔的一生饱受社会和种族焦虑的折磨,却又超越了这些藩篱。到头来,我们看到他与一位傲慢的女人走完人生的最后一程,她对弗伦奇说,她丈夫的亲戚们是一些"暴发户一般的农民",而她的父亲"要是知道我从一个契约劳工的孙子那里获得了幸福,一定会很震惊的"。这结局似乎残忍却又合理。

《抵达之谜》是奈保尔关于威尔特郡乡村的长篇,在 1971 年之后他断断续续地在此地生活,书里有一段情感很强烈的插入段落,说的是被他修整以后变成一个新家的两座废弃小屋。有一天,一个老太太在孙子的陪伴下前来重访她曾经度过一个夏天的小屋，她被奈保尔的翻新弄糊涂了，以为来错了地方。奈保尔感到"羞耻"，他写道，所以"我假装我并不住在那儿"。但这羞耻感是为了什么呢？是因为他这项翻新工程，还是因为他安身于英国乡村？他住在那里，但耻于住在那里；奈保尔先生在英国的房子，就像毕司沃斯先生在特立尼达的房子，都是无法称之为家的房子。那个男人依然无所适从。

世俗的无家可归

I

我以前有个钢琴教师,经常把人们最熟悉的那种音乐节奏——一首曲子在游荡与变奏后回到它原先的调子,即主调——说成是"回家"。音乐里这么做时,似乎很简单:谁又不想狠狠地赶跑那些黑色的临时记号,回到阳光明媚的 C 大调呢?这些由不谐和音到谐和音的令人满意的转变,有时被称作"完美的节奏";它有一个美妙的亚种类叫"英国节奏",像塔利斯和拜尔德[1]这些作曲家就经常使用,

---

[1] 托马斯·塔利斯(Thomas Tallis, 1505—1585)是英国文艺复兴时期的著名作曲家,他曾为英国国教创作了最早的一批音乐作品,被誉为英国早期最杰出的作曲家之一。与他齐名的是威廉·拜尔德(William Byrd, 1543—1623),他是塔利斯的学生,曾与塔利斯联合出版圣歌集。

曲子里,就在人们期待的转变出现之前,一个不谐和音把刀片磨得更加锋利,似乎就要破坏一切时——就在那时,曲子被劝说着回家,再自然不过了。

我希望能再一次听到英国节奏,如同我一开始在杜伦大教堂里听见的那样。当年我十一岁。晚祷上选读《圣经》,我们这些唱诗班的歌手交头接耳,也许是在偷偷笑话其中一位爱摆架子的牧师——那位在列队走向席位时双手合十从胸前朝外的牧师,像极了一条虔诚的鱼——然后我们起身,合唱托马斯·塔利斯的《诞生于光明中》(O Nata Lux)。我会唱这首曲子,可并没有仔细地聆听过它。那时,我被它十足的美感震住了——冲击到了,完全俘获了:音律中柔和的宁静,像正义之声;甜美的不谐和音,如同一种美丽的痛苦。那段不谐和音里带有独特的都铎声韵,在某种程度上是从一个叫作"错误关系"的乐章中产生的。在这个乐章里,你期待在一段和弦的和声中听到的那个音符,被它最近的关系音符——同样的音符,只是低了半个音——给遮蔽了。塔利斯的曲子快结束时,我看见一个背着帆布双肩包的中年女人从这座大型建筑的后部走了进来,进入阴暗的室内。她站得如此远,孤身一人,像是偶然路过的游客。但是我认识那个鼓鼓的包,那件我总希望能给人留下更深一点印象的外套,还有我母亲仪态中那急切的正直感。她每个周二下午都来,因为她教书的女校放学早。我的父母住在离大教堂只有一英里左右的地方,就算这样我还得寄宿;周二下午,在我回学校之前能跟母亲说上几句话,顺便拿走她装在那个包里带来的东西——漫画书和糖果,还有铁打不动的袜子。

在我的记忆里,这就是当时发生的情形:音乐里的光辉、音乐美的呈现、塔利斯的最后节奏,还有我瞥见母亲时的兴奋。可这一切发生在三十七年前,场景里有一种为图方便的梦一般的质地。或许真的是我在做梦而已。随着年岁的增长,我越来越频繁地梦见那座雄伟气派的大教堂——长长的、灰暗又凉快的教堂内部,不知怎的,就像记忆本身一样飘垂在那里。这些感受非常强烈,醒来时我还能听见记忆中那首乐曲里的每一个音符;那是快乐的梦境,从不受扰。我喜欢在睡梦中回到那个地方,甚至渴望能回到那里。

然而,真实生活全然不同。好生奇怪,我回杜伦的仅有的那几次都令人失望。我的父母亲不住在那里了,我也搬离了那个国家。整个城市已经化为梦境。希罗多德说,斯基泰人很难被打败,因为他们没有城市或定居的要塞:"他们带着自己的房子,从马背上拉弓射箭……他们的住所就在马车上。如此,他们怎么可能被其他人打败和接近呢?"有家,就是变得脆弱,不仅指面对其他人的攻击,于我们自己彻底击败孤离感而言亦是如此:我们发起的一场场离开与归去的运动,都会变成仅仅是为了发泄的冒险。我曾两度离家——第一次是大学刚毕业时,我随着从外地去大都市的潮流去了伦敦。我从杜伦的国民西敏寺银行借了1000英镑(账单我到现在还保留着),租了辆单程的小货车,把我所有的东西放在里面,一路向南开去;朝父母和妹妹挥手告别时,我记得当时心里想,这个手势既真诚,又做作得奇怪,一趟获得批准的小说般的旅途。这么说来,我们中的许多人都是无家可归的:大批出走的大爆发。第二次离开发生在1995年,当年我三十岁,离开英国去了美国。我娶了一个美国人——更准确地说,我娶了一个美国公民,她父亲是法国人,母亲是加拿大人,是定居在美国的移民。当时我们还没有孩子,美国当然充满了新鲜感,让人兴奋不已。我们甚至有可能在那里住上几年——最多五年?

　　现在,我已经在美国生活了十八年。要说我没料到会待这么久是不足信的,要说我不想在美国生活这么久,那就太忘恩负义了,甚至是毫无意义或不诚实的。我肯定这么希望过,我有了许多的收获。但是,我对可能失去的东西是如此没有概念。假如我年轻时能好好思考下这个问题,"失去祖国",或者说"失去家"是一个严峻的世界性历史事件,它被强加在受害者身上,人们在文学与理论里为它痛惜,并将它正式称为"流亡"或"背井离乡",爱德华·萨义德在文章《反思流亡》("Reflections on Exile")中用恰切的终结性为其定义:

> 流亡是如此奇特地让人禁不住去思考它,但是体验起来又非常恐怖。它是强行挡在一个人与他的出生地、自我与它真正的家之间不可弥合的裂缝:它本质上的悲哀永远无法被克服。虽然在文学和历史中,流亡者在一生中确实会有一些英雄人物般的浪漫光辉甚至是成功的事迹,可这些不过是为了克服疏离感致残的悲伤所做的努力而已。流亡带来的成就,会永远被遗落在身后并丧失的东西遮住光辉。

萨义德对自我"真正的家"的强调,略微有一丝神学或也许是柏拉图式的意味在内。如果存在这种普遍的无家可归,无论它是强加的还是自愿的,那么,"真正的家"的概念就确实经历了一些不怀好意的修正。或许，萨义德的言下之意是，被迫的无家可归只会强加于那些有真正的家的人身上，所以总是强化了出生地的纯洁性，而自愿的无家可归——我试图界定的那种更为温和的迁移——则意味着家归根到底不可能是"真正的"。我不认为他的原意是这样——可尽管如此，在传统的解读里，流亡者的荒漠需要原初归属地的绿洲，两者像《圣经》新旧约一样紧扣在一起。

在那篇文章里，萨义德区分了流亡者、难民、侨民和逃亡者。在他的理解中，流亡是悲惨的无家可归，与古代的惩罚手段"流放"联系在一起；他很赞同阿多诺的书《最低限度的道德：对受损生活的反思》（*Minima Moralia: Reflections from a Mutilated Life*）的副标题。很难想象，我要描述的那种温和的、自愿的旅程会属于此种苦痛萦绕的宏大图景。"不回家"跟"无家可归"不完全相同。在寄宿学校里用的那个美好古朴的词"乡愁"可能更为适合，尤其当它带有某种双重含义时。我有时会犯起乡愁，它是某种既渴望英国、又因为英国而烦闷的情感：为它而思，因它而愁。我在美国遇见的很多人都告诉我，他们想念祖国——英国、德国、俄罗斯、荷兰、南非——接着又说，他们不能想象回去的场景。我想，思乡情切，不再知道家为何物，同时又拒绝回家，这是有可能的。于是，这种情感上的混乱状态或许就是对放纵的自由的定义，它跟萨义德所说的悲惨的无家可归已经相去甚远了。

从逻辑上讲，拒绝回家应该是从反面肯定了家这个概念，就如同萨义德的流亡概念肯定了一个原初的"真正的家"的概念那样。但是或许，拒绝回家是失去家或没有家的结果：仿佛那些幸运的侨民真正在跟我说的是，"我没法回家，因为我不再知道怎么回家"。并且，存在"家园"和"家"这两个概念。作家们以往常常在书的护封上被描述怎么"安家"："布莱克默先生在新泽西的普林斯顿安了家"。我在美国安了家，但它并非我的家园。譬如，我并没有强烈的意愿想要成为美国公民。最近，我在波士顿机场时，移民官员说到为什么我持有绿卡这么长时间。"绿卡通常是通往公民身份的。"他说。话中既有恼怒的责备，又有感人的爱国情感。我嘟囔着，大概是说他说得完全正确，然后就此作罢。但是，想想那个姿态里最基本的率真还有慷慨（还有那不可否认的强迫）：很难想象，英国移民官员会如此慷慨地奉上公民身份——仿佛公民身份是能简单地削价出售的服务或商品。他慷慨大方地说："你想成为美国公民吗？"以及不那么大方地:"你为什么不想成为美国公民呢?"我们可以想象在希思罗机场听到其中任何一种情感表达吗?诗人兼小说家帕特里克·麦克圭尼斯(Patrick McGuiness)在他的书《他人的国度》(*Other People's Countries*)(此书里有对家和无家可归的详细分析;麦克圭尼斯有一半的爱尔兰血统,一半的比利时血统)里引用西默农(George Simenon)被问及他为什么没有改变国籍时的话:"像那些讲法语的比利时成功人士经常做的那样。"西默农回答说:"我生为比利时人是没有理由的,因此也没有理由要我不再当比利时人。"我想不那么机智地跟移民官员说些类似的话;原因恰恰是,我不需要成为美国公民,所以接受公民身份太过轻率,把它的种种好处留给那些真正需要一片新土地的人们吧。

因此,不管我在谈论的这个状态,这个"不回家"的状态是什么,它都不是悲惨的;这些特许的哀伤中也许有一些荒唐的东西——哦,给他们唱哈佛的布鲁斯吧,白人男孩!可我正努力描述某种失去,某种消失。(收获足够明显,所以分析起来就不那么有趣了。)在侨居国外的英国记者克里斯托弗·希钦斯(Christopher Hitchens)患上绝症前很久我就问过他,如果他只能活几个星期的话,他会去哪里。他会待在美国吗?"不会。我会去达特穆尔,毫无疑问。"他告诉我。那里有他童年时代的风景。是达特穆尔，不是休斯敦的 MD 安德森癌症中心。

就侨民、流亡者、难民和游客而言，想要死"在家里"的念头并不罕见。离开如此之久后，回去的欲望高涨到了非理性的程度，它也许是建立在失去原初的家的前提下（正如拒绝回家也有可能是以家的失去为前提的）。家作为一种情感膨胀着，因为它作为可以企及的现实已经消失了。俄罗斯移民作家谢尔盖·多甫拉托夫（Sergei Dovlatov）的小说《一个外国女人》（*A Foreign Woman*）中的女主人公玛卢思雅·塔塔洛维奇得出结论说，她离开俄罗斯来到纽约城就是个错误，她决心要回去。多甫拉托夫是 1979 年离开苏联去美国的，他本人也出现在小说里，试图劝她不要这么做。你已经忘记了那里的生活是什么样的，他说："各种粗暴，各种谎言。"她回答说："就算莫斯科人粗鲁，那至少也是用俄语粗鲁。"不过她还是待在了美国。我曾经在德国看见塞缪尔·贝克特写给他的德国出版商的书信在做小型展览。许多简短的便条卡片按照时间顺序排列，其中的最后一张写于他离世前的几个月。贝克特用法文而不是德文与他的出版商通信，他用起法文来明显已经如同母语了；但是，在他生命的最后一年，他转向了英文。"是回家"，我心想。

很多年以后，在美国或是说在我那一小块美国的生活已经成为我的人生。而人生是由各种细节构成的：朋友、谈话、种种日常琐碎。比方说，我喜欢某些新英格兰州用写着"密集住宅区"的标志提醒驾驶员，他们正在进入建筑物密集区。我喜欢哈得孙河，那平缓流淌的棕色水流；通常，我也喜欢大多数美国河流让欧洲河流看上去像苍白病态的溪流的样子。还有"野猪头"卡车的深红色标志，或是邮递员在黑沉沉的冬日下午派送邮件时，在头上戴一个小型头灯，照见下面的一叠叠信件。老旧住宅楼里的美式大暖气片发出咝咝声和鬼魂般的哐当声。新罕布什尔有一家杂货店卖冬靴、护手霜、优质熏肉和武器。我特别喜欢"悠着点儿"这个说法，还有那令人震惊的事实，也就是人们居然相互间说着这话！现在，我甚至喜欢那些绝对会让英国人目瞪口呆的东西——比如说美式运动，或是如下这些事实：fortnight（两星期）这个单词不存在，乳脂软糖就是巧克力，还有似乎没有人会准确地读对 croissant（羊角面包）、milieu（社会环境）或是 bourgeois（资产阶级）这些词。

即使如此，也总是存在着某种属于外来人的现实。以美妙的美国火车鸣笛声为例，你在整个国家的任何地方都能听见破碎的一声接一声的电喇叭鸣响——夜晚,声音穿过新罕布什尔州的山谷,在我住的某个中西部小镇的街道的尽头,一阵阵音符化作流畅的、久久回荡的哀鸣声。听起来与其说像喇叭声,不如说像草原上突如其来的一阵风,或是动物的嚎叫。不管美国是什么,对我来说,那种流畅的大声哀嚎就是美国之声。不过,它对成千上万或好几百万非美国人而言,肯定也是"美国之声"。它是大家共有的财产,不是私人的。我置身于它之外,隔着一些距离欣赏它。它对我来说缺乏历史感:里面没有我的过往,拖不出来关于过去的联想。(我还是孩子时,我家住在离杜伦火车站大约半英里的地方,从我的卧室里,晚上可以听见黄鼻子的大型"三角洲"柴油机车拖着破旧的车厢驶在维多利亚时期的铁轨上发出的无节奏的轰隆声,铁路蜿蜒着出城,通往伦敦或是爱丁堡,有时,机车会响起它那劣质的喇叭——吹响英国铁路的小三度音。)

或者说,假设我在盛夏时节顺着我们所住的波士顿大街望过去,能看到熟悉的生活场景:木隔板房子、门廊、笼罩在修补过的道路上方的热霾(长蛇状的柏油路像黑乎乎的口香糖)、灰色的水泥人行道(水泥新铺上去时,有三个年幼的兄弟姐妹在上面留下了印迹)、茂盛的枫树、路尽头蓬乱的柳树、一辆保险杠上贴着"特德·肯尼迪杀的人比我的枪还多"贴纸的老式白色卡迪拉克，而我的心里……什么感觉也没有：有些熟悉，但无法领悟，没有真正的联结，没有过往，即使我在那里住了这么多年，与所有的一切却只有努力维持的距离而已。一阵惊慌忽然涌上我的心头，我纳闷着：我是怎么走到今天这一步的？然后，这一刻就这么过去了，平庸的生活在一瞬间将绝望的缺失感包藏了起来。

爱德华·萨义德说，流亡者通常都是小说家、棋手或是知识分子，这丝毫不奇怪。"流亡者的新世界是不真实的，这在逻辑上足够合理，它的非现实性与小说相像。"他提醒我们，捷尔吉·卢卡奇把小说看作是他称为"超验的无家可归"的伟大形式。我当然不是流亡者，但是有时真的很难摆脱萨义德所说的"非现实性"。我看着我的孩子们作为美国人而长大，就如同我在阅读或创造虚构的人物一样。他们当然不是虚构的，但他们的美国性有时在我看来是不真实的。"我有个孩子在美国读七年级"，我看着十二岁的女儿在体育馆举行的一次可鄙的学校活动中表演时惊讶地告诉自己。毫无疑问，在孩子成长的每个阶段都会有惊奇出现——一切都是意想不到的。但是，也存在那种奇怪的距离，疏离感的轻薄面纱盖住了一切。

然后，等我回英国时，同样的轻薄面纱也盖住了一切。我刚开始住在美国时，非常渴望能跟得上"家里"生活的节奏——谁进了内阁，新的音乐，人们在报纸上说些什么，学校的情况怎么样，汽油的价格，朋友们的生活状况。这么做越来越难，因为这些事情的意义变得越来越小，越来越无关个人。对我而言，英国的现实消失在了记忆中，如拉金所言，"变作了过往"。关于伦敦、爱丁堡或杜伦的现代日常生活，我知之甚少。我回去时总有一种乔装改扮的感觉，仿佛我是在试穿我的结婚礼服，看看还合不合身。

在美国，我渴望已经消失了的英国现实；童年有时看上去近在咫尺。可乔装改扮的感觉仍然挥之不去：我大口大口地以怀旧和情感记忆为食，可要是我还住在英国，这些记忆也许会令我尴尬。杰夫·戴尔（Geoff Dyer）在《一怒之下》(*Out of Sheer Rage*)中写过一段有趣的话，说他住在意大利时是如何养成了阅读英国报纸上的电视节目表的癖好的，即便他住在英国时从来不看电视，也不喜欢看电视。在美国新闻节目里听到泰恩赛德的口音，我因憧憬而激动不已：那种方言里的跳动，夹杂着让人晕船的斯堪的纳维亚的音调。所有那些传说中的泰恩赛德词汇：segs（你往鞋跟上用力钉上的金属板，好让鞋子踩在地上时摩擦出火花，十足的硬汉范儿）；kets（糖果）；neb（鼻子）；nowt（一无所有）；stotty-cake（一种扁平的、松软的面包）；claggy（黏性的）。北方人表示感叹时说"咦"的样子："咦，今天热爆了！"（只要温度高于20摄氏度就这么说。）近来，我在国家公共广播台听到那首老歌《等那船儿回家来》（When the Boat Comes In）时，几乎落泪。

> 快来这里，小杰基
> 我已抽了好多烟，
> 我们来吃点饼干
> 等那船儿回家来。
> 你会有条小鱼鱼
> 放在一个小盘盘，
> 你会有条小鱼鱼
> 等那船儿回家来。

可我小时候真的不喜欢那首歌。我从不会说地道的北方口音。我父亲出生在伦敦，对我那苏格兰小资产阶级出身的母亲来说，我说话时没有泰恩赛德口音，不像当地的孩子，这一点很重要。小伙伴们过去常常在话音里带着些许威胁的口气说："你说话不像是杜伦的小伙。你从哪里来的？"有时候，模仿下口音是必要的，为了融入进去，或者避免被人揍。我永远也不会像歌曲《回家来纽卡斯尔》(Coming Home Newcastle) 里的那个人那样傻兮兮地说："我很自豪是泰恩赛德人 / 生活在泰恩赛德的土地上。"

我住的小镇上有大学和教堂——看上去，几乎所有住在我们那条街上的人都是学者（跟我父亲那样），或是神职人员；他们说起话来不像是泰恩赛德人。所有那些邻居在我的脑海里是那么生动形象！他们又是那么奇怪。我现在以为，在二十世纪七十年代里，我抓住了勉强被容许的古怪行为正在消失的彗星尾巴。那位乔利太太，走路用三根拐杖，一根支撑左腿，另外两根（用绳捆在一起）支撑右腿。那位研究古典金石学的干瘪瘦弱的讲师福勒博士，喜欢把《圣经》里的那句话当座右铭反复念叨，"不要在迦特报告！"[1] 与我们只有一墙之隔的邻家，住着一位非常博学的学者，他是大学里的图书管理员，精通多门语言，能背诵狄更斯作品里好几页的内容，有时候我们能听见他走来走去，边

---

[1] "不要在迦特报告！"（Tell it not in Gath!）出自《圣经·撒母耳记》，用在日常英语里的意思是"不要把消息告诉不怀好意的人！"。

背诵边哈哈大笑。他稚气未脱，随和天真，就像是狄更斯书里走出来的人物。有一天，他与我父亲同乘去大学的公共汽车，他大声发表着观点，让我父亲极为尴尬："你可以说，伍尔沃斯购物中心的女服务员就是世间不学无术的渣滓。"这个学术与宗教的世界里有着晦涩的禁令与规则。有位历史学者出于某种缘由，不让他两个头发略带绿色、聪明绝顶的女儿看电视台播放的《福塞特世家》(The Forsyte Saga)；还有个节俭的神学教授，家里没有电视机，听我母亲说，他在圣诞节那天总是吃香肠，从来不吃火鸡——他们家的古怪和乏味在我童年的脑海里留下了印象，封存在他和他妻子还有三个孩子互相之间只送棉手帕当礼物这件事上。我们杜伦唱诗班学校的校长也是一位神职人员，他有一套复杂的记忆法系统，帮助我们记忆困难的拉丁语词汇。每当文章里出现 unde 这个词时，他会吸一口烟，用牛津人的男低音吟诵道："玛莎百货，玛莎百货！"这是要提醒我们："你们从哪里买裤衩 (undies) 的？"（裤衩＝内裤。）"从玛莎百货。"然后这又会把我们引到 unde 这个词的意思上，意思是："从哪里。"看到了吧，我记得好好的呢。

II

布鲁克林的文学期刊《n+1》上最近出了一篇社论,猛烈抨击所谓的"世界文学"。在他们看来,后殖民写作已经失去了它的政治尖锐性,现在,它没有獠牙的面孔正在全球资本主义的食槽里陶醉。拉什迪的《午夜之子》(*Midnight's Children*)可以说让位给了不得罪人的《她脚下的土地》(*The Ground Beneath Her Feet*)。这篇文章认为,世界文学真应该叫全球文学。它有忠实的拥护者,像库切和翁达杰,莫欣·哈米德(Mohsin Hamid)和基兰·德赛(Kiran Desai);有文学奖项(诺贝尔、国际曼布克),有文学节(斋浦尔、海伊[1]),还有知识分子支持体系(大学)。编者说,世界文学的胜利是资本主义取得成功和全球化审美的副产品,全球化审美青睐像奥尔罕·帕慕克(Orhan Pamuk)和村上春树这些在大家看来超越了地方主题并获得"普世价值"的作家。

《n+1》既然已经如此有理有据地批驳了这一对象,我们就很难不赞同它所发起的嘲笑。谁会有可能去赞赏这种自满自得、受累于种种节日、不停

---

[1] 分别指在印度城市斋浦尔(Jaipur)举行的斋浦尔文学节和威尔士瓦伊河畔的海伊镇(Hay-on-Wye)举行的海伊文学艺术节。

变换群体、为获奖而生的怪物呢？谁又不会像编者们那样，更加推崇一种"具有争议的国际主义"而非"优雅稳当的全球化"，推崇不可译的喜乐而非夸夸其谈的广博——青睐埃莱娜·费兰特（Elena Ferrante）而不是卡米拉·沙姆希（Kamila Shamsie）呢？最终，该文学期刊真正辩护的，是写作精良、必不可少、极具挑战性同时又充满尖锐性的地方特色的文学，不管它出现在世界上的什么地方；因此，它所选取的"具有争议的国际主义者"的文学正典，不可避免地带有一点主观性：埃莱娜·费兰特、基里尔·梅德韦杰夫（Kirill Medvedev）、萨曼斯·萨勃拉曼尼亚（Samanth Subramania）、胡安·维洛罗（Juan Villoro）。

然而，或许后殖民文学不仅仅演变为了膨胀的世界文学。它的新分支中有一条也许是当代文学的一个重要部分，能在无家可归、流离失所、移居国外、自愿或经济移民，甚至是四处闲逛的旅游业这类主题之间来回穿梭并有力地处理它们，这种文学模糊了《反思流亡》里划定的界限，因为移居本身已经变得更为错综复杂和难以归类，分布范围也更加广泛。《n+1》的编者们在社论里赞扬泰居·柯尔（Teju Cole）的《不设防的城市》（*Open City*）时就差不多默默承认了。泰居·柯尔是住在纽约的尼日利亚裔作家，他的第一部小说由一个一半尼日利亚血统、一半德国血统的年轻精神病学实习医生叙述，把人们熟悉的后殖民要素与 W.G. 塞巴尔德的闲逛式流亡情结融合在了一起。看上去，柯尔是得到了肯定，不过，他并不是成为"具有争议的国际主义者"的料。

可以与《不设防的城市》归为一类的，还有 W.G. 塞巴尔德的作品，帕特里克·麦克圭尼斯的《他人的国度》，尼日利亚小说家泰耶·塞拉西（Taiye Selasi）的作品，约瑟夫·奥尼尔（Joseph O'Neill）的《地之国》（*Netherland*），这本书在身为小说叙述者的荷兰银行家享有特权的经济移民与作为本书悲剧主人公的特立尼达骗子的弱势移民之间做了严格的区分；此外还有波斯尼亚裔美国作家亚历山大·黑蒙的作品，玛丽莲·罗宾逊的《家园》，梅维斯·迦兰（Mavis Gallant）的短篇故事，这些短篇故事是由一位大半辈子生活在巴黎的加拿大人写的，齐亚·哈德·拉赫曼（Zia Haider Rahman）那令人惊叹的首部小说《基于我们的知识》（*In the Light of What We Know*），杰夫·戴尔的部分作品，出生在越南的澳大利亚作家黎南（Nam Le）写的故事，印度小说家阿米特·乔杜里（Amit Chaudhuri）的虚构作品和文章。

V.S. 奈保尔在《抵达之谜》(*The Enigma of Arrival*) 里谈及的那场"即将发生在二十世纪下半叶的大规模的人口移动",用他的话来说,是"在所有大陆之间进行的移动"。它不再能被局限在一个单一的范式里(后殖民主义、国际主义、全球主义、世界文学)。飞机发动机产生的影响或许比互联网更大,它把尼日利亚人带到纽约,把波斯尼亚人带到芝加哥,把墨西哥人带到柏林,把澳大利亚人带到伦敦,把德国人带到曼彻斯特。1981 年,它把后来会成为《n+1》创办编辑之一的名叫基思·盖森(Keith Gessen)的小男孩从俄罗斯带到美国,现在又带着他在不同的国家之间往来奔波(这样的自由是纳博科夫或谢尔盖·多甫拉托夫这些早年的俄罗斯流亡者完全无从知晓的)。

回想一下卢卡奇的说法:"超验的无家可归"。我试图用我自己的人生和其他人的人生来描绘的,更像是世俗的无家可归。它无法像超验的事物那样拥有神学威望。或许,它甚至算不上是无家可归,离家不归(夹杂了失去在内)可能才是恰当的新说法:在这其中,把某个人与家园维系在一起的纽带松开了,也许是欢喜地,也许是忧伤地,也许是永远地,也许只是暂时地。很显然,这种世俗的无家可归有时会与移居、流亡和后殖民迁移这些更为固定的种类相重叠。很显然，它有时会与它们相偏离。德国作家 W.G. 塞巴尔德成年后的生活大部分在英国度过（所以他也许算是移居者，当然算是移民，却未必是逃亡者，也不是流亡者），他对不同种类的无归属感有着敏锐的意识。二十世纪六十年代中期，身为研究生的他从德国来到曼彻斯特。他曾回到瑞士待了很短的一段时间，然后在 1970 年又回到英国，在东安格利亚大学接受了一份教职。他自己的移居类型属于世俗的无家可归或是离家不归的一种。他有足够的经济自由可以回到西德，当他在二十世纪九十年代中期成名后，他几乎可以去任何他想去的地方工作。

然而，塞巴尔德所感兴趣的，并不是他自身的游荡，而是一种接近于悲剧或超验的无家可归的移居和流离失所。在《移民》（*The Emigrants*）中，他描述了四个这样的游荡者：亨利·塞尔温医生是在二十世纪初来到英国的立陶宛犹太人，他以英国医生的身份过着偷偷摸摸的伪装生活，最终在晚年自杀了；保罗·贝雷耶特是德国人，由于他有一半的犹太血统，所以被禁止在第三帝国教书，他从来没能从这个挫折中走出来，最后自杀了；塞巴尔德的叔祖父阿德尔瓦尔特在二十世纪二十年代到了美国，为长岛一户富裕人家帮佣，最后去了纽约伊萨卡的一家精神病院；马克斯·费尔贝尔是一个以画家弗兰克·奥尔巴赫（Frank Auerbach）为原型的虚构人物，1939年，他把双亲留在德国，只身逃去了英国。

1996年，由迈克尔·赫尔斯（Michael Hulse）翻译的《移民》英译本出版时，经常被人们描述为一本关于大屠杀期间四个受害者的书，其实不然——移居者中只有两人才是直接受害者。由于这本书深刻地探讨了虚构性、解读和档案见证这些问题——也因为书里的照片有调侃的意味——人们经常认定，这些都是虚构的或虚构化的素描。事实正好相反。它们更像是纪实性的生平考证；塞巴尔德在一次采访里说，照片中大约有九成"你会说是真实可信的，也就是说，它们的确来自那些文字里所描述的人物的照相簿，是证明那些人以那种特定的样子和形态存在过的直接证据"。塞巴尔德确实在1970年见过塞尔温医生，保罗·贝雷耶特则是塞巴尔德的小学老师，他的叔祖父阿德尔瓦尔特在二十世纪二十年代移民去了美国，马克斯·费尔贝尔的生活是严格以弗兰克·奥尔巴赫为原型的。

这些并不意味着塞巴尔德没有以各种隐微、模糊和虚构的方式丰富纪实性的证据。而其中一个隐微之处就是他身为一个移居者与他笔下人物的关系。亨利·塞尔温和马克斯·费尔贝尔是政治难民，来自二十世纪犹太人大逃难的不同批次；阿德尔瓦尔特是经济移民；保罗·贝雷耶特成为了内在移民[1]，他是战后的德国幸存者，最终却没有活下来。那么塞巴尔德本人呢？相比之下，他自己的移居所扮演的角色似乎就是次要的了。官方允许他不管什么时候只要愿意就可以回到他的祖国。但是，也许出于政治原因，他已经决定再也不回去，再也不会回到那个国家，它的战后未竟之事曾使他在二十世纪六十年代非常反感。

塞巴尔德本人在《移民》中是幽灵般的存在。书里只提供了这位德国学者在英国的几个短暂瞬间。不过，作家是以另一种方式强烈在场的，读者感受到他对在场既克制又歇斯底里的坚持。这位如此有声望的教授是谁啊，他是如此执着地关心笔下人物的生活，不惜穿越欧洲或是大西洋去采访他们的亲戚，遍寻他们的档案，对着他们的照相簿发愁，追随着他们的旅途脚步？第一个故事里有一个美妙场景，是关于亨利·塞尔温医生的，文本扫了一眼塞

---

[1] 内在移民（inner emigrant）这一词汇是用来形容在1933年纳粹政府上台后，那些反对纳粹政府却又选择留在德国的德国作家，他们与真正被驱逐出德国过着流亡生活的作家形成对照。

巴尔德自己不那么重要的无家可归,然后望向了别处,仿佛是在礼貌地让渡它对悲剧那小小的占有:

> 有一次来访时,克拉拉进城去了,我和塞尔温医生聊了很久,起因是他问我是否想家。对此,我想不到合适的答案。可塞尔温医生思考片刻后向我坦白(别无更合适的词),近些年,他感到自己越来越怀念故乡。

塞巴尔德接着描述了塞尔温医生对他七岁时不得不离开的立陶宛小村庄的思念。我们得知他骑马去车站,搭火车去里加,从里加再搭船,然后抵达一个宽宽的河口:

> 所有的移民都聚集在甲板上,等待着飘浮的云雾中出现自由女神像,因为他们所有人都订购了一张前往 Americum(美国)的海轮船票,我们是这么称呼它的。我们下船时,依然丝毫不怀疑脚下的土地就是新大陆,就是纽约这座应许之城的地界。但实际上,我们后来才沮丧地得知(船早已再次起航),我们是在伦敦上的岸。

我发现，让人感动的是塞巴尔德的思乡之情如何变成了塞尔文的，它又是如何被更大的叙事那更强烈的占有欲吞没的。我们只能在塞巴尔德拘谨地表达痛苦之情的旁白里去揣测他强忍的苦痛，"我想不到合适的答案"。或许，塞巴尔德的措辞里——这种独特含蓄的旧式散文体英语，来自于迈克尔·赫尔斯的翻译和这位操着两种语言的作家随后的费力修改——也有着某种疏离和无处安放到令人动容的东西。

塞巴尔德似乎知道思乡和无家可归、离家不归和无家可归之间的区别。如果说有苦痛的话，那么他同样也能明辨轻重：我的损失怎能与你的相提并论？当流亡经常以分离的专制主义为标志时，离家不归则是以某种特定的暂时性、某种不会结束的出走与回归的结构为标志。这是亚历山大·黑蒙的作品里一个强有力的题旨。黑蒙于 1992 年从萨拉热窝来到美国，却发现他的家乡被团团围困，他回不去了。黑蒙在美国待了下来，学着怎么写一手精彩的纳博科夫式的英语（他的成就其实比纳博科夫的要大，因为那是以极其显著的速度取得的），然后在 2000 年出版了他的第一本书《恐怖分子》（*The Question of Bruno*）（题献给他的妻子，还有萨拉热窝）。波黑战争一结束，黑蒙就可以回到他的故乡了。本来没得选的事，现在有了选择；他决定使自己成为一名美国作家。

黑蒙的作品展现了他的出走与回归。在中篇小说《瞎子约瑟夫·普罗涅克和死去的灵魂》（*Blind Jozef Pronek & Dead Souls*）里，普罗涅克借着交换生的项目来到美国。跟黑蒙一样，普罗涅克从萨拉热窝来，受困于战争，只能待在美国。他发现美国是一个令人困惑的冷漠之地，充满了粗鄙与无知。在故事接近尾声的地方，他回到萨拉热窝时，读者盼着他能留下来。虽然城市受损非常严重，熟悉的地标建筑已经消失了，可他似乎还是回到了他"真正的家"——在那里，"每个地方都有名字，那个地方的所有人和所有事物都有名字，你永远不会身处无名之地，因为每一处都有某样东西"。看来，萨拉热窝就是名与物、字词与所指最初结合的地方。他仔细地参观着父母的公寓，每样东西都摸一摸：

> 干干净净的条纹桌布；有着七个象牙色按钮的收音机上贴着一张唐老鸭的贴纸；露出大大的笑容的非洲面具；有着复杂但熟悉的几何图案的地毯，上面布满了裂缝，地毯下面的镶木地板不见了，正在角落里一个生锈的铁炉子

里燃烧；小咖啡杯、咖啡研磨机、汤匙；父亲潮湿的西装，上面有弹片的擦痕……

不过约瑟夫并没有留下来，中篇小说结束时，我们看到他出现在维也纳机场，即将登上前往美国的航班：

> 他不想飞去芝加哥。他想象着从维也纳步行到大西洋，然后跳上一艘跨越大西洋的慢轮。要花上一个月才能跨越大洋，而他会在大海上，四处都看不到有陆地和边境。接着，他会看见自由女神像，然后缓缓地走向芝加哥，一路上想停就停，跟人们搭话，把远方的故事讲给他们听，那里的人们吃蜂蜜和泡菜，那里没有人在水里加冰块，那里的鸽子在餐具室里筑巢。

仿佛搭飞机飞行的存在感很肤浅，缓慢的旅行才会让变化的庄严性与艰巨性体现出来。普罗涅克回到美国，但必须带着他的家一起回去，必须把家乡那令人费解的故事——餐具室里的鸽子、蜂蜜和泡菜——试着说给别人听，而那些人很容易把波斯尼亚与斯洛伐克混为一谈，觉得那场战争是"几千年来的积怨",不值得大惊小怪。同时,他也在美国安了新家。又不完全是:因为他虽然会待在美国,可似乎永远也摆脱不了水中加冰块是愚蠢的多余之举这种想法。并且跟塞巴尔德一样,虽然两人的语言风格不尽相同,黑蒙的行文读起来既不流利也不地道——是略微有点无家可归的文体。他跟他的前辈纳博科夫一样,喜欢用移民们常用的双关语,在意思单一化或废弃不用的英语词汇里寻找埋藏的意义,比如"抟沙嚼蜡"和"吓煞"这些词。他笔下有个人物留着"如圣贤般的胡须",另一个戴着"窗牖般厚的眼镜"。茶被描述为"清澄的"。

流亡是突发的重大事件,足以改变人生,而离家不归呢,由于它沿着出走与归去的轴线运动,所以可以是单调、惬意且必要的,也可以持续进行。有从外省到大都市的迁移,也有从一种社会阶层到另一种的移动。我母亲的历程是从苏格兰到英格兰,我父亲是从工人阶级到中产阶级,我则是从杜伦到伦敦的短短车程。《虹》里,厄休拉·布兰文为了出走而奋斗,她与父亲发生争吵,吵着要离开她在中部地区的家,去泰晤士河畔金斯顿当老师——用她父亲的话来说:"离家出走去伦敦的另一边。"

我们中的大多数人不得不离开家,至少一次;离开是因为有必要,而回来又很困难,然后在生命中后来的日子里,当父母开始蹒跚而行时,就有必要回来了。世俗的无家可归,而非具有独特极端性的流亡或是《圣经》里受到上帝垂爱的大离散,可能是无法避免的日常状态。世俗的无家可归不仅仅是伊甸园里总会发生的事,而且是应该一次又一次发生的事。伊斯梅尔·卡达莱(Ismail Kadare)那本伟大的小说《石头城纪事》(*Chronicle of Stone*)在结束部分有一节写得很美,那一节叫作"纪念牌匾的草图"。卡达莱于1936年出生在阿尔巴尼亚南部的城市吉诺卡斯特,但他的大部分写作生涯是在巴黎度过的。《石头城纪事》是献给他留在身后的古老故乡的快乐而幽默的颂词。在书的结尾,卡达莱直接诉诸故乡:"经常地,我在沿着外国城市宽阔又明亮的林荫大道大步行走时,不知怎的就会在无人跌倒的地方被绊倒。路人惊奇地转过头,不过我总知道是你。你突然从沥青路面中冒出来,然后又径直沉到路面以下。"这是卡达莱对普鲁斯特小说里那个瞬间精致又平凡的仿写——马塞尔在盖尔芒特的庭院里绊倒在不平坦的石头之上,接着回忆就打开了闸口。

然而,如果它不绊倒你,你就什么也回想不起。对这位流亡的作家而言,回到吉诺卡斯特生活无疑是不可想象的,就如同在巴黎生活对当年在阿尔巴尼亚的年轻的卡达莱来说不可想象一样。不过,没有羁绊的人生也是不可想象的:或许,在两个地方之间、在两者中都没有在家的感觉,这是无法避免的堕落状态,几乎跟在一个地方待着有家的感觉一样自然。

III

是几乎,但又不完全是。十八年前,我离开英国前往美国时,当时并不知道离开会如何神奇地消除归去的可能:我怎么可能会知道?这是时间带来的一个教训,只有在时间中才能学会。离开生我的祖国,在外生活这么多年,这么做的奇特乃至惨痛之处在于,我慢慢认识到,许多年前我做了一个重大的决定,而这个决定在当时并不像是重大的决定;我花了很多年的时间才明白这一点;这种回顾时的领悟事实上构成了一个人的人生——确实是度过人生的一种方式。弗洛伊德提出过一个有用的词,叫"事后性",我要借用它,即便付出的代价是把它从它特有的不同语境中硬生生地抢过来。思考家与离家,思考不回家与不再感觉能够回家,就是浑身被充满一种很显著的"事后性"的感觉:现在要采取措施为时已晚,知道应该采取什么措施也为时已晚。而那都是无关紧要的了。

我在苏格兰的外祖母过去常常玩一种游戏,她进屋时把双手放在背后,你要猜一猜她哪只手里有糖。她会吟诵道:"你宣哪只手,堆的还是搓的?"("你选哪只手,对的还是错的?")我们还是孩子时,决定一下子就能做出来:你要不惜一切代价避免那只空空的"搓的手"带来的失望。

我当时选了哪只手?

沉默的另一面：重读 W. G. 塞巴尔德

差不多 20 年前，我在纽约见到了 W. G. 塞巴尔德。在美国笔会中心，他接受了我的一次面向公众的采访。之后我们共进晚餐。那是 1997 年 7 月。他时年 53 岁；此前一年，他那本神秘又任性的《移民》刊行了英文版，令他短暂地蜚声国际。苏珊·桑塔格在一篇褒扬性质的评论中将这位德国作家称为当代大师。

倒是塞巴尔德似乎并不在乎这些。他温和、渊博，极其智慧老练。头发是灰色的，几乎全白的小胡子好似水冻成了冰。他的样子很像照片里沉思的瓦尔特·本雅明。其中有一种飘忽不定的忧郁气氛，和他的文笔一样，而他狡猾的自我意识使之变得近乎滑稽。我记得和他一起站在餐厅的门廊里，那儿有一处装饰布置，放了一些树叶漂浮在水箱中。塞巴尔德认为那是榆树叶，接着他便陷入了一种只有他才会展开的遐想。他说，在英国，所有的榆树都消失了，起先是被荷兰榆树病侵染，后来剩下的那些也被1987年的大飓风彻底干掉了。全消失了，全都消失了，他喃喃地说。那会儿我还没有读过《土星之环》，所以不知道他差不多是在引用自己作品中的一段话（在书中，他非常优美地描述了飓风过后的树，它们被连根拔起，"仿佛因狂喜晕厥"而卧倒在地）。尽管如此，那时我也还是因这非常塞巴尔德的表达而感到愉悦，他的眼睛闪闪发光，声音里略带一丝嘲讽的疲惫，这些都让我感到鼓舞。

吃饭的时候，他时而会回到这种模式，并且，他对展现幽默的时机有一种精妙的感受力。在饭桌上有人问他是否有兴趣离开英国一段时间，换个地方教书。比如说，纽约？眼下这座伟大城市正好就在他脚下。这问题部分是提问，部分是恭维。透过干干净净的圆镜片，他同情地看着和他对话的人，以天真的真诚回答说："不，我想不会。"他又附加道，他太留恋自己住了好多年的诺福克老牧师住宅了。我问他还喜欢英格兰的什么。他说，英国人的幽默感。他问我有没有在电视上看过德国的喜剧？我答道没看过，于是我问那大概是什么样的。他说:"这个……难以言喻。"他把这个形容词用浓重的德语腔调拉长,并留下了一个同样也有幽默意味的暗示,他的简短回答足以作为对英式和德式幽默相对优点的一个全面解释。

塞巴尔德可能是在玩味当晚早些时候他说过的话,当时我在问他与他的第二故乡的关系。他说,虽然他没有什么家的感觉,但让他喜欢的是"这个国家几乎没有任何专制结构",以及英国人对隐私的强烈尊重。然后他眼睛里闪闪发光,讲了一个有趣的故事:

> 我有个朋友有一回在海滩上摔折了脚腕。当时那里什么人都没有,只有一对英国老夫妇,坐在车里喝茶。他拼命想引起他们的注意,好让他们叫辆救护车来。为此,他费了好大劲向他们挪过去,跟个战场上的士兵似的。老夫妇只是疑惑地看着他,什么话也没说。他们只是觉得这就是他散步的方式吧,没关系,这是他的事!

而这个插入语——"跟个战场上的士兵似的",把一桩亲切的趣事转变成了一场如假包换的英国闹剧。

人们很难把喜剧和 W. G. 塞巴尔德的作品联系到一起，但这一定程度上是因为他的名声快速地与大屠杀文学绑在一起，而且他那两本直接涉及大屠杀的书仍在影响他的声誉——《移民》，一部由四部分组成的，半虚构、半历史传记作品，以及他的最近一本书《奥斯特利茨》(2001 年)，这部小说讲述了一个犹太裔英国人在此生向晚时才发现，自己实际上出生在布拉格，却在 1939 年夏天 4 岁半、大难临头之时，被救下来安置于"儿童专列"上送到英国的故事。典型的塞巴尔德人物是疏离而孤独的，抑郁时时造访，癫狂常来威吓，历史创伤带来伤痛，他们转而讲成故事。不过他的另外两部作品《眩晕》和《土星之环》相比之下更为丰富，总的来说他这四本主要著作都有一种古怪的玩笑意味。

重读他的作品，我惊讶地发现它们比最初留给我的印象要有趣得多。拿《土星之环》来说（迈克尔·赫尔斯[1]翻译得非常出色），这是一本喜剧味道的哀伤的旅行见闻，书中那位跟塞巴尔德很像的叙述者花了大量时间在萨福克周围游荡。他思索着旧

---

[1] 迈克尔·赫尔斯（Michael Hulse, 1955— ），英国诗人、翻译家和评论家，尤以对塞巴尔德、赫塔·米勒等的德语小说的翻译而著称。

式乡村庄园的消亡，其代表的等级制度的辉煌再也未从两次世界大战带来的社会变迁中恢复过来。他讲述了约瑟夫·康拉德、翻译家爱德华·菲茨杰拉德和激进的外交家罗杰·卡森特的人生经历。他拜访了一位朋友——诗人迈克尔·汉伯格，汉伯格1933年9岁半时离开柏林去了英国。叙述的语调是哀婉、低沉的，但也出奇地充满张力。看望汉伯格让塞巴尔德把读者带回到诗人童年时的柏林，他借助汉伯格的回忆，精心地再现了当时的场景。不过他也会开玩笑地提一笔，在他们喝茶的时候，茶壶会"时不时喷出一点儿蒸汽，像玩具发动机一样"。

在书里其他地方，塞巴尔德不断地被英国服务业冥顽不灵、让人忍无可忍的德性激发出幽默的愤愤然来。他去了洛斯托夫特[1]，曾经这里是个繁华的度假胜地，现在却消耗殆尽、了无生机，他入住了破得吓人的阿尔比恩酒店。他是巨大餐厅里唯一的食客，接着他被人送上来了一块"毫无疑问已在冷冻室里埋藏了多年的鱼"：

> 沾着面包屑的鱼被烤架烤焦了一部分，结

---

[1] Lowestoft，英格兰萨福克郡的一个镇，位于北海沿岸，在英国最东端。

果我的叉子尖儿戳上去就变弯了。事实上,要穿透这个最终被证明只是一个空壳的东西是如此困难,以至于我的盘子在一番操作结束后就变成了可怕的一团糟。

伊夫林·沃会对写出这样的一段很满意,还可能会指出这出喜剧的秘密就在于被煞费苦心地夸张的矛盾(仿佛用餐者正试图破解一个保险箱,或是要解开一个哲学论题),并由塞巴尔德对明显笨拙的措辞("操作")采取的冷静控制加强。

同样的情况也发生在哈尔斯顿的萨拉森之头酒店,客房里"摆放着人们能想得到的最可怕的玩意儿",镜子让住客看起来"奇怪地畸形",所有的家具似乎都斜立着,以至于叙述者即使在睡觉的时候也会被"房子要塌了的感觉"所缠绕。在《移民》中,塞巴尔德充满爱意地攫取了各种英国的古怪材料和奇妙装置。塞巴尔德和妻子在亨利·塞尔温大夫家中用餐,食物是用"装着电炉的手推车推进餐厅的,是某种可以追溯到三十年代的专利设计"。(其中的凶手也是要"追溯到三十年代的"——这顿晚餐发生在七十年代初)。在同一本书的较后部分,塞巴尔德讲述了他 1966 年如何从德国来到英国的感人故事。他彼时是个 22 岁的研究生,曾在德国和瑞士学习,眼下正准备去曼彻斯特大学德语系接任一个初级教师的职位。他于清晨到达。他的出租车驶过"一排排整齐划一的房子,离市中心越近,房子越破败",塞巴尔德此时思考着这座伟大城市的命运,维多利亚时代的引擎之一,如今更像是"一座坟场或陵墓"。在他入住的那家名为"阿罗萨"的小旅馆里,店主厄拉姆夫人在门口迎接他,夫人穿着一件粉红色晨衣,"那是用一种只有在英国下层阶级的卧室里才会有的材料制成的,而且不知为何被称为灯芯绒"。("不知为何被称为灯芯绒"是一个很好的例子,得以看出塞巴尔德和他的英文版译者经常设法把他的行文改成一种奇怪的、无家可归的调调,既不太英语,也不太德语,而是两者的某种奇怪的混合体。)

厄拉姆夫人是个热心肠,很快地用"一个银托盘,端来一个我以前从未见过的电器",这个东西叫作"茶姑娘"。这是当年流行过的一种笨拙的机器,包括一个时钟和一个电热水壶;它可以用早茶把你叫醒。我还记得我父母床边的那一个,可能只用了几次,但不管怎样让人很感安慰。塞巴尔德带着一种假装严肃的谨慎姿态接近这个舒适的英国物件,像是在做人类学研究一样。他把这张时代遗产的大照片放在页面中央,并附上说明,钟面上的石

灰绿磷光是他从童年时就熟悉的:

> 这也许就是为什么当我回想起初抵曼彻斯特的那些日子时,我常常觉得,好像正是那个"茶姑娘",那个被厄拉姆夫人,也就是格雷西——你得叫我格雷西,她说——带到我房间里的奇怪又实用的小玩意儿,是它和它夜里发出的光,它在早晨吐出的无声气泡,白天通过它单纯的存在,让我在感到深深孤独,并很可能完全淹没在这孤独之中的时候,坚持着活下去。格雷西在 11 月的那个下午向我展示如何操作茶姑娘的时候说,这东西非常有用,她是对的。

他在这段话中,从消遣玩笑转到近乎绝望,是多么地迅速啊。塞巴尔德处理压抑的天赋——倾听他人的压抑,并将自己的压抑戏剧化——是他写作的一个核心要素。当他告诉我们,他在曼彻斯特的最初几周乃至几个月是"一段非同寻常的 v 沉默和空虚的时光"时,他小心翼翼压低了声音的形容词也同时揭示和掩藏了,那一定是一段极度孤独的日子。

很难想象,即使在六十年代,英格兰北部的生活仍然是多么匮乏和贫困；战争拖下了长长的灰色阴影。塞巴尔德在曼彻斯特一个人都不认识，他之所以申请这所英国大学的教师职位，很大程度上是因为他渴望离开自己的祖国，也因为他喜欢在德国弗莱堡大学读书时一位英国人开的课程，这位老师曾是曼彻斯特的教授。事实上，他并没有像他轻描淡写描述的那样，住在阿罗萨酒店，而是被学校安排住在一栋三十年代建造的双拼小楼里的一个单间。他在那里住了几星期后，搬去了另一个单间，位于距市中心约三英里外一栋建于世纪之交的高大红砖房子里。这座建筑的黑白照片有一种属于北方煤烟味的严峻，让人无法想象它的彩色版本。塞巴尔德的一位学者同事对这间屋子的描述是，"黑暗、肮脏、冰冷"。房间里只有一张床、一张桌子和一把椅子。在夜里，老鼠沿着窗帘栏杆跑来跑去。

这与塞巴尔德童年的风景形成了鲜明的对比。他1944年出生在巴伐利亚阿尔卑斯山区的一个村庄，离奥地利和瑞士边境不远，今天，这个村子距离慕尼黑大约两个小时的车程——这是一个满是湖泊和河流的地方，山像天然的大教堂一样笼罩着人们的日常生活。它也是一个被火焰之剑包围着的伊甸园。塞巴尔德的父亲当时远在他方，在德国军队中作战；他在法国战俘营中耗费了两年，直到1947

年才回来。在他关于盟军轰炸德国城市的研究报告《论毁灭的自然史》中,塞巴尔德将这个记忆中的天堂与四周围的地狱做了对比。"直到今天",每当看到有关战争的照片或纪录片,他会觉得"仿佛我就是战争的孩子,可以这么说,仿佛那些我从未经历过的恐怖给我投下了阴影,而我也永远不会彻底从阴影中走出来"。

> 我现在知道,那时,当我躺在塞弗尔德家里阳台上的摇篮里仰望着淡蓝色天空,整个欧洲的空气中都弥漫着硝烟……在德国城市的废墟上,在不知道有多少人被烧死的集中营上空……在那些年里,欧洲几乎没有哪一个地方是没有一个人被驱逐赴死的。

在这本书的其他地方,他引人注目地描写了战后德国民众集体保持沉默,尽力压制好"那个已经埋进我们国家地基里的关于尸体的秘密,而不愿审视它的罪行,这个秘密在战后将所有德国人联结在一起,事实上现在仍然将他们联结在一起"。他经常在采访中提及,他在 1966 年离开德国的一个重要原因是,他意识到德国战后的学术生活就像家庭生活一样,满是妥协和保守秘密。他的作品一直在着魔般返回到对并无根基的地基的恐惧；回到如瓦尔特·本雅明的名言所述的这一概念：文明的档案同时也都是野蛮的记录。塞巴尔德将"档案"的定义扩增，将建筑物、国家和帝国也囊括其中。在《土星之环》中，他详细描述了比利时殖民主义在刚果的屠杀机器，也描绘了具有一种"独特丑陋"的现代布鲁塞尔，就像"一座竖立在黑人万人冢上的墓碑"。在《奥斯特利茨》（由安西娅·贝尔翻译成英文）中，小说的主人公雅克·奥斯特利茨意识到，他在其中工作的这座崭新的法国国家图书馆，恰是矗立在奥斯特利茨－托尔比亚克线的旧仓库上，这是一个巨大的交换所，"德国人把他们从巴黎犹太人家里抢来的所有战利品都堆到这里"。因此，他继续说道，所有这些肮脏行径，"被埋葬在图书馆的地基之下，这里的埋葬正是字面意思。"

在大多数人看来，年轻的塞巴尔德在曼彻斯特是一个不起眼的存在（在那里，当他不在上课的时候，便会去写一本尚未出版的小说，去逛旧货店，他还走了很多路，拍摄这座城市里的废弃工厂和被清理掉的贫民窟）。在东英吉利大学，他从 1970 年加入该校的欧洲研究学院，并在那里度过了余生，他也是同样地低调。他教授过一些广受欢迎的课程，包括卡夫卡、德国电影、十九世纪德国小说和二十世纪欧洲戏剧，等等。但他的众多同事对他的创作工作知之甚少。这所大学以其研究生创意写作课程而闻名，当时在英国是为数不多设立该课程的学校之一，但只有在他生命的最后阶段，当塞巴尔德的名声实在让人躲闪不掉的时候，他才受聘在该课程任教。他只教了一个学期的创意写作，2001年12月14日，他的汽车在诺里奇附近于行驶途中失控，在一辆卡车前突然转弯，不幸身亡。

他不过57岁，意外离世，令人悲痛。他已然迅速确立了自己作为当代最严肃、最具野心的作家之一的地位，他内心忧患的智慧已经在预判着并自我反思着欧洲历史上最沉重的问题，他大胆开创了一种新的文学形式——结合了散文、小说和摄影——以便以新的方式去探索这些问题，然而这位作家不会再有作品面世了。

像他的许多读者一样，我记得一觉醒来读到报纸上的噩耗——德国挽歌派小说家W. G. 塞巴尔德，死于57岁——也记得那篇令人难以接受的新闻就像是在眼前蒙上了一层阴影。但这种失落感之所以如此严重，不仅仅是因为他的作品具有毋庸置疑的严肃性，还因为塞巴尔德独创性中顽皮的一面使他成了一个极其有趣也难以捉摸的创造者。你想知道他下一步会做什么，会搞出什么古怪的、危险的成功；他的书有着多么奇怪的混合形式啊。

写作和插图当然已经共存了很久，但很少有作家像塞巴尔德这样使用照片，他将它们分散在整个文本中，没有说明，读者也就不能拿得准文本和照片之间到底有着什么样的关系，或者照片是否展示出了它们想要表达的内容。罗兰·巴特关于摄影的伟大著作《明室》（塞巴尔德对这本书很熟悉，他自己的作品也与之进行了深入的对话）相比之下就显得相对传统：照片附有说明，并且画质清晰。塞巴尔德的照片有一种闪烁的古怪气息。这些照片是反插图的，因为其中许多都是低质量的抓拍，暗淡，难以破解，而且还常是粗糙的复制品。他在《移民》中玩弄了这种不可靠性，其中有一张他站在新泽西海滩上的照片，可能是他叔叔在1981年末或1982年初拍摄的。这真的是塞巴尔德吗？你所能做的就是盯着它看，继续盯着它看。这张照片如此糟糕——作者的脸也就比一团模糊稍微好一点——以至于读者也只能站在松松软软的沙子上，所有的确定性都被潮水般抹去和取代。

再有就是塞巴尔德文笔的古怪之感。如果你对他的作品不感兴趣，你会觉得他是一个后现代的古文物学家，一个极度文人气的学者，把自己受到的诸多来自十九世纪和二十世纪的影响拼凑成一幅拟古作品，并在其中注入了厄运般的忧郁和不安。英国（也有一半德国血统）诗人迈克尔·霍夫曼指责塞巴尔德"把文学钉在自制的迷雾上——或许是十九世纪现成的迷雾上"。这种抱怨倒也可能是有道理的。在塞巴尔德的所有作品中，最常见的句子或许是"到处都看不到一个活的灵魂"的某种变体。无论塞巴尔德的叙述者身处何地，那里的风景都不可思议地荒凉。他可能走在意大利的街道上，或者刚抵达洛斯托夫特，或者在清晨开车穿过曼彻斯特，或者在泽布吕赫[1]的海滨大道上遇到雅克·奥斯特利茨。无论在哪里，都很少看得到一个"灵魂"，而且几乎无一例外地，塞巴尔德用的都是"灵魂"或"活的灵魂"这种古老的、有点"文学性"的说法（英译者在这方面很忠于塞巴尔德使用的德语，"lebende Seele"是德语中的通用用法）。

塞巴尔德的作品可以让你联想到狄德罗把他的图书馆卖给凯瑟琳大帝[2]的情景：他像是在下载所有他曾经读过的东西。这里有十九世纪奥地利作家阿

---

[1] 泽布吕赫（Zeebrugge），比利时西部港口城市，为比利时第二大港。
[2] 即叶卡捷琳娜大帝。

达尔贝特·施蒂弗特[1]的幽灵（身陷危险但仍然好奇的旅行者，在一片陌生而险恶的风景中行走）；有瓦尔特·本雅明的（精心设计的类比和正式的修辞）；有托马斯·伯恩哈德的（执意追求的、喜剧化的夸张倾向）；有彼得·汉德克的；以及最重要的，卡夫卡的幽灵。正如卡夫卡笔下的主人公一样，这位塞巴尔德式的叙述者很容易因一些本应属于惯性的互动而感到疏离或心神不宁：订酒店房间，驾车驶过新泽西州的高速公路，坐在伦敦火车站里，在老家德国搭乘火车。和卡夫卡一样，在他的小说中，有着数量不同寻常的身体怪异、畸形或者侏儒的形象。在《移民》中，亨利·塞尔温大夫由一个名叫伊莱恩的女佣照顾，她"像精神病院里的病人一样把头发剪得高高的"，而且她还有一个令人不安的习惯，她会突然爆发出"奇怪的、明显没有动机的、嘶嘶的笑声"。

有时候他的哥特仿作有些过火。在《土星之环》中，阿姆斯特丹史基浦机场的气氛给这位苦恼的叙述者留下了深刻印象，它是那样"奇怪的沉默，以至于人们可能认为自己已经离开了这个世

---

[1] 阿达尔贝特·施蒂弗特（Adalbert Stifter, 1805—1868），奥地利小说家。

界"。如果读者是在毕希纳的《伦茨》(写于1836年,关于一个人陷入疯狂的华丽叙述,塞巴尔德在诺里奇教书时讲授过)中遇到如此描写,可能会信以为真,但该角色不过是一个与塞巴尔德十分相似的现代学者,一个碰巧在做一些书籍研究同时路过某欧洲普通机场的人物,就显得有点做作,甚至有点儿预感不祥的意思。

然而,塞巴尔德也从这种自觉的好古癖中提取了一些无法解释的东西:一种神秘的当代寂静,一个现时的平行世界。他的书以复制旧照片而著称,但他的散文本身就像一张老旧的、无从辨别的照片。请看这段美妙得令人不安的描述,出自《奥斯特利茨》,写的是德国军队进入布拉格的情形:

> 第二天早上天刚刚亮,德国人就真的在一场大风雪中挺进了布拉格,这场风雪让他们像是凭空冒出来的一般。他们穿过了桥,他们的装甲车驶过民族大街,此时整个城市陷入了深深的寂静之中。人们在回避,从那一刻起,他们走得更慢了,就像梦游症患者一样,仿佛再也不知道自己要去哪里。

是谁在说话?塞巴尔德一般套路的特点是,我们在这里读到的东西并非直接由作者本人叙述。雅克·奥斯特利茨为了寻找自己的身世来到了布拉格，在这里他找到了薇拉·雷萨诺娃，三十年代里他的保姆。因此，在这段话中，雅克·奥斯特利茨向该书的叙述者（回到当代伦敦）回忆了在布拉格时，薇拉告诉他的德国占领该城的事情：一条至少由三个故事讲述者（薇拉—奥斯特利茨—叙述者／塞巴尔德）及多于三个的年代组成的长链。这也许可以解释为何其措辞是这般压抑和内敛。此书的行文有着塞巴尔德作品所惯有的形式，还要加上他那近乎学究式的夸张手法（"从那一刻起，他们走得更慢了"）。而这样的文字之所以强大，是因为它既真实又虚幻，它是生动的图画同时也是一个被冰冻的寓言。塞巴尔德在这里描述的是一种共同的死亡，一种分崩离析；这幅文字图画中的人，就像他在《土星之环》中描述的被砍伐的树木一样，仿佛陷入了某种昏迷状态。这里确实有人，但他们正处于变成非人的过程中。

塞巴尔德笔下已经石化或者空洞的风景常常是这样的地方，活人在此地已经消失在死亡之中；或者活人甚至在尚有一息时就已经陷入了死亡的模糊中。《移民》可能是塞巴尔德最好的作品，它有一组四个故事，写的都是以如上方式分崩离析的人，仿佛是为历史所剥夺。他们受到一种内生的消耗性疾病的折磨，他们的生命就像午后的光线一样逐渐减少。此书比他创作的其他任何一部作品都更接近于纪录片。人物的名字和一些细节有所改动，但他们留在纸面上的生活却非常接近他们实际的轮廓。

　　本书以亨利·塞尔温大夫开篇，塞巴尔德和妻子是1970年在诺福克郡一座乡村别墅的院子里遇见的他。塞尔温是一位退休的大夫，看上去生活得像个贵族隐士，住在自己的花园里建造的一座石头小房子里，几乎放弃了别墅大屋。在遇到塞巴尔德并对作者讲述了自己的人生故事后没多久，塞尔温大夫自杀了。另一个人物是保罗·贝雷耶特，其人物原型是塞巴尔德童年时的一位教师。塞巴尔德告诉我们，1984年时他听说了贝雷耶特自杀的消息，继而便打算去一探究竟。贝雷耶特有四分之一犹太血统，三十年代中期，正当他要开始自己珍视的教书生涯时，却被纳粹法律禁止从事这份职业。他当时追求着的姑娘海伦·霍兰德从他的生活中消失了，毫无疑问是被驱逐了，"可能先是被送到了特雷津"。贝雷耶特从未完全从这些可怕的丧失中恢复过来。第三个故事是关于塞巴尔德的叔公阿德尔瓦尔特，他是一个在美国当男仆的德国移民，身为移民，同时还是个未出柜的同性恋，他的人生承受着巨大的压力。阿德尔瓦尔特叔公最后在伊萨卡一家精神病院去世。第四个故事"马克斯·费尔贝尔"可能是四个故事中虚构成分最多的一篇,英国画家弗兰克·奥尔巴赫 7 岁时被从家乡德国送到英国,他的父母在大屠杀中身亡,这个故事正是基于他的人生。

塞巴尔德安静、腼腆、暗潮涌动的文笔,将折磨着这些人的漂泊和麻痹的混合物活生生呈现了出来。这些人藏起他们的伤口,但他们的生活却被这种逃避玷污了。塞巴尔德极其善于让这些伤口说话。比如说,塞尔温大夫出场时似乎是一个古怪的英国绅士,公认的诺福克怪人——有一次,他从自家窗户里伸出一支步枪打了一发,对此他解释说,这是他当年在印度还是个年轻外科医生时因为工作需要配的枪。但在之后的二十多页中,新的隐情逐渐浮出。第一就是大夫在花园小石屋里与世隔绝实属怪异。其次是存在于塞尔温大夫与富有的瑞士女继承人埃利的婚姻中的色欲与情感的双重死寂。某天晚餐中,塞尔温谈到了他在阿尔卑斯山度过的时光,那是 1913 年,他刚刚从剑桥毕业。当时他对他的登山向导,一个 65 岁的老者产生了强烈的好感。这当中有一种暗示,虽然暧昧但仍可以识别出,他的崇拜可能就是爱。大约过了一年多,塞巴尔德从塞尔温家搬出去后，二人再次见面，这回塞尔温向作者讲述了自己故事的其余部分。他是生于立陶宛的犹太人，1899年迁至英国并改名为赫尔施·塞尔温。在很长一段时间里，他都对妻子隐瞒了自己的"真实背景"，现在他想知道自己婚姻的失败是否与"暴露了我的身世秘密有关，还是说不过是爱情的消退"。我们察觉到塞尔温的生活是由压抑构造起来的，对此，塞巴尔德的写作同样以省略构成，完美地模仿了他的生活。当塞尔温说起暴露"身世秘密"的时候（这是唯一交代给我们的短语），他正面的意思指的是其犹太人身份；但也许不自觉地也指向了他的同性恋身份？

塞巴尔德是一位极具影响力的作家（在英语世界，特居·科尔、亚历山大·黑蒙、埃德蒙·德瓦尔、加斯·格林威尔和雷切尔·卡斯克等都曾师法于他），而影响最大的是他对整个生命的书写方式。他摆脱了那些侵染了众多现实主义小说的虚假程式——戏剧、对话、"实时"的伪装、动机的因果关系——像个传记作家一样，洞悉发生过的一切并写下来；也像《诗篇》第121篇中的耶和华一样，知道"你出你入"。塞巴尔德明白，生命是一座大厦，我们建造这座大厦有一部分原因是为了掩盖它的地基。而大厦和废墟之间的区别可能很难发现。生命的形式不过是个框架。塞尔温大夫只对作者讲了他能说得出口的事情，是一次充满了省略的叙述：即使面对一个亲密的朋友，我们对他的内心世界也缺乏真正的了解。

我们不是上帝，所以我们对他人生活的叙述是一种对了解的伪装；同时也是一种对了解的尝试和对我们知之甚少的忏悔。大多数传统小说，由于轻而易举从前辈处继承来的信心，而忽视或隐藏了忏悔这一要素，并掩盖了这项任务在认识论方面的困难；这种掩盖是大多数传统小说令我们感觉舒适和安慰的原因。塞巴尔德则将这项辛苦任务的不可靠性视为他写作的核心要素：这就是为什么他书中的故事，比如薇拉对雅克·奥斯特利茨讲述的德国人占领布拉格的故事，往往是沿着长长的叙述链传递的，这种叙述流动在这部小说中产生了典型的重复性表述"奥斯特利茨说"，或是进一步的"正如薇拉告诉我的，奥斯特利茨说"，或是我最喜欢的："奥斯特里茨说，'薇拉不时地回忆道，马克西米利安讲起会这么说……'"这些叙述链意义在于——让人联想到二战刚结束时接力传递一桶桶碎石的柏林人的队伍——我们这些读者必然处于链条的最末端。塞尔温大夫向作者讲述了他压抑的故事，而作者又将一个略微不那么压抑的版本传递给我们。薇拉到奥斯特利茨也同样如此。塞巴尔德尝试破译的努力在某种程度上必须也成为我们的：我们在试图解读这些材料，就像他这个狂热的作者兼研究者所做的那样。

每当我们盯着塞巴尔德的某张晦暗且没有说明文字的照片，就会最强烈地感受到这种检索的努力；同时，摄影在塞巴尔德的两本以大屠杀为主题的书《移民》和《奥斯特利茨》中占据了最重要的位置也并非巧合。从某种意义上说，检索即是《奥斯特利茨》的主题，小说主人公在成长过程中一直认为自己是一个名叫达菲德·伊莱亚斯的威尔士男孩，但长到十几岁才发现自己其实是二战时期的难民，真名为雅克·奥斯特利茨。尽管如此，雅克·奥斯特利茨还是花了很多年的时间才弄清楚他是如何来到英格兰的，以及从哪里来，而这一回溯之旅耗费了塞巴尔德这部高密集度小说的全部篇幅。九十年代初，奥斯特利茨来到布拉格，找到薇拉·雷萨诺娃，继而了解到了他一家人的命运：他在 1939 年被送上开往伦敦的火车，母亲被送往特雷津，而他的父亲逃往巴黎，最后一次听到他的消息据说是在法国的居尔集中营（许多犹太人正是从这里被驱逐到了奥斯威辛）。

西奥多·阿多诺曾经说过，死者的命运在我们手中，而记忆是他们唯一的拯救者："所以记忆是留给他们的唯一帮助。他们湮灭在记忆中，如果每个死者都像被生者杀害的人，那么他也就像他们必须拯救的人，无论拯救的努力是否会有结果。"这话听起来像是幸存者的忏悔，但阿多诺写下这些是在战前，1936 年。塞巴尔德从学生时代起就是阿多诺的忠实读者，尽管据我所知他没有在作品中引用上面那句话。但这可能就是他所有作品的题记。是拯救死者这一看似自相矛盾的任务激励了塞巴尔德的写作；死者是无法拯救的，而我们却在自己的失败中感到被他们审判。当我们放下关于人的文字，看着人的照片时，这种悖论显得最为尖锐，因为这些档案有一种存在感和可触性，是文字无法全然捕捉的。正如罗兰·巴特所说，照片"证明了我所看到的东西确实存在"。他补充说，在摄影中，"事物的存在（在过去的某个时刻）从来都不是隐喻性的"。但是当我们看老照片的时候，我们主要是在看那些已经死去的人：我们没能够拯救的人。巴特更进一步，声称"无论拍摄对象是否已经死亡，每张照片都是这场灾难"。

但如果照片证明了"我所看到的东西确实存在"，那么，一个小说家在他的文本中插入没有文字说明、真实性含混不清的照片时，会发生什么？

我们怀疑一张照片的来源，同时这张照片属于一份本身就是档案和虚构混合的文本，那么在这张照片中，"事物的存在"可能意味着什么？小说中的照片不总是在某种意义上具有"隐喻性"吗？像《移民》一样，《奥斯特利茨》中满是没有说明的黑白照片——维特根斯坦的眼睛；布伦东克监狱，犹太抵抗战士让·埃默里被纳粹折磨；利物浦街车站，儿童撤离专列的孩子们到达伦敦的第一站；人体骨骼；布拉格一栋战前公寓楼内的旧楼梯；国家图书馆；以及特别显眼的一张，雅克·奥斯特利茨小时候的照片，这张照片据说是雅克童年时布拉格的保姆递给他的。这张照片上是一个打扮成侍童的金发男孩，穿着斗篷和灯笼裤，它也装点了塞巴尔德这本小说美国版的封面。

这些照片中有些是它们声称的样子（布伦东克，维特根斯坦的眼睛，法国国家图书馆）；至于另一些，人们无法确定——例如，那个楼梯可能来自任何门牌号的战前公寓，地点是欧洲任何地方。当"雅克·奥斯特里茨"不过是 W. G. 塞巴尔德虚构的一个人物时，紧盯着一张"应该是"雅克的小男孩的照片意义何在？占据着这本小说的封面、凝视着我们的那个男孩实际上是谁？我们大概永远不会知道。这是一张诡异的照片，塞巴尔德借奥斯特利茨之口说起它来（在薇拉头一回把照片交给他时）：

> 此后，我多次研究这张照片，研究我站的那片光秃秃的平地，虽然我想不出那是在哪里……我在放大镜下检视每个细节，但从没发现过丝毫线索。在这过程中，我总能感觉到那个前来索要其应得之物的小侍童尖锐的、询问的目光，他在黎明的灰色光线中，在那片空旷的平地上等待着我接受挑战，带他躲开近在咫尺的不幸。

这个男孩似乎确实在打量我们，向我们索要些什么，我想这就是为什么当塞巴尔德碰到这张照片的时候，便选择了它。想来他大概是进了某家他喜欢去翻翻捡捡的旧货店，在某个装着旧明信片和快照的盒子里发现了它吧。2011 年的时候，我有个机会去内卡河畔马尔巴赫德国文学馆里查看塞巴尔德的档案——手稿、老照片、信件等等，这当中我翻到了印着这个男孩的明信片。急切想寻到点儿"线索"的我把他翻了个面。反面，只有价格和一个英国小镇的名字，都用墨水写在上面："斯托克波特，30 便士"。

文献的忠实性在历史研究领域是神圣的，塞巴尔德却惊人地引入了不可靠的令人忧虑的注释。当然，这并不是因为他瞧不上忠实记录历史的冲动；情况恰恰相反，这样做是为了表明，他身为一个与纳粹大屠杀没有直接联系的非犹太人，只是幸存者中的幸存者——还只是象征意义上的。还有可能是为了表明，写大屠杀小说、写下所有残暴之事的小说家，既无法、也必不可能与现实保持一种舒适且直接的关系。因为我就站在那里，站在德国的图书馆里，寻找着线索，仔细审视一张名字将永远消失的无名男孩的照片，并且重复的正是塞巴尔德小说中虚构人物雅克·奥斯特利茨所描述的那一种破译姿态。

塞巴尔德在《奥斯特利茨》中说了一些美妙的话，他说，就像我们要信守未来的约定一样，我们可能在过去也有约定要去信守，"在已经过去的事情中，为了那些几乎消亡殆尽的东西"。他写道，我们必须去那里，进入过去，寻找与我们有某种联系的地方和人，"也可以说，在时间的最远端"。最后这句话让我想起了《米德尔马契》中一个著名的段落，乔治·艾略特在这段中说，如果我们真的对世界上所有的苦难敞开心扉，那将像是听到草长的声音和松鼠的心跳一样，而我们会死于"沉默另一面的那声咆哮"。她最后作结道,我们中的大多数人,都企图用愚蠢塞满自己以求苟活。我们只有忽视那微弱但可怕的咆哮才能生存下去。在他的伟大作品中,塞巴尔德造访了时间的另一面,那也同时是沉默的另一面。他无法忽视它。

2017 年

成为他们

尼采曾在某处说过,勤劳、善良的英国人毁了星期天。我 12 岁的时候就知道了这一点——我指的是,他所说的星期天的那部分,和毁灭的那部分。在我小的时候,周日的早晨满是勤劳和美德:沮丧地挑选正装(领带、西装、灰色长裤);礼拜之前飞快的早餐;系带鞋被交到我父亲手里,他是一位抛光艺术大师(那块油腻的鞋擦子像食物一样被装在小铁罐里,闪闪发光)。然后便是教会里永恒的无聊,和其间带着笨拙的狂热的成年人。之后,是周日的午餐,一成不变,就像《拉德斯基进行曲》里面特罗塔一家周复一周吃的由烤牛肉和樱桃饺子组成的哈布斯堡周日午餐那样。一块牛肉、羊肉,或者猪肉,浇上肉汁,烤土豆,和各种炖烂到无可救药的蔬菜(软塌塌的花椰菜,碎碎的抱子甘蓝,苍白的欧防风,都被恶狠狠地煮过一遍,好像是要防止它们传染什么一样)。那是二十世纪七十年代,在英格兰北部的一个小镇里,但也几乎可以说是十九世纪七十年代。这其中唯一不同寻常的一点是,做午餐的是我的父亲。他负责我们家里所有的餐食,而且一直如此;我妈妈对厨房从不感兴趣,所以很高兴地退出了那块领地。

午饭后,父亲会带着疲倦,而又自居功臣般地——但并非得胜归来式地,单纯是心满意足地——一屁股坐进客厅的沙发里,伴着留声机里的古典乐睡过去。他会渐渐入睡,并不打算屈服。他想醒着听他最喜欢的作曲家,那是一个由贝多芬(钢琴奏鸣曲和弦乐四重奏)、海顿(弦乐四重奏)和舒伯特(艺术歌曲,尤其是《冬之曲》)组成的狭小而又丰富多彩的循环。这三位大师像牛肉、羊肉和猪肉在周日的轮转一样一成不变。我的兄弟姐妹和我都是学音乐的小孩儿,所以当我们想溜出家门时,父亲就会这样挽留我们:"先别急着走——你会错过这首的,下一首就是《椴树》了,菲舍尔-迪斯考唱得特别好,他比彼得·许莱尔厉害很多。"我父亲在论及音乐时总要将表演者分个高下;虽然他是一个很有悟性的听众,但他并不会演奏任何乐器。因此,我对那些周日下午的记忆,既是对音乐的记忆,也是对一堆名字的记忆:"这几首晚期奏鸣曲,没有人真正赶得上年轻的巴伦博伊姆,除了肯普夫。当然,肯普夫是一位和谁都不一样的钢琴家。我曾经在伦敦听过所罗门演奏最后两首。他非常快速有力。"里希特、肯普夫、施纳贝尔、巴伦博伊姆、布伦德尔、奥格登、波利尼、吉列尔斯、阿劳、米开朗杰利、菲舍尔-迪斯考、许莱尔、施瓦茨科普夫、萨瑟兰、洛特、维克斯、皮尔斯——这些都是我童年时的宝贵的名字。

几个月前迪特里希·菲舍尔-迪斯考去世时,我想起了那些星期天。有些讣告里说,他的名字,成了一种稳定、可靠的品质的象征。而这恰是他在我们家里扮演的角色(这并不是在否认他作为一个歌手所拥有的美妙歌喉,也并非在否定我父亲对他的仰慕之正确性)。我开始警惕那种丰富滑腻的音调,以及齐整、布尔乔亚式的流畅。同样难以忍受的是,我父亲会从沙发上抬起头来,冷静地说出双重保证:"菲舍尔-迪斯考,当然……棒极了。"真是让我焦躁不安。这个名字的形状和架势,就像是某些可靠的工厂或是百货商店,一家永远不会破产的公司。阿斯顿·马丁,劳斯莱斯,夏菲尼高百货,奥斯汀·里德,皇家恩菲尔德,菲舍尔-迪斯考。我父亲对英国公司的可靠性怀有极大的信心

(尽管我要说,这常常是与他眼前的证据相左的)。这是我们一家人的笑柄。一次晚餐后,墙壁上的一个插座爆炸了,擦出了一点儿小小的、有点儿味道的电火花。父亲作为一个科学家,稳步向前,毫不畏惧地走到墙边检查了插座。"MK & Crabtree,"他念了一遍制造商的名字,"完全可靠。"就着这番不动声色的应急反应,我们全都大笑起来,同时或许也心存感激地意识到,这可不就是真正危机的时候你最希望跟在他身边的那种人。菲舍尔-迪斯考,和 MK & Crabtree 一样,"完全可靠",虽说是拗口的德国名字。

无聊,周日的无聊……我把这个怪在基督教头上。在那些英国的星期日,所有商店都会虔诚地关门休息(甚至包括后巷里我和我最好的朋友去挑拣唱片的小店 Musicore),这事儿像夏天的闷热一般煎熬着我,使我昏昏欲睡。无处可去,无事可做。我哥哥在某种程度上比我更擅长逃跑;他会溜回卧室,然后我就能听到罗伯特·普兰特[1]的呜咽窜了出来,一剂欣喜的、魔鬼般的、阉伶似的解药,去对抗费舍尔-迪斯考沉稳男中音。("我应该离开你,

---

[1] 齐柏林飞艇乐队主唱。

很早很早以前。"[1]) 我母亲避而远之。于是，我和姐姐会和父亲坐在一起，有时他睡着了，我们也就睡了过去。

很久以来，我把这三位作曲家与星期天的那个世界联系在一起。海顿对我来说已死。即使是现在，哪怕我认识的音乐家和作曲家都对他有无尽的赞美，我仍然听不下去。在相当长的时间内，我只把舒伯特当作是个雪花纷纷、步履维艰的抒情歌曲作曲家。我拒绝欣赏歌曲的清澈之美，或是黑暗的痛苦；我曾对他精美的钢琴奏鸣曲一无所知，而现在那些都位列我最喜欢的作品之中。最可怕的是，我曾将贝多芬视为"月光"奏鸣曲里平静的糖果店老板；我听出了美丽，但仅此而已。那是一种可以在星期日的下午伴着入眠的音乐。一个愚蠢的评价。所有的紧张和不和谐，跳跃的节奏，奇妙的实验性赋格和变奏，半音阶的风暴，恩典停留的高潮（你穿过了风暴终于站在阳光之下，就像在 Op.109 和 Op.111 结尾一样）——简而言之，贝多芬所有激烈复杂的现代性都被我忽略了。

然后贝多芬又回来了——或许我父亲知道他总是会回来——在我二十出头，孤独、焦虑的时候，

---

[1] 出自齐柏林飞艇乐队的《柠檬歌》("The Lemon Song")。

带着被我儿时的麻木不仁压制了的顽强的浪漫主义呼啸着回到了我的身边。我现在无法想象没有贝多芬的生活,也无法想象我怎能不听贝多芬、思考贝多芬(他对我诉说,我对他倾诉)。和我父亲一样,我有很多钢琴奏鸣曲的唱片,尤其是最后三首,我听着年轻的巴伦博伊姆的演奏,像我父亲一样自言自语:"不像肯普夫那样清晰,但比古尔德好得多,古尔德弹贝多芬不靠谱,也许比布伦德尔更有意思点儿,还有,我想我刚刚听到他犯了一个小错误,波里尼肯定不会错在这地方……"

有时我会停下来,对自己说:你现在正在听贝多芬的钢琴奏鸣曲,就像你的父亲那样……在那一刻,我的感受混杂了满足与叛逆。叛逆,出于所有显而易见的原因。满足,因为儿女很像父母是很自然的事,并且在意识到这一点后整个人会有一种顺应天命的快乐。我的调门与父亲的完全一样,有人甚至会因此把我们两人弄混,我很喜欢这样。但后来我发现我对我的孩子们说话时就像我的父亲对我说话一样,用着完全同样的语气,带着同样的父亲式的旋律,这又让我为继承中的剽窃感到沮丧。一个人能有多么缺乏原创力?我打喷嚏的方式和他一样,带着一种戏剧性的嗖嗖声。我和他一样打鼾(因为鼻窦完全一样)。我会和他一样,平静地说

"是，是"。有一天，我发现自己有和他一样的小腿，带着一种我小时候嫌丑的有光泽但不闪亮的苍白，腿后面还有一些奇怪的没长腿毛的斑块——父亲总是不科学地将其归咎于裤料子对皮肤的摩擦。有时，当我坐着不做任何事情，我会有一种阴森诡异的感觉，觉得我的嘴巴和眼睛都和他一样。我面对危机时也和他一样，表现出令人恼火的镇定。我俩又必须有一些区别：我不会像他那样决定在五十多岁时成为一名牧师。我不信教，不像他那样去教堂，所以我现在的周日远不似我童年的时候那么无聊（商店现在周日都开门了，这种解放又带来了普遍的无聊）。我不是科学家（他是动物学家）。我不那么富有道德感，不那么禁欲主义，更多的是物质主义（"异教徒"是我自我安抚的委婉说法）。而且我敢打赌，他从来没有用谷歌搜索过自己。

今年夏天，我碰巧重读了莉迪亚·戴维斯的一篇优美的文章，题为《我应当如何哀悼他们？》。它只有两页半，整篇文章就是一个问题列表：

> 我应当保持房间整洁，就像 L. 那样吗？
> 我应当养成一种不卫生的习惯，就像 K. 那样吗？
> 我应当在走路的时候左右摇摆，就像 C. 那

样吗?

我应当给编辑写信,就像 R. 那样吗?

我应当经常在白天回房休息,就像 R. 那样吗?

我应当一个人住在大房子里,就像 B. 那样吗?

我应当对我的丈夫冷漠,就像 K. 那样吗?

我应当教钢琴课,就像 M. 那样吗?

我应当把黄油拿出来晾一整天让它变软,就像 C. 那样吗?

几年前,当我第一次读到这个故事(你若想把它称作别的什么类型亦无不可)时,我的理解是这是一篇哀悼逝去的父母的作品,部分原因是戴维斯最近的一些作品似乎是在间接地讲述她父母的离去。我认为名字的首字母可能属于作者的朋友——她们在这些年中陷入了悲伤的习惯。这是戴维斯式的轻喜剧,因为那些悲伤的习惯是如此日常(钢琴课,晾黄油),以至于它们算得上是生活的习惯,因此对标题中问题的回答必然是:"我无法选择哀悼他们的方式,正如你的动词'应当'所暗示的那样。我只能无奈地、故作意外地、用继续活下去来哀悼他们。因此,我就应当靠活着来哀悼他们。"

但是最近我和一个朋友谈到了这个故事,她觉得我遗漏了一些东西。"这说的不也是一个人变成了他父母那样,在父母逝去后继承他们的习惯和小动作吗?所以这也是在他们消失后,无论你是否愿意,都保留了这些习惯。"我的朋友告诉我,在她的母亲去世之前,她对园艺没什么兴趣(这是她母亲热爱的);母亲走了以后,她开始折腾园艺,而这为她带来了真正的快乐。

如果你只是通过成为父母那样的人来为他们哀悼,那么或许你可以在他们死前便开始为他们哀悼:当然了,我自己的三十多岁到四十多岁经历了一段漫长的确认之旅,终于认识到我绝对是我父母的孩子,我注定要分享他们的许多手势和习惯,而且这个成为他们或变得更像他们的缓慢过程,就像罗马人说的"欢呼与再见"[1],是致敬,也是告别。

我的父母依然健在,已是八十多岁。但在最近两年中,我妻子经历了她父亲因食道癌去世,并眼见着其母未到八十却陷入非常严重的、丧失语言能力的痴呆症。她为父亲抱有一种悲痛;而为母亲则抱有另一种悲痛,为失去她的母亲,以及将更进一步地失去她的母亲而悲痛——分阶段的悲痛,阶梯

---

[1] 拉丁文为 ave atque vale,英文为 hail and farewell。

式的悲痛。我对她说:"我还没有经历过你所经历的。"她回答:"但是你会的,而且这不会太远了,你明白的。"

不会太远了,我的父母比我更清楚这一点;他们明白他们在一起的生活摇摇欲坠,一切的平衡都建筑在他们日渐衰败的健康这一微弱的基础之上。这种前景没有什么独特之处;这不过是因为他们的年龄,还有我的年龄。我父亲今年两度入院。当他就这样消失时,我的母亲便要为了生存而斗争,因为她患有眼底黄斑病变,看不见东西。父亲第二次住院时,我奔往潮湿的苏格兰,发现她几乎被圈在了饭厅里,那儿有一台很猛(而且也丑得很刺眼的)电子壁炉,她基本上就靠麦片维生。餐桌下面的地毯上撒满了燕麦,就像仓鼠笼里的地板一样。父亲出院时,他健壮的人生里第一次拄上了拐杖,看上去也比过去虚弱多了。我哥哥推着他坐在轮椅上兜了一圈超市。

我花了一周的时间在父母的家中帮忙,花了几天的时间才发现有什么东西不见了。这事儿纠结着我,先是微微地,然后变得强烈,最后我终于意识到了那是什么:屋子里没有音乐。然后我发现实际上家里已经有一段时间没有音乐了,之前几次我回家时也同样缺乏音乐。我问父亲为什么不再听音乐了，却震惊地得知他的 CD 播放器已经坏了一年有余，而且因为新的 CD 播放器似乎很贵，所以他也不想再换新了。这种情况对他造成的困扰似乎远比对我的小。要是没有了我父亲坐在扶手椅上聆听海顿、贝多芬或舒伯特的画面，我便几乎无法想象他们的生活。但当然了，对他的这种想法本身就是我的旧时记忆，因此就像是一张保留了某个年轻人习惯的照片——他被定格为我童年时代的中年父亲，而不是因为我住在三千英里之外所以现在很少见到的那个变得相当不同的老人，那个对听不听音乐也并无所谓的老人。因此，当我成了他，他也成了另一个人。我想，也许他只是太忙于照顾妈妈而没有时间放松。他有很多事要做：他是厨师、司机、采购、会计、会用计算机的人，搬木头或煤块来生火的人，在东西破损时修东西，把猫放出家，晚上负责锁门的人。也许他太忙于为我的母亲担忧了，也为他们两人都略感到有些害怕，无法像他以前那样坐着，胜利地、平静地、安稳地。

或者，这只是我投射到他身上的恐惧。当我还是个少年时，我曾经认为菲利普·拉金的那句关于"生活首先是无聊，然后才是恐惧"的话，对无聊的看法是正确的，对恐惧的看法是错误的。生活有什么好怕的？现在，47 岁的我认为应该反过来：生活首先是恐惧,然后是无聊(也许写《晨歌》时恐惧的拉金是知道的)。为自己感到惧怕,为那些自己爱的人惧怕。这些天我睡得很差;我躺在床上无法入睡,充满了忧虑。各种各样的忧虑,从小事开始,然后越来越大。我写书评居然还能领到钱,真是荒唐!这能持续多久?那些该死的东西又有什么意义呢?到底为什么钱不会花光呢?我五年后还能活着吗?说不定会得上某种致命的疾病吧?我该如何应对死亡和失去——应对我父母的死亡,或是更糟糕的、难以想象的,我妻子或孩子的死亡?若是像我岳母那样失去理智,得有多么可怕!或者失去所有行动力,但没有失去理智,成为囚徒,就像可怜的托尼·朱特[1]一样。要是面对这样一张诊断书,我是否有勇气自杀了事?我父亲有胰腺癌吗?如是等等。

这些焦虑并没有什么特别之处。它们是平庸的,甚至有点滑稽,正如佩尔·帕特森的小说《我诅咒时间之河》中的母亲,她在得到来自医生的坏消息时,明白过来了:"好嘛,我在这里一宿接着一宿、一年接着一年地躺着睡不着,特别是孩子们还

---

[1] 托尼·朱特(Tony Judt,1948—2010),英国历史学家、作家、教授,晚年罹患肌萎缩性脊髓侧索硬化症,即渐冻症。

小的时候，我害怕死于肺癌，然后我得了胃癌。可真是浪费时间！"这不过是时间的河流，也是时间的虚掷。但事情就是这样。有时，我反复地喃喃自语，一部分原因是想让自己平静下来，"我应当如何哀悼他们？"到底该怎么做？这听起来像是一首优美歌曲的标题，一首德语哀歌，一首我父亲在周日下午或许会听的歌，在他还听音乐的时候。

2013 年

堂吉诃德的"旧约"与"新约"

被堂吉诃德误以为是巨人的著名风车,与勾起普鲁斯特的记忆味蕾分泌唾液的小玛德莱娜蛋糕可谓异曲同工:它们都出现在小说开头不久(那两部小说之长,至少在英语世界,赞的人比读的人多)。在更深的层面,塞万提斯也许像普鲁斯特。两者都是喜剧作家,虽然完全泥足人间,但他们的小说经常有出尘之思,轻飘得难以捉摸。米格尔·德·乌纳穆诺,这个非常理想化的西班牙哲人,认为《堂吉诃德》是"深邃的基督教经典"、真正的西班牙语圣经;因此他在评论这部小说时,眼里似乎没有看到任何喜剧场景。奥登认为,《堂吉诃德》是一个基督教圣徒的画像。美国的哈罗德·布鲁姆未必是乌纳穆诺的拥趸,却也提醒我们,"《堂吉诃德》可能不是经文",但它如莎士比亚的作品一样,包含了我们芸芸众生;这听上去与其说是世俗的提醒,不如说是宗教的悲叹。

这就是为何读《堂吉诃德》时,仍然有必要提醒注意书中的粗野、世俗、暴力,尤其是喜剧,提醒我们作者允许我们看到人间古怪的狂笑。如果说所有的现代小说都滥觞于堂吉诃德的浪漫故事,原因之一也许是塞万提斯的小说包含了所有重要的喜剧桥段,从滑稽闹剧到微妙反讽,从鸡毛蒜皮到辉煌崇高。首先当然是自大的喜剧。"好啦,我的任务完成了,你认为我的书怎样?"这种自大的口气后来被答尔丢夫漂亮利用,被奥斯丁的柯林斯先生漂亮利用(柯林斯向伊丽莎白求婚时逐条列出了他娶她的好处)。堂吉诃德是具有伟大骑士风范的自大狂。他最有骑士风范时,就是他最自大时。正如可怜的桑丘·潘沙跟着堂吉诃德吃了几番苦头(扬古斯人的鞭打、被一群人裹在毯子里踢皮球)之后,堂吉诃德依然有勇气告诉桑丘,这些事情好比遇到鬼,因此不算真正发生在他身上:"你不必为落在我身上的不幸而悲伤,因为没有你的事。"同样是堂吉诃德,后来在小说中失眠,就把仆人弄醒,理由是:"好仆人就应该感主人之所感,悲主人之所悲,哪怕装样子也好。"难怪,桑丘在另一个地方形容这个游侠骑士:"像一个人挨了打之后发现自己是帝王。"

尽管堂吉诃德经常很可笑,但这个自大狂却不会自嘲。塞万提斯写了一个曲折的神奇场景。堂吉诃德和仆人骑马行走在山间,突然听到恐怖的声音,立刻停止前行。他们都很紧张。堂吉诃德决定去探个究竟,桑丘怕得掉眼泪;堂吉诃德见桑丘落泪,也感动得落泪。他们最后发现,声音来自"六把小木槌"。堂吉诃德看看桑丘,看见"他鼓起腮帮子,嘴里全是笑,显然就要笑出声来;见到桑丘这样子,堂吉诃德的忧伤也不至于大到可以抑制笑对方;桑丘见主人大笑,嘴巴像洪水闸门猛地打开,只好用拳头拼命压住腮帮子,怕笑出声来"。堂吉诃德见桑丘笑他,恼火之下就用长矛打桑丘,边打边数落:"我读过的骑士小说数不胜数,从来没有发现仆人像你一样这么放肆。"《堂吉诃德》中这样的场景很多。随便读两页,读者就会穿过不同的笑室:同情、反讽、讽刺或会心的笑。

《堂吉诃德》是借虚构来探讨小说和现实关系的伟大作品,同样,其中许多喜剧都具有自我意识。当一个或几个人物仿佛走出书中,对非虚构的现实或直接对看客说话(这是哑剧表演和即兴喜剧的主要特征),喜剧就开始诞生。《堂吉诃德》下卷（1615）与上卷（1605）相隔十年。可以说下卷是对反讽的反讽。堂吉诃德和仆人再次去游侠，结果发现他们已成了名流，因为在这十年间出现了一部关于他们恶作剧的书，也就是我们刚读完的上卷。因此，塞万提斯把他自己写小说的事实穿插进了下卷。他很高兴捅这个认识论的马蜂窝，惹一大堆麻烦。在下卷中，堂吉诃德和桑丘就在这堆麻烦里面折腾，正如他们借助先前的虚构来强调他们的现实，他们现在要上演喜剧的高潮。但是，早在这些麻烦出现前，在上卷被扬古斯人殴打之后，桑丘就问过主人："既然这些不幸是骑士的收获，那请告诉我，尊贵的主人，它们是经常发生，还是偶尔来临……"桑丘在对看客眨眼，似乎是说："我知道我在演戏，我的主人也知道。"然而，这部小说可怕的辛酸之处恰在于堂吉诃德不知道他在演戏。

　　桑丘问得非常有理，如果暴力就像漫画，漫画的法则就该遵守，我们该得到公平的预告，前面会有暴力，正如人行道上提前看到预告小心香蕉皮或者潜行的猫投下的大黑影。许多漫画规则的确在堂吉诃德身上出现。比如，虽遭鞭抽、殴打、踢皮球和骨折，两个主人公看起来伤都不重。他们总会把搔平的背影从地上拔起来。当然也有闹剧：有一次堂吉诃德想宰一只羊，结果被牧羊人打了，他叫桑丘看他嘴里打掉了多少颗牙齿。桑丘看的时候,堂吉诃德吐了他一脸。当桑丘意识到主人吐的不是血而是口水时,立即吐回去。这样的低级闹剧很多,包括那家完全没有必要的客店,就像巨蟒剧团(Monty Python)小品中的芝士店。

今日这些充斥暴力的闹剧遭人讨厌和排斥;事实上,穿过所有这些毫无必要的"血"景,可能很单调:赶骡的人用长矛狠打堂吉诃德,"就像打麦子一样";巴斯克地区的仇家削了他"半只耳朵";扬古斯人打断他几根肋骨;赶骡的人打得他满嘴是血;牧羊人打掉他牙齿;他释放的罪犯用石头砸他。弗拉基米尔·纳博科夫发现这本小说很残酷,从来没有改变对它的厌恶感。在被昆汀·塔伦蒂诺污染的时代,当"现实"像置于鬓角一样的引号之中,那些暴力与其说残酷,不如说非常不真实。不真实的证据之一就是受害者是杀不死的。但塞万提斯的暴力也另有妙处。它强烈反对理想化。它让我们看到,好心的堂吉诃德往往最终将好心加于人。小说开场不久,堂吉诃德碰到童仆安德列斯遭主人鞭打。他坚信骑士的使命就是解救受压迫的人,于是送口粮给这家主人。后来安德列斯再次出场跟堂吉诃德和他朋友解释说,事情"与恩人您想的大不同",主人回家打得更狠,每次还调侃说怎么愚弄堂吉诃德。安德列斯临走时乞求堂吉诃德,下次再碰到他挨打,哪怕他被打成碎片,"千万别来帮我,千万别来救我"。

这是堂吉诃德的模式。有一次,堂吉诃德攻击几个守着一具死尸的苦行者。他确信死的是个骑士,他必须为之报仇。他指控那些可怜的苦行者杀人,他打伤了其中一个年轻人的腿。堂吉诃德自报名号是骑士,"使命"是"行走江湖,打抱不平,伸张正义"。那个年轻人立刻犀利地反驳说,根本不是那么回事,堂吉诃德打断他腿之前,他好好的,"现在落得残疾;我真是倒了八辈子霉,碰到一个多管闲事之徒"。

写小说有点儿像办企业。发明了新机器、产品或专利,要不断运行下去。发明一个核心故事也是如此,要作为合理的行为和作为标记或象征同时生效。想想漫游俄罗斯到处收购"死魂灵"的乞乞科夫(果戈理写作时想为书名保密,因为他深信书名会泄露他的"发明"线索);想想贝娄笔下给伟大思想家和公众人物疯狂写信的赫索格。这些是宏大的观念。在《堂吉诃德》中,一个家道殷实的西班牙小绅士,"家里架子上有一把长矛,有一面旧盾,养了一匹瘦马,一条猎犬",嗜读骑士传奇,突然迷上这个想法:民间故事和小说中的骑士都是真人;

而且,"在他看来,戴上盔甲,骑上瘦马,当一个骑士,闯荡江湖,除暴安良,这既合情,也必要,既能扬名立万,也能为国效劳"。

当塞万提斯发明了疯狂的堂吉诃德,把他推进卡斯蒂利亚平原演绎那种疯狂,这时他就为那盏阐释学的小钟上好发条。凭借这盏神奇的小钟,我们能够知道时间。堂吉诃德的误读——他决定将虚构读解为现实——准许我们数百万次阅读他,因为塞万提斯尽可能将堂吉诃德的游侠欲望设置得汗漫无边。我们知道堂吉诃德明白自己在做什么,但他真正在做什么?他的追求代表什么?他对世界的误读代表了纯洁的理想尽力在野蛮的现实世界立足这种惨烈而好笑的战斗吗?或者,我们可否将理想和现实换成灵与肉?(在这种认知图式中可怜的桑丘总是被视为肉体的象征。)或者,换成文学和现实?或者,可否认为堂吉诃德是专制的艺术家,竭力按照他的世界观来塑造这个桀骜的世界?

堂吉诃德的浪游一直以来如此被理想化(不是说基督教化),这句话与其说表达了对塞万提斯小说的看法,不如说表现了基督教的理想化倾向。认定堂吉诃德是精神圣徒或狂热传教士的人,似乎对他引起的混乱和痛苦视而不见。然而,那个被鞭打的童仆安德列斯没有说错:堂吉诃德的好心办了坏事，走向了反面。那么，塞万提斯也许不只是对他那骑士的虔诚的胜利感兴趣，还对他那虔诚的失败感兴趣？尽管关于塞万提斯的天主教思想人们已经说了许多，但可以补充一点，这后一种兴趣或许有一种世俗的甚至是渎神的倾向。对《堂吉诃德》很有兴趣的陀思妥耶夫斯基肯定是看到了这点才创造出了梅什金公爵，这个堂吉诃德式的白痴，他基督般的行为结果却在污染周围的世界。对于这个世界来说，梅什金公爵不仅是太好，而且是太好得要命。

当年轻苦行者抱怨堂吉诃德打伤他的腿时，两人陷入了一场神学争论，关于自然神学的争论，我们如何为上帝设计的世界辩护。年轻人是怀疑论者，他断言他守着的人"死于瘟疫发烧是上帝的旨意"。堂吉诃德坚守传统的正统立场，"并非所有的事物……恰好以同样的方式发生"，他捍卫自己的杀人指控。有那么一个神秘的片刻，堂吉诃德好像将自己比成上帝，比成一个神，这个上帝或神的行为我们捉摸不透，但他的决定似乎给我们带来了难以理解的痛苦。

塞万提斯的《堂吉诃德》布满了渎神的碎片；这就是为何它是世俗喜剧的伟大奠基者。小说中，堂吉诃德经常被朋友和熟人形容为布道者、传教士或圣徒。他自诩在做基督的工作。有一次,他和一个教长谈话,这个担任圣职的人责备他不应该读骑士故事那些愚昧虚假的东西,应该读《圣经》。堂吉诃德反驳说,伟大的骑士故事不是虚构。比如,谁会否认皮埃尔和美丽的马格洛娜真实存在,因为今日我们还能在皇家军械库里看到"比马车杆还大一点儿的战车杆,英勇的皮埃尔用它驱使木马腾云驾雾"。尽管教长否认看到过,但破坏力已产生。亵渎的话就如由于高烧而生出的幻景。堂吉诃德如何来为明显虚构之物的存在辩护?证据是有遗迹。这个逻辑是不可避免的:假如用遗迹可以证明纯粹虚构之物为真,那么,通常用于证明宗教真实性的宗教遗迹可能就是虚构。在一个天主教国家,在反宗教改革的狂热之时,这是多么渎神!后来,在下卷开头,堂吉诃德辩称,另一个民间故事人物、传奇"巨人摩根特"肯定存在,因为我们都相信——我们都相信吗?——《圣经》中的巨人歌利亚存在。塞万提斯和弥尔顿、蒙田和皮埃尔·培尔(Pierre Bayle)等人构成了一个门槛极高的作家圈子,他们像商家一样,乐此不疲地在前门热烈地迎神,同时从后门走私渎神的玩意儿。

这类调侃在小说下卷得以延续。堂吉诃德和桑丘发现必须证明他们是自称的传奇人物。下卷比上卷更有趣感人，但许多读者根本没有读到这令人叹为观止的下卷就放弃了，的确有些可惜。下卷中的故事大致可以用一个比方概括：耶稣基督在公元1世纪左右的巴勒斯坦漫游，想说服人们相信他是真正的弥赛亚。但这是个艰巨的任务，因为施洗约翰非但没有为耶稣基督开路，反而自称他是真正的弥赛亚，去了加略山，在十字架上受刑。由于许多人听说约翰之死和复活，耶稣发现自己要不断接受狐疑的听众的考验：他能否表演这种或那种神奇？而且，当耶稣听说约翰在加略山的十字架上受刑后，他决定换种策略来证明他是真正的弥赛亚：他放弃去加略山，转而前往罗马舍身喂狮子。他最伟大的梦想出人意料地破灭了，他觉得疲惫、幻灭、悲伤。在他最宠爱的使徒和助手彼得的陪伴下，他出发前往罗马。彼得很同情他，就和其他使徒一道说服耶稣，他应该放弃这种弥赛亚的笑话，回到索伦托那样的好地方。耶稣顺从地听了建议，回到索伦托，不久就生病死了。在临终之际，他放弃了宣称自己是神，表示他相信了无神论。

用"旧约"和"新约"为例，也许是解读塞万提斯在小说下卷中玩的复杂而微妙的游戏的最便捷方式。由于塞万提斯的小说《堂吉诃德》上卷的出版，堂吉诃德和仆人现在成了文学名流，人们想要见见他们，考考他们，掂量他们的真实性。当然，这对著名的主仆不知道塞万提斯怎么描述他们，因此人们实际上在背后笑他们。因为名流会引起模仿，就有一个骗子冒出来自称是堂吉诃德，反诬我们的骑士（也就是塞万提斯的堂吉诃德）是个骗子。的确，在1605至1615年这十年间，塞万提斯的小说在现实世界激发了仿作。1614年，市面上出现了一本书，书名就叫《堂吉诃德》（下卷），作者是阿韦亚内达的阿隆索·费尔南德斯（关于此人我们知之甚少）。塞万提斯听到阿隆索的骗局时正在写下卷，决定就将这也写进小说中。在第59章，堂吉诃德听到卧房隔壁两个人在议论阿隆索的书。他生气地去问这是怎么回事。当得知在阿隆索的小说中堂吉诃德要去萨拉戈萨，他就决定不去萨拉戈萨（事实上他本来打算去），而去巴塞罗那，"这样一来，我要对世人宣布这个作家在说谎，人们会知道我不是他说的堂吉诃德"。

塞万提斯的伟大反讽是一个接一个出现的虚假地平线。两个虚构的人物，为了证明他们的"真实"，必须求助于小说的上卷，而同一个作家正在创作这部虚构的恶作剧的下卷。于是这些虚构人物必须与其他虚构人物争论，他们是塞万提斯的人物，不是阿隆索的人物。这样一来，有我们在读的小说（下卷），有首先创造出这些人物的小说（上卷），有相同人物名字的伪作。这三部作品胶合在一起，彻底剥夺了"现实"的经验内涵。现实只是另一堵破裂的墙，显然保护不了任何人免于怀疑主义的蹂躏。

但当塞万提斯最喜剧和最自我指涉的时候，堂吉诃德和桑丘最真实。这是小说伟大的悖论。小说的下卷属于桑丘，随着故事推进，他变得越来越睿智和有趣。他对主人的爱催人泪下，这是显然的。堂吉诃德在为生命而战——在崇高的反讽意义上，意味着他在为他的虚构而战（当然他不会明白这点）。堂吉诃德认为这是极其重要的，他就是他说的样子，大家要相信他。如果说在上卷中，堂吉诃德是一种复制的复制（一个读了太多劣质小说后要实践文学幻想的人），他在下卷中就变成了另一种复制的复制（一个回应自身虚构性的人）。当他要一个名叫阿尔瓦罗·塔非的行者承认他是真正的堂吉诃德，不是阿隆索的堂吉诃德，还强迫那人签一份证明书时，我们哈哈大笑，但我们也对这种可怕的行为不寒而栗。一份证明书！颁发一份证明书来否认另一份证明书。当然，堂吉诃德不能用他的证明书来证明他的现实性。他只是（向知道是怎么回事的我们）证明，他出现在塞万提斯的上卷。伊塔洛·斯韦沃肯定想到了这一刻,他笔下的喜剧主人公泽诺要医生签一份证明书,证明他不是疯子。泽诺将证明书交给父亲,父亲眼含着泪说:"啊,你真是疯了!"当堂吉诃德四处张扬他的证明书时,读者也会眼含着泪说同样的话。

一个幻想,在上卷似乎有时是笑话,有时很单调,更多时候深不可测,在下卷中变成了没有它堂吉诃德等人就活不了的东西。我们所有人都想堂吉诃德继续他的疯狂。我们渐渐相信他的疯狂,部分原因是,正如在莎士比亚笔下当人物强烈地相信自己是真实的时候,我们也跟着相信,部分原因是我们不知道"信仰"究竟意味着什么。到了小说结尾,我们都变成了小堂吉诃德,靠虚构出来的骑士喜剧长大。我们心甘情愿地幻想着,已不清楚我们脚下的大地。

因此,当堂吉诃德决定不再漫游回家做牧羊人时,这给人极大的震惊。更令人震惊的是,堂吉诃德突然死了。他发高烧,卧床六日。医生说他泄气了,活不了。他昏睡过去,然后醒过来,宣布治好了疯狂。他谴责"所有骑士故事亵渎历史……",塞万提斯写道,在场的人听到这话,"无疑都相信他被新的疯魔占据",这是全书中最为喜剧的句子之一。堂吉诃德把桑丘叫到身边,求他宽恕:"我以为世界上一直都有游侠骑士,我掉进了错误的陷阱,连累你也掉了进去。"桑丘哭着说:"不要死啊,主人。"堂吉诃德留下遗嘱,给桑丘留了些钱。三天后,"在送终的人同情的哭声中,他放弃了与死神的挣扎;我的意思是说,他死了"。

这段贫乏得近于笨拙、拒绝打扮成光彩照人的文字非常动人,面对自己创造出的人物的消逝,塞万提斯像是陷入了无言的悲伤。堂吉诃德变成了他对自己的虚构,离开了虚构,他就无法生存。他一放弃虚构,肯定就开始枯萎。所以,临终时,他宣布自己纯属虚构。但桑丘留下来继续活着。谁是桑丘?早在小说开头,堂吉诃德羡慕地说起桑丘:"他怀疑一切,他相信一切。"这难道不是小说读者的绝佳写照?桑丘就是堂吉诃德的读者,继续像小说读者一样活着,相信一切,怀疑一切,跟着小说中的忠诚和怀疑,变得忠诚和怀疑,成为堂吉诃德遗嘱的幸福继承人。

陀思妥耶夫斯基的上帝

1

"耳光"的世界：大家都知道，这是陀思妥耶夫斯基的世界，他那充满羞辱、蔑视、打击和轻贱的"地下室"世界。在《群魔》（1872）中，令人讨厌的革命者彼得·韦尔霍文斯基拜访基里诺夫时告诉他，他杀了沙托夫；基里诺夫说："你杀他是因为他在日内瓦吐了你一脸口水！"这时，我们知道，我们深陷蛛网密布的地下室；我们知道，这种蜘蛛心理是文学中的新东西。

我们先来看几个场景。

首先是《地下室手记》（1864）。叙事者地下室人，有一天在小酒馆挡了一个五大三粗的军官的道，被拎起来丢到一边。叙事者觉得这么随便被打发是受了羞辱，因此夜不能眠，幻想要如何报仇。军官每天都要经过涅瓦大道。叙事者就跟踪他，远远地"崇拜"他。他决定迎面走过去，等到相遇时，他（叙事者）纹丝不让。但一天天过去，就在身体相遇的刹那，他总是心虚，先让出道，看着军官大步流星地走过去。夜半醒来，他老是问自己："为什么总是我先动摇？为什么是我不是他？"最终，他坚持不让道，两人擦肩而过时，叙事者欣喜若狂。他哼着意大利咏叹调回家，觉得雪了耻。当然，这种满足只持续了一两天。

其次是《永久的丈夫》（1870）这个漂亮的中篇。被戴了绿帽子的巴维尔·巴夫洛维奇，在妻子刚过世后来到彼得堡，他想折磨她的情人维尔查尼诺夫。他的确给维尔查尼诺夫带来了折磨，特别是因为维尔查尼诺夫摸不清他是否发现了妻子的外遇。巴维尔一再登门拜访维尔查尼诺夫，死守住秘密来调侃折磨他。他知道妻子的外遇吗？然而，以典型的陀思妥耶夫斯基的方式，复仇故事凝聚成了变质的爱。结果，戴绿帽的丈夫真的爱上了妻子的前情人。巴维尔不忍心维尔查尼诺夫独生，他对他的"折磨"疯狂地摇摆于热烈崇拜的情话、低三下四的谦卑和灭绝人性的仇视之间。维尔查尼诺夫最终认定，巴维尔来彼得堡是要杀他，巴维尔来彼得堡是因为恨他，同时他也坚信，巴维尔爱他，因"恨"而生爱，"最强烈的那种爱"。在故事结束，他们最终分别时，维尔查尼诺夫伸出他的手，但巴维尔畏缩了。维尔查尼诺夫一脸坏笑骄傲地说："要是我，要是我在这里主动向你伸出这只手……那你不妨握住！"

最后再看写于陀思妥耶夫斯基晚年的《卡拉马佐夫兄弟》(1878—1881)。费多尔·巴弗洛维奇，卡拉马佐夫家的老爹，一个小丑、傻瓜和恶人，要去当地修道院的饭厅。他在圣洁的佐西玛长老房间已出了丑。费多尔认定他在饭厅里也要出丑。为什么？因为，他心里想："无论到哪里，我看起来老是不如人，大家都当我是小丑——那我就演小丑好了，因为你们比我还不如人。"他这样想时，记起了有人问过他为什么恨某个邻人，他的回答是："真的，他没有对我做过任何事，但我有一次用最无耻、最肮脏的诡计陷害过他，我在陷害他时，立刻就因此恨他。"

可以肯定的是，在这些场景中有黑色幽默一样的新奇，但那是什么东西？难道只是人物刻画，正如陀思妥耶夫斯基相信俄罗斯的灵魂很"辽阔"，这些人物有如深渊，神秘莫测地转向。那也不只是展示司汤达在《自恋回忆录》中所说的现代感情——"嫉妒、羡慕和无能的恨"（司汤达毕竟只是陀思妥耶夫斯基地下室世界的园丁，相较而言算是和蔼的地上人）；不只是通常所谓的怨恨。也许，在谈到新的内心世界取代旧的内心世界时，卢梭最为接近陀思妥耶夫斯基的创新，比如，用现代虚弱的自爱和虚荣来取代美德和邪恶。因为显而易见，除了最圣洁的人物之外，骄傲及其变形是陀思妥耶夫斯基笔下人物洗刷不掉的习惯。那个地下室人，那个戴绿帽的丈夫以及费多尔·卡拉马佐夫，看起来全都在做损人不利己的事情。作为虚构人物，他们新颖或现代的标志是，他们不停地反复这样做。某种意义上，从理论上说，他们这样做，是因为他们的志趣就是维护他们的骄傲。（我使用"理论上"一语，意思是陀思妥耶夫斯基对心理怪癖的兴趣不是抽象的而是哲学的兴趣；《永久的丈夫》有一整章心理阐释，标题就叫"分析"。）

当我们想到陀思妥耶夫斯基式的典型行为，肯定就想到高傲和谦卑的古怪混合，共存于同一个人，彼此奇怪地威胁。那个地下室人，那个反资产阶级的妖鬼，时而讨人喜欢，时而愤怒尖叫。彼得·韦尔霍文斯基，对手下颐指气使，充满仇恨，但对他心目中的英雄、那个强奸小孩的斯塔夫罗金，则像绵羊一样充满崇敬。斯麦尔加科夫，杀害费多尔·卡拉马佐夫的真凶,仆人,私生子,对他的养父很残暴,但在卡拉马佐夫一家人面前伪装得很谦卑。回荡在陀思妥耶夫斯基作品中的,不但是骄傲的威胁,而且是骄傲的喜剧——尽管喜剧并非总是与陀思妥耶夫斯基的名字联系在一起。在《群魔》中最有趣的莫过于那个骄傲而虚张声势的省长,被彼得·韦尔霍文斯基操纵的安德列·冯·连姆布克。当本省混乱加剧,他情绪失控,对客厅中的一群来客吼道:"够了!"然后走出客厅;在要走出大门时,他默默站立了几分钟,看着地毯,大声说:"换了!"

陀思妥耶夫斯基让我们看到,骄傲和谦卑真正为一。如果你骄傲,几乎可以肯定,你觉得自己比世上某人谦卑,因为骄傲是焦虑,不是安慰。如果你谦卑,几乎可以肯定,你觉得自己比世上某人优秀,因为谦卑是成就,不是自由;谦卑之人有办法祝贺自己,因为自己如此谦卑。不妨说,骄傲是谦卑之人的罪,谦卑是骄傲之人的罚,两种逆转都代表了自我惩罚。因此,费多尔·卡拉马佐夫进入饭厅准备作践他自己,因为他鄙视别人。在陀思妥耶夫斯基之前的小说中,难以找到这种逻辑,或者说,难以找到作为明确的心理学的这种逻辑。要找到类似的东西,只有求助于那些宗教的哭泣者和咬牙切齿者，比如，圣依纳爵或克尔凯郭尔。

但费多尔走进饭厅，正如地下室人朝军官走去，正如戴绿帽的丈夫前往彼得堡，是出于另一原因：因为他需要别人来证明自己。地下室人承认了这一点；他自称是"爱反驳的人"，"不是来自自然的酥胸，而是来自反驳的怀抱"。米哈伊尔·巴赫金认识到这种"对话"，让它产生了最重要的影响。他将之视为陀思妥耶夫斯基作品的根本原理。他在《陀思妥耶夫斯基的诗学问题》中写道：

> 地下室人对几乎所有人的想法，正是或可能是别人对他的想法；他只是在别人对他有想法前先行一步……在他忏悔的所有关键时刻，他都料到别人可能怎么想他或评价他……他的忏悔中夹杂着他想象的别人的反驳。

因此，陀思妥耶夫斯基的作品中有许多配对或替身，一个人围绕另一个人转，相互致命地依赖：彼得·韦尔霍文斯基和斯塔夫罗金，拉斯柯尔尼科夫和斯维德里加伊洛夫，伊凡·卡拉马佐夫和斯麦尔加科夫，维尔查尼诺夫和巴维尔·帕维罗维奇。就费多尔的情况而言，或许正如疯狂的自大狂一样，他人似乎都变成了自己。他不喜欢邻人，因为他费多尔做了一件事:"我有一次用最无耻、最肮脏的诡计陷害过他,我在陷害他时,立刻就因此恨他。"显然,费多尔渴望——无论如何隐藏最初的宗教感情——惩罚自己,因为他仇恨自己。但由于别人与自己是一体,他就靠惩罚别人来惩罚自己,靠仇恨别人来仇恨自己。

这导致西绪弗斯式的行为反复。自我惩罚意味着不停地被迫重演丑行,因为自我惩罚与作恶没有区别。作恶之罪,变成对作恶之罚,每次作恶,作为愤怒的行为,只是重新豁开伤口。显然,费多尔·卡拉马佐夫没有办法停止对邻人作恶,因为他不可能对邻人有温暖的好感。他本该喜欢自己,但可以肯定的是,他做不到。

尽管完全不带宗教色彩的巴赫金的洞见非常深刻,但我们可以更进一步。陀思妥耶夫斯基受到赞赏的心理学,真正引人注意的,肯定在于那些与人情相通的理论话语,尽管充满世俗的智慧,但最终只能从宗教的角度来理解。他的人物,即使是彻底的无神论者,如费多尔·卡拉马佐夫,也生活在宗教世界的斑驳阴影中。他们是有史以来被创造出的无意识动机和有意识面具的最复杂、现代和世俗的集合。但陀思妥耶夫斯基式的动机,无一不能在福音使者中找到。陀思妥耶夫斯基的人物是谦卑的骄傲和骄傲的谦卑（如玛利亚）。他们为了惩罚自己而作恶，预先知道会这么做（如彼得）。他们为了确信而怀疑（如多马）。他们为了爱而背叛（如彼得和犹大）。

只有和最终变成忏悔、揭示自我和寻求认识的努力时，他们的行为才可以被理解。我们立刻想到《卡拉马佐夫兄弟》的一个细节。德米特里·卡拉马佐夫的未婚妻卡捷琳娜·伊凡诺娃牵住他的情人格露莘卡的手开始亲吻，卡捷琳娜对格露莘卡赞不绝口，格露莘卡像沉浸在对她的赞美之中，她也握住卡捷琳娜的手像是要亲吻——但她却突然放下说："你会记住——你吻过我的手，我没有吻你的手。"卡捷琳娜立即骂她是荡妇，把她赶出家门。即使看过所有"心理学"解释，即使钻透了所有辩证法通道，仍有一个问题顽固难解。为什么要这样做？为什么多此一举？格露莘卡像是想自我毁灭。唯一的解释是宗教的理由。格露莘卡像陀思妥耶夫斯基的许多人物一样想要寻求认识，即便她没有意识到这点。她想通过肮脏和卑贱来显示自己，显示自己多么可恨、骄傲、痛苦、渺小。她想忏悔，想被骂成荡妇。真的，地下室人渴望的不是报复，只是向军官显示自己。因为，毕竟，让人知道你怎么想他们，也是让他们知道你怎么想自己。在这关键时刻,世俗的心理学和神秘的宗教相遇。陀思妥耶夫斯基耗尽了晚年心血写成的《卡拉马佐夫兄弟》,恰恰关心的是,心理学解释在古怪而极端的宗教动机面前多么脆弱。

2

约瑟夫·弗兰克的五卷本《陀思妥耶夫斯基传》恢宏壮阔。最后一卷从1871年写起,时年陀思妥耶夫斯基经过四年海外漂泊回到俄罗斯。弗兰克迅速回顾了他的早岁生涯:19世纪40年代,陀思妥耶夫斯基卷入激进运动和乌托邦社会主义,导致他在1849年被捕和在彼得与保罗要塞的行刑虚惊(显然是沙皇开的小小玩笑);从1850年到1854年,作为惩罚和奴役他被流放西伯利亚;写作《地下室手记》和《罪与罚》(1866);在一个月内对速记员安娜·格里戈里耶夫娜口述完《赌徒》,然后在1867年娶她为妻。弗兰克重复前面四卷强调过的重点,西伯利亚的四年在陀思妥耶夫斯基的生活里占据中心地位。毫无疑问,他不是无神论者——别林斯基多年前说过,只要提起基督,陀思妥耶夫斯基的表情立变,"就像要哭"——在西伯利亚,他虔诚地阅读《福音书》。四年来,他枕边都放着一本

《新约》。在监狱,他觉得他发现了俄罗斯农民的本质,这种知识为他后来的宗教民族主义和排外主义提供了资源。他多年后宣布,这个俄罗斯罪人知道自己犯了错,但欧洲对他的罪波澜不惊,事实上认为是理所当然。"我认为,俄罗斯人民最主要和最基本的需求是受难,不断的受难,难以满足渴求的受难。"但俄罗斯对于自我恢复的渴望"总是强于先前自弃自毁的冲动"。在《卡拉马佐夫兄弟》中,德米特里被控谋杀父亲,面临二十年的劳役,陀思妥耶夫斯基让他在狱中对弟弟阿辽沙说:"对于一个囚犯来说,没有上帝是不可能的……那么,从大地的深处,我们,我们这些地下室人,将开始唱一出悲歌,歌颂上帝。只有上帝那里才有快乐。向上帝和他的快乐致敬!我爱上帝。"

1871年,陀思妥耶夫斯基和年轻他许多的妻子回到俄罗斯。如果说陀思妥耶夫斯基变了,那么俄罗斯也变了。十年前,农奴获得了解放,俄罗斯的激进思潮——在60年代赓续车尔尼雪夫斯基的"理性利己主义",剧变为巴枯宁和涅恰耶夫的无情的暴力革命论(涅恰耶夫是彼得·韦尔霍文斯基的原型)——正变得温柔而宽广。但是,政治思想仍然分裂:有普遍保守的亲斯拉夫派,也有更激进的西化派;有陀思妥耶夫斯基这样的人,认为俄罗斯需要用自己的方式解决自己的问题，也有屠格涅夫那样的人，认为欧洲是照亮落后民族的明灯。

但在他生命的这最后十年，陀思妥耶夫斯基发现，俄罗斯的激进主义不仅是世俗的西化的激进主义，其中有新的成分，尽管不是严格的基督教的成分，但似乎有对某些基督教的价值观的同情。有这样一些人，他们虽然没有正统的信仰，但愿意悬浮在宗教的灯油里。比如，一些民粹主义者开始把俄罗斯的农民生活方式看成独特的珍宝。陀思妥耶夫斯基的思想虽保守，但绝不僵硬，对这些新的基督教化的激进主义者，他不会自动挞伐。相反，陀思妥耶夫斯基和一些民粹主义者开始梦想将社会沿着基督教的价值观——爱、仁慈和无私——转化。对于陀思妥耶夫斯基，这是相当愉悦的。基督教——陀思妥耶夫斯基和克尔凯郭尔在此殊途同归——不是合理的。它也许是一种疯狂。它的存在不是靠理性的面包，而是靠信仰的酵母。陀思妥耶夫斯基相信，真正的基督教的转化，在时间终结时才发生，但不是靠人的意志。陀思妥耶夫斯基说，真正的基督徒会对他的兄弟说："我必与兄弟共享我之所有，我必给他一切关照。"但"公社主义者"只"想报复社会，但却声称诉诸更高的目标"。

那些不熟悉弗兰克的陀思妥耶夫斯基传记前四

卷的人,可能会惊讶地发现,作为丈夫和父亲的陀思妥耶夫斯基多么虔诚。在他死后,妻子安娜谦卑地删除了他在给她的信中表达的爱欲。他的作品中总有受难孩子的描写,从中足以推断他是慈爱的父亲。相比之下,狄更斯(陀思妥耶夫斯基当然对他很崇拜)的小说中用了类似的方式描写孩子,但却抛妻弃子。1878年,当他们三岁的儿子阿列克谢(阿辽沙)死于癫痫之后,陀思妥耶夫斯基和安娜大为悲痛。弗兰克对他们悲痛的书写读来催人泪下。他们不愿回到儿子死时住的公寓。安娜在她的回忆录中写道,"阿辽沙的死彻底摧垮了"陀思妥耶夫斯基。"他爱阿辽沙,以一种特别的方式,用几乎是病态的爱。"在《卡拉马佐夫兄弟》中,当然,公开承认的主角是神圣的阿辽沙(阿列克谢的爱称),伊凡痛到麻木的伟大意象就是那个受难的孩子。

也许,陀思妥耶夫斯基看起来已垮掉。几年前,在1873年,当他成为《公民》周刊的编辑,二十三岁的同事瓦瓦拉·铁莫菲耶娃形容陀思妥耶夫斯基:"脸色很苍白,是那种带点蜡黄的不健康的苍白,看起来很疲惫,也许是病了……面容忧郁憔悴,像蒙着一层网,像面部紧绷的肌肉一动后显露出的不寻常的表情阴影。"陀思妥耶夫斯基告诉瓦瓦拉:"敌基督已诞生……就要来临。"他提到了《福音书》:"那么痛苦,但然后——那么辉煌……不能拿尘世的任何幸福来比拟!"

弗兰克书写的这最后十年真正是一个不属于尘世的故事,因为这十年陀思妥耶夫斯基变成了社会"预言家"。在发表《卡拉马佐夫兄弟》前(这部小说在月刊上连载时,"风靡俄罗斯文学界"),陀思妥耶夫斯基最为人知的是《作家手记》,每月发表十六页,其中收录了短篇、论辩、对批评的回应,在刊物上发表的关于俄罗斯新闻(如最近引起轰动的案件)的评论。在手记中,他形成了与日俱增的俄罗斯民族主义,把俄罗斯看成弥赛亚,团结所有的斯拉夫人拯救全世界,将这种拯救看成是走向全人类和解的序曲,所有人都活在基督的关爱下,而基督的真正存活,只有依靠真正的宗教——东正教。在手记中,充满了狂热的反欧洲主义、反天主教主义和反犹主义。

但是,尽管这样,政治拯救的实践变得越来越缥缈——更加具有宗教色彩。即便陀思妥耶夫斯基沉溺于关于俄罗斯的论争,他的政治观点渐渐淡入基督神学的迷雾。他反复写信告诉喜欢争论的人,要回到基督,要祈祷,要互爱,要宽恕。他开始深思吉洪·佐东斯基的人生教义,这个18世纪中叶的俄罗斯圣徒,影响了他在最后一部小说中对佐西玛长老的描写。用弗兰克的话说,佐东斯基教导"人类应该感恩存在诱惑、不幸和受难,因为只有通过这些,人类才能逐渐认识到灵魂中的恶"。(弗兰克合理地推断,陀思妥耶夫斯基可能将这些话当成对他自小就着迷的约伯之问的回答。)内心里,陀思妥耶夫斯基一直在准备他最后一部伟大小说,其中,他动人地主张宗教转化。1879年,为了庆祝他五十八岁的生日,安娜送给他照相复制的拉斐尔的西斯廷圣母像。安娜后来在回忆录中写道:"许多次,我看见他在书房,站在圣母像前陷入沉思,没有听到我进来。"

3

《卡拉马佐夫兄弟》因其"对话性",象征着基督教的长篇劝诫。在《群魔》中,社会主义革命者希加廖夫宣布了他的社会变革计划。在我们听来,这是奥威尔笔下的梦魇。百分之十的人拥有无限的自由和权力,统治剩余百分之九十的人。不幸者必须放弃他们的个性,转化为相同的牲畜。当然,彼得·韦尔霍文斯基感叹希加廖夫"发明了平等","每个人属于所有其他人,所有人也属于每个人。

大家都是奴隶，在奴役上是平等的"。对这种恐怖观念，《卡拉马佐夫兄弟》用几乎相同的语言反复提出了一种真正的基督教平等观（约瑟夫·弗兰克无所不读，却奇怪地忽视了这种相似性）：佐西玛长老告诉其他修士，他们"在所有人面前认罪，他们代表所有人和为了所有人，因为所有人都有罪"。后来在小说中，当德米特里·卡拉马佐夫被误控为凶手，他甘当了替罪羊。他说，他接受惩罚，因为他想杀父亲，或许真的杀了父亲，因此愿意"在所有人前认罪"。希加廖夫原始共产主义的强制奴役和强制平等已让位给基督教忏悔的主动奴役和狂喜平等。

当然，《卡拉马佐夫兄弟》是关于动荡和激情的卡拉马佐夫一家的故事。这个小地主家庭生活在以修道院为中心的贫穷小镇。费多尔这个惹人恨的家长在家中遇害。嫌疑落在德米特里身上，因为他在事发现场，出来时满身血污，身上明显多了三千卢布。但正如我们在小说后面会发现，杀害费多尔的真凶是他不信神的鬼鬼祟祟的仆人斯麦尔加科夫；这是一个恶人。但是，卡拉马佐夫三兄弟，德米特里、伊凡和阿辽沙，都想过要杀父亲。德米特里攻击过费多尔，几次扬言要杀了他。伊凡是一个无神论者，认为在一个没有上帝和不朽的世界，

"一切都是允许的";当他碰到杀人的斯麦尔加科夫时,他说他要离家避一阵,像是要掩盖杀父的凶行;当然,斯麦尔加科夫将伊凡的话当成正式的同意。甚至神圣的阿辽沙,尽管一直在修道院修行,也承认他想过谋杀父亲。

这本小说像《麦克白》一样探讨了这个感觉,想象一种犯罪就是犯了这种罪。毕竟,在听到女巫预言的那一刻,麦克白就被改变,一切都改变了——正如莎士比亚所写,他的心里"爬满了毒蝎"。两部艺术作品都活在基督那不公甚至讨厌的劝诫的阴影中:带着淫心看妇人,就等于犯了淫罪。可以说,陀思妥耶夫斯基的所有人物,在他们头脑发热决定将观念转化为行动时,行为就如那些听到了基督劝诫的人,深信它,但也极力逃避它。《群魔》似乎得出这个结论,事实上正如佐西玛长老所说,在所有人面前,所有人都有罪。德米特里,这个堕落而高贵、迷恋基督的人,像罪人一样渴望皈依,认下杀父罪名,尽管他坦言他实际并没有犯罪,但他愿意受罚。

但是,有些人会不会比其他人更有罪?陀思妥耶夫斯基坚定地相信,没有对上帝的信仰,没有不朽的信念,就没有什么可以约束人的世俗行为。没有上帝,一切都被允许。这是一个显然有毛病的结论，因为看一眼世界史就知道，正是有了上帝，一切才被允许。（宗教审判、火刑、战争、基督教的反犹主义等。）英国历史学家爱德华·吉本（Eduard Gibbon）有一个著名的说法，结论可能恰恰相反，没有宗教的世界也许更甜蜜。但陀思妥耶夫斯基已写了一本小说《罪与罚》，证明没有了福音一个人可能会犯什么错；在《卡拉马佐夫兄弟》中，他再次重申观点。尽管德米特里和阿辽沙想象过杀父，在某种意义上是"有罪"，但正是无神论者斯麦尔加科夫，借助无神论者伊凡的教导，"没有上帝，一切被允许"，杀害了老卡拉马佐夫。斯麦尔加科夫才真正是伊凡扭曲的替身。伊凡有自己的高贵，应该不会杀自己的父亲，但在某种意义上，他的观念的确借斯麦尔加科夫的手杀了人。观念是杀手。无神论的确在杀人。

《卡拉马佐夫兄弟》是一本对观念又爱又怕的书。我认为，它最终提出了一个超越观念的宁静世界：天堂。在最著名的那一章，伊凡的"宗教大法官的传说"，最能看清这点。就在他对信徒阿辽沙讲这个故事之前，伊凡攻击上帝允许存在一个儿童受难的世界。伊凡虽是无神论者，但他站的位置靠近信仰；他差不多是个信徒，陀思妥耶夫斯基显然崇拜他。在这样一个人身上，不信很接近于信仰，正如在陀思妥耶夫斯基的许多其他人物身上,爱接近于恨,罚接近于罪,丑行接近于忏悔。伊凡说,宗教告诉我们,在未来的天堂,羊羔将与狮子共眠,我们将和谐共处。但"若每个人必须受难,用以买到永恒的和谐,请告诉我孩子与之有何关系……为何要把他们也抛在这堆火葬柴堆上,化成肥料浇灌某人未来的和谐?"。他继续说:"我绝对放弃一切更高的和谐。它不值得用受折磨孩子的一滴眼泪去换取。他们和谐的报价太高;我们付不起那么多入场费。因此,我匆忙退掉我的门票。"

他说服阿辽沙这个真正的基督徒。如果有人能够建立"人类命运的大厦,旨在使人们最终幸福,最终给他们和平安宁,前提是你必须不可避免地折磨一个小孩……将你的大厦建立在她没有回报的眼泪之上——你会同意做那样一个有资格限制的建筑师吗?"阿辽沙说他不会。但阿辽沙也说,基督能够"原谅一切,宽恕一切和为了一切"。

对此,伊凡的回答就是"宗教大法官传奇"这著名的一章。这一章和上一章都值得尊重。在这里,文风刚烈威严,视野恢宏,洋溢着生命,如《圣经》般的写作。真的,这是令人流连忘返的文字。在这一章中,基督受到谴责,因为他允许人太多的自由。人不想自由,大法官对基督说,人怕自由。事实上，他们想趴在偶像脚下，臣服。他们不想自由地活着选择善或恶，选择怀疑或信仰。

在这两章，陀思妥耶夫斯基或许发起了有史以来最有力的进攻，攻击自然神学（正式的术语，用以指代在一个邪恶和受难的世界中为上帝之善辩护的努力）。特别是，陀思妥耶夫斯基挑战了自然神学的两个主要因素：第一，我们在大地上神秘受难，但在天堂会得到回报；第二，邪恶存在是因为自由存在——我们必须自由行善或作恶，相信上帝或不信上帝。任何其他的存在就如机器人一样无法想象。在这种机制下，希特勒必须"被允许"存在，因为我们必须自由发挥人的可能性，无论善恶。对第一点的反驳，伊凡说，未来的和谐不值得用现在的眼泪去换取。对第二点的反驳——在我看来事实上更加致命——伊凡问："为什么上帝那么自信人就想要自由？自由有什么好？"毕竟——虽然伊凡没有明说，但他言下之意就是——我们可能还是不很自由，即便上了天堂，即便天堂听上去像个好地方。因此，为什么我们在大地上全都要如此愤怒和恐怖地想要自由？如果天堂里没有希特勒，为什么大地上需有希特勒？

当然，陀思妥耶夫斯基没有发明这些反驳。它们如叛逆一样古老。而且，他知道自然神学已不能充分回应这些敌对思想。他只是在反宗教写作的历史中赋予它们最有力的形式。这就是为什么许多读者认为,这本小说逃不过这几页的影响;给予反基督教的论点那么强大的力度,基督徒陀思妥耶夫斯基真正写出的不是一本基督教小说,而是在无意间写出了一本无神论小说。比如,哲人列夫·舍斯托夫认为,陀思妥耶夫斯基尽管具有正统思想,但却被怀疑败坏,以至于当他开始想象怀疑者伊凡时,他不由自主地给他的活力和魅力,远胜圣洁温和的阿辽沙。与舍斯托夫有同样想法的人认为,即便小说最终证明无神论是有害的思想,因为它杀死了费多尔,但伊凡的攻击已让宗教元气大伤,不能充分做出回应。

但是,陀思妥耶夫斯基非常想回应伊凡的攻击。他担心佐西玛长老和阿辽沙不是他在给一个编辑的信中所说的对小说中"负面"(如无神论)的"充分回答"。那么,对伊凡的攻击可能有回答吗?阿辽沙说出了任何基督徒肯定会说的话,基督宽恕我们所有人,基督为我们受难是为了我们不受难,我们不知道世界为何要这样。依靠我们的信仰,我们会发现这种充分或不充分的回答。

但这小说以其特别的方式把一个深入的观点奉为神圣——我认为这是陀思妥耶夫斯基的意图。这个深入的观点就是,伊凡的观念不能被其他观念驳斥。在辩论中,在"对话"中,没有办法击败伊凡,没有办法与伊凡相提并论,阿辽沙甚至没有真正一试。在伊凡讲完宗教大法官的传说之后,他只是亲吻了他的哥哥。小说似乎在说,我们唯一能驳斥伊凡观念的方式,是坚持认为基督不是观念。社会主义是观念,因为它是"合理的";无神论也是观念,因为它也是"合理的";但基督教不是观念,因为它很不合理——克尔凯郭尔称之为"疯狂"。但痛苦的是,那唯一的世界——在其中,基督不是一个观念,而是纯粹的知识——是天堂。在大地上,我们全都堕落,我们在观念前堕落,我们只有观念;在观念的操场上,基督总是被轻蔑地对待,就像踢皮球一样。

但基督不是一个观念。可以肯定,这是唯一的解释德米特里从思想上看来无意义的行为的方法——他没有杀人但却愿意为所有人、当着所有人受罪;解释佐西玛长老的忠告,我们应该要求"哪怕是鸟儿"的宽恕;解释阿辽沙最后结束全书的话,谈到复活为何的确存在:"当然我们将站起来,当然我们会看到,高兴地、幸福地告诉彼此所有那一切!"这些想法真的是从观念的悬崖上掉落,掉入不合逻辑的、美丽的、绝望劝诫的世界。信仰室息了知识。这种交换——用非理性的基督教交换理性的无神论——最终意味着,小说中不可能有"对话",无论是巴赫金说的那种对话,还是陀思妥耶夫斯基迫切希望的那种对话。小说中既没有循环的观念,也没有基督教对无神论的"答案"。因为这个答案——非理性的基督之爱——不再属于世俗观念的世界,因此不再属于小说本身。它存在于天堂,存在于另一本、终究不是小说的书:《新约》。

海伦·加纳野蛮的诚实

二十世纪六十年代初,澳大利亚作家海伦·加纳还是一名墨尔本大学的学生,她与一个24岁的男人有过一段短暂恋情,这名男子也是她的导师。她以特有的轻快语气告诉我们,她从后者身上学到了两件事:"第一,文章开篇不要废话;第二,背叛是生活的一部分。"她接着说:"我把它看成是我经验储备的一部分——关于我是谁、我怎么学会理解这个世界。"是一堂写作课,也是一堂人生课:作为记者和小说家,加纳一直强调书写生活和理解生活之间的联结;尽力去负责地、诚实地干好这两份活儿——没有废话前言,也没有废话式的游走——这就是活着的意义。

"诚实"这个词用于新闻业时,它是在颇为于事无补地描述一条底线,和一条更为模糊的地平线；法律上的最低限度和道德上的最高标准。很多时候，我们恰恰是对前者横挑鼻子竖挑眼，而对后者不吝溢美之词。但是放在海伦·加纳这儿，我们应该给予前者应得的谢意，而有分寸地赞美后者。作为一个非虚构作家，加纳一丝不苟、谨慎细致，眼睛和耳朵都十分敏锐。她可以做到在同一时间对所有事无所不包，观察、倾听，是生活的世俗末日的记录天使——"一个随身携带笔记本还有感冒的冷酷小人物"，她这样描述自己，令人难忘。她以头脑清楚的愤怒写下骇人听闻的谋杀案，写下性骚扰罪案，写下照顾临终朋友的经历。

但在所有这些之上，加纳首先是一个残忍的自我审视者：她的诚实与其说和她在这个世界上看到了什么有关，更多的还是与她拒绝逃避自己身上的什么有关。在严谨的自传体小说《空房》（2008年）中，她讲述了照顾一位身患癌症生命垂危的朋友的故事，她不仅描述了照顾病人时早已预期到的屈辱——湿透的床单、不断醒来的夜晚——还写到了自己作为主人的不耐烦，以及她自己的愤怒："我一直认为悲伤是最让人精疲力竭的情绪。现在我知道了，是愤怒。"她自己的生活中似乎没有一段插曲是没有被她分析过的。1991年，墨尔本大学两名女生控告某学院院长的不正当挑逗行为，加纳以此次性骚扰案件为描述对象写就了《第一块石头》（1995年），在书中，她提到了自己与导师的恋情，这非常有个人特色：这本书既是一次报道，也是一次深刻的自我清算。加纳的读者都熟知那些典故：她9岁时教她英语的邓克利夫人；她三次婚姻失败；两次堕胎；被墨尔本一所学校解除教职（因为她居然敢和13岁的学生谈论性话题）；与抑郁症的斗争；对50岁的感受；以及现在，年过70的愤怒和解放交织的复杂情绪。

不做无意义的开场白，这一闪耀的原则贯穿于她的作品中。"在千禧年之交，我结束了受虐狂的日子，夹着尾巴从悉尼回到家。又单身了。"于是开始了对重新学习如何独自生活的温和反思。《我的第一个孩子》这样开场："这不能算个故事，我只是跟你说说我年轻时有个夏天发生的事。那是1961年，我离开家的第一年。我住在墨尔本大学，坐落在美丽的榆树林荫道旁的一座女子学院里。我很自由也很快乐。那儿每个人都很聪明，我也是。"加纳是个天生的说书人：她那不会被蒙蔽的眼睛令她的清楚明晰让人上瘾。例如，在她比较长的文章里有这么一篇，《她的真实自我的梦》，她在文中回忆了已故的母亲，并且用毫不留情的坦率照亮了母亲幽暗的形象。照她的说法，她的父亲是很容易描写的；他是个生动的人，专横、看不起人，还会很幼稚地突然发起脾气来。加纳的某位丈夫，在接受了其父的面试后，形容他是个"农民"。他是"一场忍耐力的考试，能够让他的孩子们联合起来反抗他"。但她觉得写母亲是很困难的，一方面是因为父亲"阻挡了我对她的视线"；另一方面，我们得知，也是因为她愿意被阻挡。因此，当加纳从不同的角度评价母亲这个不善表达的谜题时，往事回忆分割成了短短的、断续的章节：她不轻易流露感情，她耐心、羞怯、不自信、守规矩——还有，加纳认为，可能"她怕我"。

她觉察不到说话的恰当时机。她不知道如何吸引和保持关注。当她讲述一个故事，她觉得有必要铺垫大量无关的背景信息。她花很长的时间才来到她要说的点上，她的听众已经换了频道开始谈论其他事情了。背着她的时候，家里人对这种情况有个专名，"然后我吸了口气"。

正如加纳的写作中经常出现的那样，这本回忆录之所以具有如此强大的力量，是因为她对主人公和她自己都毫不留情，而且对于复杂的感情，她是如此享受。她责备自己在母亲在世时没有给母亲多一些回应；毕竟，跟去世之人的联系实在是太容易了。她渴望母亲回来，但她看待母亲的生活，只有恐惧这一种观感。她回忆起自己大约12岁的时候，意识到她母亲的生活被分配成了一些小小的时间段。"它们都不会超过一顿饭和下一顿饭之间的小时数。她被紧紧地拽着。我印象里自己从没曾想过这将是我的命运，也没有下过决心要避免这种命运。我只记得她的人生的画面，还有我满腹无言的荒凉。"在某种程度上，这是一幅我们熟悉的肖像：一个受良好教育、思想自由的知识分子，高等教育和现代女权运动的受益者，怀着感激和羞愧，衡量着母亲所拥有的机会与自己的机会之间的差距。但它又因为加纳近乎鲁莽的诚实而变得独特，凡俗细节也让这一切变得鲜活起来："她过去常戴那些让我痛苦的帽子。羞涩的米色小圆毡帽，帽檐窄窄。好像也有一顶绿色的。她站在那里，双脚并拢，脚上是舒服的平底鞋。"

《她的真实自我的梦》归根结底是一篇关于性别和阶级的文章，这两个类别吸引着加纳将她的大部分作品都倾注其上——确切地说只是看起来是这么回事，因为性别和阶级与其说是类别，不如说是感觉的结构，它们从各个方面被争论、被享受、被忍耐，或试图逃离。她的第一本书《紧握》（*Monkey Grip*，1977年），是一本聪明的、写得很紧凑的小说，记录了加纳自己20世纪70年代的一些经历，特别是那个时代在被她称为"嬉皮士大家庭"的生活，"当时群体动态是很不稳定的，我们总是不得不分崩离析然后再重新开始"。但她还是以《第一块石头》树立了自己非虚构作家的名声，并确立了一种加纳特有的语调，该书讲述了1991年发生在墨尔本大学最大也最负盛名的寄宿学院奥蒙德学院的一桩性骚扰事件。21岁的法律系学生（加纳将其改名为伊丽莎白·罗森）指控学院的中年院长（加纳称其为科林·谢泼德博士）性骚扰。她指控在院长办公室的一次私人会面中，谢泼德博士称自己对她有性幻想，并将手放在她的胸部。罗森和另一名学生做证说，晚些时候在一场大学舞会上，谢泼德博士在和她们跳舞时抚摸了她们。谢泼德强硬否认了所有指控。他被判定犯有一项性侵犯罪，但在上诉后被推翻；不过他还是在1993年5月辞职了。

加纳第一次接触到这个案子是在1992年8月的一个早晨，在墨尔本的《世纪报》上读到的。她早期的反应是出于直觉的。她对这些年轻女性求助于法律之举感到不解。为什么学生们不直接在当场、立即、务实地解决这个问题,或者让她们的母亲或朋友进行调解呢?加纳告诉我们,她自己的朋友们,"50来岁的女性主义者们",在此处意见一致。作为这样拙劣的追求手段(或更糟糕的手段)的资深受害者,她们并不怀疑指控的真实性;但"如果每一个曾经对我们动过手的混蛋都被拖上法庭,那这个国家的司法系统会堵塞好多年"。加纳写信给谢泼德博士,对他遭受"这种可怕的惩罚性"的对待表示同情。

《第一块石头》的副标题是"关于性和权力的一些问题",针对加纳自己对该案条件反射般的反应而提出的问题,这本书有意识同时也是无意识地执着追问着。她为这种最初的反应辩护,但整本书又都在为这种反应担忧。《第一块石头》的进攻和退却就像一只紧张屏息的动物。加纳坚持指责学生没有采取务实的行动;这些不是什么"惊天动地"的罪行,为什么不在当时当场就迅速处理呢?一条反复出现的攻击思路是,学生及其辩护者使用了"暴力"这个词,而在这个案件中,"它根本不符合"。加纳说,一味强调制度性权力的滥用,等于否定了所有关系都包含权力不对称这一事实,也否定了"犯罪存在不同等级"。无论如何,权力总是复杂的。罗森的证词称,谢泼德博士的挑逗让她感到"羞辱,感到无力去控制发生在自己身上的事情",对此加纳似乎被激怒了。为什么如此无力?如果正如罗森指控的那样,当谢泼德博士跪下来表示仰慕继而抓住伊丽莎白·罗森的手,"在这里,羞辱这个词适用于他们中的哪一个呢?"

但在其他时候她又似乎在退缩,她担心自己变了。她是个上了年纪但是意志坚定的女性主义者,她是六七十年代的孩子,令她感到不安的是,她发现站在男人那一边是那么容易,而同情女人是那么地难。也许她是在惩罚学生,"因为她们没有像个女人那样面对——因为她们是群胆小鬼,为了一点小小的不愉快就跑到法律面前抱怨,而不是站起来,用她们手上年轻和敏捷的智慧作武器进行反击"。她还以其他手段丰富了这种修辞效果的往复来回。她向我们讲述了她与导师的短暂恋情,以及二十世纪八十年代初的一次意外——一位男按摩师在一次私人治疗中,弯下腰亲了她的嘴。回想起来,加纳无疑是惊骇于自己居然对那个男人什么都没有说。最重要的是,她当时只是感到尴尬。当按摩结束后,她说了声再见,去了前台——"我把钱付了"。她很有必要地解释道,奥蒙德学院几十年来一直是男性制度性权力的堡垒:1973年后才被接纳为全日制学生的女性,在这里常常感到不受欢迎。她采访了一些奥蒙德学院最骄纵的男毕业生，他们随意谈论自己的不良行为——食物大战、在公共场合醉酒、裸奔。在食堂里一次特别肮脏的战斗之后，校长用如下一句话来责备这些年轻的用餐者："餐厅被强奸了——你们向我保证过不会发生这种事。"加纳没有发表评论，只是把那个动词悬置在那里，或者说那个动词自己悬置在那里。

《第一块石头》迅速变得很"有争议"，争议大到让作者觉得有必要给她的批评者写一篇正式的回应。在得知加纳确实给谢泼德博士去了信之后，两名受害者拒绝与她对话。之后加纳会在不断垒高的挫折失望中反复提到这一次她被拒绝的经历；她的书呈现出一种奇怪的阻滞、重复、近乎于受害者的特质，仿佛是她自己在对一次暴力侵犯做出回应。她抨击现代女性主义（"自以为是、虚伪、不宽容"），仿佛是女性主义让她受到了审判。从某种意义上说，它已经做到了：受害者的盟友和辩护者很快就下定了决心。加纳站在错的一边，人们认为她写的是"支持谢泼德的说法"。这本书出版后，一些女性主义者对它发起了抵制。大学教授们让支持者避开这本书。

《第一块石头》当然是一本非常家长做派的书：一位年龄足以成为这两个学生的母亲的女性，带着自己的经验和坚毅智慧,在一旁茫然看着两个孩子,她发现自己很失望,因为孩子们没有更坚强。甚至在写到性别的复杂性及其隐藏的力量的时候,加纳也表现出对男性和女性角色相当顽固的想法——这也和某类父母一模一样。她称调解为一种"女性化的、近乎母亲式的解决争端的方式",她指责受害者不仅躲避调解,还越过了调解,进入到"传统的男人解决问题的方式:叫警察……雇一个牛仔在中午时分站在中央大街上为你打一架,所有市民都过来围观"。但当然,本质主义的硝烟只是重新激活了加纳试图和解的战争。她诘问谁才是真正被羞辱的人,是跪在地上求爱的男人还是坐在椅子上有些痛苦的女人,难道答案不应该是——嗯,两者都是?

然而,《第一块石头》在其复杂性、在自我争论里体现出的紧张扭曲,以及其脆弱性和惊人的偏执方面,都使得它在出版了20多年后,似乎成了一本绝妙的预言之书。女性主义在七十年代到九十年代之间确实有所变化,而加纳的叙述则记录了这一世代间的转变,且往往带着一种令人不适的诚实。性骚扰逐渐被看作是制度性权力的问题;再没有过往那样的余地以及叙事空间留给加纳,让她可以轻松无忧地承认自己与一位年长导师的青春情事，当然也没有空间让她去欣赏其丰富的教育意义了。

加纳的最新长篇非虚构作品《悲伤之屋》(2014年)同样以一种诚实的脆弱性来表现出它的复杂性。它讲述了2005年对罗伯特·法夸尔森谋杀案的两次审判，他被指控谋杀了自己的三个孩子。在父亲节亲子见面之后，他把孩子们送往前妻住所，路上他突然驶离公路，冲入了一个深水坝。孩子们溺水去世，但法夸尔森逃脱了，他把车丢在冰冷的水中，搭便车返回前妻家。法夸尔森在2007年被判定谋杀罪成立，2009年他争取到重审，并在2010年再次被判有罪。他被判处三次终身监禁。

加纳的书极好地再现了这个案件的情节起伏，她讲述了一个冷酷的故事：不幸福的婚姻、受限的社会机遇、痛苦的离异以及配偶的怨恨。耗费作者心力的是那些似乎超出了规范叙事范围的难题：阶级、性别和权力的最深层假设，我们对他人动机的理解究竟能有多深。在回答《第一块石头》的批评者时，她将爱神描述为"在人与人之间快速移动的精灵——快如在'活人和死人'之间的差别。它是一种移动的力量，不会被习惯或法律所制服"。这种快速的精灵是她在所有最好的作品中试图捕捉的自由的魔鬼、人类的零余。她对法律感兴趣，是因为它的精确校准是为这类叙述工作而粗略开发的:帮助我们理解一起灾难性的复杂案件的证据,往往不是帮助法律去理解的证据。矛盾的是,法律程序吸引着作家们(尤其是加纳钦佩的偶像珍妮特·马尔科姆),正是因为审判机制似乎像叙事机制一样运作,为记者、电视记者、偷窥狂和陪审员提供大量近乎拟像的东西。加纳引述马尔科姆的一句话:"陪审员坐在那里,像是在权衡证据,但实际上他们在研究人物。"

罗伯特·法夸尔森一案的核心是一个大型的叙事问题,它经常与摆在陪审团面前的一个较小的法律问题相毗邻,但最终却与之偏离,那个小问题就是——为什么?加纳围绕着那无法言说的、令人发指的恐怖转圈,既被吸引又感到厌恶。有什么故事能够"解释"一个男人为什么会杀死自己的孩子?她没有假装自己掌握了爆炸性的答案,经常承认自己被吓得失魂落魄;但她的书以一条引人入胜、似是合理的叙事引信带着我们前行。在加纳的叙述中,罗伯特·法夸尔森的智力、表达能力和意志都很有限。他住在温奇尔西小镇(离加纳出生的吉隆不远)。他是个清洁工,和比他强势很多的辛迪·甘比诺生了三个孩子,甘比诺告诉法庭,法夸尔森是个"非常软弱的人。他总是对我的要求让步"。尽管他能"养家糊口",但她发现自己很难继续爱她的丈夫。辛迪最终为了一个承包商斯蒂芬·莫尔斯离开了他,这个人比法夸尔森有活力,也比他成功。她继续抚养孩子,法夸尔森不得不搬出去。他嫉妒斯蒂芬有权和孩子们在一起,害怕自己被取代,还气不过那位新情人抢走了法夸尔森家的两辆车。一位老朋友做证说,他威胁要杀死孩子,抢走辛迪最心爱的礼物;加纳想知道法夸尔森是否真的想要自杀。

她的叙述被闪电照亮。可怕的、边缘参差不齐的细节跃然我们眼前:那辆老旧的、坐满了孩子的车,冲出路面坠入黑暗的水里;被困住的孩子们(最小的一个被固定在儿童座椅上);法夸尔森在犯罪现场表现出的随意的无能——或是因为惊吓过度(他对到达现场的莫尔斯说的第一句话是:"你的烟呢?");懈怠的、被击垮的、痛苦不堪的被告,整个审判过程中都在哭泣;这对幸福夫妻的婚礼录像中,甘比诺滑步轻移,"像一个盛装的公主,高昂着头",法夸尔森,留着鲻鱼头[1],"圆肩,面无笑容,一只温顺的小熊";第一次有罪判决,法

---

[1] 鲻鱼头 (mullet-haired),指头顶和两鬓都被剪短,而在后脑勺留长的发型。

夸尔森败诉的辩护律师站在那里"像个被打败的战士……双手紧扣挡在生殖器前"。

加纳在她的非虚构叙事中是一个强大且生动的存在:她介入其中;她跟着证据一起哭泣和欢笑;她轻蔑、有趣、充满激情,用诚实之态表达偏见和成见。(她还十分喜欢从英裔澳洲人丰盛的俚语大餐桌上随取随用:"伙计""软蛋""送到考文垂""告发""吐奶嘴""杠精"。)她强烈地同情法夸尔森——人生机会屡屡受挫,意志也被压垮,但她无法掩饰对他的软弱的厌恶,对此她用明显性别化的嘲讽做出了表达。在法庭上,她将斯蒂芬·莫尔斯与法夸尔森进行了身体上的比较("我不是唯一一个这样做的女人"),并承认莫尔斯"微微散发着澳大利亚手艺人特有的魅力"。相比之下,她在思考法夸尔森身上是不是有什么东西能激发出女人母性的那一面,令我们产生去呵护、去将之视为婴幼儿的倾向。在书末尾一幅引人注目的图片中,她视被告为一个大婴儿,"眉毛下垂,眼睛浮肿,驼背,胸部似长了乳房,他的默片式的苦脸和肌肉痉挛的痛哭泪流,他的干净的大手帕"。我们很难抗拒这样的结论,即加纳在母性模式全开之下,正在指责他不像个男人。这么问可能不公平,不过,这位意志强硬的作家是不是也在无意识中要求墨尔本大学的两位女生,也要表现得更像个男人?

　　加纳的某些偏见比其他偏见更无意识,但我怀疑她完全明白,叙事真相——埃莱娜·费兰特所说的"真实性"(有别于纯粹的逼真)——来自一种危险的诚实,这种诚实并不总是有意识的,它往往是不被承认的,遮遮掩掩的,被并不完美地控制着。作者逐渐意识到自己未曾承认的愤怒,这一觉醒给加纳最好的作品,即《空房》这部小说,赋予了很大的震撼力。老朋友尼古拉被诊断出罹患癌症已至第四期,从悉尼来到了墨尔本,与叙述者海伦同住了三个星期。(小说取材于加纳照顾一位身患绝症的朋友的经历;很有她个人特色的是,她说她在文中保留了自己的名字,这样她就会被迫必须承认所有她实际感受到的可耻的、"丑陋的情感")。

　　尼古拉迷人、优雅,也是令人抓狂的。她假装健康状况比实际要好得多——用加纳愤愤的原话来说,这位客人演出了"一场主题为活着的非凡表演"——并且努力搞成了一种社交欺骗,这让她的主人先是悲伤,然后逐步地被激怒了。海伦渴望尼古拉丢掉她那开朗大笑和固定不变的社交微笑,这种微笑似乎在说,不要问我任何问题。更糟糕的是,她来墨尔本是来寻求替代疗法的——维生素C注射、臭氧桑拿、咖啡灌肠——在海伦看来这些疗法荒谬至极，只会让她的朋友病情加重。

小说温柔地记录了为照顾病人所做的劳动，同时也是一次哀悼的劳动。海伦不分昼夜地清洗被汗水浸湿的床单，送来吗啡药片和热水瓶，在卧室外头听着尼古拉的鼾声，那声音"仿佛窒息"，也要开车送她的朋友去骗人的"研究所"领受一些无望的治疗。小说形式的简单之美与它内部的对称有关：两个女人被锁在一种关系中，只有各自承认了自己最难以启齿的东西才能摆脱这种关系。海伦必须承认她的疲惫，她对没能成为一个更好的朋友、更好的护士感到绝望，以及对尼古拉糟糕的、对临终生命的浪费感到愤怒；而尼古拉必须承认时间正在流逝，她将死去，而她的替代疗法是些可怕的弯路，她需要真正有用的救助，而海伦没有能力提供这种帮助。尼古拉说她这辈子"从来没有想过要用我的感受来叨扰别人"。正如在《伊凡·伊里奇之死》（加纳此书可说是托尔斯泰这篇中篇小说的当代版本）里一样，终有一死的受害者必须理解自己的死亡：海伦对尼古拉说，"你得做好准备。"在书的结尾处有一个非常感人的场景，两个朋友在海伦的院子里含泪相拥。"我以为我站在山顶，"尼古拉说，"但其实只是在山脚下。"

整整一天她都沉浸在无声的哭泣中。有时候我会展开手臂抱住她,有时候我们只是继续做着正在做的事。坚硬、无法穿过的光亮消失了。一切都在流动,融化。我没有必要说话。当我把一个杯子递到她手里,她抬起头来看着我,自己说了出来:"死亡就在这一切的尽头,不是吗。"

在愤怒和眼泪之后,这本书平静地结束了。海伦与尼古拉一起飞往悉尼,并把她转交到尼古拉非常能干的侄女手中。小说的结尾是这样的:"那是我当班的最后一天,我把她移交了。"海伦已经做到了她所能做的一切。这是一个典型的加纳式的句子——一堂写作课(所有小说都该如此彻底地结束),也是一堂人生课:朴实,得当,有着复杂的真实,既是对失败的忏悔,也是唱给成功的小小颂歌。

2016 年

万全与万一：梅尔维尔的上帝和比喻

1

　　语言方面，所有作家都想当亿万富翁。他们都想坐拥无数词语，用起来便似慷慨施舍一般。在语言中彻底自由，对不属于你的东西握有绝对掌控权——这对任何作家都是最大的欲望。即便自甘贫穷的文体家，如海明威、帕韦泽、后期的贝克特，也在心底压抑了一份对于财富的向往，而他们的清减，看着更像破了产的富豪，而非没阔过的骗子。帕韦泽便曾把《白鲸》译成意大利语。现实主义者大约会抗议，吸引他们写作的乃是生活，而非词语；然而语言在高峰时间便如一座繁忙的城。语言是无限的，但它也是一个系统，它引诱我们幻想它是封闭的，就像一种货币或一个交响乐队。哪个作家不曾发梦把语库中的每个词都摸一遍?

《白鲸》里面,赫尔曼·梅尔维尔差不多把每个词都摸了一遍,至少看来如此。那本书以莎士比亚式的机敏雄辩来征用并安抚语言。十九世纪没有别的英文小说家住在梅尔维尔栖身的词语之城,相较之下,他们都成了乡下人。那个时代没有别的小说家能畅游在"那凉爽中蕴着暖意,那晴朗、清脆、芬芳的日子,日复一日,盈盈累累"[1]的诗意中。仅此而言,尽管其传记中总是颇多哀叹;尽管我们知道《白鲸》基本上无人赏识;尽管1876年这部小说在美国只卖出两本,在1887年绝版时总销量3180本;尽管那些人的有眼无珠,把梅尔维尔逼入了苦涩而残酷的境地,不得不每日屈从于纽约海关检查员的工作——尽管如此,我们仍要说他是"幸运的梅尔维尔",不是"可怜的梅尔维尔"。因为写出《白鲸》,梅尔维尔便写出了每个作家梦寐以求的自由,就好像他为囚徒们画出了一片蓝天。

在大多数已有的传记中,梅尔维尔的形象总是一片浓重的黑影。部分原因在于传记作者用各种细节把梅尔维尔掩埋起来,终于面目不清。赫舍尔·帕克,梅尔维尔最好也最细致的编年史撰写

---

[1] 见《白鲸》第29章。

者,便绝对地迷信细节。他撒盐似的扔出一大把细节,显然希望它们能驱散解读的魔鬼。梅尔维尔早年生活中所有可能承受一点压力的时刻——他对承袭的宗教日渐生疑,他高兴地发现了激进的形而上学(这段历险很容易被标记为梅尔维尔的第一次出海),他日益迷恋于比喻,这份痴迷最后发展而成的热恋便是《白鲸》——凡此种种,都给塞进了"信息"的淡彩中。帕克引用了几乎每一条当年对梅尔维尔小说的评论——他花了十二页的篇幅来放《玛迪》的评论,那是梅尔维尔失败的第三部小说——但几乎忘了描述,更别说解读那些小说本身。但他的传记至少是一份很好的家族编年史,其中可以看到梅尔维尔四处迁徙,吃尽苦头。帕克给出了这家人海量的细节——各种信件、房屋、安排、旅行。对于梅尔维(Melvill)家来说(赫尔曼1819年出生时他们还这样拼自己的姓氏),最惹眼的细节就是钱。赫尔曼的父母,分别来自苏格兰与荷兰,继承了财富、地位和大革命的勇气。然而阿兰·梅尔维,赫尔曼的父亲,是一个升级版的米考伯,表面上从法国进口纺织品,暗地里却把家族遗产坐吃山空。据估计,他总共向父亲和岳父母借了两万美元。1830年6月,他从父亲那里借了2500美元;一个月后,又借了1000美元;11月,借了

500美元"以偿还部分紧急债务"。没人知道这些钱用来干了什么。但1832年他的突然去世(他似乎遭受了某种精神崩溃),把全家扔进了债务的深渊。梅尔维尔才十二岁。他退了学,被送去银行做工,年薪150美元。

这是一段凄苦而毫无前途的学徒生涯。梅尔维尔在银行待了一年半,后来去他哥哥的店里当伙计,还教过书。二十岁时,他决定加入一艘捕鲸船。在波利尼西亚,他下了船,和一帮食人族处了一阵。他的第一部作品《泰比》(1846)是自传性的小说,记叙的便是自己这段冒险经历,当时的读者也如此看待这书。梅尔维尔不带同情,冷眼旁观基督教传教士在波利尼西亚的活动,这便必然招致一些教会相关报纸杂志的攻击。一篇评论说他是"基督教世界里最不知感恩的孩子"。导火索已经点燃,这些批评家将照见未来梅尔维尔写作中一切怀疑宗教的例子。但此书获得了国际成功。很大程度归功于梅尔维尔有意写了很多离经叛道的性行为,这位年轻的作家按帕克的说法成了"一个当代的性符号"。

帕克传记最大的失败,正是他写梅尔维尔宗教观的发展历程,竟出奇顺滑。虽然帕克也给出了一些细节信息,关于梅尔维尔去教堂的情况(或者说不去教堂的情况：梅尔维尔只会阵发性地去教堂）或者关于他母亲玛利亚·梅尔维尔身上严苛的加尔文主义，然而一直到很后面他才开始在记叙中考虑梅尔维尔和承袭宗教之间矛盾重重的关系，而这一关系即是那个缺席的太阳，他所有的伟大小说、诗歌、信件，都围绕着这一个空白的核心。从他零敲碎打的评论来看，他并未深刻理解梅尔维尔的困境。"在玛利亚·梅尔维尔的房子里，原罪并没有变成一个过时的神学概念，而她的二儿子（赫尔曼）终其一生，都必须不时诉诸这个概念，才能理解世界。"但梅尔维尔并不能理解世界——部分原因恰恰是原罪的概念打碎了他的世界。就在《白鲸》动笔之前那段时间，梅尔维尔钻研了蒙田的《随笔集》和比埃尔·培尔那部伟大而深刻的怀疑论著作——十七世纪的《历史批判辞典》，此书系统性地摧毁了宗教信仰的一切理性根据，并总结说我们的信仰必须重建在盲目的非理性上。这些作家是有用的，帕克轻飘飘地写道："因为他们浸润世故的怀疑论，让他准备好反抗他那个时代所要求的流于表面的虔诚。"——这真是一整套太世故的解读了。梅尔维尔，这位作家，一次又一次呼喊出他苦涩的抱怨："沉默是上帝唯一的声音"。他没必要准备好反抗他时代的虔诚，而他的时代对他也没什么要求;他需要准备好去反抗的是因拒绝信仰而产生的忽隐忽现的恐怖,还需要准备好承受一个明明白白的糟糕事实,即他也拒绝完全不信。

梅尔维尔生于一个信奉加尔文主义的荷兰归正教会家庭。洗礼时,他的父母接受询问,问他们是否明白所有的儿女"都在罪恶中孕育和出生,因而要承受诸般苦难,亦受神的谴责,但基督已免了他们的罪,而他的教会之成员当受洗礼"。这种神学强调人多么无助:我们的命运早已预定,一切取决于上帝慷慨的神恩,是否被选中或落选,是否有资格进入天国,而我们在地上所行的"好事"对此毫无影响。我们可以受雇或被开除,但怎么谋求升职都是徒劳。梅尔维尔在《皮埃尔》——《白鲸》之后的那部惨败的小说里,写过一个特别亮眼的比喻,如果我们的行为"早已命定……我们就是命运的俄国农奴"。皮埃尔其人被塑造为笃信"那个最真实的基督教条,好人好事终归白做",因此在他被悲剧吞没的时候无从安慰。反正他做什么都无法改变命运。梅尔维尔的写作全然笼罩在加尔文主义的阴影中,就像纳博科夫的猩猩,在给他的纸上画出了自己牢笼的铁栅。1850 年他和爱福特·杜克因克开玩笑说:"我们搞写作和印刷的,都事先把我们的书定稿了——而对我来说,我要写的东西是那位人类的伟大出版者早在他出版这个'世界'——我是指这个星球——以前便定好了的。"梅尔维尔的信仰挣扎，霍桑描述得最好。1856年，梅尔维尔短暂逗留英格兰，去利物浦拜访了霍桑。两人坐在绍斯波特的海滩上，延续了六年来不对称的组合——霍桑沉默而整洁，梅尔维尔乱扯形而上学。此时，霍桑写道，梅尔维尔说他已经"基本上打定主意要被消灭"。他补充道："奇怪的是他非要坚持……来来回回地游荡在这些沙漠中，它们像我们置身其间的沙丘一样沉闷单调。他既不能信，也不能安然接受自己的不信；而他又太过诚实和勇敢，必须在两者中择一践行。"

2

梅尔维尔和信仰的关系，就像聚会只剩最后一人，却偏偏走不了，他总要回来看看是否落下了帽子或手套。但他本也不想参加聚会。只不过也没别处可去，有人陪伴聊胜于无。上帝用难以理喻的沉默折磨着他。莫比·迪克本身既是上帝也是魔鬼，他炫耀着毫无助益的沉默，正如上帝之于约伯："你能用鱼钩钓上鳄鱼吗？"[1]《尾巴》一章里，以实玛利承认，如果他不能理解鲸的尾巴，便也就看不见他的脸："而你得见我的背，他似乎在说，却不得见我的面。"这段幽灵般的文字，其本体是《出埃及记》里上帝对摩西说的："而你得见我的背，却不得见我的面。"[2] 与此类似，梅尔维尔不无痛苦地深深为金字塔及其中空所吸引。1857 年，行经埃及时，他参观了金字塔。在日记里，他一遍又一遍地写，仿佛重复能使他摆脱对此的记忆："正是在这些金字塔中诞生了耶和华的概念。"在《白鲸》里，梅尔维尔提醒我们此鲸有如"金字塔般沉默"。在《皮埃尔》里，他仍不能将这种折磨悬置一边，却当它是一串伤痕累累的念珠反复拨弄。这也多少解释了为何此书给人以连篇累牍的阻塞感。正是在《皮埃尔》里他写道："沉默是上帝唯一的声音……一个人怎能从沉默中得到一个声音？"他嘲讽上帝，"《圣经》上不是说了吗，他用空空的手掌抓住了我们——空的，还真是！"也许，他提议道，我们一切的追寻都像这样：

---

[1] 见《约伯记》41:1。
[2] 见《出埃及记》33:23。

> 经历千辛万苦我们挖进了金字塔,好不容易摸索着进了中央的房间;我们高兴地看见大理石棺,但我们打开盖子——里面空无一人——那可怕的空白大如一个人的灵魂!

不仅如此,梅尔维尔发现这个世界看起来并非上帝的世界,而我们也愧为上帝的子民,因为上帝的标准不给人留下实现的可能。在《皮埃尔》里,他让普拉提纳斯·普林里蒙在名为"天时和人时"的布道里这样说:上帝有他的时钟,但人用的是另一种时钟,尽管人也意识到他应该根据上帝的时间来生活。可难就难在,如果我们真的用上帝时间在人间生活,我们会被当成疯子:这正是耶稣做过的事。耶稣把"天堂的时间带进耶路撒冷",但犹太人们却"守着耶路撒冷的时间",并因耶稣的怪异而杀了他。因此,普林里蒙总结道,虽然"尘世的智慧之于天堂的上帝乃是愚行,但反之亦然,天堂的智慧在尘世也是愚行"。他接着说,谁不曾震惊于"这样一个不忠的念头,不论上帝是其他哪个世界的主,他都不是此世的主;不然的话,这个世界似乎给他的只有谎言;人间诸行似乎彻底违背了与生俱来的天堂之道"。

我们能感觉到梅尔维尔的信仰在一个极陡峭的

斜坡上颤抖——半拒半迎——我们不妨将他和两位基督教作家相比,就在十九世纪中期的此刻,他们写下了恰如梅尔维尔笔下人物普拉提纳斯·普林里蒙所说的那些思想。在丹麦,克尔恺郭尔强化了(他理解的)基督教信仰,其方法便是像普林里蒙一样提醒我们,基督教信仰之于人类乃是"愚行";如他在《日记》中所写,"一个人必须真的发了疯才能当一个基督徒"。而在英格兰,差不多就在同一时间,纽曼枢机打量着这个世界,写下了《生命之歌》(*Apologia pro Vita Sua*),几乎完全赞同梅尔维尔:

> 我把目光从自我投向人间,我所见的在我心中注满了无法言说的悲伤。世界只能用谎言去回答那个伟大的真理,而那真理却令我的整个存在如此圆满……我打量着这活生生的繁忙世界,却看不见那位大创造者的倒影。这便令我难以理解前述的绝对至大之真理。如果没有那个声音如此清晰地在我的意识和心底说话,那么面对这个世界,我将变成一个无神论者,一个泛神论者,或一个多神论者。

克尔恺郭尔和纽曼之痛苦亦如梅尔维尔,且

痛苦得很雄辩,他们都感到缺少纽曼美妙地称之为"哪怕极微弱而极破碎的凭证来证明这是神的设计"。但两人都能听见上帝的声音,不论其口音多重。他们满耳都是上帝之音。而对于梅尔维尔,只有"沉默"。1857年他去往埃及和耶路撒冷的旅途中,上帝是一个"理念",一个有害的"概念",在脑海中挥之不去。但上帝从不是一种声音。

于是梅尔维尔怒捆上帝。他忍不住扮演离经叛道;他是古往今来最渎圣的作家之一。对他而言,形而上学不可能像一日游那样停在某个安宁平静、水草丰茂的地方。逻辑辩证永远是一种拉长的孤独,直达沙漠。他写信给霍桑——他自称激赏霍桑是那种在大家都说"是"的谎言时,能以雷霆之音说"不"的作家——他煞费苦心地把自己搅入无神论的嘲讽中,用霍桑的沉默代替上帝的沉默。没人能承受真相,他一遍遍说道。他在"朦胧的怀疑主义"里大兜圈子。1851年4月,《白鲸》写到一半的时候,他在信中问道:为什么"在形而上学的最后阶段一个人总免不了如此咒骂?我可以骂整整一个小时"。(帕克好心地评论:"他可以骂一个小时,但他没有"——但梅尔维尔在这封信里已经骂了一个小时。)他告诉霍桑,大多数人"害怕上帝,在心底里不喜欢他……因为他们不相信他的心,宁愿他完全是一个精确的大脑,仿如钟表"。接着他加了一个得意扬扬的讥讽:"你留意到我将表示上帝(the Deity)的代词大写了;你不觉得在这个用法里有一丝谄媚的味道?"他掌掴上帝,但在某种程度上,他无时无刻不在想着上帝会打还。

3

1847 至 1850 年间,梅尔维尔庄重地发现了三件事:比喻、形而上学和莎士比亚。正是在这些年里他开始着手写《白鲸》(写于 1850 年 2 月至 1851 年夏)。《玛迪》(1849),他的第三部小说,也是他第一次肆意在小说里搞哲学性的"痛骂",评价很差。很快,他轻蔑地端出两个换钱的煎饼,《雷德伯恩》(1849)和《白外套》(1850)。智识方面,他的思想来源很广泛。他的阅读在以前就很急切,但过于随意,此时却野出了章法。1847 年到 1848 年,他买或借来了《莎士比亚全集》《蒙田全集》和《拉伯雷全集》。1848 年 2 月,他买来柯勒律治的《文学传记》。3 月他读了托马斯·布朗爵士(显然对他是仅次于莎士比亚的影响的)和塞内加;6 月,读了但丁。1849 年,他买了比埃尔·培尔离经叛道的《历史批判辞典》。同年,在他的新版弥尔顿上,梅尔维尔就弥尔顿在宗教信仰上的徘徊写下批注:"我毫不怀疑更黑暗的疑虑曾划过弥尔顿的灵魂,远比那些令伏尔台(原文如此)烦恼的念头更黑暗。而他更多是所谓的怀疑论者。"然而到底是莎士比亚开辟了他的灵魂。1849年2月他给艾福特·多耶金克写道,他不能相信自己活了那么久却没好好读过莎士比亚。莎翁此时在他眼里已如耶稣:"啊,他满纸都是登山宝训,他如此温柔,嗨呀,几乎便如耶稣。我认为这些人都是必有神助的。我幻想有这样的一刻,在天堂里莎士比雅(原文如此)和加布里埃尔·拉斐尔和米开(朗琪罗)并排在一起。如果另一个弥赛亚会来临,他一定是莎士比雅(原文如此)本人。"他发现自己深为莎士比亚的黑暗人物所吸引,如李尔、伊阿古、泰门,那些傻瓜。通过他们,莎士比亚"狡猾地说出了,或者有时候暗示了我们感到真实得可怕的东西,之于任何体面的高尚的人而言,只有疯子才会那么说,哪怕只是暗示!"。他的那本莎士比亚里标记了他发疯的那些时刻。

1850年夏,他和霍桑第一次碰面。他的那些信开始摇摆不定,颇有几分疯癫。他向霍桑保证:"我没疯,最高贵的非斯都!"另一封里写:"这封信在某些方面很疯狂,我理解。"他只不过是在成长:

"主啊，我们何时能够不再成长？"他问道。1849至1852年间，他在一种创造性的情绪里，周旋于各种文字和理念之间。在这些信中，他执迷不悟地反复思考上帝的沉默，反复谈起在美国真话只能悄悄地说。"真理之于人是荒谬的。"最重要的是，他一面忙于观察被剥夺了上帝的世界，一面也忙着神化文学。上帝消失了，化为文学归来。如果弥赛亚再临，那便是莎士比亚。但弥赛亚已然再临，他的名字叫梅尔维尔。这位梅尔维尔，在《白鲸》中，将追随"莎士比亚和其他大师，精通吐露真相之道"。在美国这片土地上，莎士比亚们正在出生，基督般的生灵，将因说出真理而被钉上十字架。"虽然我写下了本世纪的福音书，我却应该死于贫民窟。"梅尔维尔在1851年6月写道。五个月后，在11月，他呻吟，发愁，狂飙："欣赏！承认！朱庇特受人欣赏吗？"在同一封信里，他如惠特曼一般吹嘘："我感到上帝的脑袋像晚餐的面包一样掰断了，而我们便是那些碎片。"文学是一座新的教堂，而《白鲸》便是它的《圣经》。他正在建造一艘（在那部小说里）所谓的"诺亚·韦伯斯特方舟"，一艘字典之船，圣经之舟。

在这些信中，我们听见了《白鲸》吟唱着膘肥体壮的歇斯底里之赞歌，那种跃然而出的狂喜。但我们也听见自怜和自溺，一心寻求惩罚和自我毁灭，就是这种心绪让《皮埃尔》成了如此讨人嫌的一本书。在那部小说里，寓言仅仅指向自身，故而便是一种绵延不断的自我广告。整本书的寓意是提醒我们这样一本书乃是不容于美国的。《皮埃尔》是一种加尔文主义的自残，其对象是文学，而非神学。就好像梅尔维尔在这书里说："好吧，如果优秀的作品在神学上对你们确实毫无裨益，这里便正有一部好书——本书——并不会给我带来任何好处，因为我预计没有人会认可这是一本好书。"《皮埃尔》读来好像梅尔维尔既已料到无人欣赏便故意毁了它（他在里面写道，最好的作家永远无法"解开他们自己的难题"，而只能提供"不完美、始料不及、令人失望的续作"），在此写作成了一种无人感恩的慈善活动。

在写作《白鲸》期间，梅尔维尔经历了一种对于比喻的歇斯底里。正是梅尔维尔对比喻的热爱令他更深地陷入"离经叛道的念头"中。比喻为梅尔维尔生养了形而上学。他的种种比喻——还是在非常字面的意义上——确有自己的生命。"成长"的不仅是梅尔维尔，还有他的语言。梅尔维尔是最浑然天成的比喻作家，也是最最伟大的作家之一。他看见鲸口腔内部覆盖着一层"闪耀的白膜，光洁如新娘的婚纱";在海上,鲸喷出的水柱令他看起来好像"一个敦实的市民在温暖的午后抽烟斗"。他自然而然地引用十六世纪晚期和十七世纪早期的诗文范例,好像他便身处那个时代,而不是一个十九世纪的美国人。他明白比喻一面在驯化和本土化(鲸便如一个小市民),一面则在扩张。我们一旦使用比喻,便如托马斯·布朗爵士在《医生的宗教》(1642)中所说,"全部的非洲和她的奇观都在我们心中了"。

梅尔维尔浸淫神学,警觉于清教徒习惯将世界看作一个寓言,亦即,一个比喻。世上满是征兆和奇迹,它们总能显示出某种意义,就像秘密墨水。梅尔维尔本人也没少干盯着征兆揣测上意的事。1850年8月,他写信给艾福特·多耶金克,提到他正在一张祖传的桌子上写作,那桌子是他叔叔的。"我把它拖到光天化日之下,发现上面有鸡的痕迹……曾有很多蛋就产在这里面——想想看吧!——世上不还有一些蛋也是如此?作家说起来便是在他们的桌上下蛋。"

更常见的是,梅尔维尔会一路跟着比喻看看它会引向何方。他给多耶金克写信,提出把《玛迪》捐赠给他的图书馆,希望"有可能——如果某种奇迹出现的话——像世纪树一样开花,在距今一百年的时候——或者根本不开花,目前看这更有可能,因为某些世纪树永不开花"。一年后,给霍桑的信里,他用了一个如今已很著名的意象:

> 我是一颗从埃及金字塔里带出来的种子,三千年来都是一颗种子且仅仅是一颗种子,现在被埋进了英语的土壤,它自生自长,郁郁葱葱,返归尘土。我便是如此。二十五岁之前,我根本没有发育。我的人生要从第二十五年算起。

两个明喻都强迫梅尔维尔辩证思考。因为一旦开启了它们的行程,他便必须追随它们七弯八绕颠来倒去的逻辑回路。因此他说他的书就像世纪树,它可能在一百年后开花;但接下去他被迫——被他进入的比喻所迫——补充说明有些世纪树永不开花。第二个明喻更加震撼,因为梅尔维尔做出这个类比的时候正值其创造力爆发的顶点,即写作《白鲸》期间。在巅峰,他已预见了文学的衰退(当然现实中的他也确实如其所料)。为什么呢?是否因为梅尔维尔有种神秘的自我预测能力?也不是。其实因为他已经把自己比作来自金字塔的种子,他就必须追随自己的比喻,记录下这些种子的"郁郁葱葱,返归尘土"。梅尔维尔并非真的要给出一个关于自身命运的黑色预言；那信的主旨本是说他像金字塔里的种子一般在悠悠岁月中蛰伏沉寂，接着忽然便开出花来。但他选择的明喻是一次相似性的握手，握住了就不容他脱身。他必须提到"尘土"，因为他的比喻逼他这么做。

当然，没有人会真的被比喻胁迫，除非疯子。但梅尔维尔的写作确实表现出一种不同寻常的忠诚，一心追随比喻的逻辑，亦即平行的逻辑。所有作家中（莎士比亚和济慈在这方面跟他很像），他最懂得独立的、不息的生命来自将一物比作另一物。他的作品极注重这点：一旦你把 X 比作 Y，X 就变了，现在是 X+Y 了，已有了它自己的平行的生命。这就是为何梅尔维尔的比喻有时候详尽到怪异的地步，一句又一句地持续下去。就像果戈理，他也如梅尔维尔一样地沉醉于上帝，一样地不稳定，他也使用极长而极详细的比喻，他的小说也类似地倾向寓言。梅尔维尔读来便好像他就是无法把自己剥离那种应战的生活，那种异化的庄严，这些都是由比喻提供的。如果鲸类似一个敦实的市民外出遛弯，那么梅尔维尔便感到他必须补充鲸的水柱就如他的烟斗：这就是他的思维方式。比喻，在这个意义上，成了虚构的本质，因为当一个作家忠实于比喻的独立生命，他就承认了虚构的现实是一种想象出来的替代品。这就是比喻：一种虚构的替代，一种相似，一种另外的生活。比喻等于是把整个想象性的虚构过程浓缩为一步。济慈谈过语言如何"自我发酵自行其是"——自行其是。这对梅尔维尔有莫大意义。关于歌德的建议，一个人必须"活在世界的全部中，你便会感到幸福"，他写下了自己的思考："不得不说这种'全部'的感觉，还是有几分真理的。你肯定常有这种感觉，只需于一个温暖的夏日躺在草地上。你两腿好像直插入泥土中。你的头发像叶子一样覆在头上。这就是那种万全的感觉。"梅尔维尔在此背书的是我们创造新生命的能力，这个生命独立于我们而存在。我们通过比喻达成此事。你活在"万全"之境中，此时你便感觉自己化为比喻，你感到头发不再是头发而像叶子，双腿不再是双腿而如树枝伸展开来。而一旦它们开始生长，又有谁能阻止呢？

4

梅尔维尔沉醉于比喻有其巨大的神学意味。比喻带来一些东西，改变了思想。在他的信和小说中，梅尔维尔通过比喻来思考，以比喻转变思路。在一封给霍桑的信的结尾，梅尔维尔说他开头只想随便说几句,而"现在我已来到非洲"。回想托马斯·布朗爵士那句"全部的非洲以及她的奇观尽在我们心中":比喻送他一程,又反过来叫他为这一程赋予形象。在他那个"弥尔顿在宗教信仰中徘徊"的批注里,梅尔维尔写下"只想着自己的人永远无法保持相同的心境"——梅尔维尔乘坐比喻,从"相同的心境"中游荡到不同的心境中,出离相同,进入相似或相异。

梅尔维尔对比喻的热爱,任文学带偏神学。他对语言的"游荡"之爱使他离开上帝,且鼓励他这么做。他对语言的爱贿赂了他,策动他反水,对抗那个大写的原作者。这在他的作品里得到了反反复复的体现。1857年,在朱迪亚,放眼望去尽是石头,此景令梅尔维尔心中一凛,若有所悟。"土地这般荒凉,是否因为不幸地信了神?"他自问。如此土地一定会生出如此宗教,他感到:"正如鬼屋般的哈顿庄园促使拉德克利夫夫人写下令人毛骨悚然的传奇故事[1],我也毫不怀疑,朱迪亚大片大片的可怖风景也一定促使犹太人发展出他们可怕的神学。"在此可怕的是比喻粗俗的亵渎。安·拉德克利夫写的

---

[1] 指哥特小说《奥多芙的神秘》(*The Mysteries of Udolpho*)(1794)。

是哥特小说。然而正因梅尔维尔无法抵御相似性的冲动，竟将整个圣经神学比作区区一部哥特小说，而这个明喻在最后还暗示了犹太一神教不过是风景刺激出来的创意，拿这个创意写了本书——那本大写的书。

游荡，以及比喻之游荡，是《皮埃尔》中普拉提纳斯·普林里蒙布道的主题。在那段长篇演讲里，梅尔维尔把上帝比作格林尼治标准时间。梅尔维尔说，上帝就像全球通用的子午线，而我们，他的造物，则像船的天文钟。这些钟永远显示格林尼治时间，就算把船开到亚速尔群岛。我们本该如此把上帝的时间带往世界，哪怕它和当地时间有冲突。但这是不可能做到的，梅尔维尔又继续说。用格林尼治时间在中国生活的人一定是疯子。然而这正是上帝对我们提出的不可能完成的任务。他要我们好像活在天堂里，而非尘世中。这个五页的段落把梅尔维尔全部的典型倾向都结合在一起。这是对于上帝的抱怨，极具哲学力量。这个比喻既朴实又宏大，梅尔维尔建立之后便投身其中，用了许多段落去详述它的寓意逻辑和它的独立生命，因此比喻本身便成了渎神抱怨的载体。一旦比喻就位，梅尔维尔必须追随它激烈的含义直到最后。而这还是一个关于比喻的比喻，因为这是一个关于游荡和迷路的寓言。梅尔维尔对上帝的抱怨正如那些船,我们总会偏离上帝的坐标,情不自禁。游荡是很自然的——此处,他说,正有一个游荡的比喻可以证明。

《白鲸》代表了这种比喻之无神论的胜利。又或许,胜利属于比喻的多神论。因为在这本书里,寓言炸成一千个比喻:在这本书里,清教徒想从种种符号里读出背后稳固含意的习惯,被数量多到简直令人发指的比喻所嘲弄。这本书里的意义都被捣成了布丁状。上帝确实被打成了碎片。真理如万花筒般目不暇接。白鲸被比作太阳下的一切事物,也被比作月亮下的一切事物——一个敦实的市民、一个奥斯曼土耳其人、一本书、一种语言、一部经书、一个国家、斯芬克斯、金字塔。白鲸也是撒旦和上帝。白鲸是"坚不可摧的"。它如此充满意义,简直快要毫无意义,而以实玛利也坦承了这一担忧,就在著名的"鲸之白"一章里。有些批评家坚持认为梅尔维尔是一个美国的诺斯替派,原因在于白鲸乃是一个德穆革(demiurge)[1],一个坏上帝(诺斯替派的假设是我们被一个坏上帝或假上帝所统治)。梅尔维尔却问,如果鲸根本没有任何意义

---

[1] 也译为"造物主",但低于真神,是物质世界的创造者。

呢？如果，在石棺的中心根本一无所有呢？

5

1851年夏末，尘埃落定。这部伟大的小说写好了。梅尔维尔问过一个问题：一个美国作家怎样写出堪比莎士比亚的悲剧，而又不必把故事设定在遥远的过去？他的回答，便是将这部历史小说的时间，以鲸为刻度——数千年之久。如沃尔特·斯科特爵士在他的小说里装满法国或苏格兰的中世纪尘土，装满衣服、日期、战役，梅尔维尔在他的书里装满衣服、日期和鲸的战役。鲸是一个国家和一个时代。

这一切多么惊险！随随便便可能就崩溃。除了文字，别无他力可以支撑。没有这种语言，形而上学只能是粗糙的花纹。诗意的狂想固然令人印象深刻，然而我们也不能忘了这种语言之调动是何等精准、踏实、乡音不改、原汁原味。（梅尔维尔创造了美国特色的文采，功劳不下于吐温：要明白这一点，你可以拿贝娄《奥吉·马奇历险记》的韵律去对比一下《白鲸》。）梅尔维尔把莎士比亚美国化了，移花接木，青出于蓝。莎士比亚说安东尼像一只海豚[1],腾跃高处,背对海洋;梅尔维尔则写民主之海豚,它们向天堂挥舞背脊,"好像七月四日国庆节人群里的帽子"。食人族契魁格能四海为家,"就算把他弄到东印度群岛,那一腔活血也不会像瓶装艾尔酒那样变质"。而以实玛利亦非平白无故祈求那个"伟大民主的上帝"。我们一次又一次忍看比喻蹒跚而行,眼见它快要倒下,忽而又柳暗花明。这种比喻里有一股疯狂的坚持,一种炽热的书呆子气。鲸会发出一种声音,"一种巨大的打滚的声音,好像五十头大象翻搅褥草";标枪手拿钢叉在兽体的伤口里搅动,"好像小心翼翼想碰到一块可能被这鲸吞掉的金表";有一个名叫皮皮的黑人男孩掉进水里,"就像旅人的行李箱……在海面上浮浮沉沉,皮皮乌黑的脑袋冒出来就像个小鳞茎头"。而亚哈的灵魂像"一条蜈蚣,用一百条腿前进"。最终,在那场最后的追逐中,鲸也像比喻本身一样滑过它流变的意义:"鲸光亮的胁侧,透发出无穷诱惑。"

这番狂欢平息于名叫"鲸之白"的那章。这里以实玛利提出一个问题,折磨人的是否是鲸之白?

---

[1] 见《安东尼和克莉奥佩特拉》第五幕第二场,原文主语其实是安东尼之欢悦(朱生豪译:"他的欢悦有如长鲸泳浮于碧海之中")。

因为白色可以指很多事（神圣，纯洁，超然），而它也可以表示空无。白色"能让人联想到灭绝，这念头便像一支冷箭暗算了我们……白与其说是一种颜色，不如说是让我们看到了无色，而同时又混合了所有颜色……一种无色而又全色的无神论，令我们退缩了"。在此，这一片白，便是寓言的尽头；因而也是比喻的尽头，因而也是语言的尽头。这便是寂静，上帝之大写的寂静，它出现在书中像一片无名的海，准备吞没一切驶过的人。

《白鲸》是一场驾驭语言的大梦，但同时又代表了和语言的恶战。若白鲸之恐怖，上帝之恐怖，在于其坚不可摧，则此全拜语言所赐。正是梅尔维尔丰富的语言永远在为每件事注入意义，又将其清空。语言打破了上帝，把我们从上帝预定的唯一意义中解放出来，但不过是又用一千种汹涌而来不同的意义令上帝变成另一种坚不可摧。我想语言和比喻之于梅尔维尔是一种巨大的折磨，亦是一种巨大的愉悦。梅尔维尔看清了——白鲸便是这种看法的产物——语言可以用来解释上帝，也同等地可以用来隐藏上帝，而这两种功能相互废除。因此语言无助于我们解释或描述上帝。正相反，它只能表明我们无力描述上帝；它延长了我们的折磨。然而语言便是一切，因此梅尔维尔追随它便如亚哈追随鲸，直到最后。

神学层面,比喻的运作一如语言。它强调关系,但将一物比作另一物同时也表明了它们之间的非-关系[1],因为并没有什么事物会永远像另一事物。比喻总是带着一种游离的危险,总有可能脱离关系。因此比喻之用,大可是照明和扩展,却也标记了我们终究无力比较事物。比喻一如语言,延长了我们的折磨,而这也解释了梅尔维尔对比喻的那种特殊的一意孤行,近乎疯狂的痴迷。梅尔维尔总是用比喻去解决一个问题,但问题只会被比喻越搞越复杂。梅尔维尔的比喻类似中世纪神学,偏爱用上帝的种种属性描述上帝,迂回地描述上帝。但当你这么做时,你并不真正认识上帝,也许你给他狂贴一堆似是而非的标签只会加剧认识的难度。这个计划是徒劳的,也是异端的,因为你一旦把上帝比作其他事物,你便把上帝带入了比喻之海,和万物平起平坐。你泛起一个大逆不道的念头,上帝只是一个比喻。不,语言的声音,丝毫不能帮助我们接近上帝的沉默,语言的声音只属于语言自身。

写下《白鲸》,梅尔维尔或许变成了另一个救

---

[1] 哲学上,有一种"非-关系"(There is a "non-relationship"),并不等于"无关"(There is no relationship)。故在此保留原形式。

世主。作为意义的主宰,梅尔维尔才是真正"伟大民主的上帝",以实玛利向他宣誓,也因他而预定得救。但成为文学的上帝并不能等同于接近了那个真正的上帝,而梅尔维尔无法在生活中卸下上帝的监督,他对此苦涩地心知肚明。他当然晓得语言是神学的一层面纱,却非它的一种澄清:"一旦你说,我,一个上帝,一个自然,你就从凳子上跳下,悬在梁上。"他给霍桑写道,"不错,那个词就是吊死人的刽子手。把上帝从字典里拿掉,那你会在街上碰到他。"

梅尔维尔并不比其他人更能把上帝弄到街上。他潮汐般涨落于信仰和不信之间。梅尔维尔借以实玛利之口论述人生便是永不消停的潮水:"此生哪有什么永不回头永远前进;我们不是按照什么定好的进程前行,走到最后一步停下来——从幼儿无意识的着迷,少年时未经思考的信念,到青春时代则是迷惑……然后是怀疑,然后是不信,最后在成人的港湾里思量着不如当它是个大写的'万一'就好。可是这一圈兜完,我们又开始兜下一圈:又成了幼儿,少年,成人,大写的万一,永远循环下去。哪里是最后的港湾,我们再不拔锚起航?"

神学层面,梅尔维尔活在一个永恒大写的"万一"里,而他对比喻的爱只会推波助澜。语言层面，通过比喻的华丽变幻，他又活在一个永恒大写的"万全"中——而它同时又是一个永恒的万一，因为它无从安慰，亦无从禁绝那个万一，实际上只会让万一愈演愈烈。梅尔维尔最爱的东西——语言，隔离了他最渴望的东西——上帝。一个有千重意义的上帝和一个只有一种意义的上帝，或许同样是不存在的。亚哈一意孤行疯狂地追杀鲸，与以实玛利对它的多次忍让，或许相去不远。任何真正的生活都是亵渎地穷追猛打，而梅尔维尔过了一种真生活。悲哉梅尔维尔，幸哉梅尔维尔！

埃莱娜·费兰特

埃莱娜·费兰特是意大利最著名而最不为人知的当代作家之一。她写过几部杰出的、明晰的、严谨诚恳的小说，其中最著名的是 2002 年在意大利出版的《被遗弃的日子》。与费兰特相比，托马斯·品钦是一个宣传的挥霍者。据说埃莱娜·费兰特不是作者的真名。不过在过去的二十多年里，她对记者的提问做出过书面回答，她的一些信件也被收集出版。从这些信中，我们了解到她在那不勒斯长大，并在意大利以外的地方生活过一段时间。她有古典学学位。她曾提到过自己是个母亲。从她的小说和访谈中还可以推断出，她现在不在婚姻状态。（"这些年来，我经常搬家，总的来说是不情愿的，都是出于不得已……我不再依赖别人的行动，只依赖自己"是她的加密信息。）除了写作之外，

"我学习，我翻译，我教书"。

我们就知道这么多。她长什么样子，真名叫什么，何时出生，她现在过着怎样的生活——这些全是未知。1991年，她的第一部小说《烦人的爱》即将在意大利出版（*L'Amore Molesto* 是最初的书名，暗指比单纯的麻烦更麻烦的事），费兰特给她的出版商去了一封信，和她的小说一样，她的信有着令人愉悦的严谨和直率。信中列出了她此后多年从未偏离的原则。她告诉出版商，自己不会为《烦人的爱》做任何事情，因为她已经做得够多了：她创作了它。她不会参加任何会议或讨论，如果得了奖也不会去接受奖项。"我只会接受书面的采访，但我更希望将这种采访限制在有必要的最低限度内"：

> 我认为，书一旦写成，就不再需要作者了。如果它们有什么要说的，它们迟早会找到读者；如果没有，它们就不会……我非常喜欢那些神秘的书，无论是古代的还是现代的，它们没有明确的作者，但已经并将继续拥有自己强烈的生命。在我看来，它们是一种属于黑夜的奇迹，就像我小时候等待的主显节的礼物一样……真正的奇迹是那些创造者永远不会被人得知的奇迹……以及，推广的费用据说很贵是

吗?我会是出版社里最省钱的作者。我甚至连出现都给你省了。

这种隐退的逻辑是很难反驳的,意大利媒体对此孜孜不倦的打探——你为什么选择这样隐姓埋名?你是否在隐瞒你作品的自传属性?关于你的作品实际上是多梅尼科·斯塔诺内所作的谣言是真的吗?——这种追问像面对自杀事件时压抑的愤怒。费兰特可能是对的,她声称一个做宣传的作家就已经接受了,"至少在理论上,他整个人,连同所有的经历和感情,都将和这本书一起出售。"我们的语言出卖了我们:如今,你把一本小说成功地卖给了出版商;30年前,出版商只是简单接下了那本小说。

只要你翻开她的小说,就会意识到费兰特的克制似乎是明智的自我保护。她的小说是强烈的、极度个人化的,正因为如此,它们像是——看上去像——在毫无戒备的读者面前抖动着一大串忏悔的钥匙链。作品英文版已经出了四本,都是由安·戈德斯坦翻译的:《烦人的爱》《被遗弃的日子》《暗处的女儿》,现在又出了《我的天才女友》。每本书都有一个女叙述者:《暗处的女儿》中的学者,《被遗弃的日子》中的作家。《我的天才女友》中讲述自己的那不勒斯青春故事的女人叫埃琳娜,她似乎很珍惜写作和成为一名作家的机会。除了这些偶然的、相当琐碎的生活往复重叠之外,其早期小说所探寻和重温的材料是私密的,而且往往有着令人震惊的坦率:虐待儿童、离婚、为人母、想要孩子和不想要孩子、性的乏味、身体的排斥,以及叙述者在传统婚姻和养育孩子的负担中,为维持一个不至于散架的身份而进行的绝望斗争。这些小说将它们自己(最新那本除外)像个案史一般和盘托出,充斥着火焰般的愤怒、背叛、失败,还有微妙的精神胜利。但这些都是虚构的个案史。我们可以理解,费兰特无意将自己的隐私添加进小说的火葬堆中。

《被遗弃的日子》是费兰特小说在英语世界里被最广泛阅读的一本,这也是有充分理由的。它攻击资产阶级的教养和家庭礼节,它撕下了习俗的外皮。奥尔加38岁,丈夫叫马里奥,住在都灵,有两个年幼的孩子,分别是伊拉利亚和贾尼。"四月里的一个下午,刚刚吃完午饭,丈夫宣布要离开我。"平静的开篇遮蔽着即将到来的愤怒和混乱。马里奥的声明让奥尔加措手不及。首先是明面上的反应:厌恶、嫉妒、绝望。她失控地对马里奥咆哮:"去他妈的神经质,我不管了。你伤了我,你正在毁掉我,而我得像一个有教养的好妻子那样说话?去你妈的!我该用什么词来形容你对我所做的一切,你正对我做的一切?我该用什么词来形容你和那个女人在一起的事呢!我们来谈谈吧!你舔她的阴道吗?你插她的屁股吗?你是不是做了所有你从未对我做过的事?告诉我!我看得到你!用这双眼睛我看到了你们在一起做的每件事,我看到了成千上万次,我日夜都在看,睁着眼睛看闭着眼睛看!"

对奥尔加更大的威胁是她整个自我的解体。如果没有了完整的家庭,她的生活又有什么意义呢?"马里奥用谨慎的夫妇之爱提供了一种仪式,而我却在仪式中封闭了我存在的意义,这是一个多么大的错误。"她反思道,"把我自己的感觉托付在他的满足、他的热情上,托付在他日益丰富的人生历程上,这是多么大的错误啊。"她对自己那不勒斯童年时代的一个黑暗人物有着挥之不去的记忆,那是一个住在她公寓楼里的女人,她的丈夫离开了,在她被抛弃的过程之中,她失去了所有的个人特征:"从那一刻起,每一个晚上,我们那位邻居都在哭泣……这个女人失去了一切,甚至连名字(也许是艾米利亚)也没有了,对所有人来说,她成了'poverella',意思是'可怜的女人',当我们说起她时,我们就是用这个词称呼她的。"小奥尔加当年很反感"如此浮夸的悲伤",而现在,在自己被抛弃的情况下,她绝望地想要避免像"poverella"那样,她不愿"被泪水耗尽"。

在接下来的几个星期里,奥尔加勉力面对现实。她必须照顾孩子,遛狗,付账单。有一天,她看到马里奥和他的新情人在一起,才意识到那是卡拉,一个20岁的女孩,某个老朋友的女儿;马里奥曾经辅导过她。奥尔加动手打了丈夫,把他打趴在大街上,撕破了他的衬衫。而同时,家里的一切都在分崩离析。蚂蚁入侵了公寓;贾尼发烧了;电话因为账单没有付清而罢了工;大门门锁坏了;狗病了。费兰特把普通的家庭烦恼变成了表现主义的地狱,她可以凭空扯出一声尖叫。这么多小小的考验变成了一个巨大的象征性的审判。当奥尔加喷洒杀虫剂意图灭杀蚂蚁时,她心情很是不安,"觉得那喷雾器很可能是我的有机体的活体延伸,是我体内怨恨胆汁的雾化装置"。打不开大门让她挫败,觉得是性失败的过度象征;安装新锁的工人也似乎在暗示,说门锁"认得主人的手"。"我记得那个年纪大的人给我名片以备我还需要他帮助时发出的嘲笑,"奥尔加告诉我们,"我很清楚他想插手的是什么锁,当然不是什么防盗门的锁。"

《被遗弃的日子》在文学上令人兴奋的点在于

它所描绘的处于非常时刻中的心智,在条理和体面都触及极限的状态下,这样的人类心智已经成为理性与疯狂、隐忍存活与爆破的战场。此处,奥尔加注视着她楼下的邻居卡拉诺,一个单身男人,一个温和、害羞、灰白头发的职业大提琴手:

> 就这样,我站在五楼静静地看着他,瘦弱但肩膀很宽,头发灰白而浓密。我对他的敌意越来越大,我越觉得这种心态不可理喻,敌意就越强烈。他单身的秘密是什么,男性对性的迷恋,也许是吧,一种人到晚年对生殖器的崇拜。当然,他也看不到远处,不会比他那越来越弱的精子喷出去的地方更远了,只有当他能证实自己尚能勃起的时候,才会感到满足,就像缺水的植物枯叶被洒了点水一样。粗暴对待偶遇的女人的身体,匆忙,下流,当然他的唯一目标就是得分,像在射击靶场上一样,钻进红色的阴部,就像钻进被同心圆一圈圈包围的某种固定思维一样。如果那片毛发是年轻有光泽的那就更好了,啊,一个结实屁股的好处。他就是这样想的,这样的想法是我安在他身上的,我被强烈的愤怒的电击震得发抖。

在自我憎恨和生理需要交叠的痉挛中，奥尔加扑向了可怜的卡拉诺：她残忍地引诱他，在索求的同时又拒绝他的欲望，一场污秽的精彩演出。然而，卡拉诺在小说的后半部分却用他的温柔和慷慨给奥尔加带来了惊喜，在奥尔加与自己的解体相对抗的比赛中，卡拉诺成了她获胜并幸存下来的意想不到的作用力之一。

费兰特曾说过，她喜欢写作那种"文笔清晰、诚实的叙事，并且其中的事实——日常生活里的事实——格外扣人心弦"。她的文笔的确有一种赤裸裸的明晰，而且在安·戈德斯坦优雅、细细打磨过的英文译笔中常常接近于箴言、镇定克制。但她早期小说的兴奋惊人之处在于，在带着同情、投入地追随小说人物直到其陷入绝境的过程中，费兰特自己的写作是没有极限的，她愿意把每一个想法向前推到它最激进的结果上，再往回推到最激进的迸发点上。这一点在她的女性叙述者对孩子以及母性的大胆思考中表现得最为明显。

费兰特的小说可以被视作印着第二波女性主义的印记，虽说时间上稍迟了些，这波女性主义在七十年代产生了玛格丽特·德拉布尔关于女性面临的家庭陷阱的小说，还有埃莱娜·西苏的女性书写理论。（女性书写，是将"女性"蚀刻进文本语言中的行动计划。)然而,费兰特对母性和女性主题的抨击之猛烈几乎是后意识形态的。她似乎很享受她笔下主人公们出演的家庭戏剧中的心理过剩、粗暴震撼,还有可怕又独特的复杂性。奥尔加的困境,尤其是她的担心,对我们来说似乎再熟悉不过了——当她把所有的精力都投入到成为一个母亲的过程中,她岌岌可危地变得毫无价值,而她那"越来越高产"的丈夫则只在外面的世界盛放。但她围绕母亲身份表达绝望和强烈反感时的修辞,我们也许并不那么熟悉。当孩子们被视作恐怖电影中的丑恶敌人时,就几乎没有给意识形态留什么进退权衡的余地:"我就像一块食物,被我的孩子们一刻不停地咀嚼;我就像一团用活体材料做成的肉块,不断地融合和软化它里面还活着的物质,好让两个贪婪的吸血鬼滋养自己,在我身上留下他们胃液的气息和滋味。哺乳,太可憎了,一种动物的功能。"奥尔加顺着自己的思路,开始相信"母性的恶臭"一直紧紧缠绕着她,它也背负着丈夫背叛她而去的部分责任。"有时候马里奥把自己贴在我身上,在我快睡着的时候抱着我,下班后他也很累,没有任何情绪。他在我的几乎不真实存在的肉体上坚持办那件事,这具肉体尝起来是牛奶、饼干、麦片的味道,带着他自己的绝望,与我的绝望重叠,只是那绝望他意识不到。我这具乱伦的身体……我是被侵犯的母亲,不是情人。他已经在寻找更适合去爱的人了。"费兰特在坚守住奥尔加不合逻辑的逻辑上有一种可怕的才华,她让一句再普通不过的对养育孩子之难的抱怨变成了一种超大号的厌恶,而母性的恶臭也无情地导致所有婚内情欲走向乱伦结局。这种任性的严谨,不仅本身令人沉迷,并且在奥尔加狂暴嫉妒的上下文里,也绝对合理。

《暗处的女儿》(2006年意大利文出版发行,2008年英文版面世)的叙述者勒达是一位47岁的学者,和奥尔加一样,她不得不兼顾母亲的身份和职业发展。她与科学家丈夫已经分开,丈夫住在多伦多,她两个已经成年的女儿玛塔和比安卡也去那里生活了。关于她的女儿们,勒达的想法很矛盾,而且常常怀有尖锐的敌意。她想知道,她是真的想要自己的孩子,还是说她的身体只是在以一种繁殖动物的身份表达自己?

> 我那会儿想要比安卡,一个人带着被大众信仰不断强化的动物性的糊里糊涂,想要一个孩子。比安卡很快就来了,我当时二十三岁,和她父亲都处在保住大学工作的艰难挣扎中。他成功了,而我没有。一个女人的身体做着

千万种不同的事,劳作、奔波、学习、幻想、发明、厌倦,与此同时,乳房膨胀,阴唇胀大,肉体和一团圆润的生命一起跳动,那是你的生命,是你的,却又推到别处,从你身体抽离,尽管它栖息在你的肚子里,快乐又沉重,感觉像是一丝贪婪的冲动,却又令人厌恶,像昆虫的毒液被注入了血管。

对于费兰特早期小说的叙述者来说,生活似乎是一个关于依恋和分离的痛苦难题。令勒达感到震惊的是,女儿们与她肉体之间的联系是如此紧密,同时她们又总是被推着去往"别处",是如此地陌生和相异。在女儿分别长到 6 岁和 4 岁的时候,勒达抛弃了她们三年。"所有青春的希望似乎都被摧毁了,我似乎在向我的母亲、我的外婆、我那一溜儿或沉默或愤怒的女性先人上倒退而去。"悬吊在一根母系锁链上——外婆们、母亲们、女儿们,所有肉体都来自自己的肉体——唯一办法就是切断锁链,逃脱出来。勒达觉得这是活下去的办法:"我太爱她们了,在我看来,对她们的爱会让我无法去成为自己。"她回想着自己站在厨房里,女儿们看着她,她被她们俩拉着,但外面的世界也拉着她,力道更加强烈:

我感觉到她们的目光渴望驯服我,但更灿烂的是在她们之外的生活的光明,新的颜色,新的身体,新的智慧,一种最终将拥有的语言,仿佛那会是我真正的语言,没有任何东西,在我看来不会有任何东西,是可以与有她们满怀期待盯着我的家庭空间调和的。啊,让她们隐形吧,别再让我把她们肉体的要求当作比来自我的肉体的更迫切、更有力的要求。

费兰特或许永远不会提到埃莱娜·西苏或法国女性主义文学理论,但她的小说是一种实用的女性书写:这些反映工作和为人母、反映在母职工作之外争取工作空间的小说,必然反映出它们自己的成就。把这些困难的文字写在纸上,就等于抑制了家庭空间的要求,让孩子们的要求在宝贵的幕间休息时间安静下来,并找到"一种最终将拥有的语言,仿佛那会是我真正的语言"。

在作家成为成年人之前,她是个孩子。在她组成一个家庭之前,她继承了一个家庭;而为了找到自己真正的语言,她可能需要逃离这第一个、原生的社会的要求和禁令。这也是费兰特的最新小说《我的天才女友》与她早期作品联系起来的主题之一。乍看之下,她于 2011 年在意大利出版的新书,似乎与其极度痛苦、纤弱的前作们迥然不同。这是一部宏大的、有磁力的、充实友善的成长小说,显然它是三部曲的第一部。它的叙述者埃莱娜·格雷科回忆了自己于二十世纪五十年代末在那不勒斯的童年和青春期。书中有一种在前作中不容易碰见的快乐。埃莱娜童年的城市是一个贫穷、暴力的地方(费兰特的第一部小说《烦人的爱》中也有这座城市的身影)。但生活的匮乏让细节有了一种用力抢夺得来的丰富浓烈。一次海边旅行,一个新朋友,和父亲一起度过的整整一天("我们在一起度过了一整天,这是我们生命中唯一的一天,我记忆中再没有其他这样的日子了",埃莱娜有一回说),一段短暂的假期,从图书馆里借出一些书的机会,一位可敬的老师的鼓励,一双漂亮鞋子的设计草图,一场婚礼,一句让你的文章在当地杂志上发表的承诺,与一个头脑比你更深刻、更开放的男孩的交谈——在贫穷、无知、暴力夹杂着父母威胁的背景下,在这个某个人物角色可以被若无其事地描述为"努力用意大利语说话"(因为这本书里的大多数人都在使用那不勒斯方言)的世界里,这些看似普通的事件呈现出了意想不到的光芒。如果说费兰特早期的小说有一些艾尔莎·莫兰黛作品中的残酷直接和家族带来的折磨,那么《我的天才女友》可能会让读者联想到德·西卡和维斯康蒂的新现实主义电影，又或者是乔万尼·维尔加[1]关于西西里赤贫生活的短篇小说。

埃莱娜在一年级的时候，在学校里认识了她的天才女友。两个孩子都来自相对贫困的家庭。莉拉·赛鲁罗是鞋匠费尔南多·赛鲁罗的女儿；埃莱娜的父亲在市政厅做搬运工。莉拉起先给埃莱娜留下了深刻印象是因为她"很坏"。她凶猛、敏捷、无所畏惧、言行残忍。对于每一次冲着她来的暴力行为，莉拉都能迅猛反应。当埃莱娜拿起石头向一帮男孩砸回去时，她脑子里没什么确定的信念；但莉拉做任何事情都带着"绝对的决心"。没有人能够真正跟得上那个"厉害、耀眼的女孩"的步子，大家都害怕她。男生对她避而远之，因为她"瘦得皮包骨头，脏兮兮的，身上总有割伤或淤青，最要命的是牙尖嘴利……她说尖酸刻薄的方言，满口脏话，从源头上切断了任何爱情的感觉"。莉拉的名声是在人们发现她3岁就已经自学阅读时开始增长起来的：书中有一个着实可以与维尔加作品旗鼓相

---

[1] 乔万尼·维尔加（Giovanni Verga，1840—1922），意大利小说家、戏剧家。代表作有长篇小说《马拉沃利亚一家》。他是真实主义文学运动的代表人物。

当的精彩场景,当时莉拉的老师兴奋地把孩子的妈妈农齐亚·赛鲁罗叫来,要求莉拉读出老师写在黑板上的一个词。莉拉正确地读了出来,但她母亲却迟疑地、几乎是害怕地看着老师,"老师起初似乎不明白为何自己的热情一点没有映照进这位母亲的眼睛里。但之后她一定猜得到,农齐亚不识字。"

原本是班上最聪明女孩的埃莱娜,也只能落在天才的莉拉后面了,莉拉在学校里和她在街上一样聪明:所有考试她都是第一名,还能进行复杂的心算。这两个女孩似乎注定要通过教育摆脱自己原本的出身。小学最后一年,她们对金钱着了迷,并像"小说中人物谈论寻宝一样"谈论金钱。但《我的天才女友》是一部用单声道播放的成长小说,而不是立体声的;我们很早就感觉到,莉拉会一直困在她的世界里,而作家埃莱娜会走出去——就像《暗处的女儿》中的那位学者,她这样描述自己需要离开暴力和局促的那不勒斯:"我像一个烧伤的受害者一样跑开了,尖叫着,撕掉烧伤的皮肤,相信她是在撕掉燃烧本身。"

在这个关于汇合与逆转的美丽而微妙的故事中,流向改变的时刻是很难确定的。也许有一次是发生在埃莱娜的学校里,奥利维耶罗老师告诉她,她必须参加中学入学考试,此外她的父母要为她支付备考的额外课程的费用。埃莱娜的父母先是抵触了一阵,接下来答应了;莉拉的父母则拒绝了。莉拉告诉埃莱娜自己无论如何都要参加考试,而且也没有人怀疑她的能力:"虽然她外表很脆弱,但每一项禁令在她面前都失去了意义。"但莉拉最后还是灰心了,没有去上中学。当埃莱娜后来向奥利维耶罗老师提起才华横溢的莉拉时,老师问她是否知道什么是庶民?知道,埃莱娜说,人民。"如果一个人想继续做一个庶民,"奥利维耶罗老师继续说道,"他、他的孩子、他孩子的孩子就什么都不配得到。忘掉赛鲁罗,多为自己想想吧。"

这一警告像古典悲剧中的预言一样给小说的其余部分投下了阴影。在这本书接近结尾处有一个十分有力的场景,莉拉·赛鲁罗,年方十六,即将嫁给一个杂货铺老板的儿子,她决定亲手将结婚请柬送到奥利维耶罗老师手上。埃莱娜陪着她一起去。老教师假装不认识这个没能去上中学的天才女孩,转而对埃莱娜说:"我认识赛鲁罗,但不知道这个女孩是谁。"就这样,老师在她们面前把门关上了。在莉拉的婚礼上——在那儿出现了一个典型的生动细节,当客人们意识到"不是所有桌子上的葡萄酒都是一样的质量"时,人们开始喧闹起来——埃莱娜看着那些卑微的客人,回想起了老师的提问:

> 那一刻，我知道了什么是庶民，比多年前她问我的时候清楚得多。庶民就是我们。庶民就是为了食物和酒打架，是为给谁先上菜、给谁上的菜更好而争吵，是服务员在肮脏的地板上来来回回跌跌撞撞，是那些越来越粗俗的祝酒词。庶民是我的母亲，她喝了酒，现在正靠在我父亲的肩上，而他，端坐着，为着五金商人的黄色笑话咧开了嘴。他们全都在笑，就连莉拉也在笑，一副既然拿到了这个角色，就要把它演到极致的表情。

这就是《我的天才女友》的结尾，埃莱娜看着地平线，莉拉也被埃莱娜看着。一个女孩面朝着书之外，另一个女孩则陷在书页中。埃莱娜·格雷科，就像费兰特早期小说中担任叙述者的女性一样，是一个幸存者；和她们一样，她不得不从依恋和分离的戏码中挣脱出来求得生存。她感到一种幸存者的内疚，就好像是她从莉拉的宝藏中抢走了允诺给她的财富。最后的一处反讽就盘绕在小说的标题中，这是最大的反转，是用了整部小说的篇幅来实现的视角的反转。婚礼之前，当埃莱娜在帮莉拉整理婚纱时，两个女孩简单讨论了埃莱娜继续上学的问题。莉拉力劝埃莱娜继续学习，如果有必要，她——即将成为一个安稳的已婚妇女的她——可以帮忙付学费。"谢谢你,但学校总有念完的时候。"埃莱娜紧张地、无疑是自嘲地笑着说。"你可不会,"莉拉热切地回应道,"你是我的天才朋友,你必须是最好的,所有男孩儿女孩儿里,最好的。"

2013 年

弗吉尼亚·伍尔夫的神秘主义

1

有个故事说,1904 年,年轻的弗吉尼亚·伍尔夫跟人一起拜访罗丹的工作室。雕塑家告诉大家,除了还罩着的人像,他们可以随便触摸。伍尔夫正要掀起一块罩布,就吃了罗丹一记耳光。这故事可能是杜撰,但就像无名战士的坟墓一样,它可以作为战争的通行象征。伍尔夫的文学力图揭开人物的罩布,以一种前所未有的方式暴露他们。她拆解意识。要做这件事,她就不得不违抗站在她身后的一代人,他们捆人的手像罗丹一样扬着。伍尔夫最好的传记作家赫敏·李,在题为"疯狂"的一章里讲述了这件逸事:彼时伍尔夫精神不稳,在发病边缘。但这里面也有亨利·詹姆斯所谓的"艺术的疯狂"。

现代主义作家弗吉尼亚·伍尔夫，和一项悄然滋长的事业订了婚，这个伍尔夫才真正重要。"布卢姆斯伯里"，那个分散注意力的花花世界，模糊了她的形象。因为她远比她著名的亲友更严肃，也更严肃地从事文学，后者今日看来不过是"有潜力"的线头。学院吝于肯定伍尔夫写作的成就，故意忽视她的全部作品，尽管这招很不成功；或者索性把文学问题变成政治问题。所以，根据简·马库斯的说法，《海浪》成了后殖民狂欢的一个例子。但是后殖民主义，甚至现代女性主义，没有伍尔夫也会存在，而她的小说不会。这位作家——孑然、自高、新颖、罕见——存在于她的伟大论文和日记中，它们混合了尖锐的抱怨和稳定的文学品味；也存在于她最好的小说中，即《达洛维夫人》《到灯塔去》和《海浪》。

伍尔夫的童年经历大都可以从一本九十页的回忆录《往事素描》中找到。此书作于1939年和1940年，就在她自杀前。书中，她又重新审视了自己文学叛逆的根源，她认为其关乎父母留下的印象，还有家中混浊的空气，她家住在伦敦西区的海德公园门。弗吉尼亚·斯蒂芬生于1882年，正值维多利亚主义的顶点。她写道，她和她的妹妹瓦妮莎代表1910年而她的父母代表1860年。她所有作品都忤逆维多利亚那代人自以为是的统治,其代表是她的母亲朱莉娅·斯蒂芬,弗吉尼亚对她怀有复杂的爱;以及她的父亲莱斯利·斯蒂芬,她对他怀有复杂的恨。朱莉娅·斯蒂芬,维多利亚那代理想化的妻子和母亲,她无私,像一个感情丰富的乳母照顾丈夫,也倾力办好家庭外面的种种事务。1905年弗吉尼亚开始写书评时,她感到母亲(已在1895年去世)的鬼魂警告她要有女性的端庄,要维护男性的声名。伍尔夫——这完全是她的作风——此时写道:"我写评论的真正乐趣是令人难堪。"莱斯利·斯蒂芬成了《到灯塔去》里的拉姆齐先生,这个永远缺爱的石像被家庭破事的鹅卵石围困其中。他是那种好像把时代精神随身携带的维多利亚人。他是那一代最重要的不可知论者之一,是文学批评家、剑桥理性主义者、《十八世纪英国思想史》的作者。斯蒂芬有一个沉重的清教徒头脑。"他会问诸如某数立方根是什么之类的问题;因为他总是在坐火车时解出数学问题。"伍尔夫在《往事素描》里写道。伍尔夫选取了一个清晰的记忆,为我们描绘出这种艰难的快乐是什么样子。她记得他从智力劳动里抽身屈尊修理他小女儿的帆船,然后尴尬地嗤之以鼻:"荒谬!——这事真有劲。"

《到灯塔去》里面,我们看到拉姆齐先生努力迈过智识字母表中的字母 Q。这是伍尔夫最好的明喻之一:"确实是非凡的头脑。因为,如果思想像钢琴上的键盘,分成如许数目的琴键,或像字母表……那么他那非凡的头脑毫无困难地把这些字母一一过掉,坚定而准确,直至抵达,比如说,字母 Q。他来到 Q。全英国很少有人能到字母 Q……但在 Q 后面呢?接下去是什么?"[1] 莱斯利·斯蒂芬表现得像一个天才,但他思考起来只如一个有点天赋的人。他老发脾气,他大声抱怨精神劳作的困难,他在家庭生活中无依无靠,他的阳刚之举(二十英里的步行完全算不上什么):他头上那顶知识分子的菲斯帽——这在我们看来,是否有点自觉对应于一顶傻瓜帽的意味?——那泡沫般的胡须,所有这些都为时代所赞许。这便是"伟人"范儿。但斯蒂芬曾经以他令人钦佩的诚实向女儿承认,他只有"一个上好的二流头脑",伍尔夫写道:"他让我不对绘画动情,听不懂音乐,无感于词语的声音。"无意间,父亲以敌对之心训练她,教她如何在他自己的浅水里漂离他。她总结他的局限性从而抓住了整个阶级的局限性。人们在她的日记中一再看到这些肖像。她父亲是模范"内部人士"。他是一个机构,

---

[1] 王家湘译本,有改动。

可以缩写为"伊顿－剑桥",那些地方把她排除在外。这种人就是她所谓的罗马人(而她是希腊人)。他们使帝国在政治和智识上继续运转。他们是必要的,她写道,"就像罗马的道路"。但在她父亲身上,她看到的"不是一个微妙的头脑,不是一个有想象力的头脑,不是一个浮想联翩的头脑。而是一个壮实的头脑,一个户外健将般横跨沼泽的头脑,一个急躁而局限的头脑,一个传统的头脑,完全接受自己对何为诚实的标准"。

莱斯利·斯蒂芬可以弄成一个讽刺漫画,虽然伍尔夫从没这样做。然而,他给女儿的教育留下了深刻烙印。弗吉尼亚·斯蒂芬没有出门上学,她的童年被粗暴地孤立了,在父亲的阴影下度过,父亲期望弗吉尼亚"及时成为一名作家"。弗吉尼亚翻遍了他的藏书。当然,他召集家人给他们朗读——司各特的三十二部韦弗利小说,卡莱尔的《法国大革命》,简·奥斯丁和一些英国诗人。但伍尔夫自己的阅读,在她父亲的辅导下,构成了她真正的教育。这就像一部缓和版的约翰·斯图亚特·密尔成长史。她和沃尔特·佩特的妹妹一起读希腊语——当然是读柏拉图。莱斯利·斯蒂芬给她看历史和传记。1897 年,她十五岁时,他为她挑选了皮普斯的日记、阿诺德的《罗马史》、坎贝尔的《柯勒律治传》、麦考莱的《历史》、卡莱尔的《回忆》，以及《传道者文选》，作者是詹姆斯·斯蒂芬，她的祖父。我们看到伍尔夫与语言发展出那种深邃而神秘的关系，孤独的孩子往往如此。"我已经认出剧中最好的台词，"她写信给她在剑桥的弟弟，"如果这没有让你背脊一激灵……你就不是真爱莎士比亚！"她又更为悲切地对索比说："现在没人和我争论，感觉缺个人。我只能独自痛苦地钻研书本，才能挖掘出你每晚上坐在火炉边和斯特拉切抽着烟斗之类就能谈出来的东西。"

伍尔夫的背景，便如父姓，是她公开的标记。她在父亲家里住了二十二年，1904年父亲去世后才逃离。这是她第一次逃跑——离开海德公园门，逃进布卢姆斯伯里，在那里她和哥哥姐姐住在戈登广场。她第二次逃跑是逃进文学新闻专业。在这里，大多数评论者都没什么礼貌，我认为这让伍尔夫成了一个伟大的批评家，而不仅仅是一个"伟大的评论者"。《批评集》当时还在编纂中，是本世纪英语批评中最重要的一本。那些文章遵循的传统是约翰逊、柯勒律治、阿诺德和亨利·詹姆斯。这是诗人-批评家的传统，到了现代，像伍尔夫和詹姆斯这样的小说家也加入进来。也就是说，她的论文和评论都是作家的批评，用的是艺术的语言，也就是比喻的语言。作家-批评家，或诗人-批评家，与她所讨论的作家有一种竞争性的亲近。这种竞争由语言标记。作家-批评家总是对题中作家小小地炫耀一番，如果作家-批评家看上去在概括，那她所做的就是文学，而一个人总是在概括自己。

当然，伍尔夫的所有作品都是某种从英国诗人身上剥下的文身，然后涂到她自己的句子上；所有这些都是诗意的比喻。但这些早期的经历助长了她所有小说中的比喻倾向。在她的批评中，比喻的语言成为一种以自己的口音与小说对话的方式，唯有这种方式可以尊重小说终极的不可描述性。批评家便是用比喻来避免以成人的简明来欺凌小说。因为这种语言是一种强大的犹豫。其强大在于伍尔夫比喻的活力和独创；其犹豫在于它承认，在批评中纯粹总结的语言是不存在的。批评永远不能提供一个成功的总结，因为它共用批评对象的语言。你总是通过书思考，而不是做关于书的思考。伍尔夫的父亲"成功地"写了关于书的文章，和对象有一种很强的疏离感。莱斯利·斯蒂芬的论文从头到尾把书啃到卡纸板上，冷酷地想要一嚼同人，不管对象是教皇还是教皇的历史。这里面有他的局限性，伍尔夫当然可以看到这一点，即使作为一个年轻女子她只能把这种局限性表述为担心她父亲的论文不够

"文学"。相比之下，伍尔夫是"文学"的，也就是说，是比喻性的。她温和地走进小说，好像很怕强大的理解会压垮它。

一切批评进程本身都是比喻性的，因为它处理的是相似性。它问：艺术是什么样？它像什么？如何才能对其做出最好的描述，或重新描述？如果艺术作品描述了自己，那么批评的目的就是用它自己的不同的语言重新描述艺术作品。但是文学和文学批评共用同一种语言。在这点上，文学批评与艺术、音乐及其批评完全不同。这可能便是詹姆斯谈及批评家的"巨大的越俎代庖"时的意思。批评地描述文学就是再一次描述，却好像是头一次。就是把文学当音乐和绘画去描述，并且好像你可以把批评唱出来或者画出来。再次，却是首次：评论家分享其对象的语言，但随后改变了每一个词，使之偏向自己的意愿。所有的批评家都这样做，但作家-批评家，既想成为忠实的批评家，又想成为原创作家，做起这事就必须机敏，必须带上一系列不可自拔的忠诚。作家-批评家和其评论的作家间的关系，可以被比作听见隔壁房间里某个兄弟姐妹弹钢琴，这曲子你很熟悉但还没亲自弹过。

比喻的语言是一种秘密的分享、靠近、相像，同时也是竞争。因为，作为一个批评家，伍尔夫总是在与她所评论的东西竞争,她的语言的如出一辙构成了一场奢侈的口角。她的比喻一次又一次用于传达一种判断,这种判断既标志着她与对象的亲近——她能使用艺术家的能力——也标志着她的分离。她写道,福斯特作为小说家太过烦躁,总是插进来谈论他的人物:"他就像一个睡眠很浅的人,总是被房间里的什么东西吵醒。"(普鲁斯特,以类似的比喻口气,把他的小说写作比为"一种漫长的,沉沦的疲惫";V. S. 普利切特在一篇文章中抱怨,福特·马多克斯·福特太清醒了:"他从不沉进那种决绝的恍惚状态,而所有更伟大的小说家都那样工作。"普鲁斯特、伍尔夫和普利切特都借比喻来直抵那个悖论的真相——这即一个艺术家必须有意识地逼自己陷入艺术的昏睡。)她觉得狄更斯相当粗俗地创造了刺激,方法是发明新的、用过就扔的人物:"狄更斯让书燃烧不是靠绷紧情节或者磨利智慧,而是靠再把人一把扔到火上。"她觉得乔治·摩尔是一个太文学的小说家:"文学像纱布一样缠绕在他身上,禁止他自由运使四肢。"她的许多文章都是为《泰晤士报》文学副刊撰写的,其撰稿人直到最近才开始署名。但这种匿名是最好的:伍尔夫当然知道她的文章自会署名。因此,她的文章,从文和质来说都是自我广告。1917年至1925

年间，她创作了精致的宣言，坚持她那一代人即乔治时代的人必须与爱德华时代的人决裂。按照她的定义，她那一代人的意思是劳伦斯、乔伊斯、福斯特、艾略特。爱德华时代的人指的是萧、高尔斯华绥、威尔斯、阿诺德·贝内特。在《现代小说》(1919)、《论重读小说》、《班纳特先生和布朗夫人》(1923) 和《小说中的人物》(1924) 中，她提出人物是伟大小说的中心，而人物已经变了，"大约从 1910 年 12 月开始"。这是一个真正的变化。人物之于爱德华时代的人是一切可以描述的；对她这代人则是一切无法描述的。她觉得爱德华时代的人把人物弄钝了，把他们揿灭为死物——衣服、政治、收入、房子、亲戚。她想把人物在看不见的地方磨得无比锋利。

阿诺德·贝内特认为，《夏洛克·福尔摩斯》里的华生医生是"一个真实的人物"。但对伍尔夫来说，华生医生是"大草包"。首先，伍尔夫说，什么是"现实"？对爱德华时代的人来说，现实是家具销售，一切可以看到、有牌子、有标价的东西。但伍尔夫想打破这种她所谓的唯物主义，寻找更黑暗的走廊。现实是"一个发亮的光晕，一个半透明的信封包围着我们从意识的开始到结束"。正是"意识"及其与"发亮光晕"的关系，才是伍尔夫这一代文学敏锐的苦恼。但这种新的认识并不蒸发为审美。伍尔夫一次又一次坚持她的词:"生活"。正是因为她觉得生活已非阿诺德·贝内特的小说所能把握,所以她这样痛斥它们:"也许除了生活,别的都不值得。"她对这个词的含糊不清感到恼火,但它的含糊不清是激励。现代主义写作的命运仅仅是进一步的失败,因为"生活"是如此抗拒被打碎成词语。"容忍那些断续、晦涩、零碎、失败",她恳求怀疑的读者,"我们正摇摆在英国文学伟大时代的边缘"。"我想,"她在日记中就《海浪》写道,"这是我迄今为止能给自己的最大机会:因此是最彻底的失败。"

当然,伍尔夫时不时地失败:当前的大赦看似给她写的一切吹去胜利,只不过是用夸大其词囚禁她。应该可以证明所有的小说都有薄弱的段落,并讨论她使用内心独白的不可避免的冒险性,而不必被指为是一个"男性"读者。《达洛维夫人》最终并没有它想要的那么浮想联翩(伍尔夫似乎自己也感觉到了这一点);《海浪》虽然是一本伟大的书,最后二十页是世俗神秘主义写作的绝佳典范,但它常常乏味地陷进自己的常规(几乎每个角色都要就语言的困难这个问题讲几句话);《幕间》看上去像没写完。但伍尔夫失败的时候,通常是她在做一个维多利亚时代的人,而不是乔治时代的人或现代主义者。例如,在《达洛维夫人》中,她把伦敦的暮色比作一个为夜生活而换装的女人,"可伦敦才不吃这一套,猛然将她的刺刀插进天空,钉死她,强迫她在狂欢中陪伴她"。《到灯塔去》中,她把春天比作"一个处女,贞洁得生人勿近,纯洁得看不起人"。在《海浪》中,她把大海比作"一个女孩躺在碧波的床垫上……戴着水珠的宝石,发出略呈蛋白石色的光芒,投落闪烁于无常的空气中,像一只跃起的海豚的胁腹,或者是斩下的利刃的闪光"。丽贝卡·韦斯特认为《海浪》是"前拉斐尔派的媚俗",这倒不是真的。但毫无疑问,在所有这些情况下,维多利亚时代诗歌的一种陈词滥调——暮光、春天和大海被比作女人——从伍尔夫的童年渗透到她的行文中,因过分渲染而玷污了它的本色。

伍尔夫的行文成功之时,没有任何一个二十世纪的英国小说家在其语言中显得如此地地道道,萌动生机。她写下"带根的词"。她从来最喜欢伊丽莎白时代的人和卡罗来纳时代的人——就像梅尔维尔,她尊敬托马斯·布朗爵士——把语言历史化。她挤进英国散文时钟的齿轮;她止住运行,然后,好整以暇,重新启动,吸收一切历史的振动。她的行文让人想起狄德罗把他的藏书留给俄国的凯瑟琳大帝:她在行文中交给我们她积累全部历史阅读的房间。她的罕见之处在于,她一只耳朵听比喻,另一只耳朵听形容词和副词。(而梅尔维尔亦有这种莎士比亚式的双重性。)她明白词语如果在选择时过度在意就会变得抽象,一如任何东西盯着看足够长时间都会那样。她使言语难堪地承认它们的抽象色素;词语在她手里好像变成了颜色。我们在她的小说和日记非凡的一笔中看到了这一点。尤其是在日记里,她把一连串形容词连用而不加逗号缓冲。她看着苏塞克斯的风景:"一个沉重低垂、多风多云的日子,太阳宽阔……可爱的是那大片灰云的曲线;长长的谷仓躺着。"或者《海浪》里的这句:"颜色回来了。白天黄摇金摆用尽一切庄稼。"(这是一个很棒的句子,只需要一再一再地重复。)《到灯塔去》里面:"箭一般静止不动的好天气……龟甲蝴蝶破茧而出,把它们的生命力拍打在窗玻璃上。"在日记中,她观察人们,并投以各式形容词:"潮热、邋遢、口齿不清的雷克斯·惠斯勒。"或者凯珀尔夫人,上流社交场的女主人:"一个黑不溜秋、胖乎乎、又僵又垮的……老抓手。"她如此矛盾地把词组合在一起:"一个敏捷的二流男人"(这说的是英国文学教授)。写斯蒂芬·斯彭德:"一个接头松散的头脑——雾绕云罩,四处弥散。一切都没个定形。非常敏感，内心打战，善于接受，步子很大。"写伊迪丝·西特威尔："一切都在变细削尖，鼻子的走势像鼹鼠。"写"兔子"加内特："那只生了锈的乖戾迟钝的老狗，有含情脉脉的噱头和原始的头脑。"然后，在如此多的不确定和脆弱中，人们发现了这个小小的狂喜，它照亮了其他一切："我的天！《灯塔》的某些部分多么可爱！柔软而又柔韧，我想还很深刻，每一页都一字不差。"

2

但是伍尔夫不喜欢别人称赞她的句子，她写道，我们必须去小说家那里"找章节，而不是句子"。事实上她的成就不能以句子来衡量，也不能以章节来衡量。她与爱德华时代的人的决裂在于她怎么写意识。正是在这里，特别是在《到灯塔去》的流动形式里，她做了一些惊人的事情。大多数读者对伍尔夫漫画式的认知是，这个作家让她的人物在内心漫游，似乎随意进退，这一刻想的是死亡或记忆，下一刻想的是一碗水果。根据这种漫画式的认知，这便是布卢姆斯伯里的思维，上层阶级装腔作势的形而上学。这漫画有一个名字：意识流。但伍尔夫对意识流的发展却比这有趣得多。它允许走神进入小说。允许人物游离于相关性之外,拐入可能与小说整体结构不一致的随机性之中。一个人物变得与小说无关意味着什么?这把人物从抓住他们的小说中解放出来;可以说,这让人物忘记了他们被困在小说的灌木丛中。毫无疑问,伍尔夫从斯特恩,也许还有奥斯丁那里学到了一些东西。更为直接的是学契诃夫。1917年、1918年和1919年,她都曾写过契诃夫的作品。她欣赏的是契诃夫作品里"重点放在如此意想不到的地方,乍看似乎根本没有重点"。

她在读契诃夫之前和之后写的小说有明显的不同。但这条路是她慢慢摸索出来的。在她的第一部小说《出航》(1915)中,有一个时刻悬在意识流的边缘。克拉丽莎·达洛维(十年后重现于《达洛维夫人》)快要睡着。她正在读帕斯卡尔,恍惚地想着丈夫。本来会变成伍尔夫后期作品中的思维激流在这里停住了,转而变成一个梦。她睡着了,梦中出现了巨大希腊字母的疯狂景象,将她惊醒。这时她提醒自己一直在做梦。这一章结束了,一切都结束得很整齐。在其允许的范围内,这个段落与《曼斯菲尔德庄园》第16章的开头几乎没什么不同,其中范妮·普莱斯非常迷乱,她一边对自己思考一边睡着了。奥斯丁写道:"她还没来得及回答这个问题就睡着了，第二天早上醒来时还觉得很困惑。"这两段都以睡眠结束内心的思绪。在伍尔夫写作生涯的这个阶段，随机思想只能作为睡意或梦境存在。这还不是白日做梦。在这部处女作里，如果你忘了自己，你必须睡着。在她最好的小说里，你会保持清醒并忘记自己。

一切集大成于《到灯塔去》，伍尔夫最伟大的小说，她是在1925年至1927年间一阵爆发中写出了这部小说。哲学家拉姆齐先生和拉姆齐太太带着孩子们度假。年龄最小的詹姆斯想坐船去灯塔。一帮客人记有：查尔斯·坦斯利，无神论哲学家，以前是拉姆齐的学生；奥古斯都·卡迈克尔，一个懒惰的老诗人，整天坐在躺椅上，哼哼可爱的短语；莉莉·布里斯科，坐在草坪上画着她的"某种尝试"。伍尔夫在这些意识之间轮舞，因此在这部小说里好像一切同时发生。显然，所有这些人是在同时思考，就像人们在现实生活中那样，而作家的斗争是设法超越叙事序列，在序列中一个人被迫跟随一个人的想法，然后再接下一个人。叙事序列从根本上看，无非是文字的物质性，这迫使我们必须把一个词写在一个词的后面，而不是互相叠到一起。一个画家，比如莉莉·布里斯科，真的可以把画混成一堆，但作家不行。作家最接近这种效果是用比喻，比喻把两件事推到一起，达成了一种闪耀的同步性。这样我们就明白，伍尔夫根深蒂固的比喻本能在语言层面上如何促使她发现比喻性的叙事技巧。比喻可以炸掉序列。

但即使有了比喻，小说家也不能用文字把五个意识结合起来。然而如果你让人物忘记他们是意识，你就让读者也忘了这一点。而当你这样做的时候，你会让读者完全忘记虚构意识及其严重的描述限制的存在。另一种东西产生了：无意识。这就是伍尔夫在书中对拉姆齐太太做的，书中有三次。遗忘的第一个时刻最安静，也最动人，它出现在小说第二十页。在大约二十页的篇幅里，我们透过拉姆齐太太飘忽不定的思绪看事情。她想着她儿子有多想去灯塔；她不满坦斯利说天气不适合乘船旅行；她稍微考虑了一下坦斯利，以及她丈夫阵营的追随者——那些诚恳而拘谨的年轻人，喜欢讨论大学里的种种奖，有着"第一流的头脑"。

然后一个巨大的新气候在英国小说中成形了。拉姆齐太太望着窗外的草坪，看见奥古斯都·卡迈克尔；然后看到莉莉·布里斯科的画，断定莉莉并不真是一个正儿八经的艺术家。拉姆齐太太还记得，她"应该尽量把头摆在同一个位置好让莉莉画"。换句话说，拉姆齐太太已经忘了，而且刚刚才想起,她位于莉莉画作的中心。她也忘记了她位于我们刚刚读的二十页的中心。然而拉姆齐太太忘了自己是画的中心,是前二十页的中心,本身需要读二十页才知道。她的遗忘一直在我们的中心,一直在我们刚才所读的中心。我们和她一起经历了这种遗忘。我们和她一起旅行,并且以这种方式跳出了她。这就好像小说忘了它自己,忘了拉姆齐太太是个人物。她一直是小说的中心,而我们几乎没有注意到,因为我们一直占据着她自己的隐形。我们意识到这点,就把一种奇怪的新含义赋予了拉姆齐太太的保持头不动或"在同一个位置"。因为虽然她的头可能从外面看是静止的,或者说在同样的位置,在她头脑内部没有静止,没有一直"在同一个位置",实际上,拉姆齐太太无法把她的思绪保持在同一位置。从最深层的意义上讲,她一直在走神。

在现实生活中,当一个朋友问我们在想什么时,我们常常说"没什么"。拉姆齐太太也会这么说;伍尔夫后来告诉我们,拉姆齐太太讨厌别人提醒她,有人看见她"坐着思考"。然而伍尔夫用微妙的方法告诉我们,我们从来无法什么也不想,我们总是在思考一些事情,我们不可能不想,即使思绪仅仅是遗忘某事的过程。她让读者不仅读到这点,还几乎让他们自己上演了一遍。这是一个岌岌可危的过程,有些读者认为这只是由诸多琐事构成的迷阵。但它是真实的;毫无疑问,它带我们更接近于伍尔夫所说的"生活"。在她的小说中,思维向外辐射,就像一个中世纪小镇那样向外辐射——而辐射的中心被美妙地忽视了。

3

伍尔夫直到生命的最后几年才正经读了弗洛伊德,她不仅仅是一个专注于心灵褶皱的历史学家或书写无意识的小说家,也不仅仅是英文辞章方面大胆无畏的行家里手。是什么让她的伟大小说如此感动我们,我们光想象她在苏塞克斯的花园小屋工作的情景便如此感动——《海浪》中的伯纳德所指的艺术作品之"不间断而无条理的步伐"——是其不断努力要在"生活"背后找到一个意义。这隐藏的意义只是审美吗?有段话很有名,她曾经写道,"棉絮背后隐藏着一个图案;我们——我指全体人类——都与此相联……整个世界都是一件艺术品"。这是伍尔夫表现出不可知论的一面,她像佩特那样,相信艺术模模糊糊地充当了宗教的功能。之所以寄希望于这种艺术最能解释事物的奥秘,恰恰因其无法解释它们。维多利亚时代的自信说教被替代为艺术的适当口吃;系统被替代为混乱,溶液被替代为混合物。艺术的失败就是它的成功。现实背后的"图案"越晦涩,这晦涩就越真实。伍尔夫著名的"存在的时刻",从这个角度看,是无法形容的云,只有艺术才能试着描述,因为艺术是真正的存在的时刻。艺术和现实在它们的神秘中成为一体。从这个意义上说,艺术的运作就像仪式,而不是教义;它不能定义真理,但它很好地修饰了无法知道的东西。"我确信,艺术作品中唯一有价值的意义是那些艺术家自己一无所知的东西,"伍尔夫写道。她不喜欢《印度之行》中的"神秘主义",因为她觉得福斯特作为艺术家不够相信艺术本身,他"鄙视他的艺术,认为他比艺术多点什么"。福斯特身上有太多神秘主义者的成分,或者说剑桥柏拉图主义者的成分。这便是作为唯美主义者的伍尔夫。

但作为宗教家的伍尔夫又怎么说呢?伍尔夫是福斯特派还是柏拉图主义者?因为有一些证据表明伍尔夫——当然并不鄙视她的艺术——也在寻找那个"多点什么",她觉得这个"多点什么"超出了艺术的范畴。她感到自己可以"通灵"。有时,她看上去与其说在寻找现实背后的美学图式,不如说是在寻找一种更深层的、美学图式背后的形而上学模式。这种更深层的模式藏得真够深的,它到底是什么样子,她说不出来。是否也是美学,她不知道。她无法形容它。但她怀疑这并非自己的编造:这是真的,它被揭露出来,被赋予她。我们知道这一点,因为她告诉我们,在精神不稳定的时刻感受到了这一更深层的现实。伍尔夫的精神崩溃发生在 1897 年、1904 年,以及最严重的 1913 年,当时差点自杀。1926 年,写完《到灯塔去》那阵,她又病了。她有几段时间爆发出狂热的专注度和洞察力,接下去是好几周堵塞的抑郁。这种发作太可怕了。赫敏·李引用了这段自我记录:"哦,它开始来了——那恐怖——身体感觉有一个痛苦的大浪打向心脏——把我抛起来。我不快乐不快乐!难受——上帝,我真希望我已经死了……波浪冲袭。但愿我死了!我希望我只有几年可活。我再也不能面对这种恐怖了。"

可一旦这过去了,伍尔夫就觉得她的沮丧挺"有趣的"。她在生病时洞穿了某种"真理"。"我相信我的这些病——我该如何表达呢?——有一部分很神秘。"最重要的是,她告诉福斯特,她的病"做了代替宗教的事"。她写,在紧张的时候,她听到了第三个声音——不是她的,不是伦纳德的,而是另一个声音。她的作品中散布着感觉到神秘的时刻。伯纳德在《海浪》的结尾并没有给出一个佩特式的艺术至高论或万物的终极审美图式（通常的解读），相反，他经历了一次精神层面的崩溃。1926年9月，她写道，"这种孤独有神秘的一面；一个人不是只剩自己，而是和宇宙中的某种东西在一起。"她继续说："你看见一只鳍在远处掠过。"五年后，1931年2月，在写完《海浪》的那阵悲哀中，她写道："我捕获过那只鳍，在一片废水中，我看见那些水从我在罗德梅尔家窗外的沼泽中漫出，当时我正要写完《到灯塔去》。"很难搞清楚这是一份报告还是一种似是而非的表达。她在1926年看到一只鳍，一个神秘的巨物；抑或一只鳍是她恰恰看不见而只能想象的形象？这是一次神秘的目击现实，抑或是对此的狂想？[在词语的层面上，这也许并非偶然，"鳍"（fin）表示"结束"，也是"有限"（finitude）和"无限"（infinitude）的核心。]她一再抱怨这种现实难以描述。但这是一个现实："如果我能抓住这种感觉，我会的：这种感觉是真正的世界在歌唱，当你被孤独和沉默驱逐到人居住的世界之外。"

认为在人住的世界背后还有一个真正的世界，这种观念提醒我们伍尔夫成长过程中的维多利亚时期的柏拉图主义。但伍尔夫的版本既是这种柏拉图主义的成果，也是躲避这种柏拉图主义的地洞。伍尔夫的父亲是一个不可知论者和理性主义者。维多利亚时期的柏拉图主义用善替代上帝。这种善是表象世界背后的一种无形秩序。柏拉图在《理想国》中说，这可以实现，但只能通过哲学思想。伍尔夫继承了这一传统，但改变了准则：像她父亲一样，她不信仰上帝。像柏拉图主义者一样，她直觉地发现了表面世界背后的真实世界。但它不是大写的善的形式。它是内在的，难以形容的。最重要的是，它不能通过哲学思辨达到，想要时不时地刺探它，唯有借助柏拉图有些鄙视的那种能力：想象。

因此，伍尔夫的眼光超越了艺术，且不仅是在精神破碎的时刻，而是就在那种艺术之中。她最伟大的小说由一个信念驱动，即看见幻象就是超越美学的视域。《海浪》的结尾，伯纳德揭开了"存在的面纱"，问道："这核心的阴影代表什么？一种东西？一无所有？我不知道。"重要的是，他觉得自己已经刺穿了一个沉默的世界而无须动用语言或艺术，"一个新世界……没有词语的庇护"。在《到灯塔去》的结尾，莉莉·布里斯科坐在画架旁，画着"她的某种尝试"。她的某种尝试不仅仅是尝试画一幅画。这幅画无关紧要。她想到她的画会挂在阁楼上，甚至会被毁掉。伍尔夫写道，莉莉想要的是"这东西本身，在它被做成任何东西以前"。莉莉的企图是抓住时间，恢复此刻的一瞬，正当这一瞬在眼前流逝。这显然不仅仅是一种审美上的努力。这会是一种同义反复：正是艺术凝聚了这一刻，所以这一刻的意义不仅仅是艺术。不，这部小说中如此动人的是一种弥散的担忧：我们都在感官之外寻求的那无形的"一种东西"，其模糊造就了神秘，将其推到美学形式之外。"一种东西"的不可定义，驱使伍尔夫的艺术走向艺术；但这份不可定义也耗尽了那种艺术。它鼓励一种恰恰它无法满足的追求。正是这种矛盾的信念——即真理可以寻找，但无法观看，而艺术最能为这种矛盾赋形——如此强烈地打动了我们。在她最好的时候，伍尔夫不是一个"印象派"，因为她对印象有一种形而上学的兴趣。她的作品充满了这样一种感觉：艺术是以"不间断而无章法的步伐"围着意义走，而非走向意义，这种持续的绕圈是艺术最直接的形而上之路。这是艺术能做的一切，艺术也只能做到这一切。就像鳍，意义继续游动，一部分可以感知，但总是藏着更大的不可见。

约伯存在过:普里莫·莱维

普里莫·莱维并不认为在奥斯威辛待了11个月并活了下来算得上什么英雄。像其他集中营亲历者一样,他悲叹着最好的人已经死了,而最坏的人幸存。但我们这些只不过受过微小苦难的人很难相信他这话。走进地狱之门却没有被吞噬淹没的,不是英雄是什么?带着如此清晰的头脑,以及讽刺乃至镇定目睹了这一切?我们的不理解和我们的钦佩交叠在一起,催生出一个被我们的贪婪需求混合物简化了的作家:作家是英雄、是圣人、是见证者、是救赎者,或者是这些角色的组合。如此一来,莱维对奥斯威辛集中营生活的记述《这是不是个人》(1947年),那有意试探性的、胆怯的原书名,被他的美国出版商重新包装,挂起了积极向上、人生指南式的标题——《活在奥斯维辛:纳粹对人道的侵犯》。这一版本还称赞此书是"人类精神之坚不可摧的永恒证明",尽管莱维时常强调集中营在摧毁人类精神方面可以多么地迅速和有效。同为幸存者的作家让·埃默里将理解误认为让步,他不满地称莱维为"宽恕者",虽然莱维一再辩称他感兴趣的是正义,而非不加鉴别的宽恕。一位德国记者,同时也曾是一位在集中营遇到过莱维的官员,对《这是不是个人》大加赞赏,还在其中读出了"对犹太教的超越,对基督教'爱你的敌人'这一训诫的实践,以及对人的信念的见证"。而当莱维于1987年4月11日自尽时,很多人似乎觉得这位作家在某种程度上背弃了自己的英雄主义;当时,《纽约客》断言,莱维死亡的姿态抵消了他作品的姿态。

莱维曾是英雄的;同时也是谦逊、务实、难以捉摸、枯燥的;有时是实验性的,有时又有局限性;时而是精致的,时而像个乡下人(他娶了一个和他出生于相同阶级和背景的夫人,露西娅·莫珀戈,他死在都灵那栋自己出生的公寓里)。在他生命的大部分时间里,他是一名工业化学家;他的第一本书《这是不是个人》的部分内容是在搭火车上班的途中写的。尽管奥斯威辛的经历驱动他写作,也成了他的中心主题,但他的写作仍然多样、入世,即使在处理可怕的困境时,精神上也常是喜剧性的:

除了他的两本战时回忆录《这是不是个人》和《休战》[1]，以及对集中营内及劫后生活的最后一部灼痛的探究（《被淹没和被拯救的》），他还写了现实主义小说（一部关于二战中一群犹太游击队员的小说，书名为《若非此时，何时？》）和推想小说；此外，还有诗歌、散文、报纸文章和一本绝美的无法分类的书《元素周期表》（1975 年）。

普里莫·莱维 1919 年出生于都灵的一个自由主义氛围的家庭，于是进入了一个被同化的、受教育良好的犹太裔意大利人的世界，他在《这是不是个人》一书中写道，当他第一次知道自己灾难命运的目的地时，他对"奥斯威辛"毫无概念。他只是模糊地知道有意第绪语这么一门语言，还是因为"我那在匈牙利工作了几年的父亲在那里学到过一些名言或者笑话"。意大利当时大约有 4 万名犹太人；其中一些人是法西斯政府的支持者（至少在 1938 年种族立法之前是的，该立法宣布了一种新的激进的反犹主义）；莱维的一个表兄尤卡迪奥·莫米利亚诺是 1919 年法西斯建党时的创始人之一。莱维的父亲也是党员，不过更多的是出于图方便而

---

[1] 莱维原题 La tregna，英译版直译为"The Truce"，"休战"，英译版标题为"The Reawakening"，2016 年中文版标题为《再度觉醒》。

不是效忠。除去战争的干扰，莱维从未离开过这个世界。

莱维在《元素周期表》中给这个舒适的、有时是古怪异常的世界注入了热情的生命——这是一本回忆录、一部历史、一篇挽歌悼文，也是他拥有各种文学天赋的最佳例证。他的写作有别于许多大屠杀见证的其中一个特质是他对描绘人物肖像的偏爱，他从他人的实在性中获得的乐趣，以及他注意到的人性的广度。有一些莱维的亲戚们的趣味素描出现在《氩气》这一章中，他们既被赞美，也被他温柔地嘲弄，因为，就像这种气体一样，他们普遍都是惰性的：懒惰的、不爱动弹的人物角色，喜欢机智诙谐的聊天和无所事事的猜测。他们或许是惰性的，但不是无色的——比如有一位巴巴拉明叔叔，他爱上了异教徒女佣，宣称要娶她，被他的父母阻止了，然后，他就像奥勃洛莫夫[1]一样，在接下来的22年里一直躺在床上。还有莱维的祖母玛利亚，是个上了年纪的令人生畏的老太太，她与家人关系疏远，现在的丈夫是个信奉基督教的医生。

---

[1] 《奥勃洛莫夫》是发表于1859年的长篇小说，是俄国小说家冈察洛夫的代表作，小说的同名主人公是个没落的贵族青年，他正直、善良，可是耽于幻想，设想了庞大的行动计划，却无力完成，躺在床上消磨了一生，最后因太胖而中风死去。

也许是"出于害怕做出错误的选择",玛利亚奶奶在不同的日子里,分别去犹太会堂和基督教区教堂。莱维回忆起当他还是个孩子的时候,父亲每个星期天都会带他去看望祖母。他们俩沿着波河街散步,莱维的父亲会停下来摸摸猫咪,嗅一嗅蘑菇,看看旧书:

> 我的父亲是工程师,"那个工程师",他的口袋里总是装满了书,所有萨拉米香肠商人都知道他这名号,因为他是揣着计算尺去核对熏火腿账单的。他买火腿的时候也没有那么轻松:与其说他虔诚,不如说他是迷信,他觉得违反了犹太饮食教规心里很不安,但他太喜欢熏火腿了,以至于在商店橱窗的诱惑面前,他每次都屈服了,他叹着气,嘴里发着诅咒,还偷偷地望着我,好像是害怕我批判他,又好像是期待我与他共谋。

但即使在这轻松愉快的第一章中,莱维也宣布了他的主题:他的回忆录也将是一种见证行为,对古老犹太世界的一笔记录,"我想在它消失之前,把它记下来"。而就算在这里,莱维反讽的古典主义也是如此地小心翼翼,令他的语气在短短半页内就逐渐加深变暗。比如《元素周期表》的第三段,起首背诵了一番莱维家祖辈的历史,他们是十六世纪从西班牙来到皮埃蒙特[1]乡下的意大利犹太人,最终在1848年革命解放后,搬到都灵:"在都灵被拒绝或受到了算不上温暖的欢迎,于是他们在皮埃蒙特南部的一些农业地区定居下来,带去了丝绸纺织技术……他们从未受到过厚爱也没被深深憎恨过;没有什么不寻常的迫害故事流传下来。"语气是干巴巴的,有一说一、报道式的。莱维接着提到,他的父亲念书时在学校里是反犹恶作剧针对的目标,不过作者判断这种嘲弄是"没有恶意的"。男孩儿们会把自己的夹克衫抓在手心里,揪出驴耳朵的形状,并高唱着:"猪耳朵,驴耳朵,把它们给我们的犹太人。"莱维说,这个玩笑模糊地指向了犹太人的礼拜披肩[2]塔利特,然后"顺便"指出,当然了,对塔利特的污名化与反犹主义一样古老:"这些从被驱逐者身上取来的披肩,党卫军会用来制作成内衣,然后分发给被关在集中营里的犹太人。"这本书的第三段就这样结束了,结尾处的语气和开

---

[1] 皮埃蒙特(Piedmont),意大利西北的一个大区,首府是都灵。
[2] 男性犹太教徒在礼拜时会穿着一种披肩,名为塔利特(tallīth)。

头一样冷静。从音乐角度说，什么都没有改变，而且它也确实像音乐一样。然而，用几个世纪前犹太人在都灵受到的"算不上温暖的欢迎"开的头，结局却是党卫军，是"被关在集中营里的犹太人"。从定居、怀疑和学校里的温和嘲弄开的头，最后在集中营里结束了。这就是为什么莱维要在一个世界消失之前，把一些东西记下来。而莱维克制的轻描淡写所具有的伟大力量又是多么令人崩溃：有多少苦难的历史都被包含和压抑在了那句谦逊的短语中——"受到了算不上温暖的欢迎"。

你如果尚未读过普里莫·莱维的任何其他作品，只要看了《元素周期表》的第一章，你就该知道，你是掉在一个真正的作家的手里了，这是一个装配了贪婪的、有如索引般记忆的人，是一个知道如何使他的细节栩栩如生，如何布置他的场景，如何摆布他的掌故逸事的人。这是一本让人想不断去引用的书。带着热忱和生命力，《元素周期表》贯穿了莱维一生的各个阶段：十几岁的时候，兴奋地发现了化学；在都灵大学上课，师从严谨而不乏风趣的"P教授"，P教授公然挑衅法西斯严禁穿黑衬衫的禁令，穿上"数英寸宽的可笑的黑围兜"，每当教授动作幅度大了一些，围兜就会从外套领子里抖出来。在书中，对矿物、气体和金属，有各种机智、实用、巧妙的原创描述,比如对锌是这样说的:"锌,锌,锌:洗衣盆是用它做的,这是一种没有太多想象力的元素,它是灰色的,它的盐是无色的,它没有毒性,它不会提供花哨艳丽的有颜色的反应——换句话说,它是一种无聊的元素。"莱维还笔触温柔地写到了朋友和同事,其中一些人我们在他其他作品中遇到过——朱利亚·维内斯,"充满了人性的温暖,一点儿也不死板的天主教徒,慷慨又粗心";阿尔贝托·达拉·沃尔塔,和莱维在奥斯威辛集中营成了朋友,他是那些少有的似乎不受集中营生活毒害的囚犯之一:"他是一个极度善良的人,他奇迹般地保持了自由,他的言行都是自由的:他没有低下过头,没有弓过背。他的一个动作,一句话,一个笑容,都有自由解放的美德,是集中营僵死的罩子上开出的一个洞……我相信在那个地方,他是人们最爱的那一个。"

《元素周期表》中最令人动容的可能是"铁"这一章了。它回忆了与作者一起学习化学的学生时代的朋友桑德罗,作者还与他一起探索过登山的乐趣。像许多莱维欣赏的人一样,桑德罗是个身体上和精神上都很强壮的人;他被描绘得像是杰克·伦敦故事中的任性的自然之子。他像是铁做的,又被祖先束缚在铁上了(他家里人都是修补匠和铁匠),

桑德罗把化学当作一门手艺来练习，表面上不做什么思考；周末的时候，他去山里滑雪或爬山，有时会在干草棚里过夜。莱维与桑德罗一起品尝到了"自由"的滋味——一种可能来自思考的自由，一种征服身体的自由，一种站在山顶的自由，一种"主宰自己命运"的自由。桑德罗在书里是一个强大的存在；意识到这一点的莱维便用桑德罗的缺席来对抗他的存在，在本章结尾，他用一段优美的挽歌告诉我们，桑德罗就是桑德罗·德尔马斯特罗，他加入了行动党的军事联队，1944年，他被法西斯分子俘虏。他试图逃跑，被一个15岁新兵射中了脖子。挽歌是这样结尾的：

> 如今我知道，想要用文字给一个人披上衣服，让他在书页里重新活下去，是没有任何希望的，尤其是对桑德罗这样的人。他不是一个可以谈论的人，也不是一个可以为之立纪念碑的人，他嘲笑纪念碑：他活在他的行动中，当这些行动结束的时候，他什么都没有留下，确切地说，除了文字，什么都没有。

这段话于是成了纪念碑，即使莱维否认自己是立碑人。

莱维的修辞手段中最深长动人的就如同此处,他在洪亮与静默、现身与失踪、生命与死亡之间穿行。他的书页中满是鲜活的人类,其中一些是短暂过客,另一些则是极其重要的支柱式的人物,或是固执的隐忍之人。莱维反复地敲响离别的钟声:他们存在过,然后他们消失了。但最重要的是,他们存在过。《元素周期表》中的桑德罗("他什么都没有留下");阿尔贝托,集中营囚犯中最受喜爱的人,他死于奥斯威辛的仲冬死亡行军:"阿尔贝托没有回来,他没有任何痕量留下";矮子埃利亚斯·林津:"至于他作为自由人时的生活,没人知道任何事";"希腊人"莫尔多·纳胡姆,莱维挣扎回意大利的长路上他出手相帮了一段:"我们在一次友好的交谈后就分别了:在那之后,因为那股剧烈搅动了古老欧洲、把它拖进分离与相聚的狂暴之舞的旋风停了下来,我就再也没有见到我的希腊老师,也没有听到过他的消息。"当然,还有"被淹没的",那些沉下去的人——"没有在任何人的记忆中留下一丝痕迹"。莱维甚至也为自己敲起了丧钟,他在某种意义上已经没入他的文身号码里:"过了三十年我发现,要重建一个什么样的人类标本,能让它在1944年11月,与我的名字,或更准确地说,与我的号码——174517吻合,真的很难。"但是,那个着意使用了"痕量"这个科学词汇的化学家——"阿尔贝托没有回来,他没有任何痕量留下"[1]——也是用文字给这些被废止的生命留下唯一痕量的作家。

1943年秋天,莱维加入了一支意大利反法西斯游击队。这是一支业余队伍,装备简陋,谈不上什么训练,对意大利法西斯民兵来说算不上啥,12月13日凌晨民兵俘虏了这支游击队的大部分战士。莱维有一张假得不能再假的身份证,他把它吃掉了("照片尤其让人想吐")。但这一举动也没带来什么帮助:审讯官员告诉他,如果他是游击队员,就会被立即处决。如果他是犹太人,就会被送到卡尔皮附近的一个集中营。莱维坚持了一会儿,然后选择承认自己的犹太人身份,"半是出于疲惫,半是出于自豪"。他被送到摩德纳附近的佛索利羁留营,那里的条件还可以忍受——有不同国籍的战俘和政治犯,没有强迫劳动,邮件尚可进出。但在1944年2月中旬,党卫军接管了营地,并宣布所有的犹太人都要离开:通知他们要准备一次两周的行程。2月22日晚,一列由12节封闭货运车厢组成的火车从这里离开,车上塞进了650个人。当中,大约有550人在抵达奥斯威辛时被挑出来处死;其余95个

---

[1] 意大利文为 Alberto non è ritornato, e di lui non resta traccia。

男人和 29 名妇女进了拉格（Lager，德语中监狱一词，也是集中营 Konzentrationslager 的缩写及简称，莱维总是更喜欢用这个德语词）。莱维被囚禁在奥斯维辛的子营莫诺维茨，这是一个据说为生产丁腈橡胶而建的劳动营（尽管实际上从未生产过）。他当了将近一年的囚犯，然后又花了将近九个月时间返回家里。"650 个人，"他在《休战》中写道，"回来了我们三个。"

这些就是事实，让人憎恶然而珍贵的事实。

有一篇《塔木德》的评论提出，"约伯从来没有存在过，只是一个寓言"。希伯来诗人、集中营幸存者丹·帕吉斯在其诗作《布道》中坚定地对这种轻省的抹杀作了回应。尽管神学上的竞争明显不平等，但约伯在没有意识到的情况下击败了上帝。他用自己的沉默打败了上帝。帕吉斯继续说，我们可能会想象，约伯故事中最可怕的事情是约伯不明白他打败了谁，甚至不知道自己赢得了这场战斗。这不是真的。因为接下来我们看到了他超凡的最后一行："但事实上，最可怕的事情是，约伯从来没有存在过，他只是一个寓言。"

我认为帕吉斯这首诗的意思是："约伯的确存在，因为约伯就在死亡集中营。最可怕的事情不是受难，而是将一个人受难的现实抹去。"与此同理，莱维的写作坚持认为约伯存在过,不是寓言。他著名的清晰是出于本体论的,也是道德的:这些事情发生了,一个受害者见证了它们,决不能被抹去或忘记。在莱维的证言之书中有许多这样的事实。读者很快就会了解到稀缺性原则,在这个原则之下,每件事、每一个细节、物体和事实都变得至关重要,因为所有的东西都会被偷走——铁丝、破布、纸张、碗、勺子、面包。囚犯们学会了把碗兜在下巴底下,这样就不会损失面包屑。他们用牙把指甲啃短。"死亡从鞋子开始"——感染从脚上的伤口进入,脚因为水肿而胀大;不合脚的鞋子可能是灾难性的。饥饿是永恒的,压倒性的,而且对大多数人来说是致命的:"集中营就是饥饿。"在睡梦中,许多囚犯会舔嘴唇,下巴会一咬一合,那是梦见了食物。每天清晨闯进睡眠的起床号早得残酷,它困扰了莱维很多年。囚犯们上工路上,伴着他们蹒跚脚步的是虐待狂似的、地狱般的音乐:一支由囚犯组成的乐队被迫演奏进行曲和流行曲;莱维说,低音鼓的重击和钹的撞击声是"集中营的声音",也是他最难忘记的东西。到处都是他所说的集中营里的"无意义暴力"——尖叫、殴打和羞辱,强制的裸体,荒诞的管理制度,悖论式的施虐方式:比如说,每个囚犯都需要一把勺子,但没有配发,然后他们必须在黑市上自己找一把；又或者被狂热延长的每日点名时间，无论什么天气都得进行，坚持在那些衣衫褴褛、半截入土的人身上实现军国主义的精确性。

确实，很多这样的骇人事实都可以在这场恐怖的其他见证者的证词里找到。但莱维作品的突出之处在于他讲述故事的不凡能力。可能让人想不到的是，幸存者的作品里，并没有多少是讲故事的；它们往往是诗性的（保罗·策兰、丹·帕吉斯、叶赫尔·德努尔）；或者是分析的、报告的、人类学的、哲学的（让·埃默里、日尔梅娜·蒂利翁、欧根·科贡、维克多·弗兰克尔）。由于可以理解的原因，他们的重点落在了哀悼上，落在了满是眼泪的礼拜仪式上；或者落在即时的精确上，落在传递具体的消息上，落在了争取理解的尝试上。维克多·弗兰克尔与莱维一样从奥斯威辛集中营中幸存下来，他在《活出意义来》一书中介绍了集中营中的食物，他是这样写的："由于囚犯们极度营养不良，对食物的渴望自然成了首要的原始本能，精神生活也以之为中心。"与这种对信息的科学把握同步出现的，是某种对叙述天真性的谨慎心态：这类作家经常在时间上来回移动，从集中营内外的不同时期采摘和汇集细节。这种对事件之前和之后的掌握显然是重要的,因为它以此形式传达了自己的生存主张。弗兰克尔的行文当然是冷静地坚称:"材料没有掌握我,是我掌握它。"

莱维的行文也有类似的掌控语气(它的沉着、缄默、秩序),而在他最后一本书《被淹没和被拯救的》之中,他也成了这样一个分析家,他按主题将材料分组,而不是讲述关于它们的故事。但是在最简单的层面上,《这是不是个人》和《休战》之所以强而有力,是因为它们并没有鄙弃故事。它们将自己的材料一环一环地解开。我们打开《这是不是个人》,是从1944年莱维被俘开始,而1945年1月他被苏联人解放则是结尾。然后我们又去《休战》那里继续这段旅程,因为莱维找到了他漫长的、奥德赛一般的返乡之路。每件事都是新的,每件事都是引言,于是,读者被安排与莱维并列(尽可能地),通过他那双不相信的眼睛去观看。关于和弗兰克尔的不同,此处可以举个例子,莱维是这样描述口渴的:"他们会给我们什么喝的吗?不,他们又让我们排成一行,赶我们走去一个巨大的广场……"他首先提到了如今已是臭名昭著的那句话——"唯一的出路是从火葬场的烟囱出去",那么:"这话是什么意思?我们很快就会彻底搞明白了。"为了记录他那惨烈的新遭遇,他经常从过去式变成日记体的现在式。

就其本身而言,莱维的叙事天赋可能不过是一种稀松平常的文学偏好。但是,当作家不断地记录他所遇到的细节中所呈现的道德新发现时,与新事物的紧张关系就变得很重要,以至成为一种伦理学。这就是为什么每一个打开《这是不是个人》的读者都保持着继续阅读的冲动,无论其中的材料多么可怕。莱维似乎和我们一起陷入了不理解,这既是一种叙述上的惊讶——这怎么可能?接下来会发生什么恐怖的事?——也是一种道德上的惊诧:不仅仅是诧异于邪恶的存在,更是惊诧于这种邪恶被翻出了新花样,还被引入了作家的世界。于是莱维的写作具有了连续的道德简介的形式。这就是为什么受害者们不知道"奥斯威辛"这个名字并不是一个微不足道的细节。反之,它告诉了我们一切,实际上的和象征意义的。对莱维来说,"奥斯威辛"在这一刻之前并不存在。它必须被发明出来,而且必须被引入他的生活。正如神学和哲学有时所坚持的那样,邪恶并不是善的缺席。它是坏的发明:约伯存在过,不是一个寓言。莱维在第一次被一个德国军官殴打时也有同样的惊讶:"一种深刻的错愕:一个人怎么会在不生气的状态下打人呢?"这在以前从未发生过。在书中一些更著名的时刻也能感受到这种道德上的惊讶——当他因为太过口渴而折下了一根冰凌,却被警卫抢走,他问:"为什么?"得到的回答是:"这里没有为什么。"或者当囚监阿历克斯,一个被赋予了对其他犯人有限权力的普通罪犯,不假思索地在莱维的肩膀上擦拭他那只油腻的手的时候——仿佛对方不是一个人。或者,当有幸被挑选到丁腈橡胶实验室做起化学家工作的莱维,与他的德国审查官潘维兹博士正面相对时,这个冷酷的官员抬起眼睛瞥了一眼他的受害者。那只是一瞥,但莱维之前从没有经历过这样的眼神:"这种眼神不是在两个人之间传递的;它就像通过水族馆的玻璃墙,两个不同世界的生物交换了一下,如果我知道该怎么充分地解释这种眼神的性质,那我也能够解释第三帝国巨大的精神错乱的本质了。"

莱维经常强调,他在奥斯威辛活下来主要归功于他的年轻和力气;归功于他懂一些德语(据他观察,许多不懂德语的人在最初几周就死了);归功于他过去受到的化学训练,这种训练让他的好奇心和观察习惯有所增益,还让他得以在被监禁的最后几个月里到室内、一间温暖的实验室里工作,与此同时,波兰的冬天对没有这么幸运的人进行了致命的筛选;还有一些就要归功于其他走运的意外了。最后这些意外包括时间(放在战争进程中,他到达此地的时间相对较晚),以及他似乎有一种强大的交朋友的本事。他在《元素周期表》中把自己描述为那种别人会向他讲述自己故事的人。在一个极端个人主义的世界里,每个人都必须为生存而战,而他没有让这种遍体鳞伤的机会主义成为自己唯一的生存方式。他和其他人一样都身受重伤;但在他的大多数读者看来,他拥有高深莫测的神秘资源,他并没有失去治愈和被治愈的能力。他帮助别人,别人也帮助他。《这是不是个人》和《休战》都包含了具备良善与仁慈的美丽人物的肖像,从这些书页中冲出来的,不是惩罚者和虐待者,而是生命的给予者、坚守者、承受者,是那些支持莱维坚持生存斗争的男人和女人。阿尔贝托,我们前面已经提过;施泰因劳夫,年近五十,曾是奥匈帝国军队里的中士,也是一战老兵,他严肃地告诉莱维,必须定期清洁,抛光鞋面,直着腰走路,因为集中营是一台巨大的机器,它的存在就是为了把受害者都变成野兽,而"我们决不能变成野兽"。

最重要的人物是洛伦佐·佩罗内,他是来自莱维家乡皮埃蒙特地区的一个石匠,一个非犹太人,莱维认为是他救了自己的命。他们二人初次相遇是在 1944 年 6 月(莱维在砌砖队干活,洛伦佐是这个小队的带头石匠之一)。在接下来的六个月里,洛伦佐给他的意大利同伴偷偷运来额外的食物；比这更危险的是，他甚至帮助他给在都灵的家人寄信。(作为第三帝国的"志愿工人"——也就是奴隶劳工——洛伦佐有着任何犹太囚犯做梦都想不到的有限特权)。尽管每天多给的一点汤羹配给可能对莱维的生存起着决定性的作用——但是比这些物质支持更重要的是洛伦佐的存在——"以他自然朴素的善良之举"提醒着莱维，"我们的世界之外仍然存在着一个公正的世界……多亏了洛伦佐，我才没有忘记自己是一个人"。

你可以从莱维写的每一句话中感受到这种对道德抵抗的强调：他的行文即是一种保持他的靴子锃亮、站姿挺立的形式。一种初看起来像玻璃一样清晰透明的风格——奥威尔式的窗玻璃——但实际上却充满了波澜起伏的部署。他因风格的纯粹而获得赞誉，有时也因其吝于言辞或冷酷而受到指责。但是莱维的"冷"仅仅出现在当你从一团旺火旁稍微移开一点点的时候，你会体会到空气突然变得寒冷。他着实是一个充满激情的作家；他的沉着是有压力的激情——激情的悲叹、激情的抵抗、激情的肯定。他也不是那么平淡。他不惧进行修辞上的扩张，尤其是在书写挽歌的时候——《这是不是个人》中充满了悲剧感的宏大句子："黎明像背叛降临我们身上，仿佛新的太阳与决意毁灭我们之人结了盟……现在，到了决定的时刻，我们彼此说了一些话，是活人之间不会说的话。"他喜欢形容词和副词；他崇拜约瑟夫·康拉德，有时听起来也像康拉德，只是康拉德可以像个拳手似的把他的形容词和副词丢来掷去（词越重越好），而莱维还是用整饬之力排布着他的修饰语们。娶了玛利亚奶奶的那个基督徒医生被描述为"威严的、蓄须的、沉默寡言的"；丽塔，他的一个同学，特点是"她破旧的衣服，她坚定的目光，她凝固的悲伤"。在奥斯威辛，被淹没的人，那些正在滑向死亡的人，漂浮在一片"不透明的内心孤独"中。

这是一种古典的文字，一个文明人的领地，这个人从未料到他仁厚的讽刺会与其道德的对立面斗争。但一旦加入战斗，莱维就把这种讽刺变成了强大的武器。可以琢磨一下这些词：运气、安静的研究、慈善、魔法、谨慎和沉着、镇定、冒险、大学。所有这些词，都非常引人注目地被莱维拿来描述他在集中营里各方面的经历。"我很幸运在1944年才被遣送到奥斯威辛。"他便是这样，以过分的冷静展开了《这是不是个人》的开篇，平静地调动了意大利语中"fortuna"的双关意义，它结合了好运气和命运两种意思。在他第一本书的同一篇序言中，莱维承诺对降临在他身上的事情进行一次"安静的研究"。营地里地狱般的行军音乐被描述为一种必须逃离的"魔法"。在《被淹没和被拯救的》中，莱维描述了他知道自己即将被选中、被决定生死的危急时刻。他短暂地动摇了，几乎要向他本不相信的上帝乞求帮助。他写道："但镇定占了上风。"他抵抗住了这种诱惑。镇定！在同一本书中，还收录了他在1960年写给他的德语翻译的一封信，信中他表示，他在集中营的时间，以及关于集中营的写作，"是一次深刻地改变了我的冒险"。意大利文是"una importante avventura"（一次重要的冒险），1987年雷蒙德·罗森塔尔的最早英文译本沿用了这一措辞；较新的合集版则削弱了这一讽刺的力量，将其变成了"深刻改变了我的磨难"。这些无懈可击的文字的力量当然是道德的。首先，它们记录了自身遭受的玷污（我们认为"冒险"这用词不合适，应该被描述为"磨难"）；然后，它们光荣地击退了这种玷污（不，我们将坚持把这种经历称为"冒险"，讽刺火力全开）。

本着同样的冷静反叛的讽刺精神，《这是不是个人》的结尾几乎是随意的，就像传统的十九世纪现实主义小说一样，以书中未及写下的关于延续和幸福的喜人消息作结。它的最后一句话是："四月在卡托维兹，我见到了申克和阿尔卡莱，他们身体都很健康。亚瑟幸福地与家人团聚了，查尔斯又回到了他的教师岗位。我们已经通过了长信，我希望有一天能再次见到他。"这种对抵抗的强调使其续篇《休战》不仅有趣，而且充满了欢乐：集中营不复存在，德国人被打败了，而更温和的生活，就好像一轮道德上的太阳，正在回归。(在莱维的所有作品中，可能没有比《休战》中的这一时刻更令人感动的了，在熬过了奥斯威辛的几个月后，病重的莱维被两名苏联护士从车厢上扶了下来。他听到的第一句俄语是"Po malu!"——"轻一点，轻一点"；或者，用意大利语更好，"adagio，adagio"，这种温柔的仁慈像香膏一样落在文字上。)

索尔·贝娄曾经说过，所有伟大的十九世纪小说家实际上都在试图定义人性。普里莫·莱维在这一点上表现得也非常突出，尽管我们有时会觉得，这是命运强推给他的一个项目。当然，在某些方面莱维的观点是悲观的，他会提醒我们"人人生而平等的神话是多么虚妄"。在奥斯威辛，已经很强壮的人赢了——因为他们在身体上或道德上比其他人更强硬，或者因为他们不那么敏感，在生存意志上也更贪婪。莱维说，只有在乌托邦里才是人人平等。(哲学家让·埃默里在比利时受到过盖世太保的折磨，他认为即使在痛苦面前我们也是不平等的。）另一方面，莱维并非悲剧神学家。他不相信在集中营里充当统治力量的"无情的物竞天择"是对人类野蛮本性的确认。在近年对莱维作品所进行的最深入的一项研究中，哲学家贝雷尔·兰认为，这种道德上的乐观主义使他成了一个非凡人物。兰说，莱维既不是霍布斯主义者（对他们来说，集中营即代表了自然的终极状态），也不是现代达尔文主义者（他们必须努力解释纯粹的利他主义，除非将其说成是生物利己主义的一种伪装）。对莱维来说，奥斯威辛是特殊，是反常，是一个违逆自然的实验室。"我们不相信，"莱维直截了当地写道，"如果剥离掉所有的文明制度，人的行为在根本上就是野蛮、利己和愚蠢的……。相反，我们认为，唯一可以得出的结论是，在面对急迫的需求和生理上的无能时，许多社会习惯和本能都会归于沉默。"

集中营里的生活如它曾经所是的那样，之所以存在正是因为它与生活的不同。莱维认为，在正常的生存中，在胜利和失败之间，在利他主义和暴行之间，在被拯救和被淹没之间，存在着"第三条道路"，而这第三条道路实际上就是规则。但是在集中营里，没有第三条道路。正是这种领悟扩大了莱维对那些陷入他所谓"灰色地带"里的人的理解。

因为与德国人进行了某种程度的合作而在道德上有贬损的人,都被他置于"灰色地带"——从最低级的(那些用扫地或是守夜等琐碎工作获得一点额外食物的囚犯);到更暧昧的(囚监,通常是凶残的执行者和守卫,他们自己也是囚犯);到彻底悲剧性的(特遣队,受雇操作焚化炉的犹太人,干上几个月直到他们自己也被杀掉)。再次强调,值得注意的是,"灰色地带"本身可能看似等同"第三条道路"的主张,而且有时确实被误认为如此(因为它听起来像是一个美德和罪恶的混合体,一个不黑不白的地方,其中的人也是既好又坏的),然而它并不是。它是一块突变的领域,一种反常,一种正是由于第三条道路的缺席而产生的难以忍受的、绝望的局限状态。在普通生活中,肯定会有灰色的人物;但没有"灰色地带"。汉娜·阿伦特曾用臭名昭著的不屑态度批判犹太人在"灰色地带"中的合作行为,莱维与她不同,他在理解和有节制的批判方面做出了非常引人注目的尝试。他认为这些人既该被可怜又该被谴责,因为他们荒诞地既无辜又有罪。他也没有把自己排除在这种道德瑕疵之外:一方面,他确信自己是无辜的,但另一方面又为幸存下来而自觉有罪。

莱维偶尔会说,他感到一种更深的罪孽——生而为人之罪，因为正是人类发明了集中营这样的世界。他说，每个德国人都必须为集中营负责，但世界上的每一个人也必须如此，因为无力反抗的人总是为强者清理出道路。但是，如果这是一个普遍耻辱的理论，它就不是一条原罪理论。莱维作品中最令人快乐的品质之一是他对宗教诱惑的免疫。他不喜欢卡夫卡的作品，不喜欢卡夫卡视野中的黑暗，而他在一个绝妙的否定句中，直指卡夫卡身上某种扭曲的源自神学的不安核心："他害怕惩罚，同时又渴望惩罚……是他自己内心的一种病态。"对莱维来说，善是可感可解的，但恶是可感知却不可理解的。这就是他内心的健康。

然而，在1987年4月11日的早晨，这个健康地富于人性的人走出了他三楼的公寓，从大楼楼梯的栏杆上摔了下去，或者是跳了下去。如果是自杀的话，那此举好比是拆掉了幸存伤口上的缝线。有些人感到愤怒，另一些人拒绝将之视为自杀。那句虽然没有完全说明，但却令人不舒服乃至接近于沮丧的暗示，表达的便是，纳粹终究还是赢了。"普利莫·莱维四十年后死于奥斯威辛"，埃利·威塞尔如是说。威塞尔在某种本质意义上肯定是对的。但是，若每有一个大屠杀幸存者自杀，就悲叹纳粹获得了胜利，实在是对纳粹得胜的一种让步。莱维是一个自杀了的大屠杀幸存者,而不是一个没能幸存的自杀者。这种悲哀是可以理解的:莱维本人在《被淹没和被拯救的》关于让·埃默里的章节中,似乎也反驳过这种病态。67岁那年自杀的埃默里说,在奥斯威辛时,关于自杀他想了很多很多;莱维以其特有的讽刺方式尖刻地回了一句,在集中营里,他忙得没时间留给这些烦恼。"生活的目标是对死亡最好的防御;而这不光是在集中营。"

大多数当代评论家对莱维的抑郁症知之甚少或根本不知情,实际上他与抑郁症斗争了几十年,病情已经到了非常严重的地步。在他生命最后几个月里,他感到无法写作,健康状况很差,同时还忧虑着他母亲的衰弱。2月时,他告诉他的美国翻译露丝·费尔德曼,他的抑郁症在某些地方"比奥斯威辛还糟糕,因为我不再年轻了,已经没什么复原力了"。他的家人没有过任何质疑。"不!他做了他一直说要做的事。"在楼梯井底发现他的尸体时,他的妻子如此恸哭道。从这个角度,我们可以把莱维视作是一个两次死里逃生的人,第一回是作为集中营的幸存者,其后是抑郁症的幸存者。他坚持活了很长时间,然后选择了不继续活着,最终的举动也许并非对幸存的否定,而是接续:决定以自己的方式、在他自己的时间里离开监狱。令人最为感动的是他的朋友伊迪丝·布鲁克说的话,她自己也是奥斯威辛和达豪集中营的幸存者:"普里莫的写作中没有号叫——所有的情感都是被控制住的——但普里莫在死亡时发出了这样一声自由的号叫。"令人感动之余,这句话也许确实属实。如此这般,人们安慰自己,而安慰是必要的:与许多自杀之举一样,莱维的死只是一声无声的号叫,因为它解除了自己的回声。感到困惑是自然的,不要将其道德化是重要的。而所有这些之上最重要的是,约伯存在过,那不是一个寓言。

2015 年

玛丽莲·罗宾逊

在虔信宗教的家庭环境里长大的我，见到牧师是很平常的事，但总觉得他们既散发着吸引力，又微微有些令人反感。那丧服一般的制服，本意是想把牧师的自我置入黯淡的罩子里消弭抹去，却也令这个自我引起非常广泛的注目；这同一块布料所剪裁出的，似乎既有谦逊，也有骄傲。由于自我是压抑不住的——也是世俗的——当宗教情绪低落时，它会以奇怪的形状凸显出来。我所认识的牧师们都奉行自我克制，但又精于让自我静静起舞。他们谦和而又自大，温柔而又专横——其中有一人若是在星期一被打扰便会生气——虔诚笃信，又精明世故。他们大多数是好人，当然也没有一般人那么卑鄙无耻；但其职责特有的束缚却给他们创造出奇异的机会来释放自己。

这或许便是——抛开小说家世俗的敌意不论——牧师在绝大多数小说中都被视作是滑稽、虚伪、不得体地世故油滑或者有些愚蠢的原因之一。另一个原因是，小说需要自我中心、浮华名利、贪赃枉法来制造戏剧性和喜剧性；我们希望我们的坟墓被精心粉饰。七十六岁的牧师约翰·埃姆斯，作为玛丽莲·罗宾逊（Marilynne Robinson）的第二本小说《基列家书》的叙述者，温柔、谦和、慈爱，而最为重要的是，他是一个好人。他也是有点无聊的，而且这无聊程度恰与他对自我的兴趣之匮乏成正比。20世纪50年代中期，当他在艾奥瓦州小镇基列的家中意识到自己行将就木时，以一系列日记的形式写了一封长信给他七岁的儿子。（乔治·贝尔纳诺斯[1]的小说《乡村牧师日记》似乎是一个原型。）平静地顺从，虽然疲惫，却依然虔诚，他是一个可以心平气和地感叹"我是如此热爱这样的生活"的人，或是告诉我们，他以"最深切的希望和信念"写了两千多篇主祷文。读者或许会在此翻个白眼琢磨着："两千篇全部如此？就没有一篇是因为

---

[1] 乔治·贝尔纳诺斯（Georges Bernanos, 1888—1948），法国作家，曾参与第一次世界大战，有罗马天主教和君主主义倾向，代表作品《乡村牧师日记》《少女穆谢特》《在撒旦的阳光下》。

无聊或者仅是出于义务？"《项狄传》[1]里的牧师约里克，写就了一篇精彩的雄辩祷文，实在是满意得自己都不禁倾倒，忍不住在纸页上提笔一个自珍的"妙极！"，这样的描写便显得近于人性，也更具有小说化的生趣。

仿佛敏锐地察觉到《基列家书》中的虔诚，罗宾逊通过让她的小说偏离传统小说形式，巧妙地规避了潜在的传统反对意见。埃姆斯沉稳、庄重的日记几乎不包含任何对话，避开场景，似乎是想在冲突开始呼吸之前便将其扼杀。非常漂亮地，《基列家书》变得不再那么像小说，而更像是某种宗教作品，埃姆斯的日记有一种颇易辨识的美国形式，爱默生式的散文，在讲道和家庭，宗教活动和自然主义之间保持着平衡：

> 今天早晨，温馨美好的黎明在前往堪萨斯州的路上经过我们的家。今天早晨，堪萨斯州从睡梦中苏醒，走进明媚的阳光，对整个天空和大地庄严宣布，这个被叫作堪萨斯，或者艾

---

[1]《项狄传》，全名为《绅士特里斯舛·项狄的生平与见解》(*The Life and Opinions of Tristram Shandy, Gentleman*)，是英国作家劳伦斯·斯特恩（Lawrence Sterne, 1713—1768）的小说。该小说被认为是意识流小说的开山之作。

奥瓦的大草原又迎来它有限岁月中新的一天。然而，光明是持续不变的。我们只是在那光明之中"翻来覆去"罢了。每一天都是完全相同的夜晚和黎明。我祖父的坟墓融入阳光之中，那块小小的墓地杂草丛生，滴滴露珠映照出太阳的辉煌。

结果，这本小说成为我们最近时代最离经叛道的传统流行小说之一。

罗宾逊自述是一个自由主义的新教徒以及勤于礼拜仪式的人，但她的宗教情感实在要远远比这样的描述严厉和老派许多。她的杂文集《亚当之死》（1998年）有着神学上的紧绷，文字上又丰盛华丽，是一种在现代文学论述中几乎业已灭绝了的形貌，给人带来一种麦尔维尔或者罗斯金[1]的相似观感。从某种意义上说，她是一个自由主义者，因为她发现很难直接书写自己信仰的内容，也避开了那种幼稚地将人类属性强加于上帝的福音派做法。还是个孩子的时候，她便"感到上帝的存在，即使在我还

---

[1] 约翰·罗斯金（John Ruskin, 1819—1900），英国作家、艺术家、艺术评论家，也是哲学家、教师和业余的地质学家。因《现代画家》一书而成名，是维多利亚时代艺术趣味的代言人，也是工业设计思想的奠基者。

不知道他姓名之前",她写道,然后补充说她去教堂是为了体验"在别处不可能发生的那些时刻"。以一种对许多美国人,尤其是对她众多的自由派读者来说,似乎很容易接受的方式,她的新教信仰似乎源自对宗教沉默的热爱——作为神秘主义者,在一个朴素的地方静静地祈祷,对教会的调停漠不关心。

然而在她对新教传统的奉献中,她自己并非开明的,并且显出业已过时的狂热;在为静谧辩护时,她喋喋不休。她厌恶当代美国人自鸣得意的懒散,他们用这种懒散把清教主义送入了冷宫,还将清教伟大的开山祖师约翰·加尔文变成了一个晦涩的道德偏执狂。"我们永远在写着针对过去的起诉书,又拒绝让它为自己做证——毕竟,它是如此有罪。我们投诸其上的关注往往是带着恨意又漠不关心的,也因此难当其责。"我们从清教主义面前退缩,是因为它将"罪"置于生活的中心,但正如她毫不客气地提醒我们,"美国人从来不认为自己完全参与了人类的共同处境,因此也不会像所有人类一样被困扰"。加尔文坚信我们"全然败坏",坚信我们彻底堕落,但其实不用将此理解为一次残酷的谴责:"我们都是罪人这一信念为我们提供了宽恕和自我宽恕的极好理由,也比期望我们成为圣人更仁慈,尽管它同时肯定了我们所有人都无法达到的标准。"她在杂文《清教徒和道学先生》里这样写道。她认为,如今受过良好教育的美国人是道学先生,而不是清教徒,对于任何没能踩上正确政治准线的人,他们都能迅速给出审判。温情的说教取代了冷酷的说教,但至少那些老派的道德家会承认自己是道德主义者。

说实话对罗宾逊的宗教狂喜我并不是很欣赏,但是我钦佩她在描绘一个福音派和世俗主义者都不会买账的信仰所带来的难解欢愉时的执着。我尤其深深敬佩的,是她行文语言的精确和抒情力量,以及其中体现的斗争方式——和词语的争斗,当代作家和词语历史的争斗,和文学传统的争斗,为了能用上最棒的词语去描述可见世界与不可见世界所做出的争斗。比如罗宾逊第一本小说《管家》的叙述者,看见她死去的祖母躺在床上,双臂向上摊开而脑袋后仰,对此景象她是这样描述的:"看起来就像是溺毙于空气中,她跃入苍穹。"同一本小说中,这位叙述者想象着她的祖母在一个起风的日子里缝床单——"比方说,当她把三个角都缝上,床单就在她双手间翻涌跳跃,扑动颤抖,在光线下闪亮,这东西的此番挣扎兴奋而充满力量,就仿佛一个魂灵,在它的裹尸布里起舞。"调取出"裹尸布"这个形容丧葬用布的老词,是属于罗宾逊尚古的麦尔维尔式风格,同时也是她早期作品中那许许多多仿佛由热衷古文的科马克·麦卡锡写出的时刻中的一个。然而比这个风雅词语更有力量的,却是朴素可爱的"这东西的此番挣扎"(the throes of the thing),其中包含了泛灵论和自制的押头韵。

她的小说《家园》以简洁的方式开头,规避了明显的语言修饰,但慢慢地趋于华丽——最后五十页十分动人,并且同《基列家书》一样令人深思。《家园》被当作是《基列家书》的续集,更像是它的兄弟,因为它们在叙事上发生在同一时刻,其间发生的事情也相互吻合。在《基列家书》中,约翰·埃姆斯的好朋友是罗伯特·博顿,镇上一名退休了的长老会牧师(埃姆斯是公理会教徒)。两个人从小一起长大,彼此倾诉,分享苦乐,是不那么教条的新教徒。但是,埃姆斯结婚晚,只有一个儿子,而博顿有五个子女,其中有一个名叫杰克,是个浪子。在小说前半段,埃姆斯会为杰克(当时四十多岁)担忧,因为他自学生时代便惹下很多麻烦:小偷小摸,浪荡,失业,酗酒,还与一个本地的女人育有一个私生子,后来孩子不幸夭折。杰克在某一天离开博顿家,并在外游荡了二十年,即使他母亲葬礼时也没有回来过。最近,我们得知,杰克意外地回家了。在《基列家书》的最后一部分，杰克向埃姆斯祈求祝福——而这祝福，他无法从自己的父亲那里得到——并且透露了一个惊人的秘密：他一直与一个来自孟菲斯的名叫黛拉的黑人女子生活在一起，并和她生了一个儿子。

《家园》的背景设定在杰克突然归来时的博顿家，全篇是对三个人物的深入探究：衰老的、行将故去的家长博顿；虔诚的女儿葛洛瑞；还有浪子杰克。葛洛瑞有她自己的伤心事：她原本已与一名男子订婚，却发现他本有家室，在那之后便回到了基列。就像《战争与和平》里的玛丽亚公爵小姐与她的父亲老博尔孔斯基公爵日复一日地争吵一样，她作为一个孝顺的孩子，必须顺从日渐衰老的专制父亲的要求。她害怕杰克，几乎对他一无所知，而且从某种角度来说嫉妒他那桀骜不驯的自由。对于他们自己的回归以及对父亲的血缘忠诚，两个孩子都心怀不同程度的怨恨。罗宾逊生动地描写了一种由老迈家长的作息来主导的昏沉麻痹的家庭生活：两个年届中年的孩子如何听着他们父亲躺下午睡时弹簧床的吱呀声，然后是"床弹簧的动静、拖鞋的趿拉声，以及拐棍的声音"。卧室传来专横的呼喊——要求帮忙整理被褥，要一杯水；以及被广播、纸牌游戏、大富翁、一日三餐、一壶壶咖啡所搅乱的时时刻刻。家具本身就是压抑的,不可移动的。众多的小摆设,仅是"为了尊重它们的赠予者"才被摆出来,而"他们中的大多数已经往生"。对于三十多岁的葛洛瑞来说,她害怕这将是她的最后一个家:

> 回家意味着什么?葛洛瑞一直以为家会是一栋没那么复杂不雅的房子,在一个比基列大一些的小镇上,或是城市里,那里会有人是她的知心朋友,她的孩子的父亲,孩子不会多过三个……她不会从她父亲家里拿一件家具,因为在那间阳光明媚的宽敞客房里,没有一件老家具是合适的。核桃木的繁复装饰,雕花的窗帘和壁柱,嵌在墙里的瓮和鲜花。谁会真的把脚,真的动物的脚掌和脚爪,给椅子和橱柜安上?

《家园》的一大部分都在解释杰克·博顿的叛逆之谜,他精神上的无家可归。从他幼年时起,在亲戚们看来他便是个陌生人。家人们一直在等着他走出家门,他也这么做了,然后这个故事就成了他们固定的叙述:"他们是如此担心会失去他,然后他们便失去了他,那就是他们家的故事,无论对于外人来说这个家曾经多么温情脉脉，含义丰富，坚不可摧。"即使是现在，他回到家中后，据葛洛瑞的反思，"只要他走出家门，甚或，每当他的父亲把他叫来进行那些令人痛苦的对话时，家中都会有灼人的不安，甚至，在他等邮件或是看新闻时也一样"。在这本书中，我们也发现了一些他在这二十年离家的时间里做过的事情——正如在《基列家书》中，我们知悉了他早夭的私生子，还有他与黛拉的长达八年的关系，讽刺的是，黛拉是一个牧师的女儿。

杰克是一个富有暗示意味的人物——一个文化修养很高的非基督徒，对《圣经》倒背如流，却发现他无法与他狡猾的父亲进行神学上的斗争。回到家里，他穿着正式而破旧的西装，领带都上了身，好像是要洗心革面；但他永远带着一副警惕的表情和学究气的礼貌，暗示着他的流亡仍然存在。他试图遵循老家的习惯——打理花园，买菜购物，修理车库里的旧车——但几乎每一次与父亲相遇，都会产生一处微小的磨损，刺痛，并且溃烂。小说不动声色地巧妙调用了《圣经》中父与子的故事：以扫，被否认了他的名分，乞求他的父亲的祝福；约瑟最终与他的父亲雅各团聚；浪子，最受人喜欢，是因为犯错最多。

真正推动了情节,并使其最终如此震撼的,是博顿牧师,而这正是因为他并非《基列家书》中的约翰·埃姆斯那样轻声细语的圣人。他是一个激烈、严厉、虚荣的老人,他想原谅他的儿子,但却不能。他宣扬甜美与光明,对杰克非常温和,像是懊悔的李尔王("让我看看你的脸。"他说),但又像泰门或克劳狄斯那样,转瞬间对他怒火中烧。书里也有最令人动情的痛苦场面。罗宾逊,是如此痴迷于神学中的变容,可以将最寻常的观察改观。例如,在阁楼上,葛洛瑞发现她父亲的衬衫,被熨烫得"好像是为了什么正式场合准备的,也许是他们的葬礼";然后这位小说家,或者毋宁说是诗人,发现衬衫"颜色变成了一种比白色更柔和些的颜色"。(指的还是裹尸布。)父亲和儿子在看到蒙哥马利的种族骚乱的电视新闻报道后发生了冲突。博顿将儿子的愤怒以他平淡如牛奶——"比白色更柔和些的颜色"——的预言强压了下去:"没有理由为这一类烦人事恼怒。六个月后没有人会记住一星半点的。"如果我们读过《基列家书》,就会知道——正如他的父亲并不知道——杰克为什么对种族问题特别有兴趣。

当老人明显地衰老下去,紧迫感便油然而生。临终叙事本应强调宽恕,但这位父亲绝不允许如此。他一直知道，自己的儿子会再次离开，一切都没有改变："他会扔给老绅士一两个保证，然后就转身出门。"他抱怨道。什么都不会改变，因为家庭的境况是一系列悖论决定的，这些悖论环环相扣，禁锢着父与子。杰克的灵魂是无家可归的，但他的灵魂就是他的家，因为，如杰克对妹妹说的，灵魂是"你无法摆脱的"。他注定要离开，再归返。如果浪子最受人喜爱，是因为他最为离经叛道的话，那么大家暗地里所喜爱的，或许便是他的离经叛道而非循规蹈矩，即便没人会承认这种异端的可能性：或许在一个家庭里需要有一个指定的罪人？每个人都渴望破镜重圆，渴望浪子回头，重归单纯的善良，就像每个人都渴望天堂，但这样的破镜重圆，犹如天堂本身，令人难以想象。正因其难以想象，我们反而会更喜欢能触碰感受到的——那些过错显而易见，至少它们切实可感，不是虚无缥缈的。

在罗宾逊所有作品背后，是她对"天国复兴"这一问题的持久兴趣。正如她在《管家》中所说，存在着一个完满定律，万事"最终皆须变得可以理解。这些碎片如果最终不被编织到一起，又有何意义？"。但是，这样的修复便足够了吗？伤口愈合后，能否回复原先的形状？在《家园》中，对回归的问题的思考，即是这种关切的世俗版本。博顿家的孩子们回到这个陌生、老派的艾奥瓦小镇，但归乡从未像它承诺的那样带来疗愈，因为家太过私密，太过充满回忆，太过令人失望。伊甸园是流放地，而非天堂：

> 然后轮到他们回到故乡，依旧有那些古老的柳树，拂拨着的还是那片凹凸不平的草地；依旧有那片古老的大草原起伏着，无人打理的杂草野花长得葱葱郁郁。家园。世上还有哪儿比家园更加亲切，为什么他们都觉得像是流放之地？哦，走过一片和你没有牵连的土地，谁也不认识你！哦，你也不认识每一截树桩，每一块石头，不记得开满野胡萝卜花的田野如何点缀着孩子的快乐，给父亲带来希望。上帝保佑他。

所以，当老博顿行将死去，一切并没有什么变化。相反，他还任性地责怪他的儿子："我们都爱你——我想知道的是你为什么不爱我们，这就是一直困惑我的事。"他稍后继续说道，"孩子会令你感受到美好，你几乎是为这美好而生，你觉得你愿意为它死去，但它并不归属于你，你无法拥有或是保护。若是孩子成为一个连自己也不尊重的人，那这美好就会被毁掉，直到你都记不得最初的美好是怎样。"在小说前半部分，牧师似乎希望他的儿子除了用他惯用的、然则疏远的"先生"来称呼他，还能叫他父亲，甚至爸爸。在小说后半部分，当杰克叫他爸爸时，他却暴怒："不要这样叫我。我一点儿也不喜欢这个词。爸。这听起来很可笑。它甚至连个词也不是。"在他不再责备他儿子的时候，他会抱怨衰老："耶稣从来不需要变老。"只有当他睡着时他才会平静下来："他的头发已经被梳成柔软的白云，像是无害的愿景，像是一团雾气。"

在最后一次具有毁灭性力量的冲突中，杰克告诉他的父亲，他要再一次离开。杰克伸出了他的手。"老人把自己的手收回到膝上，转过了身。'我厌倦了！'他说。"这是博顿牧师在这本书里说的最后一句话，而这愤怒的语句恰与《基列家书》的结尾处温和的约翰·埃姆斯疲惫地说出的最后一句话相反："我会祈祷，然后我就去睡。"

这部小说最后的场景是如此明亮，如此动人，以至于评论家们几乎无法避免——就像这篇评论一样——感染上它那种无休止的引用和深情呢喃的传染性。

伊斯梅尔·卡达莱

I

就像的里雅斯特或是利沃夫一样,阿尔巴尼亚南部的古城吉诺卡斯特在自己漫长的岁月里,始终顶着一块由不同的手不断改写的标牌,只是那上面从来都是相同的话:"改朝换代"。1336年它作为拜占庭的领地进入了历史的记录,1418年被并入了奥斯曼帝国。希腊人在1912年占领了它,但一年之后,它成了新独立的阿尔巴尼亚的一部分。在第二次世界大战期间,它曾被意大利攻占,又被希腊收回,又被德国人抓到了手里:"黄昏里的这座城,多少个世纪以来作为罗马人的、诺曼人的、拜占庭人的、土耳其人的、希腊人以及意大利人的领地在地图上出现,而现在又作为德意志帝国的一部分,眼看着黑夜降临。彻底被掏空了气力,在战火里烧得头晕目眩,没有一丝活气儿。"

小说家伊斯梅尔·卡达莱(Ismail Kadare)1936 年出生于吉诺卡斯特,上面这段引文出自其描写自己二战时童年经历的伟大小说《石头城纪事》。这本书 1971 年在阿尔巴尼亚出版,英文版付印于 1987 年。(第一个英文译本出自阿尔巴尼亚学者阿什·皮巴;最新的版本由大卫·贝罗斯做了修订,新增了卡达莱在其 1997 年出版的法文版个人全集中首次添加的内容。)尽管描述了诸多恐怖的情形,《石头城纪事》仍然是一本欢快的有时也颇为幽默的作品,其中卡达莱著名的密集的讽刺手法——在他晚些的社会政治寓言像是《音乐会》和《接班人》之中更为突出——此时也已初见端倪。在这本早期作品里,他的讽刺有着一种大方懒散的温情。一个十几岁的男孩儿充当了故事的叙述者,既视野开阔又深谙人情世故:他住在一所乱糟糟的大房子里,周围全是亲戚,他们身处于这座深受奥斯曼帝国和基督教影响的城市里的穆斯林聚居区。战争降临了,意大利人的轰炸,英国人的轰炸,最后是希腊和意大利占领者带来的黑暗圆舞曲,他们来了,又从舞台上退下,像是英国闹剧里的那些牧师:"周四早上十点,意大利人回来了,在冷雨中行军。他们就停留了三十个钟头。六个钟头之后,希腊人回来了。这些戏码在十一月的第二个礼拜又全部重来了一遍。"

但是某种程度上,卡达莱对那类在过去几千年里随时会在这个城镇里发生的故事更感兴趣。镇上的居民谈论咒语、女巫、鬼魂还有传奇。我们年轻的叙述者发现了《麦克白》,痴迷地阅读着,发觉中世纪苏格兰和现代吉诺卡斯特之间存在着相似之处。一群老年妇女议论着邻居家的儿子,小伙子近来戴起了眼镜,在她们迷信的眼里,这就像个不祥的灾难。其中的一位妇女杰佐阿姨说道:"我不知道我是怎么忍住流眼泪的。他走到柜台前面来,翻了几本书,然后走到窗边停住,摘下了他的眼镜……我伸出手把眼镜拿起来戴上。噢朋友们我该怎么说呢?我的脑袋都转起来啦。这些玻璃片子肯定是被诅咒了。整个世界都跟层层地狱似的转着圈。所有东西都跟魔鬼附身一样在摇啊摆啊转啊。"聊天的人们纷纷同意,可怕的命运降临到眼镜男孩一家头上了。"世界末日",一个妇女拖长了声音照常补了一句。在整本小说里,这群人还有其他一些邻居、亲戚们议论评说着这些日常琐事,而这些评论对军队占领带来的新鲜感构成了顽强的抵抗。若说卡达莱把战争的疾速扩大和这座古城传统古老的氛围多么美妙地混合在了一起,不如来看看这个例子,还是刚刚那位妇女,杰佐阿姨,头一回听到防空警报她是这么说的:"现在我们可是有了一个哭灵的,会为我们所有人哀号。"

在这本小说里,卡达莱在叙事上有些非常有趣的动作:他在"我"这个讲述故事的男孩充当的第一人称和一种可以称为身份不明的自由间接体的技巧之间来回切换,当后者出现时他通常把第三人称叙事交给一个隐含的社区或者村民团体,由他们来取代男孩儿的视角以及作者的全知视角。另一方面,这个男孩不断地以一个年轻的准作家陌生的、疏离的视角观看着事物(要是论到类型,这非常像是一个作家的成长小说)。整个古城都被叙述者拟人化了:石头似乎会说话,雨滴也有生命,建筑好像人一样。"堡垒真的非常老了。它孕育了城市,我们的房屋与城堡很像,正如孩子长得像他们的母亲。"一座民居看起来是这样:"这座房子看上去不太一般,它有这么多山墙和飞檐。在我看来它瞌睡极了。"但是说故事的人也会从这个男孩儿切换到一个模糊的第三人称上,由社区自己发声:"我们从来没有见过这样的事,一群深谙世事甚至连土耳其都去过的老女人这么说道。"这个短语带着乡下人的幽默轻轻掠过,"连土耳其都去过",如果我们注意,便能从中读到这个孩子气的叙述者的有限视角。但我想我们应该听见的是这座城市的闭塞,比如说一群妈妈聚在一起说话,大家都同意吉诺卡斯特最智慧的女人们"什么事情都知道——毕竟她们里头有些人去过土耳其!"。这就是卡达莱为何在这本书里重现了很多对话而并不需要交代它们有什么特定来源;纯粹就是镇上的有趣议论:

> "我们的防空枪呢?怎么没动静?"
> "你说得对,我们是有防空枪。我们怎么从来没听见过呢?"

在"连土耳其都去过"所表现出的狭隘地方心态和能从这短语中看出这种地方心态的作者的世界公民观念之间,横着一条讽刺的缝隙,当一位生长在相对偏远的小地方的作者离开故乡,在一个相对中心一些的大地方进行写作时,这条带着喜爱的惋惜的讽刺缝隙就会裂开:这条缝隙,这种讽刺喜剧化的"群体"叙事,我们可以在乔万尼·维尔加的西西里小说、切萨雷·帕韦泽的《月亮与篝火》(故事由一个重返童年乡村的男人来叙述)、奈保尔的《毕司沃斯先生的房子》还有若泽·萨拉马戈的一些小说里得见。与奈保尔的小说相似,《石头城纪事》唤回了一个作者记忆中的、然而他实际上再也回不去的社区。因为作者已经长大离开了,所以当他在像巴黎或莫斯科这些著名的、更"精致"的地方时,古城会浮现,提醒他那段遥远的童年:"很多次,"卡达莱在一篇感人的附记中写道,"沿着异乡城市明亮宽阔的林荫大道散步,我不知怎的就在某个地方突然一个踉跄,某个从来没有人会绊倒的地方。路人感到莫名,然而我总是知道,那是你。是你,突然出现在这柏油大道之上,又径直沉了下去。"

幸亏卡达莱没有背着奈保尔那种后殖民的重重包袱,《毕司沃斯先生的房子》那种有时读来让人不适的尖锐批判,也就不存在于他的作品中。站在国际大都市伦敦回望,特立尼达对奈保尔来说既是值得自豪的,又令他感到羞耻,而卡达莱此时赞美着他的老城,赞美外敌入侵时它的顽强抵抗,它坚韧的不可思议的绵长生命。比如说,卡达莱把那些老年妇女唤作"老巫婆",他实际上是赞美她们让任何统治或政府,任何历史压迫或侵略,都显得格格不入:

> 这是一群不会对任何事情感到惊奇或惧怕的上了年纪的女人。自打发觉这个世界太过无聊,她们已经很久很久不从自己屋子钻出去

了。对她们来说,就算是瘟疫、洪水、大战这种大事件,也不过是老早见识过的玩意儿重又来了一遍。三十年代君主执政的时候她们就是老太太了,甚至再往前,二十年代中期共和国的时候就是了。实际上,一战甚至更早点儿,世纪之交的时候,她们就够老了。哈杰奶奶二十二年没出过家门了。泽卡家的一个老太太在家待了二十三年。奈斯里汉奶奶上次出家门还是十三年前的事儿,她出来是给最后一个孙子送葬。夏诺奶奶闭门不出有三十一年,直到有一天,她跑出来把一个盯着她曾孙女儿瞧的意大利军官揍了一顿。这些老巫婆精力充沛,浑身是胆,哪怕她们就吃一点点儿,还每天一个劲儿地抽烟喝咖啡……这些老巫婆骨头上就没剩几两肉,也没啥容易受伤的地方。她们的身体就像做好了防腐的干尸,那些本应该腐烂掉的内脏好像都已经被取走了。像是好奇啊、害怕还有对八卦的兴趣啊或者兴奋感之类多余的情感,都已经随着没用的肉和过剩的脂肪一起被剥掉了。

就是这种喜爱,或者我们只能把它称作爱吧,是它激活了小说的喜剧效果。

例如这种描写市民们开始围绕着英军空袭来安排自己生活的写法,就好像他们是活在唐纳德·巴塞尔姆某个超现实主义小说里似的:"英国人的飞机每天准点来造访我们。它们差不多成了个时间表,人们似乎已经习惯把轰炸当作日常生活里一个有点儿讨厌的部分来看了。'明天咖啡馆见,就轰炸结束的时候吧。''我打算明天一清早就起来,那样的话我想可以在轰炸开始前打扫好屋子。''快点儿,我们该去地窖了,时间快到了。'"

然而,如果这本小说真的是一曲对童年老城的爱的颂歌,那么这首颂歌必然是很复杂的。卡达莱以其特有的诙谐强调了对小镇过去的记忆,同时也经常对小镇的过去进行戏谑:

> 我听说一千年以前第一次十字军东征就曾经过这条路。他们说,老齐佐·加沃(Xixo Gavo)把这段写进了自己的编年史里。十字军打这条路上川流而下,队伍长得没有尽头,他们挥舞着手臂和十字架,不停地打听:"圣墓在哪里?"他们为了找到那座坟奋力朝着南方前进,在城里也不停留,就消失在了眼下军方车队走的那个方向。

关于十字军的这一段有点儿巨蟒剧团的风格，偏离目的地千万里想要觐见圣墓，而这与现代士兵们的绝望就这么巧妙地串联了起来。读者在被逗乐的同时，一定会对齐佐·加沃的编年史是否说的是真事儿感到好奇。这本小说的复杂性来自它带着伤感的喜剧性：这座城市捱得过各种占领者，活到现在，但它无能还击，最终还是被轰炸。这群人徒劳地梦想着报仇。迪诺在折腾他的手工飞机，这架飞机可是要去征服英国、意大利轰炸机的，但是当叙述者看到它时，心情很沮丧——就是几片木头，放在一个男人的起居室里。与此类似，城里的那杆老防空枪让每个人都兴奋不已，但它从来没有打下来过什么东西。卡达莱似乎是要暗示，一个人心中会有作为一个阿尔巴尼亚人的自豪，甚至是民族主义的自豪，但必定要被冲淡——不是被奈保尔式的耻辱冲淡，而是被一种现实的讽刺，讽刺地意识到阿尔巴尼亚的弱小以及在这个世界上的无足轻重：

"有一回在士麦那，"这位老炮兵说，"一个苦行僧问我，'你更爱哪一个，你的家庭还是阿尔巴尼亚？'当然是阿尔巴尼亚，我告诉他。一个家庭，你一个晚上就能搞定。你从咖啡馆走出来，遇见街角的某个女人，把她带去旅馆，然后，嘣——老婆和孩子都有了。但是阿尔巴尼亚，你可没法去咖啡馆喝上一杯然后一个晚上就搞出来，对不？不能，一个晚上不行，一千零一夜，也没戏……"

"是的，先生，"另一个老爷子附和道，"阿尔巴尼亚绝对是个麻烦活儿。"

"绝顶麻烦。一定的。"

这个"绝顶麻烦"在卡达莱后来的很多作品里得到了体现——在他精彩热闹的伊夫林·沃式的小说《H档案》里它近于闹剧，在《接班人》和《阿伽门农的女儿》当中它接近尖锐的政治寓言。在《石头城纪事》里没什么比这个事实更加复杂，那就是在吉诺卡斯特，对外战争开始向内战转型。希腊人、意大利人，来了又走，英国人赶来轰炸，在这本书的结尾，是德国人到场当上了占领者。但是某种程度来说，所有这些攻占者只不过朝暮之间，若是从一个喜剧角度观看，几乎算是无足轻重。然而当游击队开始搜捕那些已经在我们眼前晃了两百多页的人物，并在街上处决他们时，恐怖变得近在眼前、就在脚下，而且眼见着要无限地延伸开去，似乎是作者要引起一份不同于以往的关注：我们于是想起，这本小说成书于 20 世纪 60—70 年代，彼时阿尔巴尼亚政权在卡达莱眼中似乎是无懈可击的。小说中提到，某一日一则布告贴到了一所破败的房子外头："通缉：危险人物恩维尔·霍查。年约三十岁。"恩维尔·霍查生于 1908 年，这位直到 1985 年去世之前，冷酷多疑地掌控了阿尔巴尼亚长达四十年的领导人，同样出生在吉诺卡斯特。这本小说没有再提到霍查的名字，但是他的阴影以及他将在战后建立的政权的阴影，沉重地罩在了书的最后八十页上。有一个场景，一些市民被意大利人驱逐出城。在人群围观下，有个过路人问起，这些人都做了什么。其他人回答道："他们讲了反对的话。""什么意思？反对谁？"过路人继续问。"我再跟你说一遍，他们讲了反对的话。""反对谁？"——那个不在场的、禁止被说出的所指在它的沉默中格外响亮，而卡达莱成为一位处理这种危险逻辑的分析大师。后来，在一个展现了卡达莱所有能力的场景中，一个游击队员开枪误杀了一个女孩。他来到女孩的父亲马克·卡拉什面前，说他是"人民的敌人"：

"我不是人民的敌人，"马克·卡拉什辩解道，"我就是个皮匠。我做人民的鞋，我做奥平伽[1]啊。"

那个游击队员低头看了看自己脚上破破烂烂的莫卡辛[2]。

"姑娘,让开点儿。"他喊道,把枪对准了男人。女孩惊声尖叫……独臂游击队员手里的枪响了。马克·卡拉什先倒下了。游击队员想要避开那个女孩,但是不可能。她痛苦地紧紧贴着自己的父亲,仿佛子弹将她的身体缝到了父亲身上。

这里有一个非常小的细节,写到那个游击队员低头看了看他的平底鞋(无疑是穿烂了的),然后这个小细节被捡起来,重复用在了子弹像是把女儿"缝"到了自己父亲身上这个绝妙象征上(将子弹比作针,但同时也是一个美丽的象征——写出了女儿是多么想与父亲紧紧连在一起,把自己缝到父亲身上)——尽管在卡达莱写下这些句子时,未来还有很多伟大作品等着他完成,但他再也没能写得比这更好了。

一两页之后,还是这个游击队员,以杀死那个

---

[1] opingas,阿尔巴尼亚传统男鞋,尖头上翘,皮革或麻制。
[2] moccasins,平底无后跟鞋,软皮。

女孩的罪名被其他游击队员判处死刑(他被指控为"滥用革命暴力")。这里,政治荒诞主义漂亮地出现了,他振臂高呼:"革命万岁!"随即被子弹击倒。虽然《石头城纪事》以德军占领这座城市结束,然而它令人不安地预示了战后的阿尔巴尼亚世界。

II

战争结束时,九岁的伊斯梅尔·卡达莱和三十六岁的恩维尔·霍查仿佛雪原上的两个黑点,尽管相隔千里然而还是坚定地向着同一片冰冻的湖面彼此接近。当他其他的一些作品遭受禁令时,《石头城纪事》既呈现出一种政治上的抵抗,又以一种狡猾巧妙的方式在霍查的专政中幸免于难。出版于1981年的《梦幻宫殿》表现出更为明显的敌对,它是被查禁的小说之一。像许多卡达莱的作品一样,它设定在神话笼罩的含混不明的过去年代,但极权的思想控制显得十分刺眼。梦幻宫殿是巴尔干帝国最重要的政府部门,在那里官僚们分析并解码帝国公民的睡梦,一起致力于寻找优秀的、有助于苏丹统治的梦。小说的主人公来自一个显赫的政治家庭,他从该部门的同僚中脱颖而出,然而他无法将自己的家庭从政治迫害中拯救出来——实际上，正是他无意中导致的。恩维尔·霍查一定一读便知，这超现实的反乌托邦以谨慎小心的掩饰，逼真地描绘了现代阿尔巴尼亚秘密警察机关。

对《梦幻宫殿》的审查，似乎是助推着卡达莱去越过暗示、寓言、隐喻和间接的边界。毋庸置疑，霍查去世前后也即20世纪80年代中期，卡达莱创作的中篇小说《阿伽门农的女儿》，展现出了尖锐的直接和痛苦的清醒。这也许是他最伟大的作品，与之并列的还有其续篇——《接班人》（2003年），这一定算得上描写政治权力对个人心理和精神施以毒害的最强有力的篇章之一。卡达莱的法国出版商克劳德·杜兰德曾说起过1986年的时候卡达莱把部分作品偷偷运出阿尔巴尼亚，交到杜兰德手里的过程，他将阿尔巴尼亚人名地名都改成德国和奥地利的，而且把作者改成了西德作家西格弗里德·伦茨。杜兰德后来两次前往地拉那拿到了余下的部分，这些手稿存放在巴黎一家银行的保险柜里。谁都料想不到阿尔巴尼亚当时的政权离倒台只剩五年了，卡达莱将这种银行寄放视作一种保险。无论是自然或非自然死亡，在他死后，"这些作品的出版将会使阿尔巴尼亚极左宣传机器扭曲卡达莱的作品及身后形象以达到自己目的的打算"，用杜兰德的话说，"更'不容易'"。

这确实有点儿轻描淡写。我不相信任何政权可以扭曲《阿伽门农的女儿》以达到服务自己的目的。这是一个惊世骇俗的作品,批判毫不留情。故事设定在20世纪80年代早期的地拉那,时值"五一"庆典。叙述者是一个在广播电台工作的年轻人,意外地被邀请去主席台内场参加欢庆活动。收到正式邀请之所以意想不到是因为这位叙述者本人是个激进的自由主义者,强烈反对(尽管是私下的)当政政权,还因为他最近侥幸熬过了他们电台的清洗整肃,最终有两名同事被降职了。庆典当天,他忍不住一直想起自己的爱人苏珊娜,她提出分手,因为她父亲即将被选为最高领袖的接班人,他要求女儿考虑到父亲的政治前途,不要同一个不合适的男人交往。让人不寒而栗的是,她告诉爱人,当她的父亲向她解释了情况,她说自己"理解父亲的立场"。

这篇中篇小说单单写了庆典当日,而它本质上已然是一本描绘人类毁灭的素描图集了——这就是一个简化的《神曲·地狱篇》,我们的叙述者与这个政权的受害者们迎面相遇,直到走到看台在自己的位子坐下。还有勒卡·B,这位前记者因触怒了当局被调离到外省经营业余剧团。卡达莱的评论很不留情:"就好像他对这套玩意儿喜欢得不得了还暗暗地心怀赞美似的。"还有个前同事G. Z, 也躲过了清洗整肃，但没有人知道是怎么办到的："他这个人，还有他那点儿历史，要是说得文明点儿，基本上就是一堆狗屎。"他被拿来和阿尔巴尼亚民间故事中的秃顶男人做比，那是一个被老鹰从地狱拯救出来的人——"但有一个条件。在飞升途中，那只猛禽需要吞食生肉。"由于整个过程需要数天时间，秃顶男人必须拿自己的肉来喂老鹰，最终，当他来到上面时，只剩一副骨架子了。

《阿伽门农的女儿》的中心，是对伊菲革涅亚传说的冷酷解读。叙述者想起了欧里庇得斯的这出戏，想起伊菲革涅亚为了协助父亲的军事野心所表现出的牺牲自我的意愿。这个希腊传说旋绕在他心中，和苏珊娜转身离去带来的痛苦回忆纠缠在一起。当他看着苏珊娜的父亲在看台上站在最高领袖的身旁，叙述者意识到，这位最高领袖必然向他的副手暗示了他女儿的牺牲。《阿伽门农的女儿》以这句黑暗、简省、谚语式的警句做结："现在没有什么能够阻挡我们生命的最终枯萎了。"

卡达莱难免会被拿来和奥威尔及昆德拉做比，但比起前者，他的讽刺深刻得多，相比后者，他是个更棒的说故事的人。他是一个扣人心弦的讽刺故事家，他能把那些能够爆发出象征性现实的细节如此精彩地召唤出来。读过《接班人》（2003年）后，没人能忘记"领袖"造访钦定接班人刚刚装修的住所的那个时刻。接班人的妻子提出要带领袖四处看看，而其他人则不无焦虑地感到这次过于奢靡的装修有可能成为一次重大的政治失误。领袖在一个起居室的电灯开关前停下来检视着，这是一款国内从没有过的可调节开关：

> 四周安静了下来，但当他拧亮灯光并把光调亮时，他大声地笑了起来。他继续旋转开关直到灯光达到最亮，再次大笑出声，哈-哈-哈，就好像刚刚发现了一个深得自己欢心的玩具。所有人都跟着他笑起来，然后这个游戏继续着，直到他开始把这调节开关反向旋转。随着光越来越微弱，渐渐地所有一切都凝固了，一点点丢掉生气，直到屋子里所有的灯都灭了。

在这高度凝练的残暴之中，似乎有一种非常古老的东西：我们像是在读着塔西佗关于提比略的文字。

III

可惜啊，在卡达莱最新的一部小说《事故》（由约翰·霍奇森从阿尔巴尼亚文翻译而来）里，可就没有这么高段位的东西了。这本新书十分精悍，有时也颇具力量，但它有点儿太精悍了，以至于把寓言的骨架都暴露了出来，明显得让人痛苦。许多卡达莱惯用的手法和主题很是显眼，小说由一个需要破解的谜团开篇。在科索沃战争结束后不久的一个清晨，在维也纳，一对年轻的阿尔巴尼亚情侣在一场车祸中丧生。那辆载着他们从酒店驶往机场的出租车突然间转向，飞出了高速公路，瞬间撞毁。出租车司机侥幸生还，但他对于为何驶离公路给不出任何合理的理由，除了解释自己当时正从后视镜里偷瞄那对情侣，他们看上去"要接吻了"，就在这时一束强光让他分了神。这场车祸可疑到引来了各方面的调查，至少出现了塞尔维亚、黑山和阿尔巴尼亚等国的情报机构。男性死者名叫贝斯福特·Y，据悉是一名阿尔巴尼亚外交官，在欧洲委员会工作，并且可能曾参与了北约轰炸塞尔维亚的决议。女性死者是贝斯福特的女朋友，据报告称其名为罗薇娜 St.，有可能因为她知道的事情太多，以致贝斯福特策划了一次拙劣的计划试图杀人灭口？

但为什么贝斯福特似乎把罗薇娜称作"一个应召女郎"？在车祸发生的几个月之前，他曾带她去了一家阿尔巴尼亚的汽车旅馆，她当时"为自己的生命安全担惊受怕"。她的一个朋友告诉调查人员，罗薇娜告诉自己，"听说了最可怕的事……她提前几天就知道了南斯拉夫轰炸的确切时间"。

安全部门面对这种巴尔干地区常见的匪夷所思，放弃了调查，此时，一个神秘的无名"调查者"接过了案子。这位作者的替身，在"没有资金、资源和权力约束"的情况下工作，他决定用日记、书信、电话和朋友的证词去重建过去四十个星期里这对情侣的生活：

> 在世界各地，无数事件都在表面上热闹地潮涨潮落，它们的暗流则在深处默默涌动，而论及这种反差的强烈，没有哪里能比巴尔干地区更为惊人。狂风横扫过群山，鞭挞着高大的冷杉和敦厚的橡树，整个半岛显得错乱。

卡达莱从巴尔干的这种匪夷所思里获取了养分：他喜欢捉弄它，拿它开心，还取笑那些谈论着"巴尔干的匪夷所思"的人。他对误读有着深深的兴趣，尽管说他的文笔有一种古典风格的清晰明了，也因为此，他作为一个故事讲述者的大部分力量来自对不可思议之事做出极其清晰的分析的能力。这样的分析在喜剧和悲剧之间游移，却永远不会停在任何一端。在《事故》和《接班人》中，我们都是从一场表面上的突发事故出发——在较早的那部作品里，该国的钦定接班领袖被发现在自己卧室里中枪身亡——这样的小说开场让卡达莱得以去处理各种相互矛盾的解释。(《接班人》的故事蓝本源自阿尔巴尼亚总理穆罕默德·谢胡1981年被报道为自杀的"神秘"死亡。他是霍查几十年间最亲密的政治助手，但在他死后却被斥为叛徒、人民的敌人，而他的家人则被捕入狱。)在这两部小说上空同样盘旋着的问题是：这是什么时候开始的？"意外"何时成为必然？政治大潮何时逆向接班人而流？打个比方，是不是从领袖缺席了接班人的生日宴会开始的？解构的黑色超现实主义回答自然会说，它从来都是开始了的；在接班人从同党中脱颖而出的时候，对他不利的潮流就已经开始了。

同样，我们在《事故》中也能看出贝斯福特和罗薇娜从来都是注定难逃命运之手的，而原因也与《接班人》中的一样有着阴暗可疑的意识形态色彩。无名的"调查者"发掘出贝斯福特和罗薇娜两人在一起已有十二年。罗薇娜遇见贝斯福特时还是个学生，贝斯福特比她年纪大，他来到地拉那大学教授国际法。从一开始起，这段关系就显现出了电力十足的色欲感，贝斯福特是那个诱惑者，也是关系中的支配者。小说暗示了非常粗暴的性爱。他们同意分手，但又很快复合。这对情人在欧洲众多城市碰面，住昂贵的酒店，享受着阿尔巴尼亚前政权垮台之前绝无法想象的自由，他们的旅程大多数是根据贝斯福特的外交（这里"外交"大概也即等同于"间谍"）行程决定的。但是在格拉茨（奥地利东南城市），罗薇娜第一次意识到贝斯福特要闷死自己，这种感觉很快随着这段关系的发展而加剧。"你让我无法生活"，她告诉他说；在别处她向他人诉苦说，"他把我拴起来……他是王子而我只是个奴隶"，"他想让她完全地归自己所有，像所有暴君那样"。对于这些控诉，他回复她的是："你自己戴上了这副镣铐，现在你来怪我？"他曾是她的解放者，卡达莱写道："但这并不是历史上第一次有人把解放者当成暴君，就像许多暴君被当成解放者一样。"半是游戏，半是意味着他们的关系走向了尽头，这对情人开始互相称呼对方为客人和应召女郎。贝斯福特想杀掉她。

《事故》是一部艰涩的作品。在形式上它是断续的，总是不断地掉回头来，使得日期和地名看上去几乎是混乱的,读者必须在阅读文本时动用某种注解经典式的间谍读法。和《阿伽门农的女儿》以及《接班人》不尽相同,这里对不可思议之事的分析看起来相当模糊不明。与此同时,象征的压力又显得有点太过透明,和人的叙述缺乏足够的暗示或紧密联系。读者可以体会到卡达莱是要呈现出一则有关诱惑和监禁的寓言,直指新生的专政与自由,他借贝斯福特之口传达了这种解读:"直到昨天,"贝斯福特对罗薇娜说,"你还在抱怨是我的错,让你失去了自由。而现在你却说,你拥有的自由太多了。不管怎么样这总是我的错。"贝斯福特是那个新自由,罗薇娜离开他就没法活,而罗薇娜又甘于被他奴役,这样的自由是危险的,也常常是不堪的。

《事故》就这样向卡达莱在《阿伽门农的女儿》结尾留下的问题做出了一次有趣的回应。在那个中篇小说的结尾,年轻的叙述者思索着当时的政治口号"让我们革了所有的命",然后反问道:"你有本事能把女人的性也给革了?如果你要紧抓本质,那儿就是你该开始的地方——你得从生命之源着手。你得调整它的外观,它上面那片黑色三角区,还有阴唇湿亮的边。"他的意思是,政治权力总是会被某些无关意识形态的私事或者多余的东西挫败,它的手伸不到这些地方。昆德拉反复多次地探索着同一个问题，关于反抗的色欲。而《事故》在此严肃地提出，对女人的性进行革命确实是可能的，而且资本主义说不准做起这个来比他们还容易。总而言之，如果我对小说的理解没错，贝斯福特和罗薇娜的核心问题是，他们的关系被意识形态和政治彻底污染了；他们之间之所以形成了特有的服从与控制的态势，本身即是被决定的。

书里有一段贝斯福特对罗薇娜说的很长的话，它无疑处在这本书的情感和意识形态中心，罗薇娜在政权更迭时只有十三岁，贝斯福特对她说的是在霍查统治时期非常盛行的疯狂行为。他描述了一个疯狂的颠倒的世界，让人联想起陀思妥耶夫斯基笔下的世界，在那个世界里，公民们心甘情愿假装成叛乱者，为了能为自己没犯过的罪服刑，同时抒发对领袖的爱。贝斯福特说，每个叛乱者都比前一个更卑劣。

那些监狱里的叛乱者发出的信越来越讨好了。有些人申请阿尔巴尼亚语字典，因为他们在表达对领袖的崇拜时会提笔忘词。还有些人抱怨受到的折磨还不够。从驻扎在河边荒芜沙丘的射击队那儿也传回了差不多的故事版本:他们的犯人们呼喊着"领袖万岁!",当他们把最后一句祝福喊完以后,一种沉重的负罪感袭上心头,于是有些人请求受死,但不要用一般的武器,而是反坦克枪或者火焰喷射器。还有一些人请求在空中受到炮击,因为这样的话他们就不会留下任何痕迹了……从这些报告中,没有人能分辨出什么是现实什么是虚构,正如也无法了解到这些叛乱者到底是什么目的,甚至可能也包括领袖他自己的。有时候领袖的想法很好领会。他征服了整个国家,而现在这些叛乱者的崇拜可以给他的胜利增光添彩。某些人认为,他对那些忠诚追随者的爱戴已感厌烦,所以现在他想来点儿新鲜的、并且显然是不可能的——叛徒的爱。

我们又重回到了勒卡·B.的世界,他很奇怪地为他的错误感到自豪,这也是《石头城纪事》里那个游击队员的世界,他在死前高声呼喊"革命万岁!"。卡达莱还巧妙地暗示这番冗长、夸张的讲述本身可能就是贝斯福特本人作为他所鄙薄的权力的受害者的证据——他无法逃脱它对人的扭曲,它的遗产,它的歇斯底里所带来的记忆。但是沉郁的思想也同样投下了自己的影子。卡达莱是否也是如此？很可能是小说中最有力的段落重又回到老地方，陷入旧的迷恋，这看起来似乎很令人感慨，而作为一本小说，这个关于自由之暴政的寓言比起卡达莱早先关于暴政之暴政的寓言在效果上略逊一筹，也同样令人感慨。也许这也是出于自由的本质，毕竟这也还是战后阿尔巴尼亚历史中的一段过渡，即便是一个有着卡达莱这样伟大能力的小说家，在试图将自由寓言化时，也像是抓住了一片迷雾，像是用刀划着一朵浮云；而过去那个身处极权、反抗极权的卡达莱，他有霍查政权这个宏大主题在背后支撑，就像一个人坐在一尊巨大雕像之上。卡达莱不是唯一发现了这个事实的小说家，那便是随着阿尔巴尼亚前政权的轰然崩塌，他的世界也消失了，不论他是多么渴望那个世界的毁灭。这也只是开始。

燕妮·埃彭贝克

今年初夏,我们一家人在芒通附近一个意大利村庄消磨了一个星期,这个村就在意大利与法国南部接壤的边境上。干燥的山丘,蔚蓝的地中海,迷迭香和薰衣草的气味,一棵柠檬树长在花园里。嗯,我们真是走运。我们每天都会越过边境进入法国,再回到意大利。我们不用停车,无精打采的边防警卫几乎看都没看一眼这辆我们租来的体面小车,对里面四个白人乘客也一眼不瞧。他们对非洲移民更感兴趣,那些移民揣着绵延不绝的绝望聚集在边境线上意大利的那一侧,离移民哨所不过几英尺远。我们在那片意大利腹地之中,随处可见这样的年轻男人——一般是两三人结伴,沿着路走,爬着山,坐在墙上。他们个子高,肤色深,又因为在里维埃拉温暖的天气里衣服穿得过多,很是显眼。我们听说，他们从非洲各个国家来到了意大利，现在急切地想进入法国，要么留在那儿，要么继续前进，去英国和德国。"你可能会在山里碰见他们。不用担心。从没出过什么问题——起码到现在为止。"把房子钥匙交给我们的和和气气的女人说。那栋楼附近，立着一个临时牌子，上面用阿拉伯语和英语写着："移民们！请不要把垃圾扔到大自然里去。私家小路上有塑料袋，请使用。"

我读过一些关于这类人的困境的动人文章和论文——还曾给孩子们大声读过其中几篇；我看过英国广播公司拍摄的可怕报道，还有那部让人几乎无法承受的意大利纪录片《海上火焰》。但又怎么样？如果正确的感情只不过是正确的感情，又有什么用呢？我只是一个道德的浪荡子。自飞驰的车内，我带着同情、羞愧、愤慨、好奇、无知观看着这些人，所有这些情绪都以一种方便的模糊信念凝结起来，好比爱德华八世在二十世纪三十年代时对失业潮所说的那句名言，"必须做点什么"。但并不意味着这会真正地打扰我这一周的假期。我就像漫画小说中的某个"扁平"人物，每天晚上坐在餐桌前，不停重复着、可鄙地念叨着"这是我们时代核心的道德问题"，毫无实际意义。当然，这种净化式的自责只是自由主义生存舞蹈的一部分。这不仅仅是因为我们在道德上的无能,我们的舒适生活得以延续更依赖于这种无能延续,或者说这种无能的"成功"。我们只是间歇看见苦难,而我们的日子为这些干扰提供了安全的空间。

燕妮·埃彭贝克的小说《去,去过,去了》[1]正是关于"我们时代的核心道德问题",它的诸多优点中有一条是,它不仅深谙那些与我们截然不同之人的苦难,而且对于讲述与我们截然不同之人的感人故事这种虚假安慰,也同样有清醒的认识。埃彭贝克写了一位退休的德国学者理查德,他养尊处优、秩序井然的生活因为他越来越深地卷入了一群非洲难民的生活而发生了改变——这是一群没有一丁点儿权力、不被接纳的人,他们通过最艰难的路线,最终抵达了富裕的德国。将享有特权的欧洲人和弱势的黑皮肤非欧裔之间的遭逢写成虚构作品,其固有的风险是巨大的:真诚然而缺乏严谨,唯一确认的是何种形态的政治"关怀"是正确的,以及感性的说教。所谓转变之旅——欧洲白人在此过程中精神上焕然一新,几乎是以牺牲掉他深肤色的异国对象们为代价的——这种旅程自德国浪漫主义以来已经屡见不鲜了;你可以想象出一

---

[1] 中文版译为《时世逝》。

个当代版本,小说家在其中传达着最灵活的自我保护型的自我批评。《去,去过,去了》不是这样的作品。

1967年出生于东柏林的燕妮·埃彭贝克,是一位有独创性的作家。身处仍然主要致力于处理家庭内部空间的小说传统中,她所做的却是尝试对历史的家庭内部空间进行解读。她的第一部长篇小说《客乡》(2010年),通过居住于勃兰登堡一所宅子里的几代居民的生活讲述了德国二十世纪的历史,颇类似于弗吉尼亚·伍尔夫在《到灯塔去》的"时光流逝"那一部里,通过拉姆斯一家的历史折射第一次世界大战的手法。埃彭贝克的第二部小说《白日尽头》(2014年),仍是在叙述二十世纪的历史,这次是通过一个女人漫长的一生,她本可以在这一生中大多数煎熬的年代里继续生存下去——从世纪之交在加利西亚出生,到二十世纪三十年代的莫斯科岁月,最后九十多岁高龄在新统一的柏林结束此生。(我之所以说"本可以",是因为埃彭贝克反反复复地终结她笔下的女主人公,又将之复活,把每一个新的阶段都作为一个历史假设。)

在《客乡》中,唯一一个没有离开的角色是园丁,因为他并不拥有这所房子也不居住其中,而只是打理它。当人们流离失所、遭到种族迫害、帝国被推翻、城墙被竖起来的时候,园丁却着手于他步步有序的翻新任务——在凌乱空间里探寻"清晰"这一桩未竟之事。园丁清醒审视一切,常常带着强烈的情感,却隔开了一段小小的距离。这也是燕妮·埃彭贝克写作方式的写照。读者学会了用和她展开小说一样的耐心来接近她的小说,尤其是在开篇的部分。她的叙述是严谨的,喜欢使用现在时态,并且对当代现实主义的小变化(大量多余的被引号包围的对话,尖锐鲜明的个性化人物,精心筛选过的细节)无动于衷。她的任务是理解而不是复制,她使用的是一种节制的、抒情的朴素行文,其平缓的步伐甚至都没有暴露出推动它前进的巨大激情。在当代英语作家中,这种古典的克制让人想到 J. M. 库切,写《抵达之谜》时的 V. S. 奈保尔,以及泰茹·科尔受奈保尔影响写下的《开放城市》。

这种克制对《去,去过,去了》十分适合,大刺刺的激情在这样一本书里也许太容易变成说教。它尤其适合在我们的主人公经历变革性的遭遇之前,为其铺设起平静的日常生活节奏。埃彭贝克小说的前几页尽是些不明所以的平庸生活。理查德是一位古典语文学教授,新近退了休。他是个鳏夫,独自住在舒适的柏林郊区,最近那一带唯一的不平静似乎是附近湖区的一场事故:正当初夏,一个男人溺水身亡，几个月过去了，尸体仍没有找到。8月底的一天，理查德偶然从亚历山大广场的一群抗议者身边走过。"他们黑皮肤。他们说英语、法语、意大利语，还有其他这里没人懂的语言。这些人想要什么？"但沉浸在自己的思绪中的理查德几乎没怎么注意他们——他正想着一位考古学家朋友，后者告诉他，这个地区布满了地下隧道，有一些的年代可以追溯到中世纪。回到家里，他的日常生活作息就像平静的湖水一样笼罩着他。他给自己做开放式奶酪火腿三明治当晚饭，看看电视，读《奥德赛》里最喜欢的段落。"晚些时候，开车到园艺中心去请人磨他的割草机刀片。"他工作日的早餐也是吃一样的东西，只在周日允许自己吃一个鸡蛋。

他的平静中带着一丝回避。他在隐瞒什么？他有什么罪？埃彭贝克没有说，但我们会想：这是那种可能有利于一个战犯平静地康复的生存方式。但当然了，打仗的时候还是个孩子的理查德只是犯了平庸之恶，这种道德短视让西方大多数幸运的人生黯淡失色。其实，和许多更年长些的德国人一样，理查德也是他母亲常说的"战争大动乱"的受害者。他们全家从西里西亚逃往德国时，他还是个婴儿。在一片混乱中，他几乎与母亲失散，一名苏联士兵从火车窗口把他交还给了母亲。他父亲曾加入过德军,在挪威和苏联打过仗。而在生命中的大部分时间里,理查德并不完全是个"西方"孩子:他住在东柏林。他和妻子住在被柏林墙变成了死胡同的一条街道上。他们"离西柏林只有两百码",但他们的生活与富裕的邻居相比,在物质上和政治上都相距甚远。就算是眼下,在已经统一的德国,理查德的学者退休金也比他的西德老同事少。他在西柏林开车会迷路,因为对那儿的地形环境不熟悉。洗碗机仍然会令他微笑:对他而言,洗碗机是个相对新奇的东西,一种属于特权的玩具。

这就是那位,起初忽视了亚历山大广场上的非洲难民、后来不再熟视无睹的人的形成过程——一个幸运的当代欧洲人,不过却拥有自己的流离失所、战争、边境以及相对贫穷的历史,无论那历史是多么地遥远。埃彭贝克并没有去解释理查德新冒出来的关注是什么来由,但我们可以推测,那可能多少是有些学究气的:在一段时间的冷漠之后,他为自己的忽视态度突然地感到震惊、羞愧。这些人是哪里来的?"布基纳法索具体是在哪里?⋯⋯加纳的首都是哪儿?塞拉利昂的呢?还有尼日尔呢?"他记得母亲曾经给他读过一本儿童读物,《哈茨基·布拉茨基的热气球》,讲的是一个"食人族男孩",他来自⋯⋯非洲某个地方。难道他一个退休教授,现在的见识已经比不上小时候了?于是他以学术的方式,开始了"一个新项目",接下来他花了两个星期时间阅读书籍,列出来一张问题清单打算去询问难民。埃彭贝克煞费苦心地将这些疑问逐一列出,一条接着一条,在它们深不可测的无知中摩擦着我们的脸,因为大体上这也是我们深不可测的无知。

你在哪里长大?你的母语是什么?你的宗教信仰呢?你家里有几口人?……你的父母是怎么认识的?家里有电视吗?你在什么地方睡觉?你吃什么?你小时候最喜欢躲在什么地方?你上过学吗?……你学过什么手艺吗?你建立自己的家庭了吗?你是什么时候离开祖国的?为什么离开?……你想象中的欧洲是什么样子?和实际上的有什么不同?现在你是怎么生活的?你最想念的是什么?……你能想象在这里一直到老吗?你想死后葬在哪里?

一部分亚历山大广场上的难民被转移到克罗伊茨贝格某处,那里原先是一所养老院。理查德去那里采访他们,不过到了最后,他的项目一点儿都不学术了。在接下来的几个月里,他开始了解我们即将也要了解的一些人物。他用英语或意大利语与他们交谈。有一个男人,理查德私下里叫他阿波罗,因为他看起来和他心目中的天神一模一样。阿波罗来自尼日尔,是图阿雷格人(理查德只能勉强将之与他的"大众途锐"联系起来[1]),他从没有真正见过他的父母。也许父母把他卖了?从他记事起,他就一直在做"奴隶"。还有出生在加纳的阿瓦德,他母亲生他的时候就死了。(理查德给他起了绰号叫"特里斯坦")。阿瓦德7岁时,他那位在石油公司当司机的父亲把他带到了利比亚。阿瓦德干上了一份汽车修理工的活儿。但卡扎菲政权开始濒临崩溃,而且在内战中"没有人站在我们这边。尽管我就在利比亚长大"。阿瓦德和其他数百人一起被士兵围捕继而被送上了船。船要去哪里?马耳他、意大利、突尼斯?没人知道。他们在海上待了好几天;一有人死去,他们就把尸体扔进海里。阿瓦德在西西里的一个营地里待了三个季度。最后,他坐飞机到了德国,随机选择了柏林。还有拉希德,他走路一瘸一拐,眼睛下面有一道疤。拉希德来自尼日利亚,是博科圣地袭击的受害者。他乘坐一艘载了800个人的船来到意大利。当意大利海岸警卫队

---

[1] 途锐的外文名"Touareg"即来自"图阿雷格"。

试图营救他们时，船翻了；550人溺水而亡。

　　埃彭贝克的小说有一种有效的平淡，用一种略微无趣的、几乎是管理报告式的现在时态写就，把向外展露的情感都避开。就像埃彭贝克并没有真正研究理查德心意转变有什么原因一样，她也小心翼翼地避免给予她的主人公任何简单的"救赎"（对她的小说也是如此）。理查德并不是一个与我们亲近的人；他对我们来说仍然有些遥远，对和他成了朋友并最终得其帮助的非洲难民们来说也有些遥远。所以，理查德的"旅程"似乎是功能性的，而非精神上的。尽管他被鼓励采取实际行动（他最终在自己房子里为12个难民腾出了地方），但他到了书的结尾是否比之开篇时成了一个更好的人，并不得而知。有两个因素似乎占据了他性格中的核心位置：东德人属性，以及他的好奇心。前者不断地提醒他在统一的德国中的二等地位，当他开始与他人交往时，他对这种略低一等的敏感就被调动起来。而后者则成了小说本身的好奇心，这也是为什么《去，去过，去了》所涉的既是难民的生活，也是理查德的生活。燕妮·埃彭贝克感谢了13位对话者，读者会假定他们是身在德国的非洲移民，埃彭贝克表达了对他们之间"许多愉快谈话"的谢意，她的小说有一种亲力亲为的谦逊，大概理查德的问题也曾经是她的问题。我们能从这些人身上发现什么？然后，我们的发现又意味着什么呢？而一旦我们修正了我们巨大的无知，无论改动是多么微小——接下来我们该如何生活——我们该做什么呢？

埃彭贝克并未强迫自己。虽然到了小说结尾，我们对这批非洲难民的生活有了更多了解，但我们并没有与他们的生活亲密接触。而理查德虽然热衷于获知更多的信息，但也把自己的假设和盲目性带进了计划。理查德并不像我们大多数人那样无知，他的无知是一种受过高等教育的无知："理查德读过福柯和鲍德里亚，也读过黑格尔和尼采，但他不知道当你没有钱买食物的时候，你能吃什么。"在这个颇有文化的深渊中，埃彭贝克构筑了一场人与人的相遇，它同时也是文化的相遇。理查德必须去了解他的非洲对话者的一切——家庭、宗教、学校教育、文化习俗。而反过来，他将动用自己的德国文化、古典文化，有时是防御性的，有时是生产性的的——去开始一段理解的过程，而文化在这过程中事实上可能是个阻碍。他必须接受他可能并不理解的东西，他必须给出对方有可能不想要的东西。理查德把手上的东西（他的文化传承）用来理解眼前所遭遇的东西（那些他不再视而不见的人的生活）。但相互的理解绝不是能保证的，甚至表面上都难于得见。起初,他使用极其浪漫主义的古典绰号(阿波罗、特里斯坦、赫尔墨斯)。接下去,他坐进了这些人的德语课堂,并且最终自己上阵开始教他们。(小说生硬的、幽灵般的标题就取自其中的一节语言课——"去,去过,去了"。)

埃彭贝克优美地编排了一个对位,一条连贯的线,在理查德既有的欧洲文化传承及其面对他者时的扰乱之间穿梭。小说在最初的几页中就呈现了这种崩坏的征兆,它运用了古典传统中一个著名的例子。据说阿基米德在地上画圆时,曾对将要杀死他的罗马士兵说:"不要打扰我的圆。"理查德将此作为"你永远不可能指望免于混乱"的一个例子。他想到的是第二次世界大战,还有自己的童年。但这一美好的投射发生在他自己经受考验之前;发生在他自己的圆被他竭力去理解的非洲难民的"混乱"干扰之前,不过日后他是站在他们那端的。在书中别处,一个名叫尤素福的人告诉理查德自己曾在意大利当过洗碗工时,理查德不安地意识到这一事实意味着尤素福的不幸,他在德国将没法得到庇护。(欧洲法律规定,由于尤素福是从意大利进入欧洲大陆的,因此他可以被驱逐回那里。)他立马想到布莱希特的一句要人命的台词:"欢笑的人还没有收到可怕的消息。"

小说的核心是理查德和来自尼日尔的年轻人奥萨罗博之间谨慎而又有限的友谊，后者已经在欧洲待了三年。和其他人一样，奥萨罗博对理查德说自己想去工作。(这些难民正在等待申请庇护，在这种尚不稳定的状态下，他们只获准领取救济金，而不允许工作。)听闻这样的话，理查德想到了莫扎特的《魔笛》："在他想要打开的每一扇门前，都有一个声音让他停住：回去吧！"奥萨罗博告诉理查德自己想学弹钢琴，理查德很是吃惊，继而慷慨拿出自己的钢琴让他使用。在生动的一幕中，理查德尝试着教他如何弹奏一个简单的从中央 C 开始的五指音阶。为了弹奏流畅，奥萨罗博必须让自己的手沉下去，但他不能让它正确地落下：

> 一黑一白两个人看着这条黑色的手臂和这只黑色的手，就像看着给他们两人带来了麻烦的东西。你的手是有重量的，奥萨罗博摇摇头，是的它有，当然有，只管让它落下去。理查德从下握住奥萨罗博的胳膊肘，看到他手臂上的伤痕，手臂的主人想要控制住手臂，那只手准备随时抽回来，那只手很害怕，在这里它是个陌生人，它不认识路。就让它落下去吧。

理查德给奥萨罗博看钢琴家弹奏肖邦与舒伯特的影片,其中一个钢琴家虽没有给出姓名,但那必定是格伦·古尔德。

然而这种交流不可能只是单向的。在另一个心酸场景中,一个非洲男人将一个音乐典故回敬给理查德——现在,这个典故被其政治转译改变了。面临可能被驱逐出柏林的命运,难民们最终还是愤怒地爆发了。尤素福变得举止暴力,对任何试图和他说话的人都出拳攻击,包括理查德。尤素福用法语、意大利语夹着一些德语大喊大叫:"别管我们,该死的!""我受够了!"二十页之后,理查德突然想起来巴赫那首著名的康塔塔: Ich habe genug,我受够了。但为什么呢?"也许是听到尤素福,那个发了疯的未来工程师,在斯潘道的住宅前头高喊——我受够了!"埃彭贝克接着引用了那首天国般的康塔塔中的句子——表达告别和宗教安慰的虔诚的语言("堕入温柔而平静的安息吧!/世界,我不再于此间居留"),但尤素福的极度痛苦剥夺了这古老的确定性。

一旦埃彭贝克在享有特权的欧洲公民和无所依凭的非洲难民之间开启这种交流,遭遇的不对称结构开始产生自己的激进反转——蒙田在他的伟大散文《论食人族》中曾故意使用的那种政治和伦理的反转，或是莎士比亚在《李尔王》中使用的，他让疯狂中极度理性的国王喊出："把位置换一换，机灵鬼，哪个是法官，哪个是盗贼？"每一方都可能和另一方一样无知。奥萨罗博从未听说过希特勒，对世界大战一无所知。另一个叫鲁福的，从未听说过分隔了东西柏林的那堵墙。而当理查德告诉他那堵墙是如何发挥作用之时，他自然而然地把这个概念颠倒了过来："啊，我懂了，他们不希望他们跑去西方。""不，"理查德说，"他们不想让他们离开东柏林。"用这样的方式，埃彭贝克的小说生动地展现了其自身讽刺性反转的机制。难民不被允许去工作，不过理查德认为，他们的存在迄今为止"至少为12个德国人创造了兼职工作"。为什么我们拥有这么多，而他们有的却这么少？理查德在别处这么想。德国战后的繁荣通常被归功于勤奋工作、本国人的创造巧思和良好的组织运作。东德人和这个经济奇迹没有什么关系，不过他们也是幸运的受益者。因此，理查德反思着，"即使是他们圈子里不太富裕的人，现在厨房里也有了洗碗机，架子上放着葡萄酒瓶，也有了双层玻璃窗，这些该归功于谁呢？"他进一步说："但是，如果这种繁荣不能归功于他们自己的个人努力，那么出于同样考虑，难民也不应该为他们的处境恶化而受到责备。事情可能正相反。"理查德的朋友西尔维娅补充道:"我一直在想象,有一天再次出逃的会变成我们,并且没有人帮助我们。"把位置换一换,机灵鬼,哪个是法官,哪个是盗贼?东德视角始终提供着不同的观点。

《去,去过,去了》不只是观察这种反转,它还将之付诸实践,并因此成了像《伊凡·伊里奇之死》或《开放城市》一类的书,这些书挑战我们,不要只做一个文字里的漫游者,而是要改变我们的生活和我们周围人的生活。这样的作品总是站在成为经书或寓言的边缘,因为它们宣称,阅读就是去理解,理解就得去行动。托尔斯泰宣布了这一点,大声而有力;埃彭贝克则像科尔一样,宣布的时候更安静。在这里,隐含的转变链条给出了自己的教育:正如燕妮·埃彭贝克在为写这本书而采访13个非洲难民时一定发生了深刻的变化,所以她的小说主人公也发生了同样的变化,接着她的读者也必须发生同样的变化——我们都是理查德"计划"的一部分。

理查德的转变足以让他的生活发生翻天覆地的变化。在小说最具决定性的一次反转中,他收留了陌生人——这个陌生客人最终为理查德下厨做了自己老家的食物,在主人的房子里。当难民可能被强行带离柏林时,理查德和他的朋友们采取了行动。

他经过协调，将自己的房子正式认证为庇护所，并为多达 12 名难民安排了房间。他的朋友德特勒夫和西尔维娅把三个人安置在了他们花园的客房里。德特勒夫的前妻说，可以让人睡在她在波茨坦的茶店里。理查德的考古学家朋友，因为正在国外做访问学者，所以房子空了出来，他告诉理查德可以去找邻居要钥匙。等等等等。"如此这般，476 人中有 147 个人现在有地方睡觉了。"

因此，《去，去过，去了》在令人振奋的希望中结束，出现了十九世纪小说和儿童读物惯用的那种不可能的结局。但是埃彭贝克这种最后一刻的拯救显然不应被视作是现实的；它们理应是乌托邦式的。不是事情就这么发生了，而是事情应当如此发生。不同寻常的是，它们是乌托邦式的，却不是多愁善感的：小说的冷静语调从未动摇过。"如此这般，476 人中有 147 个人现在有地方睡觉了。"——这句话是在宣布一次相对的胜利，还是一次相对的失败？埃彭贝克仍然很难读懂。至于这部小说的政治灵魂，一位体面的移民律师提供了一条线索，他提示理查德，在两千年之前，"没有人比条顿人更好客"。律师大声朗读了塔西佗这位古典历史学家的著作《日耳曼尼亚》中，关于日耳曼民族的报告。"把任何人拒之门外都是一种罪过，"塔西佗写道,"主人用他能力所及的最好食物来招待他的客人……就受到招待的权利而言,熟人和陌生人一视同仁。"那么现在呢?理查德问道。哈,现在,律师冷冷地说,"我们只剩下《居留法》第23条第1款了"。理查德先前认为,奥萨罗博对希特勒的无知中,有一种近乎美的东西。也许这种纯真可以抹去可怕的过去,把我们带到"从前的德国,带到他出生时就已经永远失去了的土地上。德国是美丽的。如果真是那样,该有多美啊"。如果理查德在这里的梦想是往回追寻的,那么这部小说也做了向前的梦,以一种类似的、渴望擦除的姿态。它似乎在对我们说,不是要让德国再次伟大,而是让它再次美丽。

2017 年

给岳父的图书馆打包

"然而,他说,往往是我们最拿手的,将我们有多么不安暴露无遗。"——W. G. 塞巴尔德,《奥斯特利茨》

12D 公路,在纽约州尤蒂卡以北,德拉姆堡和迦太基以南,穿过贫穷破败的乡间。在凋敝的乡镇,看得见拖车和荒废的农舍。时不时地,会有一只崭新的谷物桶,闪亮得像是一支镀了铬的鱼雷,暗示着一个全新的开始,又或许只是农业产业化的到来。繁荣不再的阴云沉沉地挂在空中。沉重吗?不,对于眼望远方只是偶尔瞥过一眼的司机来说,它只是隐约地飘浮着,或隐约地让人感到内疚。

在塔尔柯特维尔,旧日繁荣的例证在马路上清晰可见——一栋巨大、精致的石灰岩造的房子,房前还有一间白色双层门廊。这栋房子,无论其大小,还是它与马路的距离,都是反常的。但在很长一段时间里,房子里的东西才是它真正的反常之处:它其实是一栋藏了数千卷书籍的了不起的图书馆。这是埃德蒙·威尔逊的家宅,18世纪末由塔尔柯特家族建成,一位家族成员嫁给了威尔逊的曾祖父。这里是这位文学评论家在晚年最乐意回到的地方,尽管没有哪次的路途不是曲折麻烦的。在对塔尔柯特维尔生活的札记《上州》一书里,威尔逊表达了对这个地区的热爱,尽管其中充满了一个老人的尖酸刻薄、对糟糕餐馆和周遭不甚聪慧的同伴的抱怨。"某种意义上来说,它一直搁浅在这里",他曾经这样写到这块地。正是在这里,1972年6月的一个清晨,他与世长辞。

岳父退休后,和岳母移居加拿大。在我开车去探望他们的路上,经常路过埃德蒙·威尔逊的房子。虽然看起来维护得不错,威尔逊家似乎总是大门紧闭,已被忘却——某种程度上,被一条新路忽视的房屋总是会给人一种长期被遗忘的感觉。在我的想象中,我可以望进那栋图书馆,望见那一架又一架雄辩又缄默的书,在一场腐朽书页的大丰收里将自己淹没,那些古老、经典的作家困惑地看着纽约州那些古典的新世界地名:罗马、特洛伊、伊萨卡、叙拉古。

我的岳父去年去世了，岳母的身体也很不好，所以今年夏天我和妻子开车来到他们家，准备清空房子后将其转让。再一次，我们经过了威尔逊的房子，我也再次想到了他那些藏书悄无声息的长存，想到那座图书馆无法与外界交流，在主人过世后全无用处，在这条省道的一侧沉睡至今。我知道，在加拿大等待我们的，是如何处理岳父的图书馆这个难题。在平坦开阔的安大略乡间，一栋巨大的维多利亚式的房子里，有大约四千册书，也差不多这样沉睡着。我们或许会带一百本书返回波士顿，屋里也容不下更多了。然后又该怎么办呢？

弗朗索瓦-米歇尔·马苏德（François-Michel Messud），我的岳父，是一个复杂难解、才华横溢的人。他出生在法国，但幼年在阿尔及尔度过，又颠沛流离，辗转贝鲁特、伊斯坦布尔和萨洛尼卡。在20世纪50年代初，他作为第一批富布赖特学者之一来到美国，并留校攻读中东研究的研究生学位。他攻读土耳其政治研究的博士学位，但后来放弃了，并下海从商，这可能是出于学术上的焦虑，或父权的受虐心态。他并不是一个非常投入的商人，始终保留着优秀学者和好奇旅行家的本性。他的观念又是入世的，对文学、音乐或哲学并不热衷。他感兴趣的是社会、部落、寻根、流亡、旅行、语言。我感到他让人钦佩而非喜爱,甚至让人敬畏。他成长于一个严格的法国文化环境中,幼时又经历了20世纪30—40年代的匮乏(他曾回忆起在阿尔及尔的初中与他同班的德里达:"那时候他不是一个很好的学生"),他有时会强词夺理、吹毛求疵、欺负人。晚上六点一过,鸡尾酒让一切变得如履薄冰,大家都学会了小心谨慎,生怕激起什么错误,招来粗暴的纠正。不知道腓尼基人的精确定义(不知道他们来自何处、何时兴盛);不知道伊斯坦布尔两座最有名的清真寺的名字,或是黎巴嫩的内战史,或是阿尔巴尼亚的民族构成;不知道究竟是谁说了"当心来送礼的希腊人",或是说错一个法语短语,或是不记得为什么塞法迪人被称为塞法迪人,或是称赞布鲁斯·查特文的作品,都会迅速地引来他的不屑。

我很感恩没有生作他的儿子。他那焦虑的男性权威与我生父的内敛是如此不同,我既为之钦佩,又感到疏远。有一次,在我结婚后不久,我已在法国生活了好几个月,语言能力有所提高,在吃饭时,有人在餐桌上称赞我的法语越来越流利。其他人都很客气地附和着。"我没发现有什么可以表扬你的,"我岳父插话进来,"这是一点微小的进步,你还有很长的一段路要走。"我就知道他会这么说,恨他会这么讲,但也同意。他喜欢提起自己1954年从法国来到美国阿默斯特学院时,他的美国室友说他永远也不能真正精通英语。"到了圣诞节,我就可以流利地说了。"他这样说。不管这个故事是真是假,他讲一口完美的英语,不带一点法国口音,除去他念"tongue"的音更像是"tong","swan"则像是"swam"。他有那种外国人特有的纳博科夫式的挖掘过时双关语的爱好。比如说,因为坎特伯雷大主教的官方名称"全英格兰主教长"(Primate of All England)中的"主教长"(Primate)又意为"灵长类",他总是说他"应该被称为首席大猩猩",并且总是为此乐不可支。

他对部族和社会感兴趣,则是因为他成长于一个部族,离开后进入了社会,却并不归属于其中任何一个。他的部族是法属阿尔及利亚:又被称作"黑脚"。19世纪中叶来到阿尔及利亚的欧洲殖民者,在1962年独立战争结束后集体离开了这块领地。同大多数"黑脚"一样,在阿尔及利亚独立后,他再也没有回到他童年的故乡,所以,阿尔及利亚——又其实是整个法属北非的经历——只能在脑海中被记起,事实上是永远地遗失了。法兰西,一个更大的家,对于很多归返的殖民地居民来说,是说不清道不明的情感。尽管妹妹去了土伦[1]定居，他从未对这个国家表现出很多兴趣，因此全然未有那种经常令人抓狂的法国人的优越感。结果，他来到了美国，并在那里度过了他人生的大半。但他不是热切的移民，或者什么自告奋勇的民主主义者。早先的富布赖特学者和研究生经历带来的新鲜感一消退，他便陷进了一种熟悉的欧洲人的疏离感。终其一生，他生活在美国，（为一家法国公司）工作，缴纳税金，读《纽约书评》，在布克兄弟买衬衫和内衣，去大都会博物馆看新的展览，但他并不是一个美国人。美国社会越发令他迷惑、气恼；粗言鄙语和民主的陈词滥调，对于受过教育的美国人来说不过是日常烦恼，又或可被视为维护社会活力的代价而置之不理，却折磨着他。他飘浮在美式生活之上，享有特权，却背着伤痛，无依无靠。

也许他的书房里最重要的一本书是一本巨大的地图册，摊开放在一座木制讲台上，每天都会被翻一翻；有时候我们会发现他站在讲台上，在密集、抽象的网格里窥探着新发现的趣味。旅行和阅读让他收集了一些脆弱细微的经验。他的旅行广泛而有系统。每次旅行（埃及、希腊、印度尼西亚、

---

[1] 土伦（Toulon），法国东南部港口城市，设有海军基地。

秘鲁、摩洛哥、缅甸、印度、俄罗斯）前他都会进行充分的准备，包括提前进行阅读研究，将行程安排得井井有条，然后便是保存——通常这由妻子完成——建筑和城市的照片：金字塔、庙宇、清真寺、街道、石柱、废墟。他的阅读也是同样的方式，随着兴趣，就像军队沿着补给线行进，搜索出某一特定的主题上所有能找到的图书。约翰·贝里曼曾经调侃埃德蒙·威尔逊的执着，因为威尔逊说，写文章的时候，他"会穷尽一个作家的全集"。我的岳父无法与埃德蒙·威尔逊相比（首先，他从来没有写过任何东西），而且，在他越来越老越来越忙后，他买的书远远超出了他的阅读能力，但这种求知的贪婪是类似的。买一本书不仅仅标志着对知识的潜在的获取，也像是在一块地皮上标示产权：知识成为一个可以造访的处所。他周遭的环境，无论是美国或加拿大，都提不起他的兴趣：比如说，我从来没有听过他情绪高昂地提起曼哈顿。但是，1942年的阿尔罕布拉宫，或者他记忆中儿时的萨洛尼卡（那是战前塞法迪犹太人的中心，他回忆说，在那里，有希伯来文印刷的报纸），或拜占庭帝国晚期的君士坦丁堡，呃……什么？如果我说这些地方对于他来说是"鲜活的"（的确是陈词滥调），那么我就可以让他听起来比平时的他更有学究气，也许更有想象力。用一种更接近事实的方式来说,这些地方对他来说才是真实存在,而在同样意义上,曼哈顿和多伦多(甚至巴黎)都不是。

然而,这些事在很大程度上是难以言说的。他的时间花在与商人们打交道,而不是学者。他很少邀请人来吃饭,有时会很强硬,有时自言自语。他习惯将他的知识扩展成咄咄逼人的质问,而非谈话的邀请,虽然这也许不是他的真实意图。所以他贪婪购书这件事,似乎总是有一点自我防卫的意味,仿佛是他在一层层地裹上衣服,抵御流亡的征召。

图书馆总是矛盾的:它们同收藏家具有同样的个性,同时又是对无个人性的知识的理想表述,因为它是普遍的、抽象的,远远地超越了某一个人的人生。苏珊·桑塔格曾经对我说,她的文章比她更聪明,因为她辛勤地花几个月时间用自己的写作扩张它们。我喃喃地说了些老套的话,说文学批评家如何在公开场合展示自己接受的教育,她便发怒了。她一边指了指她巨大的图书馆,一边肯定地说:"那不是我的意思。这些书我全部通读过。"我不相信她,因为没有人能把自己的所有藏书都读完;而她不理解我的意思也有点奇怪,我只是想说,她的藏书跟她的文章一样,也要比她更有智慧。这话对于我岳父的图书馆也是成立的,因为他的藏书甚至不像桑塔格或威尔逊的那样是工作用的，而是一个工作头脑尚未充分利用的收藏。我的岳父那种完成所有事情的意志——通过购买和阅读一个主题下的所有书籍来全面掌握它，并把它们摆在架上陈列——代表了一种理想、一个抽象的乌托邦、一个没有盛衰兴亡的复兴之国。一排排经过精心挑选、精妙绝伦的书籍，全都聚焦于同一个主题，这是该主题所能享受的最佳生活——那主题的黄金时代。例如，这是他关于缅甸的两排书架上的头几本：《缅甸的亲属关系与婚姻关系》（Melford E. Spiro）、《缅甸高地政治体系》（E. R. Leach）、《被遗忘的土地：重新发现缅甸》（Harriet O'Brien）、《缅甸政局循环：无政府与征服，1580—1760》（Victor B. Lieberman）、《回到缅甸》（Bernard Fergusson）、《缅甸及其他》（Sir J. George Scott）、《在缅甸寻找乔治·奥威尔》（Emma Larkin）、《现代缅甸史》（Michael W. Charney）。这是两到三架关于犹太教和犹太人的书的第一部分：《种族分离：犹太人在欧洲，1789—1939》（David Vital）、《塞纳河边的维尔纳：1968年后的在法犹太知识分子》（Judith Friedlander）、《犹太－基督关系的危急时刻》（Marc Saperstein）、《沙皇及苏维埃政权下的俄罗斯犹太人》（Salo W. Baron）、《敬犹太人》（Léon Bloy）、

《西班牙的犹太人：一部犹太人的离散史，1492—1992》（Henry Méchoulan）。他有三四百本关于拜占庭帝国各个方面的书，而伊斯兰和中东方面的书大概又是这个数量的两倍。

到了加拿大后的头几天我一直都在整理中东主题的书目，希望能够将伊斯兰教和穆斯林社会相关的书籍完好无损地保存下来，或许能够捐赠给一个机构——一所大学、一所学校、当地图书馆，甚至是清真寺。麦吉尔大学分管伊斯兰书籍的馆员欣然同意看一看这个书目。整理书目是一件缓慢、复杂、让人沉迷的事。光是关于埃及就有五十八本书，从艾尔弗雷德·J.巴特勒出版于1902年的《阿拉伯对埃及的征服以及罗马统治的最后三十年》，到弗洛伦斯·南丁格尔有关尼罗河之旅的通信集，到塔哈·侯赛因于1932年在开罗出版的回忆录《埃及童年》。但很快我们就发现其实没人真正想要成百上千册的旧书。寄往本地大学的电子邮件都没有得到回复。有人告诉我们，在阿尔伯塔省的一个小镇，一座公共图书馆被火灾夷为平地。他们打算重建，并接受捐赠。我正准备寄过去几百本。但图书馆网站要求书是最近两年出版的，这几乎排除了我岳父的所有藏书。安大略的金斯敦是离得最近的一个大城镇，也是女王大学所在地，镇上的旧书生意颇为红火,所以我给其中一个店家打了电话。店主是否愿意从市区开四十分钟车,到一栋乡下房子里看一看一间有几千册藏书的优秀图书馆?答案是令人同情和气馁的。书商告诉我,在金斯敦曾有十二家二手书店,现在只剩了四家:"我们有存储空间,但没有钱。街角的商店有钱买书,但没有空间。今年夏天,已经至少有三大批私人收藏进入市场。所以,要说到这栋房来查看这四千本书,恐怕不值得我跑这一趟。"搞不清究竟是谁应该对谁感到抱歉。

我们有几次零散的成绩。有一个网上的书商,专做珍本书和头版书的生意,他跑来挑走了他感兴趣的书,箱子把他的老旅行车塞得满满当当。几天后,一个在女王大学教授哲学的英国藏书家也如法炮制。见到他们藏不住的兴奋劲儿,我很高兴,但又感到这家图书馆正在千刀万剐中死去。因为对于任何私人图书馆来说,藏书的完整性是有意义的,比较而言每一本藏书本身则毫无意义。又或者说,一旦从整个收藏中分离出来,对于原本的收藏者每一本书都不再有意义,却突然地,作为作者的思想的完整表达,拥有了新的意义。纽约大学著名学者 F. E. 彼得斯所作的《麦加:穆斯林圣地的文学史》是一本可爱的书,但它无法揭示我岳父的任何特质,除去他买了这本书以外,但它代表彼得斯教授毕生研究的精华。从某种奇怪的方式来说，我们的这间图书馆就像某些画作，当你走近画布时，整幅画便分解成一个个相互独立且无法解读的斑斑点点。

就这样，我开始想，我们的藏书或许无法揭示我们的任何特质。砌起图书馆的每一块砖，都是借来的，而不是砌砖人自己做的：数千人，也许是上万人，都拥有 F. E. 彼得斯的书。如果我被带进埃德蒙·威尔逊在塔尔柯特维尔的图书馆，而威尔逊自己写的书都被搬走了，我能分辨出这是埃德蒙·威尔逊的图书馆，而不是阿尔弗雷德·卡津的或 F. W. 杜皮的？一旦我们了解到图书馆的主人，便常会对之心生崇拜，就像欣赏一个著名哲人的双瞳，或是芭蕾舞演员的玉足。普希金的藏书里有约一千册非俄文书，《普希金论文学》的编辑帮忙列出了所有的外国书籍，其中包括巴尔扎克、司汤达、莎士比亚和伏尔泰。她自信地宣布，"从一个人对藏书的选择，可以深入地了解这个人"，然后却又不自觉地自相矛盾地补充，普希金与同阶层的很多俄国人一样，基本是阅读法语书籍的："古代经典、《圣经》、但丁、马基雅维利、路德、莎士比亚、莱布尼兹、拜伦……主要都是法语本。"这听起来就像是 1830 年前后一个阅读广泛的俄国绅士的图书馆——普希金会列给他的标准版俄国浪漫青年叶甫盖尼·奥涅金的书目。但是，这些书又有什么普希金的特质呢？它是如何揭示普希金的所思所想的呢？

阿多诺在他的文章《论流行音乐》中曾批评说，当我们听到一首流行歌曲时，我们总认为它成了私人所有的一部分（"这是我的歌，我头一回吻那个谁的时候放的就是这首歌"），而实际上这"表面上孤立的特定歌曲的个人体验"，却在愚蠢地与其他成百万人分享——这样，听者便仅仅是"感受到数量上的安全感，并追随所有那些曾听过这首歌的人，以及那些令其流行起来的人"。阿多诺这样的假内行都认为这太过自欺欺人了。但是，在数字时代，我们一定会以同样的方式对待严肃的古典音乐。那么图书馆——至少从某种意义上说——何尝不是同样的一种自我欺骗？私人图书馆其实不正是一个伪装成私人遗产的公共之物吗？

阿多诺讨厌资本主义及其分支，也就是他所说的文化工业，将无形之物，例如艺术作品转换成物件。但是，无可否认的是书几乎一定是一个物件，而在我整理岳父的藏书时，我飞快地对它们称得上愚蠢的物质性产生了距离，我为自己这么快的反应感到吃惊。我开始讨厌他的藏书癖，这种癖好在他死后，同其他任何一种物欲相比都没什么不同。一次又一次，他的女儿们恳求他在死前"处理处理"他的书。这话的意思是，我们没法保留它们。即便他明白了这意思，他也什么都没做。整理他的藏书，令人悲哀地同整理出他的照片或他的 CD 或他的衬衫没有什么区别。尽管与我哀恸的妻子相比，我的任务要简单得多。在经历过这些后我下定决心在我身后将不再给我的孩子们留下这样的累赘。

我想起学者兼评论家弗兰克·克默德几年前的遭遇。他当时正在搬家，把他最珍贵的书籍（他的小说、诗集、签过名的初版书等等）都装了箱放在街上。收垃圾的人错把书箱当成了垃圾，只留下一大堆当代文学理论。这个故事曾经让我感到毛骨悚然，现在看来却简直美好。突然就这样卸下了负担，所以他的后代不用再受罪了！毕竟，我真的能宣称，我那一架架像是某种虚假的成就宣言般的、杀不死的、毫无生气的藏书（市侩的人肯定会对文化人提问："你真的把这些都读过了吗？"），比起我那少得多的明信片和照片收藏，更能向我的孩子们展示我这个人吗？（W. G. 塞巴尔德的作品探讨过这种永久性的悖论：一张摆满了书的房间的照片，或许比书本身，更能映照其主人的形象。）

我在岳父的藏书上花的时间越长，这些书就越显得像在掩藏他，而不是展示他，它像是一座被语词缠绕的不可破译的陵墓。他在阿尔及利亚的童年，他有趣的思想，他的转向赚钱的追求，他在美国的孤独与隔阂，他的信心和羞怯、好斗和焦虑，饮酒、愤怒、激情，以及他在压力之下务实的生存；当然了，总的说来，这几千册书籍——整齐、有系统、傲然地覆盖全面——体现了他这一生的形状，但无法体现他人生的各个角度。这些书在某种程度上使他更渺小，而非更伟大，就好像它们正在窃窃私语："一个人的一生，充满着忙碌、短暂、毫无意义的项目，是多么的渺小啊。"所有的废墟都在这样说着，但我们奇怪地一直假装书不是废墟，不是破败的石柱。

我岳父的一个忙碌而短暂的项目从一本关于希腊历史的书中掉了出来。这是一张纸片，上面是他认真的字迹。日期是 1995 年 1 月 2 日，笔记是为一趟希腊旅行所做的准备："《古希腊历史》，让·哈兹菲尔德和安德烈·艾马尔，纽约，诺顿，1966 年。"在这个标题下是几行英文：

　　—— 希腊人在公元前第二个千年中出现：希腊，黑海，小亚细亚，群岛，意大利南部。

——共同语言和传统,但差别很大。Hellas = 文化,文明。("希腊人"的说法直到公元前800年才出现。"希腊"其实是罗马人的称呼。)

——希腊和小亚细亚西部的地理分界:海洋沉降使新近形成的大陆破碎,结构非常复杂——峡湾,深海湾,山脉,海角,岛屿。

等等等等,写满了一页。在背面,他画了一张古希腊和小亚细亚西部(今土耳其)的简图。这是他的整个世界:一边是地中海,另一边是爱琴海,一个在西,一个在东。他把最有名的地方标记了出来,还画了圈:在小亚细亚的一边,是艾奥利亚,吕基亚,特洛伊,士麦那;在希腊的一边,则是浇着蜜糖的、幽灵般的、遗失了的地名:伊利里亚,伊利斯,阿提卡,阿尔戈利斯,科林斯,阿卡迪亚。

致　谢

本书所选文章在过去二十多年里,均首发于《新共和》《纽约客》和《伦敦书评》。每篇结尾处的日期即为其首次刊发日期。我非常感激这些杂志的编辑和文学编辑们,在这二十多年的快乐时光里,他们允许我长篇大论,允许我严肃书写,并且在我那些论点和句子们需要帮助的时候,为它们雕琢塑形。

以下文章发表后出版成册:

选入《破格》(1999 年):
《什么是契诃夫所说的生活》《简·奥斯丁的英雄意识》《万全与万一:梅尔维尔的上帝和比喻》《弗吉尼亚·伍尔夫的神秘主义》。

选入《不负责任的自我》（2004 年）：

《索尔·贝娄的喜剧风格》《约瑟夫·罗特的符号帝国》《博胡米尔·赫拉巴尔的喜剧世界》《歇斯底里现实主义》《〈安娜·卡列尼娜〉和人物塑造》《堂吉诃德的"旧约"与"新约"》《陀思妥耶夫斯基的上帝》。

选入《私货》（2012 年）：

《私货：向基斯·穆恩致敬》《保罗·奥斯特的浅薄》《乔治·奥威尔：非常英国的革命》《科马克·麦卡锡的〈路〉》《"被考察到疯狂的现实"：克拉斯诺霍尔卡伊·拉斯洛》《施害者和受伤者：V. S. 奈保尔》《玛丽莲·罗宾逊》《伊斯梅尔·卡达莱》《给岳父的图书馆打包》。

选入《最接近生活的事物》（2015 年）：

《严肃的观察》《世俗的无家可归》。

《什么是契诃夫所说的生活》《乔治·奥威尔：非常英国的革命》及《成为他们》也收录于《最佳美国散文》（分别收入 1999 年、2010 年和 2014 年刊）。《私货：向基斯·穆恩致敬》也收录于《2011 年度最佳音乐类写作》中。

六篇文章此前未曾入册,此六篇皆于 2013 年至 2017 年期间首次发表于《纽约客》:

《沉默的另一面:W. G. 塞巴尔德》《成为他们》《约伯存在过:普里莫·莱维》《海伦·加纳野蛮的诚实》《埃莱娜·费兰特》《燕妮·埃彭贝克》。